PROMESSE AU RANCH

LE RANCH DE SILVER STONE
TOME 5

VIVIAN AREND

Ceci est une œuvre de fiction. Les noms, les personnages, les lieux et les incidents sont le produit de l'imagination de l'auteur ou sont employés de manière fictive, et toute ressemblance à des personnes, existant ou ayant existé, des entreprises, des événements ou des lieux ne serait qu'une coïncidence.

A Rancher's Vow / Promesse au ranch
Copyright © 2023 par Arend Publishing Inc.
e-Book ISBN : 978-1-990674-80-8
Broché ISBN: 978-1-990674-81-5
Correction de la version originale par Angie Ramey
Relecture de la version originale par Linda Levy
Traduit par Myriam Abbas et Valentin Translation
Conception de la couverture © Damonza

1

———

Juin, ranch de Silver Stone

La ligne de sa canne à pêche s'étira alors que le flotteur refaisait surface puis se déplaçait doucement vers le milieu du lac. Satisfait comme seul pouvait l'être un homme avec une canne à pêche à la main et un après-midi de repos devant lui, Dustin Stone s'allongea sur le rivage et se couvrit le visage de son chapeau de cow-boy.

Le soleil avait réchauffé l'herbe, et l'odeur du début de l'été baignait ses sens. La tranquillité l'emplissait, et il s'en délecta. Des moments comme celui-ci soulignaient vraiment qu'il vivait dans un endroit qui était le paradis sur terre.

Ça ne voulait pas dire qu'il ne cherchait pas aussi l'excitation. Bon sang, il venait d'avoir vingt-quatre ans en décembre dernier...

Le même âge que Caleb quand il était devenu responsable de toute la famille.

Pendant un instant, Dustin sentit la chaleur de la journée se rafraîchir un peu. Quelque chose venait de lui rappeler ses parents disparus et comme toujours son cœur se serra. Il n'avait que huit ans lorsqu'ils avaient perdu la vie dans un accident de la route, alors ce n'était pas des souvenirs d'eux qui l'avaient frappé.

C'était le fait que son frère aîné, Caleb, avait dû abandonner tant de choses pour être toujours là pour eux.

Dustin aurait été le premier à admettre qu'il lui vouait un vrai culte du héros. Surtout au cours des dernières années, alors que Caleb avait œuvré pour souder le clan Stone afin de former le cercle très uni d'aujourd'hui. Un ranch couronné de succès, une famille prospère...

Ouais, Dustin ferait n'importe quoi pour Caleb, et ça se transmettait essentiellement au reste de ses frères et sœurs. En tant que benjamin de cinq enfants, plus une sœur adoptive, il avait été élevé par eux tous. Ça aurait pu être un enfer, mais ça ne l'avait pas été.

Il avait seulement fallu vivre avec.

C'étaient des gens bien, sa famille. Ils avaient traversé tant de choses et en étaient ressortis avec une gamme de compétences qui les faisaient se distinguer individuellement et collectivement.

Mais cela rendait difficile de se démarquer dans la foule. Dustin n'était pas du genre à brûler d'envie d'être sous les projecteurs, mais ça aurait été agréable tout de même d'être au centre de l'attention une fois de temps en temps.

Le vent souffla sur le lac suffisamment fort pour que la clochette attachée à l'extrémité de sa canne à pêche s'agite une fois. Le léger carillon disparut instantanément, mais Dustin se redressa et vérifia quand même sa ligne.

Le flotteur se balançait tranquillement, l'appât intact.

Le téléphone de Dustin bipa à l'arrivée d'un message. Durant la journée de travail, seule une très courte liste de personnes pouvaient le contacter. Le contremaître de Silver

Stone, Tucker Stewart qui était un dur à cuire quand il s'agissait de se concentrer sur la tâche à accomplir. Peu importait que Tucker soit aussi le beau-frère de Dustin, cela barderait s'il ne respectait pas les règles.

Mais maintenant que son travail était terminé, son téléphone était de nouveau allumé, et ce son était lié à son meilleur ami, Shim. Un autre bip résonna, et Dustin sortit paresseusement le téléphone de sa poche.

Shim : « Tu ne me l'avais jamais dit. Nom d'un chien, sérieusement ? »

Shim : « Au cas où tu en aurais besoin. Tiens : [lien] »

Dustin regarda fixement le message, perplexe. Il cliqua sur le lien que Shim avait inclus, et termina sur un de ces articles « putaclic » pour vous faire défiler des âneries. Le titre à lui seul le fit ciller.

« *Dix cow-boys célibataires et milliardaires que vous devez rencontrer !* »

Son téléphone bipa encore une fois, puis de nouveau. Cette fois, c'était la tonalité qu'il avait assignée à un autre ami ainsi qu'un troisième message de Shim. Dustin ignora les deux et continua à lire, ne sachant pas quel genre de blague Shim lui faisait.

Les poils sur sa nuque se hérissèrent quand il cliqua sur la quatrième page.

L'article s'ouvrait sur quelques photos.

La première montrait Dustin avec son deuxième frère le plus âgé, Luke, et l'épouse de celui-ci, Kelli, à une vente de chevaux en février dernier. Tous deux se tenaient côte à côte, en train de rire. Ils formaient un beau couple. Luke, avec ses cheveux bruns, avait le bras qui entourait la taille de Kelli et la tenait près de lui. Les cheveux châtains de celle-ci étaient nattés de chaque côté de sa tête. Elle les portait habituellement ainsi quand elle travaillait, mais la joie sur son visage la rendait aussi lumineuse qu'un mannequin glamour sur une couverture de magazine.

Dustin se tenait à côté d'eux avec les mains fourrées dans ses poches alors qu'il souriait en direction du sol. Pour la première fois, Dustin se rendit compte qu'il était plus grand que Luke. Ou peut-être que cela venait de l'angle de l'appareil photo, mais ses épaules semblaient plus larges aussi.

Hum. Quand était-ce arrivé ?

La deuxième photo ne représentait que lui. Dustin se souvenait de l'instant où elle avait été prise. Il marchait près de Kelli, qui menait une nouvelle monture qu'ils venaient d'acquérir. Un idiot avait déclenché un pétard, ce qui avait effrayé le cheval.

Kelli, qui tenait les rênes, s'était précipitée pour stopper immédiatement l'animal... elle était solide comme le roc quand il s'agissait de contrôler même le plus indiscipliné des animaux. Mais le cheval était suffisamment grand pour se cabrer et faire décoller le corps menu de la jeune femme du sol.

Il n'avait pas eu le temps de réfléchir, seulement de réagir. Dustin avait attrapé l'animal autour de la tête, le contenant pour qu'il s'arrête alors qu'il lui parlait doucement pour le calmer.

Dustin avait regardé ce cheval dans les yeux et lui avait dit de surveiller ses manières, et bon sang, l'animal l'avait écouté. Il avait frissonné un instant, comme s'il repoussait une mouche de son garrot. Puis il avait poussé un énorme soupir et posé la tête contre l'épaule de Dustin.

Quand cela avait été terminé, Kelli avait embrassé Dustin sur la joue. Luke lui avait tapoté l'épaule avec une approbation de frère aîné qui représentait tout pour Dustin.

Pendant ce temps, dans la foule, quelqu'un avait saisi cet instant pour prendre une photo de Dustin, qui avait l'air très sérieux, et l'avait maintenant plaqué partout sur les réseaux sociaux.

Dustin roula des yeux. C'était stupide, les choses sur lesquelles les gens pouvaient gaspiller leur temps. Son regard fila sur les mots de l'article, se demandant déjà à quel point cela pouvait empirer.

Beaucoup.

« *Jetez votre dévolu sur cet #ÉtalondeSilverStone*

« *Il est peut-être jeune, vingt-quatre ans, mais en tant que partie prenante de la nouvelle* success story *de Silver Stone, Dustin Stone est un célibataire très convoité. Le ranch semble avoir trouvé le trésor au pied de l'arc-en-ciel après des débuts tragiques. Cette exploitation familiale de deuxième génération gagne sérieusement du terrain dans la communauté de l'élevage équin. De plus... nous avons entendu dire qu'il y a maintenant des droits pétroliers ajoutés à l'histoire et, eh bien, il n'y a qu'un seul Stone célibataire qui doive encore trouver sa partenaire idéale. Vous pouvez toutes voir, que physiquement parlant, il a ce qu'il faut pour attirer l'attention de n'importe qui.*

Qui sera la chanceuse à mettre le grapin sur l'argent ? »

Dustin se laissa tomber sur le sol, les mains étendues sur les côtés alors qu'il regardait le ciel en gémissant. Il allait tellement se faire charrier ! Ses amis et ses frères ne lui permettraient jamais d'oublier cette histoire. C'était le truc le plus ringard qu'il avait jamais lu. « Trouver de l'argent » ? Seigneur. Ce n'était même pas un bon jeu de mots.

Et ce hashtag ? Dégoûtant.

Son téléphone sonna. Shim, qui à l'évidence avait abandonné l'idée d'attendre une réponse à ses messages, avait choisi la méthode de dernier recours.

Dustin appuya sur « accepter » puis sur le haut-parleur.

— Quoi ?

— Oh, bien. Tu parles encore aux petites gens de ton

entourage, dit Shim en ricanant avant de se racler la gorge. Qu'est-ce que c'est que ce bazar, Stone ?

— Aucune idée, Choi. Je suis accaparé par mes affaires, comme d'habitude. J'ai transporté du bétail ce matin, et maintenant je suis assis là à pêcher du poisson.

— Eh bien, tu devrais envisager de chercher une cachette. *Un milliardaire* ? Ils auraient aussi bien pu te peindre une cible en rouge dans le dos et te pousser dans un champ de tir.

Dustin émit un son moqueur.

— Je ne suis pas milliardaire. La personne qui a écrit cet article a une super imagination. Enfin, oui, Silver Stone s'en sort très bien. Ça ne veut pas dire que *moi* j'ai davantage dans mon portefeuille que la plupart des ouvriers.

Son ami claqua la langue.

— Je le sais, et tu le sais. Mais les gens qui liront ça vont penser autre chose.

— Ils découvriront la vérité rapidement. Quelques questions aux bons endroits, et ils sauront que la seule chose où cet article a tapé dans le mille c'est que je suis célibataire.

Ce qui lui convenait. Il finirait bien par trouver une compagne. Trop d'exemples l'entouraient de personnes qui faisaient de bons mariages pour ne pas vouloir plonger à un certain moment.

Mais pour l'instant, oh que non.

— En ignorant cet article une fois que tu m'auras dit comment tu as fini par lire de telles bêtises, quand est-ce que tu arrives ? demanda Dustin.

— L'article, c'est la faute de ma mère. Elle a repéré les âneries il y a environ quinze minutes en cherchant quelque chose. Elle me l'a transféré avec un message qui disait qu'être rancher payait à l'évidence mieux que la technologie, alors peut-être que mes étés passés à travailler avec toi ne seraient pas complètement inutiles.

Shim ricana avec Dustin, puis ajouta les détails plus importants.

— J'ai remis mon dernier projet aujourd'hui. J'arriverai lundi si ça marche toujours.

— Bien sûr que ça marche. Je serai super content de te revoir.

C'était un domaine où Dustin savait exactement ce qui se passait.

— Félicitations d'avoir terminé l'université. Tu retournes dans la même chambre dans le dortoir. Envoie-moi les détails, et je viendrai te chercher à l'aéroport.

— Inutile. J'ai une camionnette cette fois.

Eh bien, bon sang, d'autres bonnes nouvelles.

— Tu l'as achetée ?

— Oui. J'ai hâte de te la montrer quand j'arriverai, dit Shim avant de se racler la gorge. Bien sûr, ma Chevrolet de quatrième main, aussi jolie qu'elle soit, n'aura pas droit à un autre regard à côté de ce que les milliardaires chics conduisent cette semaine.

— Dégage, dit Dustin légèrement.

— Je dis ça comme ça.

— Tu es un crétin. *C'est ça* que tu dis ? demanda Dustin en réfléchissant. Bien sûr, je suis d'accord avec toi.

Shim se mit à rire.

— D'accord, je te lâche. Mais sérieusement, cet article pourrait n'être rien, ou ne t'apporter rien d'autre que des problèmes. J'espère que c'est la première option.

— Je ne peux pas y faire grand-chose. Il est lâché au grand jour, maintenant.

L'extrémité de la canne à pêche de Dustin plongea, la cloche d'avertissement dansa joyeusement alors qu'un poisson trouvait enfin l'appât.

— J'en ai un, ajouta-t-il. Je dois y aller.

— Amuse-toi bien.

Dustin lâcha le téléphone et attrapa sa canne sur le support. Il profita d'une jolie petite lutte avec une truite arc-en-ciel avant de relâcher prudemment le poisson dans le Big Sky Lake.

Ce fut alors qu'il remarqua que son téléphone, posé dans l'herbe, continuait à faire des bruits.

Dustin le ramassa et jeta un coup d'œil à l'écran.

— C'est quoi cette embrouille ?

L'alerte l'avertissait de TRENTE-SEPT MESSAGES. Pendant qu'il fixait le nombre avec stupéfaction, il continua à monter alors qu'un autre bourdonnement résonnait.

Qu'est-ce que c'était que ce bazar ?

— Et c'est dans ce placard que nous gardons les fournitures de bureau supplémentaires. Quand tu auras trouvé tes marques au bout de quelques jours, si tu veux réorganiser pour te simplifier la vie, n'hésite pas, dit Tucker Stewart en faisant un geste dans la pièce. Je pense que c'est tout pour la visite du bureau. Des questions ?

Charity Gruzing noua ses mains sur le dossier du fauteuil de bureau devant elle pour s'empêcher de bondir de joie.

— C'est bon pour l'instant. Si je pense à quelque chose, je ferai une liste pour pouvoir toutes les poser d'un coup.

Tucker prit son chapeau sur le portemanteau et replaça le Stetson noir sur sa tête. Un sourire discret ourlait ses lèvres alors qu'il lui lançait un clin d'œil.

— Je suis à fond pour l'efficacité, mais si tu dois m'interrompre, vas-y. Ne t'embête pas à réserver tes questions pour les balancer toutes d'un coup. Je suis ravi que tu prennes le relais de certaines des tâches que j'aime le moins.

— Nous avons tous nos points forts, dit-elle poliment.

Elle attendit qu'il ne soit plus visible avant de fermer l'épaisse porte en bois fermement.

Après avoir vérifié que la fenêtre qui donnait dans l'écurie était couverte par son rideau occultant et que la fenêtre vers l'extérieur montrait un champ vert désert, Charity leva les mains en l'air et fit une petite danse de la joie sur place, au milieu du bureau de Silver Stone.

Enfin.

Elle se tourna impatiemment vers les listes de tâches que Tucker avait établies pour elle. Avec son premier jour qui tombait un vendredi, elle voulait travailler vite pour se familiariser avec tout et pouvoir plonger dans le boulot de toutes ses forces lundi.

Son téléphone sonna. Elle répondit rapidement et discuta avec son amie Fern Fields pendant qu'elle organisait la première pile de papiers selon les dates sur les factures.

— Ranch de Silver Stone. Ici Charity Gruzing. Comment puis-je vous aider ?

Un cri de joie résonna sur la ligne.

— Tee ! Tu dois frissonner d'excitation. Ta première journée de travail ! Je suis ravie pour toi.

— Je suis au-delà des frissons. Quelque part entre la vibration et le tremblement de terre, ce qui va rendre ça difficile quand je me mettrai sur l'ordinateur plus tard.

— Ton stress va se calmer bientôt, mais je pressens que tu vas rester ravie pendant un bon moment, dit Fern, un rire dans la voix. Alors ?

Charity marqua une pause dans son tri.

— Alors... Quel est le reste de ta question ?

Fern baissa la voix.

— Je ne voulais pas prononcer le nom de qui que ce soit au cas où tu serais sur haut-parleur.

Oh. *Ce* sujet-là. Le bureau semblait assez insonorisé, mais juste au cas où, Charity prit son téléphone et le plaça contre son oreille.

— Je n'ai pas obtenu ce travail dans l'espoir de lorgner Dustin Stone.

— Mais c'est un chouette avantage supplémentaire. De plus, c'est un mec bien. Tu es ma meilleure amie. J'aime ça quand les gens que j'apprécie s'apprécient aussi.

Et c'était à cet instant que cette conversation avait besoin de changer de direction, aussi vite que possible.

— Nous nous apprécions, Petite Miss Fouineuse. Dustin et moi sommes bons amis, et c'est tout. N'essaie pas de jouer les entremetteuses.

— Je n'imaginerais jamais faire une telle chose.

Fern avait tenté de prendre un ton de consternation étonné. Elle avait lamentablement échoué.

— Tu es une grande menteuse, mais je t'aime quand même, dit Charity en lançant un coup d'œil vers l'horloge sur le mur. En attendant, j'occupe maintenant un emploi rémunéré à un nouveau poste merveilleux. Ce qui signifie que je vais te dire au revoir jusqu'à demain pour pouvoir me concentrer sur le fait d'impressionner mes nouveaux patrons.

— Ça a l'air d'un bon plan. Tu vas faire de l'excellent boulot, lui assura Fern. On se retrouve à 19 heures ?

— Et comment.

Charity plongea dans la paperasse. Son nouveau poste de responsable administrative mettrait à profit des compétences qu'elle avait accumulées pendant les quatre années écoulées depuis qu'elle avait obtenu son diplôme au lycée. Après deux ans d'université avec une bourse, suivis d'une formation sur le tas, elle maîtrisait les bases sur le bout des doigts : des comptes simples, de l'organisation et la gestion du calendrier.

Mais une partie du nouveau travail était beaucoup plus

technique. Silver Stone possédait plusieurs systèmes de réservations en ligne qu'elle devait passer en revue plus en détail pour s'assurer de savoir absolument comment ils fonctionnaient.

L'idée de foirer quelque chose d'important suffisait à faire en sorte qu'elle se concentre sur ses tâches et ignore la plupart des joyeuses distractions qui flottaient dans son cerveau.

Ce n'était pas seulement que son nouveau travail était dans un endroit hautement respecté comme Silver Stone, même si c'était l'essentiel. Avoir un salaire constant au-dessus du salaire minimum était la plus grande amélioration. Charity était fatiguée de vivre au jour le jour.

Ce n'est pas toujours facile de faire ce qu'il faut, mais nous le faisons quand même.

La voix de sa grand-mère résonna dans la tête de Charity. Elle était décédée maintenant, mais elle avait eu une très grande influence durant les années d'adolescence de Charity. Mamie Lily avait élevé Charity et sa sœur Chelsea après que leurs parents avaient cessé de faire semblant d'être la famille parfaite et que tout avait explosé.

L'un des résultats de cette pagaille était que Charity n'avait pas eu beaucoup de soutien financier après le lycée. Les quatre dernières années avaient été difficiles.

On frappa à la porte du bureau avant qu'elle ne s'ouvre.

— Tucker, je voulais te parler de…

Tamara Coleman s'arrêta brusquement.

— Charity. Eh bien, bon sang. Il l'a vraiment fait.

— Excusez-moi ?

Charity bondit sur ses pieds quand la femme un peu plus âgée entra dans la pièce. Par le passé, Charity avait donné des cours de ballet aux filles de Tamara. Mariée à Caleb, le frère aîné et le chef de Silver Stone, Tamara était une de ces personnes qui, semblait-il, avaient une manière discrète de lire dans votre âme en un coup d'œil.

Charity n'avait aucun désir de s'accrocher avec cette femme ou de se la mettre à dos.

Tamara traversa tranquillement la pièce et s'assit, faisant signe à Charity de se rasseoir.

— Caleb et moi disons à Tucker d'engager quelqu'un depuis des lustres. Il ne cessait de dire qu'il le ferait. Je présume que c'est pour ça que tu es là ?

— Je viens de commencer, acquiesça Charity, désireuse d'être utile. Si vous voulez savoir où il est, je peux le découvrir assez vite.

— Non, c'est bon. Ça peut attendre.

Charity avait déjà ouvert l'appli Finder sur l'ordinateur de bureau. Elle avait passé les trente dernières minutes à s'assurer de pouvoir bien s'en servir.

— Il est avec Ashton Stewart et Caleb dans le manège quatre.

Un long sifflement bas échappa à Tamara.

— Bon sang. Je peux voir ?

Charity fit légèrement rouler son fauteuil en arrière et fit un geste vers l'écran de l'ordinateur.

— C'est pratique, mais le traçage des données me donne aussi la chair de poule.

Tamara se tenait derrière elle, se penchant plus près pour examiner les petites icônes qui apparaissaient sur la carte du ranch.

— Oh, regarde. Dustin chevauche encore sur son sentier préféré.

Elle pointa du doigt son icône près de la limite la plus lointaine au nord du ranch avant de reculer et de secouer la tête.

— Ouais, je te comprends, continua-t-elle. Je suis tout aussi étonnée et horrifiée par la technologie. Savoir que quelqu'un pourrait me trouver aussi vite est un peu effrayant.

— Laissez votre téléphone derrière vous.

Charity oublia à qui elle parlait alors que l'envie de plaisanter l'envahissait.

— Tucker a dit qu'ils n'en sont pas encore au point d'implanter des traceurs chez tous ceux qui travaillent à Silver Stone, continua-t-elle. C'est sur le planning du mois prochain.

Tamara releva brusquement la tête, le regard perçant derrière ses lunettes à monture rose fluo. Un instant plus tard, un grand sourire apparut.

— Tu sais, je t'ai toujours appréciée. Je pense que tu seras un bon ajout à Silver Stone.

— Je vous apprécie aussi, répondit Charity honnêtement. Je prévois de faire du bon boulot.

Après un dernier coup d'œil à l'écran , Tamara secoua la tête et retourna de l'autre côté du bureau.

— Je suppose que je devrais te poser cette question avant d'aller déranger Tucker. Est-ce que tu as accès au tableau de service pour les prochaines semaines ? Nous avons toutes eu des problèmes de timing lors de la soirée entre filles le mois dernier. Je veux m'assurer que Kelli est libre avant que nous arrêtions une nouvelle date.

— Je pense pouvoir faire ça. Une minute.

Charity ouvrit un autre dossier de l'ordinateur. Elle attrapa une pile de papiers sur le bureau que Tucker lui avait indiquée. C'étaient des données de planification à fusionner. Après avoir feuilleté quelques pages et regardé le calendrier, elle hésita.

— Je vais devoir revenir vers vous. D'après mes sources, les heures où Kelli travaille sont contradictoires. Soit je ne lis pas ça correctement, soit on l'a inscrite deux fois.

— C'est probablement l'option de la double inscription, dit

Tamara d'un ton pince-sans-rire. Si tu peux le découvrir et me le faire savoir lundi, j'apprécierais.

— Bien sûr.

Tamara hocha la tête.

— Bienvenue à Silver Stone. Merci de gérer le chaos. Et fais-moi confiance, je sais personnellement à quel point la paperasse peut devenir sans foi ni loi par ici.

— De rien. J'attends le défi avec impatience, affirma Charity joyeusement.

Une fois Tamara partie, le reste de l'après-midi passa rapidement. Charity avança dans les piles de données, remplit un million de feuilles, et reçut une autre leçon impromptue de comptabilité à la Silver Stone quand le frère Stone numéro deux, Luke, entra brusquement dans le bureau avec un air contrit et une poignée de reçus non remplis.

Avec une sensation d'accomplissement, Charity termina de mettre le bureau en ordre.

Elle était en train d'enfiler son manteau quand le troisième frère de la famille Stone entra.

Walker Stone était un cow-boy mince et musclé. Il parlait plus doucement que Luke et avait passé du temps dans les compétitions de rodéo sur des taureaux. Rien que de penser au danger auquel il avait fait face donnait la nausée à Charity.

Il parlait déjà tout en entrant dans le bureau.

— Je voulais te poser une question.

Il s'attendait probablement à trouver Tucker, pas elle.

— Je peux laisser un message pour Tucker, proposa Charity. Ou si c'est une urgence, je peux le trouver tout de suite.

Walker sourit.

— Non, c'est à toi que je parlais.

— Oh. Bien sûr. Qu'y a-t-il ?

Charity installa la lanière de son sac à main sur son épaule et attendit patiemment.

— Je sais que tu gères les choses ici maintenant, dit Walker en faisant tourner un doigt en l'air en indiquant le bureau. Et j'ajouterai « Dieu merci ».

Elle se mit à rire.

— Ivy et moi on se demandait, est-ce que ça veut dire que tu n'enseigneras plus le ballet ? demanda Walker en fronçant les sourcils. Attends. Les camps d'été sponsorisés par le Boys and Girls Club incluent la danse. Qu'est-ce qui va se passer avec ça maintenant que tu as commencé à travailler ici ?

— Les camps d'été sont toujours prévus, lui assura Charity. J'ai préparé mon calendrier à Silver Stone pour que les cours que j'enseigne durant l'été puissent toujours avoir lieu.

Walker hocha la tête avec une expression pensive.

— Quant à l'automne, je n'ai pas encore arrêté mes projets aussi loin, mais je n'ai aucune intention d'abandonner les leçons de danse après l'école. J'adore enseigner, et je pense que c'est une bonne chose pour la communauté.

Avoir deux emplois voulait dire qu'elle n'aurait pratiquement aucun jour de repos pendant l'été, même après avoir abandonné son poste de bénévole auprès des pompiers.

Son emploi du temps était gérable.

Tout juste.

Walker la regarda, mais son expression s'éclaira.

— Mes trois enfants s'intéressent à la danse. Je suis content d'entendre que ça va continuer.

— Si les choses changent à l'automne, je pourrai leur donner des cours particuliers.

Bon sang. Elle devait vraiment réfléchir un peu plus avant de parler. Parce que si elle n'enseignait pas avec le programme géré par la communauté, ce ne serait pas financièrement faisable de donner des leçons à quelques enfants seulement.

Oh, eh bien. Si elle finissait par donner quelques heures, mais que les enfants s'amusaient, ça en vaudrait la peine au final. Rester dans les bonnes grâces de la famille Stone était une priorité.

Walker lui tendit la main.

— J'apprécie.

Acceptant sa main, elle la serra fermement.

— Pas de problème.

Après avoir fermé à clé le bureau derrière elle, Charity baissa la tête et alla droit vers sa voiture.

Une soirée de détente fut suivie d'une grasse matinée. Le samedi était consacré au ménage de son minuscule appartement avec une seule chambre, ce qui incluait de faire la vaisselle qui s'était accumulée... un marathon qu'elle entreprenait une fois par semaine.

La journée passa assez rapidement pour qu'il soit bientôt l'heure de se préparer pour retrouver Fern. Charity enfila une jupe en jean et un chemisier à carreaux bleus par-dessus un joli débardeur jaune.

Elle laissa ses cheveux libres. Ses boucles en forme d'accroche-cœurs tombaient sur ses épaules en une superbe couronne châtain foncé, comme sa grand-mère disait. Elle se sentait jolie et était toujours excitée après sa première super journée de travail.

Fern se tenait sur la plateforme en bois devant le pub Rough Cut, agitant la main alors que Charity traversait la rue depuis son appartement.

— Hé, copine.

Fern lui en tapa cinq, puis passa le bras avec sa prothèse de main sous celui de Charity.

— Prête à aller guincher ?

— Seigneur. Un jour tu vas dire une de ces phrases à côté de quelqu'un qui pense que tu te moques de lui.

— S'ils avaient l'habitude d'aller guincher, je doute qu'il ferait une telle fixation sur la sémantique, répondit Fern en l'entraînant avec elle. Viens. Beaucoup de gens sont venus ce soir. Laisse-moi reformuler ça... Beaucoup de *femmes* sont venues ce soir. J'ai vérifié pour voir s'il y a une *soirée spéciale dames avec boissons à volonté*, mais rien. On pourrait bien finir par devoir danser ensemble.

— Ce n'est pas la pire des punitions, signala Charity. Tu n'as pas deux pieds gauches.

— C'est vrai.

Fern attrapa la porte et l'ouvrit, poussant Charity devant elle dans la lumière tamisée tandis que de la musique country montait en volume.

Bousculée par les corps autour d'elle, Charity lutta pour rester debout. Elle était déjà venue au Rough Cut quand il était plein, mais c'était au-delà de ce qu'elle avait jamais vu.

Épaule contre épaule avec les personnes autour d'elle, elle fut poussée en avant comme si elle était emportée par une vague. Et quand la pression s'arrêta momentanément, elle fut projetée durement contre le dos d'un cow-boy.

Il chancela, s'inclina. Charity lutta pour retrouver son équilibre, mais un autre coup contre son postérieur l'envoya plus durement contre lui. Tandis qu'elle s'excusait, ils tombèrent au sol, se retournant.

Il l'attrapa par les bras, et quand ils atterrirent, il était sous elle, le dos sur la piste de danse. Elle rebondit contre son torse, l'air s'échappant de ses poumons alors qu'elle fixait le visage de l'homme avec qui elle rêvait de se retrouver dans ce genre de position. Enfin, pas comme ça, mais tout de même...

Elle rougit violemment alors que son attention se concentrait sur le petit espace sur la piste de danse où Dustin Stone se trouvait, couché sous elle dans toute sa gloire musclée.

2

———

Cela avait été un sacré début de week-end. Il semblait que cela allait être une sacrée nuit aussi.

S'allonger sur la piste de danse n'était pas une bonne idée à la base et, ce soir-là, c'était carrément dangereux. Ce qui voulait dire qu'au lieu de prendre une seconde pour apprécier le fait que son mouvement de gymnastique sophistiqué ait fonctionné...

Ne mens pas. Tu apprécies les courbes douces placées contre toi, pas tes mouvements de super-héros...

Mince. Ses pensées n'étaient pas autorisées à s'aventurer sur ce terrain.

Dustin se remit sur pied tout en soulevant Charity, les mains placées autour de sa taille. Même une fois qu'ils furent debout, il la garda près de lui parce que la foule du Rough Cut était effarante.

— Ça va ?

— Je crois ?

Charity hésita et plaqua une main contre son torse pour reprendre son équilibre.

— Désolée. Encore une fois.

— Ce n'est pas ta faute, insista-t-il en laissant son regard errer sur elle.

Elle n'avait pas l'air d'avoir été blessée, mais avoir été poussée suffisamment fort pour le faire tomber aurait pu faire mal.

Fern Fields s'avança et son regard écarquillé fila vers la foule autour d'eux.

— Cet endroit est hors de contrôle.

Charity se baissa, évitant de justesse un coup de poing alors que quelqu'un lançait les bras en l'air avec enthousiasme et criait « Hourra ! ».

Assez.

— Viens, dit Dustin en penchant la tête vers le côté de la piste de danse tout en entraînant Charity avec lui.

Après qu'un rapide coup d'œil lui eut assuré que Fern les suivait, Dustin se concentra pour rester debout alors qu'ils slalomaient à travers la foule vers la petite alcôve planquée sur la droite de la scène.

L'alcôve heureusement vide bloquait une partie de la musique très forte et des voix chahuteuses. L'instant de calme relatif était un soulagement bienvenu.

Dustin s'adossa contre le mur et inspira profondément.

— Bon sang. C'est le pur chaos.

— Que se passe-t-il ? demanda Charity en lançant un coup d'œil à la pagaille. Je n'ai pas vu une foule pareille depuis cette nuit où le chanteur de country pour qui ton frère Walker a fait les chœurs s'est pointé en ville et a fait un spectacle impromptu.

— Je me souviens de cette nuit, dit Fern en donnant un coup de poing sur l'épaule de Dustin. Tu appréciais tellement les mouvements de hanches de sa choriste que tu m'as marché sur les pieds une douzaine de fois pendant que nous dansions.

— Merci, Fern. Bien sûr tu te souviens de moi en train de quelque chose de gênant.

Fern lui tapota la joue affectueusement.

— Tu peux toujours compter sur tes meilleurs potes meufs pour te faire garder les pieds sur terre.

Charity ne disait rien, mais une esquisse de sourire flottait sur ses lèvres.

C'était trop tentant. Dustin roula des yeux.

— Tu penses aussi quelque chose d'affreux sur moi. Je n'ai aucune chance avec vous deux, n'est-ce pas ?

Elle sourit carrément.

— Je n'ai rien dit.

— Tu le pensais très fort, râla Dustin.

Mais il lui lança un clin d'œil avec ses paroles. Il jeta un autre coup d'œil vers la piste de danse et secoua la tête.

— Je ne sais pas pour vous, continua-t-il, mais je ne suis pas assez maso pour rester ici.

Fern plissa le nez.

— Il y a plus de gens qui circulent que de gens qui dansent.

— Je me demande toujours pourquoi, marmonna Charity. C'est comme un puzzle à résoudre.

— Sauf que ce puzzle implique des orteils écrasés et des hanches meurtries, répondit Fern en haussant les épaules. Peut-être que c'est juste un truc de week-end, mais je suis d'accord. Nous devrions faire autre chose pour nous amuser ce soir.

Charity eut l'air déçue mais hocha la tête.

— J'ai de quoi préparer des nachos, dit-elle avant que son regard ne se tourne vers Dustin. Tu es le bienvenu.

Il n'allait certainement pas rester ici. Il n'y avait pas de raison pour qu'il retourne à sa chambre dans le dortoir – il essayait de passer plus de temps éloigné du ranch de Silver Stone plutôt que de traîner là-bas même lors de ses soirées de repos.

De plus, les filles étaient de bonne compagnie. C'était une décision simple que de hocher la tête.

— Tu veux que j'aille chercher quelque chose ?

— Ça va, l'informa Fern alors qu'elle l'éloignait du mur et le tournait vers la foule. Nous t'utiliserons comme linebacker défensif. Tout droit, Stone. Amène-nous à la liberté en un seul morceau, et je te laisserai mettre des piments *jalapeños* sur les nachos.

Un rire s'échappa des lèvres de Charity.

— Oublie l'idée de l'affrontement. Suivez-moi.

Elle les guida loin de la foule. En se glissant derrière la scène, le volume de la musique devenait assourdissant. Charity ne se donna pas la peine de parler et pointa simplement le panneau « sortie » lumineux placé derrière les haut-parleurs massifs.

Un instant plus tard, ils se tenaient dans la ruelle derrière le Rough Cut. L'air doux printanier était un changement rafraîchissant après l'atmosphère renfermée du pub.

L'expression de Charity devint du pur contentement.

— La liberté, comme demandé. Ce qui veut aussi dire que nous n'éviterons pas les *jalapeños*. Sauf sur ma portion du plateau.

Fern lui en tapa cinq.

— Bien joué, ma meilleure pote. Le nouveau plan pour la soirée est activé. Venez. C'est l'heure des nachos. Nous trouverons quelque chose à regarder.

— Tu ne vas pas me convaincre de regarder ce film d'horreur sur lequel tu t'extasiais, l'avertit Charity alors qu'ils avançaient les uns à côté des autres, s'éloignant à grands pas du bruit du pub.

— Ce n'est pas de l'horreur, c'est un thriller psychologique.

— Oh, super, ça rend tellement mieux... *non*. Ça retourne

l'esprit, râla Charity. Ça ne détend pas et ce n'est pas divertissant. C'est stressant.

— L'adrénaline c'est bon pour le corps.

— Ha.

Dustin avançait à côté d'elles, appréciant leurs vannes discrètes après le bruit, pas seulement du pub, mais des derniers jours.

Même s'il avait encore son téléphone sur lui, Dustin avait fourré l'appareil dans sa poche arrière. Il avait mis la sonnerie et toutes les notifications sur silencieux. Maintenant, les seules personnes qui pouvaient le joindre étaient Caleb et Tucker.

Saletés de réseaux sociaux.

Un petit coup toucha son épaule, et il lança un coup d'œil à Charity qui le regardait avec curiosité.

— Tu es affreusement silencieux ce soir.

Dustin haussa les épaules.

— Je réfléchis.

Fern passa le bras autour du sien.

— Une chose dangereuse à faire.

Charity ricana.

Le temps passé avec ces deux-là était agréable, facile.

Comme Fern l'avait dit, ils étaient potes. Les familles Fields et Stone étaient amies depuis une éternité, ce qui voulait dire que Fern et lui avaient passé beaucoup de temps ensemble plus ou moins régulièrement au cours des années. Quand Charity avait emménagé à Heart Falls quelques années auparavant, elle aussi avait trouvé sa place dans cette amitié.

Ce qui lui faisait penser... Il serra la main de Fern.

— Shim sera là lundi.

— Je sais.

Il était tentant de rouler de nouveau des yeux.

— J'aurais dû deviner que tu le savais déjà.

Fern agita la main.

— Étant donné que nous nous parlons toutes les semaines depuis qu'il est parti, bien sûr que je suis au courant de son emploi de temps.

Eh bien, bon sang.

— Je n'avais pas idée que vous...

Dustin s'arrêta, littéralement. Juste là sur le trottoir devant l'appartement de Charity. Shim n'avait pas dit un mot au sujet de Fern.

— En y repensant, je n'ai aucune idée de *ce que* vous trafiquez. Est-ce que vous avez vraiment réussi à avoir une relation à long terme pendant tout ce temps ?

Deux rires dansèrent entre Fern et Charity.

Fern agita un doigt vers lui.

— Non. Il n'y a rien de ce genre entre Shim et moi. Il est mon mentor en ligne pour certains talents techniques dont j'ai besoin dans mon travail à la galerie.

— Alors vous *ne* sortez *pas* ensemble ?

Dustin était perplexe. Même si Shim n'avait jamais admis franchement quoi que ce soit, Dustin avait des soupçons.

— J'ai toujours cru que vous vous intéressiez l'un à l'autre.

Il suivit Charity dans son appartement au premier étage.

— Bien sûr que non. Shim le sait. J'ai sur quelqu'un d'autre à l'œil, dit Fern en lui lançant un sourire lumineux.

Intéressant.

— Eh bien, c'est une invitation à en demander plus.

Charity transféra les ingrédients du frigo vers le plan de travail. Elle marqua une pause pour secouer fermement la tête vers Dustin.

— C'est ce qu'on pourrait croire, mais cette femme est une tombe quand il s'agit des détails. Elle en lâche juste assez pour me taquiner. Je m'enorgueillis du fait d'être observatrice, alors je n'ai aucune idée de la raison pour laquelle je n'arrive pas à trouver de qui elle se languit.

Fern posa deux plaques de cuisson sur la table et pointa du doigt le placard au-dessus du réfrigérateur.

— Pas que je veuille changer de sujet, mais je change totalement de sujet. Dustin, à ton tour, s'il te plaît.

Il émit un petit rire alors qu'il s'étirait pour attraper deux paquets de chips.

— Je ne t'ai jamais demandé. Pourquoi est-ce que tu mets tes chips sur le placard le plus haut ? Si je ne suis pas là, tu dois traîner une chaise là-bas pour les atteindre.

— Exactement. C'est soit les mettre hors de portée, soit ne pas en avoir dans la maison, et je préfère en avoir quand j'en veux vraiment, répondit Charity en pointant du doigt la râpe et le morceau de fromage sur le plan de travail.

Dustin se mit docilement au travail.

— Quand je les mets sur l'étagère du haut, je ne peux pas les atteindre sans faire un choix délibéré, continua-t-elle. Par conséquent, je ne les attrape pas aussi souvent que je le ferais autrement.

C'était brillant, d'une manière tordue.

— Bonne idée, je suppose.

— Merci pour cette approbation enthousiaste, répondit Charity en attrapant deux avocats mûrs sur le plan de travail pour commencer à préparer du guacamole. Puisque Fern ne veut pas que nous mettions nos nez dans ses affaires, retournons à ma question d'origine. Dans quelles pensées profondes te perdais-tu ? Ou est-ce que tu étais simplement déçu de ne pas avoir pu guincher toute la nuit ?

Vraiment ?

— Qui donc emploie des mots comme « guincher » ?

Pour une raison inconnue, cela fit ricaner Fern.

Charity marqua une pause alors qu'elle écrasait l'avocat et agita sa fourchette vers lui.

— Pensées profondes ?

— Les réseaux sociaux.

— *Ooooooh*, fit Fern en alternant les chips de nacho avec le fromage alors qu'il terminait de râper des morceaux. Les maux de cette réalité moderne ou ses incroyables avantages ?

— Le facteur agacement pour l'instant.

Il ne voulait pas regarder son téléphone et voir combien de messages il ignorait actuellement.

— Il semble que mon nom soit mentionné dans un article « putaclic », et maintenant tous ceux qui ont un jour été en contact avec moi doivent découvrir ce que je pense de l'article et si c'est vrai.

Il n'allait pas leur parler des *amis* qui avaient déjà essayé de lui demander un prêt.

— Bon sang. C'est agaçant, acquiesça Charity. J'ai eu un truc qui est devenu viral une fois. Ce n'était pas agréable.

Fern fronça les sourcils.

— C'est pour ça que tu n'as aucun compte sur les réseaux sociaux ? Pour leur échapper ?

— En gros, oui. Je peux parler à tous ceux que je veux d'autres manières, dit Charity en haussant les épaules. C'est mon truc.

Exactement. Dustin la regarda dans les yeux et hocha la tête.

— J'aime pouvoir rester en contact avec des amis. Quand je veux une distraction abrutissante, les gens qui font des trucs dingues sont juste là pour se faire plaisir sur le court terme sans s'engager. Je n'aime pas les soi-disant amis qui semblent seulement s'intéresser à mes trois minutes de gloire.

— Gloire au pouvoir de la connexion... huit kilomètres de large et un centimètre de profondeur, dit Fern en plaçant les plats dans le four. Désolée que tu doives gérer ça.

Elle sortit son téléphone.

— Quel site « putaclic » ? Oh, peu importe. Je vais chercher sur Google.

— *Fern*, la réprimanda Charity alors qu'elle cherchait dans le frigo. Lâche-le un peu.

— Donne-lui une bière, suggéra Fern, les yeux fixés sur son écran de téléphone. *Ooooh.* Tu es un homme riche, hein ? Est-ce que je mets du caviar sur tes nachos ?

Dustin émit un bruit de pet en prenant la bière que Charity lui mit dans les mains.

— Attention, Fields. L'envie d'enquêter activement sur ta vie amoureuse grandit...

— Je suis toute frémissante, dit Fern en plaçant un *jalapeño* dans sa bouche et en émettant un son de plaisir avant de lui tapoter le bras avec empathie. Désolée, mon pote. Ce hashtag est impoli.

— Être traité d'étalon me donne l'impression d'être un de nos chevaux.

Fern écarquilla les yeux.

— Oups, ouais, mais ce n'est pas le pire.

Bon sang.

— Montre-moi, exigea-t-il.

Elle tendit son téléphone. Un comique avait ajouté *#CowboyFrimeurBienMonté* à l'article, et maintenant ce hashtag avec celui d'*#ÉtalondeSilverStone* étaient tous deux envoyés avec le lien « putaclic ».

Dustin soupira.

— Rien à faire.

Fern grimaça.

— Encore une fois, désolée. Je croise les doigts pour que ça finisse et que disparaisse d'ici demain avec un autre gros titre. Bon... le truc suivant sur le programme. La distraction pour la sélection du film. Toi, Tee, et Dustin, vous allez faire un bras de fer pour décider ce qu'on va regarder d'abord.

C'était agréable de les avoir chez elle. Fern et Dustin.

Fern, c'était logique. Après tout, elles traînaient ensemble quand c'était possible.

Dustin, cependant... Ils étaient amis. Ils étaient de bons amis, absolument.

Bon sang de bois quand même.

Charity soupira alors qu'elle remerciait sa bonne étoile. Elle appréciait peut-être son allure, et elle était sans doute attirée physiquement par lui, mais elle n'était pas en position d'avoir un petit ami à plein temps. Pas même un comme Dustin.

Peut-être *surtout* pas quelqu'un comme Dustin. La distance entre eux avait toujours été énorme financièrement, et maintenant c'était un gouffre béant. Pas à cause de ce stupide article, mais parce qu'elle connaissait la famille.

Une femme célibataire sans aucun soutien familial sauf une sœur tout aussi fauchée mais très aimée n'était pas l'égale d'un homme qui appartenait à une dynastie familiale.

Par conséquent, être amis était la meilleure et seule solution. Avoir un réseau de soutien des deux sexes était merveilleux et, pour l'instant, exactement ce dont elle avait besoin.

Elle souhaitait simplement qu'il y ait un moyen de le dire à son corps alors qu'elle était assise sur le canapé à côté de lui, leurs cuisses se touchant.

Fern avait pris le contrôle d'un coin du canapé, et Dustin de l'autre, laissant Charity comme fourrage au milieu. À chaque fois que le coude du cow-boy touchait le sien lorsque l'un ou l'autre changeait de position, une petite sensation de bourdonnement remontait le long de sa colonne vertébrale. Il était vrai que c'était une sensation forte au rabais, mais est-ce qu'elle s'éloigna de lui ?

Non.

Ce qui voulait dire que non seulement elle ignorait merveilleusement ses propres excellents conseils, mais qu'elle cherchait aussi des problèmes éventuels.

Son téléphone sonna, et elle bondit pour y répondre, refusant la suggestion de Fern de mettre le film sur pause.

— C'est ma sœur. Ça ne devrait pas être long.

Elle se glissa dans sa chambre et ferma la porte.

— Hé, Chelsea. Comment ça se passe ?

— Par ici ? Super. Plus important encore, comment s'est passée ta première journée hier ?

— Merveilleuse et effrayante toute à la fois, admit Charity. L'essentiel était la frousse du premier jour, mais aussi un peu « est-ce que je suis dépassée ? ».

— De ce que tu m'as dit de Silver Stone, du moment que tu fais de ton mieux, ils t'aideront à surmonter les bosses sur la route.

— Tu as raison. Je suis juste nerveuse.

— C'est normal, mais tu gères, lui assura Chelsea.

Ce qui était exactement ce qu'elle avait besoin d'entendre.

— Merci.

— C'est vrai.

Charity inspira profondément.

— Tu es géniale, et je t'aime, mais je ne peux pas te parler longtemps parce que j'ai des amis à la maison.

— Je n'ai moi-même qu'une minute. Suz et moi allons danser, mais je n'ai pas eu le temps hier soir et je voulais appeler ma petite sœur avant que trop de jours ne soient passés.

C'était comme ça que Chelsea opérait, c'était une des raisons pour lesquelles Charity l'aimait tellement. Elles ne vivaient pas l'une sur l'autre, mais elles s'assuraient de rester en contact.

— Je suis contente que tu aies appelé, et les choses se passent super bien. Embrasse Suz pour moi, et passez un excellent moment ce soir. Je te contacterai la semaine prochaine avec mon emploi du temps final pour que nous puissions prévoir nos vacances d'été de retrouvailles, aussi courtes qu'elles doivent être.

— Parfait. Je t'aime.

— Moi aussi.

Une chaleur puissante emplit son cœur. Charity n'avait peut-être plus sa mamie Lily, mais une sœur solide comme le roc et une belle-sœur de son côté lui suffisaient. Souriant toujours, elle retourna dans la pièce principale pour rejoindre ses amis.

La porte d'entrée se refermait, un petit rire doux échappant à Dustin alors qu'il se retournait dans la salle de séjour.

Il la remarqua et lui lança un grand sourire, pointant le pouce par-dessus son épaule.

— Fern a reçu un appel. Quelque chose au sujet de son beau-frère qui a besoin d'elle pour gérer un ordinateur qui est devenu fou à la galerie, et ça ne peut pas attendre demain matin ou ses peintures vont fondre.

Charity tenta d'empêcher ses soupçons de se lire sur son visage. Il était tout à fait possible que cette histoire soit vraie. Il était également possible que Fern soit, encore une fois, une *bonne amie* et la laisse seule avec Dustin.

Il n'y avait rien d'autre à faire qu'avancer. Il n'y avait pas de raison qu'ils ne puissent pas profiter de la fin du film ensemble.

— Il y aura plus de nachos pour nous.

Elle lui lança un clin d'œil alors qu'elle allait chercher de la glace pour sa boisson. Elle se retourna et découvrit Dustin qui fronçait les sourcils par-dessus son épaule, regardant derrière elle dans le frigo.

— Tu as besoin de quelque chose ?

Il lança un coup d'œil à la table basse où se trouvaient l'assiette de nachos et les bières de Dustin et de Fern.

Il croisa placidement le regard de Charity.

— Pourquoi est-ce que tu bois de l'eau ?

Elle rougit. Elle n'allait pas admettre qu'il ne restait que deux bières dans le frigo. Acheter des petits plaisirs était réservé au début du mois.

— L'hydratation est importante.

L'expression de Dustin se tendit.

— Nous aurions pu partager.

Elle émit un son moqueur.

— C'est bon. Boire de l'eau pendant une soirée ne va pas me tuer.

— Non. Mais verser deux bières dans trois verres non plus, répondit-il en souriant. J'aurais levé mon petit doigt en l'air comme si j'étais chic. Fern aurait adoré ça.

La gêne disparut alors qu'il plaisantait. Charity le poussa doucement vers le canapé.

— D'accord, la prochaine fois que j'oublie d'acheter de la bière, j'insisterai pour que nous partagions.

Il ne dit rien, et il était à quelques pas derrière elle quand elle s'installa sur le canapé.

Dustin s'assit, prit sa bière et commença à la verser dans le verre qu'il avait dû prendre dans le placard.

— Voilà. Comme nous le disons à mes nièces et neveux, le partage c'est important.

Seigneur.

— Tu ne viens pas de faire ça.

Il s'immobilisa, le verre tendu.

— Verser sans renverser ?

— Verser d'une bouteille dans laquelle tu buvais, répondit Charity en faisant un geste vers celle-ci. Les microbes, mec.

Il laissa échapper un son moqueur.

— Vraiment ?

— Vraiment.

Il posa calmement le verre sur la table, se tourna vers elle et il se pencha.

Elle recula.

— Qu'est-ce que tu fais ?

— J'essaie de savoir si tu es sérieuse.

Il était juste devant son visage, son expression quelque part entre l'amusement et l'inquiétude.

— Je suis en bonne santé, continua-t-il. Je me suis brossé les dents récemment. Il y a moins de microbes dans ta bière que tu n'en aurais avec un baiser.

Un frisson remonta le long de l'échine de Charity comme si un doigt avait effleuré sa peau sensible. Comment se sortir de cette situation sans faire ce qu'elle voulait, c'est-à-dire de l'attraper par les revers de sa chemise et l'embrasser à en perdre la tête ?

Elle choisit de hausser tranquillement les épaules.

— Ouais, mais on ne s'embrasse pas.

— On pourrait.

Dustin posa une main sur l'accoudoir du canapé, ce qui voulait dire qu'il se penchait maintenant au-dessus d'elle, sourire à pleine puissance tandis qu'il la taquinait.

— Alors tu pourrais boire la bière que j'ai si galamment récupérée pour toi.

— C'est comme ça que ça marche ? Une charge prémicrobienne fait en sorte qu'ils n'existent plus ?

— Exactement.

Il était suffisamment proche pour poser le front contre le sien.

— C'est de la science, continua-t-il. C'est...

Il s'interrompit. Son sourire s'effaça, son regard se baissa vers ses lèvres.

Des jurons volèrent dans le cerveau de Charity, mais aucun ne s'échappa de sa bouche. Elle était trop occupée à essayer de trouver la solution qui arrangerait...

— Tee... Bon sang, dis-moi *non* si tu ne veux pas de ça.

Sa voix était rauque et profonde, tel du chocolat noir.

— Veux... *quoi* ?

Les mots avaient été chuchotés. Il resta au-dessus d'elle, et même si elle savait ce qu'elle devait faire, ses mains se levèrent pour s'emparer de son torse, glissant sur sa taille et remontant jusqu'à ce que ses doigts se referment sur des biceps durs comme de la pierre.

Il gronda à son contact. Il ferma brièvement les yeux avant de croiser de nouveau son regard.

— Je vais t'embrasser, et c'est parce que j'en ai envie, bon sang. D'accord ?

Charity aurait pu jurer qu'elle avait hoché la tête. Sa tête dodelina... elle avait dû le faire.

Mais Dustin ne bougea pas. Il attendait, immobile.

Bon sang. Il voulait qu'elle le dise.

— Oui. Emb...

La bouche de Dustin se retrouva sur la sienne, emportant le reste de ses mots. Elle passa les mains autour de ses épaules et l'attira à elle.

Leurs lèvres entrèrent en contact avec l'exacte pression pour que sa peau la picote à un million d'endroits. Elle ouvrit la bouche et la langue de Dustin entra, caressa la sienne puis battit en retraite tandis qu'une vague de chaleur la traversait et la faisait gémir.

Leurs langues s'entremêlant toujours, il ajusta son poids jusqu'à ce qu'elle se retrouve sous lui. Le corps dur de Dustin l'enfonça dans les coussins du canapé. Une cuisse épaisse se glissa entre les siennes, et elle hoqueta alors qu'il progressait vers son sexe. Il appuya une main sur son ventre puis plus haut, grognant lorsqu'il prit un de ses seins dans sa paume par-dessus son chemisier et son soutien-gorge.

C'était tout ce dont elle avait rêvé. C'était exactement là qu'elle n'aurait pas dû se trouver, seulement, c'était trop tard pour retourner en arrière, trop tard pour avoir des regrets.

Un baiser avait eu lieu. Elle pourrait tout aussi bien en profiter et faire face aux conséquences plus tard.

Elle passa les doigts dans les cheveux de Dustin, pencha la tête alors qu'il déposait des baisers sur sa mâchoire puis vers son cou.

— C'est tellement bon, dit-elle.

Il remua les hanches et son épaisse érection se pressa contre sa hanche.

— C'est trop bon.

Ses mots étaient doux, profonds.

— Bon sang, Tee. Nous ne devrions pas faire ça.

— Non, c'est vrai.

Elle prit son visage entre ses mains et le ramena vers elle pour pouvoir de nouveau l'embrasser. La pression contre son clitoris était loin d'être suffisante pour la faire jouir, mais la sensation était malgré tout incroyable. Et les baisers... meilleurs qu'elle ne les avait jamais imaginés.

Et elle les avait souvent imaginés.

Le poids du corps de Dustin sur le sien était parfait. Ainsi que ses lèvres sur les siennes. Et sa main, qui ouvrait le bouton de sa jupe et glissait dans sa petite culotte... la seule chose qui améliorerait cet instant serait de se retrouver tous les deux nus dans son lit.

Dustin gronda et roula sur le côté tandis qu'il rompait le contact entre leurs lèvres.

— Laisse-moi...

Son doigt caressa ses replis. Charity ferma les yeux et laissa le plaisir retenir son attention.

La bouche de Dustin revint sur la sienne en de doux baisers, maintenant. Ses dents mordillèrent sa lèvre inférieure. L'air chaud de son haleine caressa sa joue. Sa langue alla doucement à la rencontre de la sienne.

Pendant tout ce temps, il caressa son entrejambe, se rapprochant de son clitoris alors qu'il gonflait sous son contact.

— Tu es tellement mouillée, chuchota-t-il. Ça te plaît ?

— Oui.

— Et ça ?

Il poussa un doigt en elle mais le dos de sa main était piégé contre sa jupe, et elle détestait terriblement les vêtements en cet instant.

— C'est agréable, mais j'aimerais plus de pression sur mon clito... oh mon Dieu, oui. *Là.*

Il se mit à rire doucement alors qu'il continuait à agiter son doigt en elle. Mais son pouce avait de nouveau trouvé son clitoris, et cette combinaison était fatale. La sensation de son orgasme approchant la picotait au fond d'elle.

— Regarde-moi, ordonna-t-il.

Charity se força à lever les paupières, s'attendant à moitié à ce que la pièce soit remplie de flammes tellement elle avait chaud.

— Mon Dieu, tu es magnifique, dit-il alors qu'il laissait errer son regard sur son visage. Profites-en. Je sais que ça sera mon cas.

Il se pencha et l'embrassa de nouveau. Entre ses cuisses, la tension de son clitoris monta tandis qu'il la caressait plus vite, touchant tous les bons endroits. Le plaisir déferla avec force.

— *Dustin.*

Elle appela son prénom, son dos s'arqua alors que l'orgasme

s'emparait d'elle, son corps pressé contre le sien. Son intimité palpita autour de son doigt.

Les lèvres de Dustin s'incurvèrent contre les siennes en un sourire.

— C'était amusant.

— Ça l'était.

Un énorme soupir satisfait échappa à Charity.

Des regrets ? Ils arrivèrent une seconde plus tard.

3

———

*D*ustin sentit le changement. Un instant elle était toute détendue et heureuse sous lui, et le suivant, Charity se tendait comme si elle était prête à déguerpir.

Elle poussa un profond soupir une deuxième fois, seulement celui-là avait plus à voir avec la frustration que la satisfaction.

Dustin retira sa main d'entre les jambes de Charity.

— Ce n'est pas le son, qu'un homme aime entendre après avoir aidé à atteindre l'orgasme.

— Non, je suppose que non.

Elle croisa son regard, l'inquiétude lui plissant le front.

— Nous n'aurions pas dû faire ça, ajouta-t-elle.

— Je ne sais pas. Ça semblait être la bonne chose à faire sur le moment.

Il se pencha et l'embrassa encore une fois. Il s'attarda sur ses lèvres et taquina une dernière réponse enthousiaste. Une fois qu'il obtint ce doux abandon, Dustin glissa sur son côté du canapé. Suffisamment loin pour lui donner un petit cercle d'espace personnel, mais assez proche pour le toucher si elle le voulait.

Des choix. Il avait appris beaucoup de choses là-dessus au cours des années passées. Et pour l'instant, Charity avait besoin de savoir que, aussi amusant que ce soit, tous les choix restaient encore à sa disposition.

Ce qui commençait par obtenir qu'elle détende ses épaules, qui étaient relevées au niveau de ses oreilles.

— Tu avais besoin de cette couche résistante aux microbes, tu te souviens ?

Heureusement, un rire brisa son expression sérieuse.

— Absolument. Mais maintenant je dois savoir si tu te promènes à embrasser toutes les filles pour pouvoir prouver que *partager c'est important*.

Elle ne savait rien, ce qui était bien. Ça voulait dire que ce qu'il avait fait au cours des années était resté curieusement loin des rumeurs. Non pas qu'il ait fait grand-chose de déjanté, mais malgré tout, certaines choses étaient censées rester intimes.

— Tu me vois jouer les tombeurs en ville ?

Il marqua une pause.

— Pas que jouer les tombeurs soit une mauvaise chose, du moment que la personne avec qui je serai est consentante et s'amuse.

Charity hésita puis secoua la tête.

— Non. La plupart des commentaires disent que tu es un chouette partenaire de danse et très probablement le capitaine de soirée plutôt que le fêtard.

Elle lissa son chemisier sur sa poitrine et réajusta sa jupe. À l'évidence, elle se reprenait.

Heureusement, quand elle croisa de nouveau son regard, un vrai sourire dansait sur ses lèvres.

— Aussi inattendu que ce soit, je me suis amusée.

Son regard se posa sur lui.

— Et toi ? demanda-t-elle.

— Je me suis amusé aussi.

C'était l'absolue vérité.

Les lèvres de Charity tiquèrent.

— Ma sœur insiste pour dire que si je suis assez grande pour faire les choses, je peux dire les choses. Par conséquent, franchement : tu n'as pas joui. Tu veux de l'aide avec cette érection ?

Il secoua la tête.

— Non. Je n'ai pas de phobie des microbes à gérer.

Elle se mit à rire.

— Ce n'est pas une réponse.

Dustin haussa les épaules.

— Alors, sincèrement, simplement parce que tu as joui, ça ne veut pas dire que je dois le faire aussi. Ça ne déstabilisera pas l'univers s'il n'y a pas d'équilibre cosmique des orgasmes.

La main douce de Charity se posa sur son genou.

— Ça ne me dérange pas.

Il couvrit ses doigts des siens et les serra.

— Je sais, et je suis intéressé à un certain niveau. Mais en fait je préférerais terminer de regarder le film avec toi que me branler en ce moment.

Les yeux de Charity perdirent une partie de leur éclat.

— Oh. D'accord.

Bon sang. Il semblait qu'il devait gérer un autre problème. Il attrapa Charity par le menton et l'embrassa de nouveau, durement et plein de désir. Alors qu'il l'embrassait, il glissa leurs mains jointes sur sa verge. La fichue chose était d'acier contre l'avant de son jean.

Elle serra les doigts sur son membre, et un petit hoquet lui échappa entre leurs lèvres jointes.

Dustin se força à parler doucement au lieu d'avoir un grognement dans la voix.

— Au cas où tu te poserais la question, je ne dis pas non parce que je ne te trouve pas attirante. Si tu ne crois pas ce que je dis, crois ma queue.

Elle pressa la paume contre son membre et le massa doucement.

— D'accord. Alors... tu ne veux pas jouir ?

— Je n'en ai pas besoin pour l'instant. Avoir la trique ne veut pas dire que je dois jouir. Elles ne sont pas dangereuses, peu importe ce que certains gars ont pu te dire.

Un son moqueur échappa à Charity. Elle remonta la main pour prendre le visage de Dustin dans sa paume et le regarda comme si elle le voyait pour la première fois.

— D'accord. Ce soir – quoi que ça ait été – ça va entre nous ?

— Ça va entre nous, acquiesça-t-il. Nous sommes amis, non ?

Elle hocha la tête et recula doucement sur le canapé. Mais elle replia en partie les jambes sous elle, ce qui laissa ses pieds appuyés contre la cuisse de Dustin.

Celui-ci réfléchit soigneusement à ses mots.

— Je ne pelote pas tous mes amis, au cas où cette question te viendrait à l'esprit. Embrasser Fern ne m'intéresse pas.

— Et Shim ?

Il l'examina soigneusement, mais puisqu'elle ne plaisantait pas, il répondit sérieusement à la question.

— C'est un mec super, mais rien chez lui ne me donne envie de l'embrasser. Mais lui botter les fesses, absolument.

— D'accord.

Charity avait les cheveux en pagaille sur les épaules, et d'après son expression, elle avait l'air d'être sur le point de s'embarquer dans une mission dangereuse.

— Franchement, je ne m'attendais pas à ce que ça se produise, expliqua Dustin. Je me suis amusé à te toucher, à t'embrasser. Mais je ne cherche pas à ce que ça change quoi que ce soit entre nous.

L'inquiétude disparut, et l'expression de Charity s'éclaira.

— Dieu merci.

Il émit un petit rire.

— Oh, bon sang, dit-elle en faisant la grimace. Je ne voulais pas que ça donne l'impression que je ne *te* trouve pas séduisant. C'est juste qu'avec le nouveau boulot à Silver Stone, je ne peux pas me permettre de bousiller quoi que ce soit.

C'était un argument valide.

— Je ne suis qu'un humble ouvrier du ranch, alors ce n'est pas vraiment un problème. Mais nous ne nous sommes pas tripotés ce soir pour commencer à sortir ensemble, je me trompe ? Et ça ne blesse aucun de nous.

Elle hocha fermement la tête.

Dustin haussa tranquillement les épaules.

— Aux amis.

Elle prit le verre sur la table et le leva vers lui.

— Aux amis.

Il se mit à rire, attrapa sa bouteille de bière et trinqua avec.

— Maintenant, où est donc la télécommande, Tee ? Et ces nachos ne vont pas se manger tout seuls.

Ils trouvèrent la télécommande entre les coussins du canapé, ce qui déclencha de nouveaux rires. Ils glissèrent dans un silence confortable tandis que le temps passait et que le film allait vers une conclusion épique.

Dustin l'aida à ranger, l'étreignit rapidement et partit avant minuit.

Avec les vitres de la camionnette grandes ouvertes, l'odeur de la nuit de juin envahit la cabine. Ouais, la soirée avait été inattendue, mais Dustin pensait qu'ils se trouvaient dans une situation solide en ce moment, malgré la surprise.

Charity était superbe. Cette partie-là était indéniable. Il

n'était simplement pas encore prêt pour autre chose que du superficiel. Et il était presque sûr que Charity n'était pas un bon choix pour du superficiel à répétition – elle tenait trop profondément aux gens. Il avait vu ça dans la manière dont elle se comportait avec les enfants au ballet.

Bon sang, elle avait fait partie intégrante de la motivation pour une énorme levée de fonds quelques années auparavant, principalement parce qu'elle avait voulu trouver un moyen pour que les enfants fassent une représentation pendant les fêtes.

Non, pensa Dustin alors qu'il se garait sur sa place et se dirigeait vers ses quartiers. Charity était une bonne amie. Cet instant de plaisir ne devrait rester que ça... un instant.

Sa tête toucha l'oreiller et il s'endormit immédiatement.

Quelques minutes plus tard ? Ou des heures ? Il n'en était pas sûr, mais soudain il n'y avait pas que lui dans le lit.

Charity était là, un sourire en coin sur le visage qui était synonyme d'espièglerie.

— Ne te gêne pas pour moi.

Se gêner ? Pourquoi est-ce que ça le gênerait quand il y avait des mains douces qui lui caressaient le torse ? Des baisers déposés le long de sa mâchoire ?

Des doigts s'enroulèrent autour de sa verge et le caressèrent pile comme il fallait.

Seigneur, c'était bon. Dustin remuait les hanches, allant et venant plus fort sous sa prise.

— Comme ça. C'est parfait, bon sang.

Ses seins étaient à portée de main, alors il en prit un dans sa paume, taquina le bout jusqu'à ce qu'il soit dur. Il devait jouir, il avait encore plus besoin de la goûter. Il pencha la tête pour lécher un mamelon brun tendu...

Des coups bruyants résonnèrent contre sa porte et le sortirent de son rêve. Dustin cligna violemment des yeux, jurant lorsqu'il découvrit sa propre main enroulée autour de sa verge dure comme de la pierre.

— *Dustin.*

— Calme ta joie. Je viens.

Dustin poussa un son moqueur. Ou il *aurait* été en train de venir s'il n'avait pas été interrompu.

Il se leva et regarda par le judas.

— Tucker ?

— Lève-toi et habille-toi. Je veux te voir dans le bureau dans dix minutes.

Tucker se retourna et partit à grands pas, disparaissant rapidement au loin.

Mince. Dustin se précipita vers ses vêtements et se dépêcha d'aller dans la salle de bains pour se laver.

Neuf minutes et trente secondes plus tard – il avait dû courir pour y arriver – Dustin entra dans le bureau.

— Je ne suis pas de service avant 8 heures.

— Tu n'es pas en retard, le rassura Tucker depuis son siège derrière ce qui était maintenant le bureau de Charity. Mais ça devient incontrôlable, et je voulais te parler avant de prendre des décisions.

Sans aucune idée de ce qui se passait, Dustin s'assit sur la chaise que Tucker lui indiquait et garda le silence.

— Une seconde. Je veux être sûr d'avoir une vision d'ensemble, dit Tucker, dont le froncement de sourcils s'accentuait à mesure qu'il fixait l'écran d'ordinateur. Au fait, as-tu ton téléphone sur toi ?

— Ouais, mais je ne l'ai pas regardé depuis hier après-midi.

Parce qu'il n'était pas masochiste.

— Regarde-le. Les e-mails d'abord.

Dustin sortit son téléphone avec réticence.

— Je cherche quelque chose en particulier ?

— Tu le sauras quand tu...

— C'est quoi ce bazar ?

— Ouais, c'est ce que je pensais.

Dustin n'avait pas juré à voix haute intentionnellement, mais la surprise lui avait délié la langue. Il avait plus de cinquante e-mails non lus alors qu'il en recevait habituellement de cinq à dix au maximum dans la nuit.

— Qu'est-ce qui se passe, bon sang ?

Il vérifia les objets et cette fois jura sincèrement.

— Des demandes d'interview ? Ça ne peut pas être vrai.

Tucker se renfonça dans son fauteuil et croisa les bras sur son torse.

— Il y en a au moins vingt qui sont arrivés sur l'adresse e-mail de Silver Stone que seuls les acheteurs de chevaux devraient connaître. Et il y en a plus de quatre-vingts dans celle du ranch. Certains sont des vraies demandes pour les services de Silver Stone, mais beaucoup semblent poser des questions sur toi spécifiquement. Tu as une idée de la raison ?

La frustration de Dustin grimpa alors même qu'il s'excusait.

— Je suis désolé. Ce doit être ce stupide article.

Tucker fronça les sourcils.

— Quel article ?

La gêne le frappa vraiment comme une vague.

— Des bêtises « putaclic » sur le fait que je suis un célibataire milliardaire.

Son beau-frère émit un son moqueur.

— Joli. Ginny va adorer ça. Envoie-moi le lien.

— Ma sœur a un sens de l'humour tordu, dit Dustin d'un ton pince-sans-rire. Et j'ai été informé qu'on peut simplement me chercher sur Google et avoir tous les ragots dont on a besoin.

Avec un énorme soupir, Tucker ferma les yeux.

— Génial.

— Pouvons-nous mettre le site Internet à jour et ajouter une page de contact sécurisée ? supplia Dustin. Ça n'aidera pas à se débarrasser des gens qui savent déjà comment nous contacter, mais ça voudra dire qu'il y a de quoi temporiser à l'avenir. Shim sera là lundi, et il pourra le mettre à jour à la première heure.

— Bonne idée, dit Tucker avant de secouer la tête. C'est un peu comme arriver après la bataille, mais c'est une bonne idée quand même.

— Ça empêchera les pourritures de se mêler à la bataille à l'avenir.

Un éclat de rire échappa à Tucker.

— D'accord. Je n'ai pas besoin de vérifier auprès d'Ashton ou de Caleb pour passer ces appels. Mon oncle est peut-être encore le contremaître de secours à Silver Stone, mais il n'est pas technicien.

Dustin hocha la tête, gardant son attention sur son téléphone.

— Pourquoi donc est-ce que des gens voudraient m'interviewer à part pour faire d'autres articles à la noix ?

— Tu ne veux parler à aucun d'eux ?

Haussant un sourcil, Dustin lança à Tucker sa plus belle expression « qu'est-ce que c'est que ces embrouilles ? ».

— Est-ce que j'ai l'air d'être le genre de gars à vouloir être sur tous les réseaux sociaux avec des gens qui se demandent ce que je mange au petit déjeuner, à quelle fréquence je monte et quelle taille de préservatif j'utilise ?

Tucker eut un sourire encore plus large.

— Tu as bien grandi, petit beau-frère. Et, oh que non, je ne pense pas que l'œil des médias est ton truc. Ni celui d'aucun de nous, en fait.

— Peut-être Luke... il est assez prétentieux pour faire un numéro pour la foule.

— Peut-être, répondit Tucker d'un air pensif. Bien. Nous passons en mode défensif. Pas d'interview, pas de contact.

Nous mettrons le site Internet à jour dès que Shim arrivera, et tu peux effacer tout ce qui arrive sur ton téléphone. Peut-être que ça passera.

— Je l'espère, dit Dustin en regardant sa montre. Je dois aller faire la queue pour manger si je veux arriver à l'heure pour le boulot.

— Nous avons terminé, lui assura Tucker en se levant avant de faire le tour du bureau pour lui tapoter fraternellement l'épaule. C'est ton moment sous les projecteurs. Qu'il soit court et agréable.

— Court. C'est tout ce que je demande.

À la première heure le lundi matin, Charity bloqua la lourde porte en bois du bureau pour qu'elle reste ouverte et lui donne une vue dégagée sur le couloir de l'écurie. Les chats se promenaient régulièrement sur les rampes des stalles devant le bureau, vaquant aux graves affaires occupant les chats d'écurie. Pendant que Charity effectuait son travail, elle en profitait aussi pour les regarder.

Elle adorait les chats. Elle n'avait pas pu en avoir un en grandissant, et ne pouvait pas en avoir un maintenant, alors les chats devant son bureau étaient comme un bonus professionnel pour elle.

Un coup rapide à la porte du bureau la fit sursauter.

— C'est ouvert.

Littéralement.

La femme qui entra d'un pas aérien dans le bureau était magnifique. Belle à en rester bouche bée, en fait. Ses longs cheveux blonds étaient parfaitement ondulés et reposaient sur une de ses épaules. Elle portait un chapeau de cow-boy blanc argenté sur la tête. Sa peau blanche était juste assez bronzée pour que lui donner l'air d'être en pleine santé, mais pas comme si elle passait vraiment beaucoup de temps à l'extérieur.

Ni beaucoup de temps à utiliser la tenue de cow-boy qu'elle portait d'une allure élégante. Ses bottes étaient aussi d'un blanc argenté, agrémentées d'une broderie détaillée. Des Lucchese ? Fern le saurait. Onéreuses, c'était sûr.

Mais Charity espérait que cette femme n'avait pas l'intention de marcher dans le ranch avec. La terre ne serait pas le plus regrettable de ce qui recouvrirait ces jolies choses après un tour dans le manège.

Sous son chemisier en batiste bleu pâle, son jean bleu passé moulait ses longues jambes parfaites. Charity sentait chaque courbe de son corps protester à l'idée de porter un jean aussi moulant.

Quand la femme s'arrêta devant le bureau et retira ses lunettes de style aviateur, ce fut pour révéler des yeux d'un bleu vif stupéfiants.

— Marie Plassier du *Cowboy Country Living*. J'ai une interview avec Dustin Stone. Faites-lui savoir que je suis là.

Ah. Maintenant c'était logique.

Charity se leva. Tucker l'avait avertie de la possibilité d'arrivées indésirables. La flopée de posts qui incluaient les hashtags sur Dustin avait augmenté quand Charity avait fouiné en ligne ce matin-là.

— Je suis désolée, mais il y a eu une erreur. Dustin ne donne pas d'interviews en ce moment. Si vous voulez avoir des infor...

La femme se mit à rire, d'un rire parfait – si une telle chose existait.

— Non, je crois que vous vous trompez. J'ai un rendez-vous dans mon agenda. C'est bon. Vous n'avez pas à vous soucier de moi.

Elle tourna ses élégants talons et sortit de son pas aérien.

Bon Dieu. Charity fit le tour de son bureau.

— Vous ne pouvez pas sortir sans guide, mademoiselle. C'est un ranch en activité, et tous les visiteurs doivent...

Charity jura lorsque la femme se mit contre toute attente à courir et sprinta vers la porte qui menait au manège.

— Pour l'amour du ciel !

La poursuivre ? Aussi tentant que ce soit, Charity la ferait tomber et Silver Stone finirait avec une mauvaise presse. Non, il était temps d'appeler ses renforts.

Elle sortit son téléphone et appela le numéro.

— Tucker ? Désolée, mais une journaliste vient de filer de mon bureau après avoir exigé d'interviewer Dustin. Elle est dans le manège un.

— Je la vois. Merci. Hé, rends-moi service. Verrouille tous les accès aux bâtiments depuis le parking, d'accord ?

— Compris.

Charity fut de retour dans son bureau largement à temps pour regarder par la fenêtre et voir la femme escortée vers le parking du ranch par Tucker et Caleb.

Curieuse, Charity vérifia l'appli Finder. Dustin était en sécurité à cheval dans le lointain secteur nord-ouest – ce que Tamara avait appelé son sentier préféré. Pour le rejoindre, il n'y avait d'autre moyen que d'être soi-même à cheval.

Contente de le savoir, elle termina quelques autres tâches puis rassembla une pile de factures qui avaient besoin d'être signées.

Elle sortit de l'écurie et s'arrêta brusquement.

— Quoi ?

Toute l'allée et le parking de Silver Stone étaient remplis de voitures.

À proximité, appuyée contre une barrière, Kelli Stone lui lança un sourire désabusé.

— Attention. C'est le cirque.

Sur le parking, Ashton Stewart, le contremaître qui s'acheminait vers la retraite par un temps partiel, parlait sévèrement à un homme qui portait un appareil photo surdimensionné. Près de lui, quelques cow-boys empêchaient des gens de sortir de leurs voitures et leur indiquaient de repartir dans la longue allée.

— Qui sont ces gens ? demanda Charity en s'approchant de Kelli.

Cette dernière n'avait que quelques années de plus qu'elle, mais elle semblait posséder une colonne vertébrale en titane. Les rumeurs sur les talents de cavalière de Kelli et sur sa bravoure intimidaient légèrement Charity. Elles avaient assisté à quelques soirées entre filles ensemble, mais Charity était toujours émerveillée.

— Je pense que certains d'entre eux sont curieux à propos de Silver Stone, et que les autres cherchent un beau parti.

— Un beau ...

La compréhension la frappa comme un crochet du droit.

—*Dustin* ?

— Ouais, répondit Kelli en se perchant sur le barreau le plus haut de la barrière avant de tapoter la place à côté d'elle. Pauvre gosse.

— Ce n'est pas un gosse, dit Charity sans réfléchir, puis elle regretta son ton. Désolée. Je ne voulais pas être sèche.

— Non, tu as raison, la rassura Kelli. Il y aurait moins de problèmes s'il *était* un gosse. Être adulte signifie qu'il est une proie idéale pour ces bêtises.

Elle soupira.

— J'espère qu'avoir autant de gens dans le coin ne voudra pas dire que d'autre secrets des Stone seront déterrés.

Bon sang. Comme le fait que Kelli était l'héritière d'une grande entreprise de chevaux de plein droit. Ce n'était pas un secret absolu. Les gens de la communauté de l'élevage de chevaux, ou ceux qui connaissaient le grand-père de Kelli, savaient assez vite additionner deux et deux. La seule raison pour laquelle Charity était au courant était que Fern l'avait découvert une éternité auparavant et le lui avait dit discrètement. Puis, pendant qu'il montrait à Charity son bureau avec la permission de Kelli, Tucker lui avait fait part de cette information dans un accord de non-divulgation strict.

— Je vais leur faire quitter les lieux, proposa Charity en se retournant pour s'en occuper.

— Non, reste. C'est aux ouvriers de gérer ça. Et... avoua Kelli en faisant une rapide grimace, j'aimerais que tu restes dans le coin. Si quelqu'un se dirige vers nous, tu as ma permission pour interférer à ce moment-là.

— Je peux vous raccompagner, proposa Charity.

La maison de Kelli était de l'autre côté des manèges et des écuries. À côté, une deuxième maison qui serait celle de Tucker et Ginny était presque achevée.

— Merci, mais pour l'instant, je préférerais garder un œil sur ce qui se passe, dit Kelli en soupirant. Et si quelqu'un décidait de se faufiler jusqu'à ma maison pour avoir une exclusivité ?

Charity en eut la chair de poule à l'idée de terribles souvenirs.

— Nous devons augmenter la sécurité par ici, drastiquement.

— Oui, acquiesça Kelli en réfléchissant. C'est triste d'une certaine manière. Silver Stone est un endroit accueillant depuis des années. Avec une politique très « porte ouverte », mais si les gens pensent que ce genre de choses est autorisé... ?

Elle fit un geste vers la foule indésirable.

— Ce n'est pas toujours facile de faire ce qu'il faut, mais nous le faisons quand même.

Charity cita sa grand-mère avec conviction, se préparant à être assez forte pour aller jusqu'au bout de sa devise.

— Ouais, répondit Kelli tout en continuant à regarder le parking. C'est stupide que ce petit article puisse provoquer une telle pagaille.

Charity se plaça de telle façon que, si quelqu'un prenait une photo depuis le parking, il ne voie que son visage et non pas celui de Kelli. Puis elle sortit son téléphone et commença à chercher de récentes mises à jour reliant Silver Stone à Dustin.

— Je me demande…

— J'ai trouvé que l'article était drôle quand je l'ai lu, admit Kelli.

— Ça aurait pu l'être, sauf que les hashtags sont allés trop loin. Comment donc…

Charity s'interrompit.

— Oh, zut, dit-elle.

— Quoi ? Tu ne peux pas simplement dire « oh zut » quand nous sommes en plein milieu d'une crise et ne pas t'expliquer, râla Kelli.

— Quelqu'un a divulgué ses infos personnelles.

Un affreux arrière-goût emplit la bouche de Charity alors que les souvenirs de sa propre expérience de buzz lui revenaient brusquement.

— Il y a des captures d'écran de textos ajoutés aux hashtags. L'e-mail de Dustin et l'adresse du ranch. Le numéro de téléphone de Dustin.

— Mince, dit Kelli en se penchant sur le téléphone. Qui a fait ça ?

— Leurs coordonnées sont effacées.

Charity regarda d'un peu plus près, et un frisson glacé la traversa. Dustin allait être tellement énervé !

— C'est une femme, continua-t-elle. Elle dit qu'elle est

sortie avec l'#*ÉtalondeSilverStone* par le passé, et voilà le scoop sur ses talents au lit.

Kelli jura.

— C'est vraiment moche. J'appelle Luke et Tucker. Il vaudrait mieux qu'ils sachent pourquoi nous avons été envahis.

Charity continua à lire et à chercher sur son téléphone pendant que Kelli joignait son mari. Il y avait peut-être quatre ou cinq captures d'écran au total, mais chacune d'elle incluait un détail salace en plus d'un moyen de joindre Dustin.

Mais les internautes s'en emparaient, ajoutant leurs propres commentaires, et augmentaient le nombre de vues à chaque minute qui passait.

— Luke. Tu es avec les gars ? demanda Kelli avant de hocher la tête vers Charity. Rassemble-les. Tu dois aussi trouver Dustin et lui fournir une escorte pour rentrer. Charity a trouvé la source du bazar... des saletés de réseaux sociaux d'un autre niveau. Il faut une réunion de famille aussi vite que possible. Retrouve-nous chez Caleb et Tamara.

— Dustin était dans le champ trente-sept il y a quinze minutes, avança Charity.

Kelli leva le pouce vers elle.

— Tu as entendu ça ? Bien. Je vais faire en sorte que les gars qui sont ici terminent de disperser la populace... Non, je ne vais pas aller me cacher, répondit Kelli en roulant des yeux. Non, je ne vais pas te passer Charity.

Le téléphone de Charity sonna. Elle baissa les yeux sur l'écran puis les releva vers Kelli.

— C'est Tucker. Est-ce que je réponds ?

Kelli se mit à rire.

— Vous vous mettez à deux contre moi, se plaignit-elle à Luke. Tiens. Parle à Charity.

Elle lui passa le téléphone.

Charity était dans le même bateau que la famille Stone, et les flots continuaient à se déchaîner.

— Luke ?

— Hé. Merci pour les infos sur l'invasion des médias. Peux-tu rester avec Kelli ? Je viens de raccrocher avec Ashton. Il rassemble d'autres ouvriers pour s'occuper de la foule, alors vous pourrez prendre Passage Secret et nous retrouver au ranch.

— Bien sûr que je vais rester avec Kelli. Je l'aurais fait de toute façon. En plus, Kelli est super intelligente, et elle va très bien.

Bon sang. Sa bouche allait lui attirer des problèmes, et sérieusement.

Heureusement, Kelli et Luke se mirent tous les deux à rire.

— Elle est *vraiment* super intelligente, acquiesça Luke. Merci d'être là. On se verra à la maison.

Charity lui rendit le téléphone.

— Quel est le passage secret que nous sommes censées prendre jusqu'au ranch ?

Kelli afficha un grand sourire.

— Brillante idée. Nous leur filerons sous le nez à tous. Rentre dans l'écurie.

Charity s'arrêta dans le bureau pour déposer la paperasse non signée. Ce problème attendrait un autre jour.

— Prête quand tu veux.

Ouvrant la porte d'une stalle, Kelli tapota les naseaux d'une magnifique jument marron.

— La voilà. Passage Secret.

Ils devaient plaisanter.

— Le passage est à travers une stalle ?

Kelli se retrouvait sur le dos de la jument comme par magie. Elle tendit la main vers Charity.

— Passage Secret est le *nom* d'une jument. Viens.

Charity regarda fixement Kelli, la main tendue vers elle, ainsi que la jument.

La très très grande jument.

Elle déglutit péniblement. Ce n'était probablement pas un aveu à faire par quelqu'un qui travaillait dans un ranch, mais il était trop tard pour cacher la vérité.

— Je ne sais pas monter à cheval.

4

$\mathcal{L}$'expression sur le visage de Kelli...

— On dirait que j'ai avoué un meurtre, avança Charity avec un amusement réticent.

Kelli laissa sa main tendue retomber, agrippa à la place la crinière de la jument sous ses doigts.

— Je ne le savais pas. Pourquoi je ne le savais pas ?

— Parce qu'il n'y avait pas de raison que vous le sachiez ?

Charity s'éloigna un peu plus alors que Passage Secret remuait sur ses pattes.

Kelli tapota l'encolure de la jument et l'apaisa tout en parlant doucement à Charity.

— Tu as peur d'elle ?

— Non. Pas vraiment, corrigea Charity. Pas plus que le fait d'être intensément consciente qu'elle est plus grande que moi, et que je ne parle pas le cheval. Je ne veux pas faire quelque chose de travers et la contrarier.

— Eh bien, c'est une bonne chose. De *ne pas vraiment avoir peur*, expliqua Kelli en examinant Charity d'un long regard évaluateur avant de hocher fermement la tête. Et si je conduisais, ça te conviendrait ? Ça nous fera franchir la foule plus vite que d'essayer de faire le tour de tout le périmètre précipitamment. Passage est une jument douce. Fais-moi confiance.

Charity réfléchit. Monter à cheval était très logique. Elle aurait vraiment aimé être une enfant typique, folle des chevaux, quand elle était plus jeune, pour que ce ne soit pas sa première fois, mais l'occasion de monter à cheval ne s'était jamais présentée.

— D'accord.

Kelli poussa un son moqueur.

— Réponse très enthousiaste.

Elle pointa du doigt un des côtés du couloir où se trouvaient deux ballots.

— Grimpe là-dessus, indiqua-t-elle. Ça facilitera les choses.

Ce n'était pas parfait – la jument avait toujours l'air énorme alors que Kelli approchait l'animal de Charity, en équilibre sur le ballot du haut. Mais la main que Kelli lui tendit lui permit de garder l'équilibre pendant qu'elle suivait les instructions. Elle passa la jambe par-dessus la croupe de Passage et remua jusqu'à se retrouver assise tout contre Kelli.

— Les bras autour de ma taille, ordonna Kelli. Et je ne me briserai pas si tu serres fort.

— J'ai une force incroyable dans le haut du corps, l'avertit Charity.

— J'ai eu Luke derrière moi sur un cheval qui ruait et essayait de nous envoyer tous les deux dans la stratosphère. Fais-moi confiance, ça va aller.

Charity resserra sa prise.

Une fois qu'elle fut bien accrochée, il fut plus facile de regarder autour d'elle.

— Comment sortons-nous de l'écurie ? Nous ne passons plus par la porte ordinaire.

Kelli fit tourner Passage puis indiqua le bout du couloir.

— Par le manège quatre. Je vais garder Passage au pas pendant un moment. Pour que tu voies comment ça fait. D'accord ?

— Jusqu'ici tout va bien.

Charity inspira profondément et laissa l'expérience l'emporter.

Être perchée sur le dos de Passage Secret n'était pas effrayant. C'était... étrange ? Inhabituel. Charity ne pouvait comparer ce mouvement à aucune autre sensation.

Kelli émit un petit rire et les fit entrer dans le manège par les grandes portes ouvertes de l'écurie.

— Tu viens de te détendre. Ce qui veut dire que Passage s'est détendue... Bon boulot.

— Elle s'inquiète que je monte ?

— Non, pas d'une manière négative, assura Kelli à Charity. Les chevaux comme Passage aiment plaire aux gens. Elle veut que les gens aiment la monter, alors si elle sent que quelque chose ne va pas, elle veut arranger ça.

— Génial. Maintenant je déclenche des névroses chez les chevaux.

Un rire enjoué dansa dans l'air alors que Kelli faisait de nouveau tourner Passage, plus franchement sur la droite cette fois.

— Tu t'en sors merveilleusement bien. Je vais la faire un peu accélérer et lui faire faire quelques tours. Accroche-toi à moi et fais comme si tu dansais avec une nouvelle partenaire.

— Laisser Passage guider ? Je peux faire ça.

— Exactement.

Kelli se pencha légèrement en avant et claqua la langue. Passage accéléra.

Instinctivement, les doigts de Charity s'agrippèrent à Kelli pendant quelques respirations jusqu'à ce qu'elle comprenne le nouveau rythme.

— Ce n'est pas mal. Je plane encore, mais c'est surtout amusant.

— C'est une des meilleures choses qui existent, lui assura Kelli. Ça te va si nous filons vers la maison maintenant ? Je ne ferai rien de compliqué, mais nous irons un peu plus vite.

Charity vérifia sa prise.

— C'est bon.

Kelli dirigea Passage près du portail et tendit la main vers la corde qui le maintenait fermé.

— Je peux m'occuper du portail, proposa Charity.

Même si elle ne savait pas comment elle remonterait après avoir glissé du dos de Passage. Grimper sur la barrière ?

— Inutile. Passage est en train d'être dressée pour les compétitions Ultimate Cowboy. Ouvrir et fermer des portails est une des épreuves.

Charity oublia d'être nerveuse tandis que Passage attendait patiemment le bon moment et se déplaçait docilement ensuite. Une fois que la corde fut dégagée de la clôture, Passage recula par l'ouverture. Un instant plus tard, Kelli rattacha la corde et le portail se retrouva encore une fois fermement clos.

— C'était incroyable.

— Sasha fait un excellent travail de dressage.

— Waouh. Elle n'a que quatorze ans.

— Elle a eu quinze ans en mars dernier. Mais elle a ça dans le sang, répondit Kelli en tendant le menton vers la gauche. Les ouvriers ont réussi à faire partir quelques camionnettes, mais il y a encore foule. Allons-y avant qu'on nous repère.

Charity serra la taille de Kelli.

— Je suis prête.

Kelli avait dû tourner Passage et appuyer sur le bouton démarrer en même temps parce que, quelques secondes plus tard, elles filaient sur le sentier entre les écuries et la maison principale du ranch.

Un mouvement tourbillonna au bord du parking. Des gens tournèrent leur visage vers elles.

— Ils nous voient, annonça Charity en remarquant l'éclat du soleil sur du verre. Des appareils photo.

Devant elle, Kelli tendit le menton vers la droite.

— Regarde vers le lac, ordonna-t-elle.

— Compris.

Charity appuya sa joue contre le dos de Kelli et tenta de se balancer en rythme avec l'animal sous elle. Le mouvement restait anormal mais devenait moins gênant.

Cela pourrait finir par être une expérience qu'elle réitérerait.

— On y est presque, dit Kelli en ralentissant Passage et en se redressant sur le dos de la jument. Il y a un abri qui donne sur le côté serre de la maison où nous pourrons l'installer pour l'instant.

Charity lança un coup d'œil par-dessus son épaule.

— Waouh. Les ouvriers sont sortis en nombre. Il y a une file d'une demi-douzaine de véhicules qui se dirigent vers la grande route.

— Bien, dit Kelli en tapotant la jambe de Charity. Tu t'en es bien sortie.

— Tu es une bonne prof.

— Choisis quelqu'un qui aime ce qu'il fait pour te l'enseigner. Ça a toujours été ma règle.

Elle lança un coup d'œil à Charity.

— Comme toi et la danse. Tu adores ça, c'est évident à la manière dont tu en parles. Et à la manière dont tu rends même les vieilles répétitions du même mouvement amusantes pour les enfants.

— Merci. J'adore ça, oui.

Elle n'était pas assez douée pour être danseuse professionnelle, après l'arrêt brutal de son entraînement à l'adolescence. Et maintenant ce n'était pas une passion à laquelle elle pouvait se permettre de beaucoup s'adonner, simplement parce qu'elle en avait envie.

— Enseigner est un moyen pour moi d'avoir discrètement du temps pour danser de manière régulière, avoua-t-elle.

— C'est malin.

Elles étaient près de l'abri, maintenant, la foule et les inquiétudes de la journée temporairement oubliées. Kelli passa la jambe par-dessus la tête de Passage et se retrouva sur le sol une seconde plus tard. Elle leva les yeux.

— Tu veux que j'attrape le tabouret ?

Charity ne réfléchit pas et bougea. Elle copia Kelli du mieux qu'elle put, une main posée sur la jument, jusqu'à ce que ses pieds touchent le sol. Puis elle se redressa gracieusement et tapota l'encolure de Passage.

— Merci pour la balade.

Seul le fait que Kelli se tenait derrière elle empêcha Charity de décoller du sol quand Passage secoua la tête.

Kelli émit un petit rire.

— C'est bon. Tu te souviens qu'elle aime plaire aux gens ? Tu lui as donné le parfait remerciement. Elle est contente.

— Eh bien, c'est une bonne chose.

Charity recula quand même rapidement et laissa plus de place entre elle et Passage.

Kelli mena la jument sous l'abri puis lança quelque chose d'herbeux dans l'auge.

— Gentille fille. Tu restes là un moment. Je suis sûre que Sasha viendra te chercher dès qu'elle pourra.

Mince. Une autre complication à laquelle Charity n'avait pas réfléchi.

— Les filles. Les enfants...

Kelli s'essuya les mains sur les cuisses et leva les yeux vers Charity, une question se lisant dans son regard.

Charity engloba le ranch d'un geste de l'index.

— Avec autant d'invités importuns sur la propriété, les enfants ne pourront pas faire les choses comme d'habitude. À moins que Tamara veuille des photos d'eux placardées partout en ligne.

L'expression de Kelli s'assombrit.

— Tu as raison. Nous allons devoir gérer ça rapidement.

— Je vais retourner au bureau... commença Charity.

Kelli lui lança un regard noir.

— Impossible. Tu ne vas pas là-bas seule non plus. Attends que Luke arrive, puis il te raccompagnera à ta voiture.

Dans la maison, Charity se glissa dans un coin de la pièce et essaya de rester à distance tandis que la famille Stone se rassemblait.

Walker apparut avec ses trois enfants – âgés de cinq, sept et neuf ans. Harper, Chloe et Carter partirent pour la salle de jeux au sous-sol avec Emma Stone qui poussait Tyler, son frère de quatre ans, derrière eux.

La jeune fille de treize ans marqua une pause à côté de sa mère, sa tête blonde penchée sur le côté alors qu'elle regardait la famille qui se rassemblait.

— Je vais m'occuper d'eux pendant que vous parlerez, mais après, je veux savoir ce qui s'est passé.

— Bien sûr, acquiesça Tamara. Je te raconterai tout, tu n'es plus une petite fille.

Emma lui lança un grand sourire alors qu'elle indiquait les escaliers du pouce.

— Mais eux, ils sont petits, alors je vais jouer à faire semblant pour la millionième fois.

Tamara l'embrassa.

— Tu es une bonne grande sœur et cousine.

— La meilleure, acquiesça Emma.

Elle passa à côté de sa propre grande sœur, Sasha, et lui parla doucement à l'oreille.

Sasha écarquilla les yeux. Elle hocha la tête et jeta un coup d'œil à sa mère. Tamara était allée dans la cuisine et s'occupait de la cafetière.

Sasha traversa la pièce.

— Maman ?

— Oui ?

Sasha croisa brièvement le regard de Charity avant de se concentrer sur sa mère.

— Est-ce que tata Ginny sait qu'il faut venir ?

— Oui, ma puce. Si elle se sent d'attaque, elle sera là.

Sasha hocha la tête puis rejoignit Kelli dans la salle de séjour.

La porte s'ouvrit de nouveau, et deux des hommes qui étaient dehors entrèrent. Caleb, Tucker ainsi que Ginny, l'épouse de ce dernier.

Les hommes se dirigèrent vers la buanderie pour utiliser l'évier.

La seule sœur Stone de naissance agita la main quand Tamara la salua. Son autre main était posée sur le renflement de son ventre qui dépassait sous son T-shirt rose pâle.

— Je vais bien. Tu me trouves réveillée et pas endormie avec mon ballon de plage.

— Tu as un super ballon de plage et faire la sieste tant que tu le peux est toujours une bonne idée, insista Tamara. Viens. Prends ton siège.

— Oui. Le coin cosy est à moi.

Ginny se frotta les mains de plaisir, retira ses chaussures puis attrapa Tamara pour l'étreindre.

— Comment ça va ? demanda-t-elle.

— Je ne sais pas, admit Tamara avant de pointer Charity du doigt. Elle en sait plus que nous.

Quatre yeux se posèrent sur Charity, et un frisson d'inquiétude la frappa. Elle posa une main sur sa poitrine.

— Je ne suis là que parce que j'accompagnais Kelli.

Ginny émit un son vulgaire et lui fit signe d'avancer.

— Mais tu sais des choses. Accouche. Quel est le gros grabuge en dix mots ou moins ?

— Dix ? C'est un défi, répondit Charity en réfléchissant. Article « putaclic ». Infos de Dustin fuitées. Trop d'étrangers recherchent des ragots.

Toutes deux perdirent leurs expressions amusées.

— Eh bien, bon sang. Ça craint, dit Ginny en se caressant le ventre d'un air absent. J'ai entendu parler de l'article, mais s'il est devenu viral, Dustin va détester attirer l'attention.

Charity débattit pendant seulement trois secondes avant de décider que c'était suffisamment important pour le révéler.

— Kelli craint aussi, dit-elle doucement, que quelqu'un annonce qu'elle-même présente un intérêt médiatique, étant donné que c'est une héritière et tout ça.

Tamara releva brusquement la tête.

— Eh bien, mince. J'avais oublié ça.

— Parce que nous considérons qu'elle fait partie de la famille, et que l'argent qu'elle a ou n'a pas, ça ne regarde personne, déclara Ginny avant de faire la grimace. Sauf que les gens aiment faire des gros titres avec n'importe quoi à notre époque.

— Ça passera, insista Tamara en replaçant ses lunettes. Mais... quand ?

Charity se retourna alors que la porte se rouvrait et que Luke et Dustin entraient dans la pièce. Ils affichaient tous deux des expressions sérieuses et étaient recouverts d'une fine couche de poussière, comme s'ils avaient chevauché à toute allure.

Caleb s'avança.

— Prenez cinq minutes et débarbouillez-vous. Quand vous serez prêts, rejoignez-nous.

Cela aurait dû être simple. Un lundi avec de super heures de boulot et l'excitation du retour de son meilleur ami. Peu de tâches lourdes et une merveilleuse promenade dans ses champs préférés lors d'une magnifique journée estivale.

À la place, Dustin avait été interrompu en plein milieu de son travail par Luke qui lui avait demandé de boucler le champ et de ramener ses fesses à l'écurie aussi vite que possible.

Le brusque « il y a des paparazzis qui te cherchent » avait suffi à rendre massacrante la super humeur de Dustin.

Luke l'avait retrouvé au bout du ranch, et sur un quad inconnu qui roulait sur la route en gravier du voisin, Dustin était soulagé de ne pas être seul.

Poursuivi jusque chez lui ? Impossible que l'on permette que ça continue.

Il se débarbouilla rapidement dans l'évier de la buanderie. La saleté de l'air poussiéreux coulait dans la cuvette en un tourbillon sale. Il aurait bien eu besoin d'une douche, mais ses cinq minutes étaient presque passées.

Il entra dans la cuisine et cligna des yeux en y découvrant Charity, qui remplissait des verres avec un pichet. Elle le remarqua et hocha la tête. Son expression sérieuse était tellement déplacée qu'il eut envie de se précipiter à ses côtés pour découvrir ce qui n'allait pas.

Puis il se rendit compte qu'elle fronçait probablement les sourcils à cause de lui et des bêtises qu'il créait.

Il accepta le verre qu'elle lui tendait. Une brève étincelle d'amusement le frappa.

— Est-ce qu'il y a des microbes ?

Elle leva brusquement les yeux, ses lèvres tressaillirent et ses joues rougirent.

Bon sang. Il baissa les yeux vers le sol et s'excusa en chuchotant.

— Désolé. C'était censé être drôle.

Elle renifla moqueusement.

— Tu es drôle, quand même.

Dieu merci elle avait le sens de l'humour. Peut-être qu'il pourrait lui en emprunter un peu, parce qu'il pensait qu'il aurait besoin de tout le sien pendant un moment.

Il leva le verre en remerciement.

Caleb s'arrêta à côté de Charity.

— Reste dans le coin, s'il te plaît. Je te ferai raccompagner à ta voiture quand nous aurons terminé.

— D'accord.

Charity lança un coup d'œil autour d'elle comme si elle essayait de trouver un endroit où se cacher.

— Tu sais ce qui se passe, alors ne pense pas que tu doives te boucher les oreilles. En fait, dit Caleb en la regardant, comme tu diriges le bureau, tu auras besoin de savoir ce que nous décidons. N'hésite pas à participer si tu as des suggestions.

Elle déglutit péniblement.

— D'accord, répéta-t-elle en se glissant sur une des chaises hautes près de l'îlot.

Dustin lui lança un clin, d'œil puis suivit son frère dans la salle de séjour. Il s'arrêta près de Caleb.

— Désolé.

Il semblait coincé en mode excuse.

Son frère fronça les sourcils.

— Pour quoi ? Tu n'as rien fait.

— Je me sens mal que tout ça se produise.

Caleb posa une main sur l'épaule de Dustin.

— Je comprends. Tant pis, ce n'est pas ta faute. Et je ne veux pas que tu t'en veuilles. Nous surmonterons tout ça.

Dustin hocha la tête.

— Je me sentirais juste un peu mal, alors.

Son frère émit un petit rire.

— OK, fais ça.

Caleb éleva la voix et attira l'attention de tout le monde :

— Asseyez-vous ou restez debout, comme vous voulez. Nous avons un problème.

Dustin s'installa sur la banquette devant la cheminée. Cela laissa les canapés et les fauteuils pour ses frères et sœur et leurs partenaires. Caleb et Tamara s'installèrent dans leurs fauteuils habituels. Ginny se pelotonna contre Tucker sur un canapé, Luke et Kelli sur l'autre. Walker avait pris le rocking-chair près du feu. Sasha s'assit près de Ginny.

Charity resta dans la cuisine, avec l'air de vouloir déguerpir.

Ce qui était compréhensible, mais Dustin était distrait par un autre problème. Il envoya un message à sa belle-sœur absente, Ivy.

Elle répondit immédiatement.

Ivy : « Hé. Qu'y a-t-il ? Comment se passe la grande réunion ? »

Dustin : « Elle est sur le point de commencer. Tu veux écouter ou regarder ? Je peux te connecter sans problème. »

Ivy souffrait d'une sévère anxiété sociale, même avec la famille parfois. Si elle n'était pas là, c'était parce qu'elle était dans un mauvais jour.

Dustin : « Si tu es d'attaque. »

Ivy : « Tu es un amour. Allume la vidéo. Je couperai si j'en ai besoin. »

Il cliqua jusqu'à être connecté, puis il se leva et appuya son téléphone sur l'étagère d'où elle aurait une vue de toute la pièce.

— Je t'ai mise sur la bibliothèque. Comment est le volume ?

Une minute plus tard il était de retour devant la cheminée, debout maintenant pour qu'Ivy puisse le voir aussi.

Caleb hocha la tête, approbateur.

— Merci d'y avoir pensé. Hé, Ivy. Ravi de te voir.

Ivy agita la main.

— Qu'y a-t-il ? demanda-t-elle.

Caleb fit un geste vers Kelli.

— Tu as demandé cette réunion.

Kelli se frotta les mains sur les cuisses.

— C'est à propos de cet article sur Silver Stone et Dustin. Aussi outrancier qu'il soit, nous savons tous que c'était ce qu'ils cherchaient, quelque chose pour attirer l'attention des gens.

Ça n'avait pas de sens. Dustin secoua la tête.

— Mais ça dépasse...

— Une femme a utilisé les hashtags et a posté tes informations, Dustin. Ton e-mail, tes comptes sur les réseaux sociaux, ton adresse ici à Silver Stone, expliqua Kelli en lançant un coup d'œil à Sasha avant de croiser de nouveau le regard de Dustin. Elle a laissé entendre que vous aviez un passé sexuel.

Dustin ferma les yeux. Son visage était probablement aussi rouge qu'une tomate.

— Génial.

— C'est au-delà des fadaises avec l'interview, râla Tucker. C'était agaçant, mais plus ou moins compréhensible. Maintenant, c'est une atteinte à la vie privée.

— Pouvons-nous arrêter ça ? demanda Ginny en se mordillant la lèvre inférieure. Ou est-ce que des ragots pareils sont comme l'histoire de la femme avec le sac de plumes qu'elle a lâchées ?

— Nous pouvons contacter la police, suggéra Tamara.

— C'est inutile.

Le commentaire venait de nulle autre que Charity.

— Désolée de vous interrompre, mais malheureusement, j'ai de l'expérience en la matière. Se plaindre à la police ne changera rien. Ils ne peuvent arrêter personne pour commérage. Il n'y a pas de mise en demeure contre une entité sans nom comme les réseaux sociaux. Vous pouvez obtenir une mesure d'éloignement sur des échanges avec un lieu, comme un studio de télévision ou une personne. Mais une fois qu'une histoire devient virale, aucune loi ne s'applique. Pas encore.

L'expression de Caleb devint sombre.

— Bon sang.

Dustin sentit son cœur se serrer.

— Alors nous devons simplement rester là, enfermés, à empêcher les gens de prendre des photos sans permission ?

De l'autre côté de la pièce, Sasha se redressa brusquement à côté de Ginny.

— Attends, je ne peux pas rester à l'intérieur. Je dois m'entraîner. J'ai une compétition dans un mois. J'ai...

— Nous avons un ranch à faire tourner. Aucun de nous ne peut rester caché à l'intérieur, lui rappela Caleb. Et aucun de nous ne le fera.

L'expression de Walker était devenue sombre.

— Je ne veux pas que mes enfants soient exposés aux médias. J'ai eu mon moment de gloire, et même s'il y a eu des aspects positifs, pas question.

Regardant autour de lui, Dustin examina les visages des personnes qui représentaient tout pour lui. Les personnes pour qui il s'était juré d'être là, d'une manière ou d'une autre, même s'il était bien plus jeune qu'eux.

Et maintenant il était la cause de tous ces problèmes. L'inquiétude de Sasha, le besoin de Walker et Ivy ainsi que de

Caleb et Tamara de protéger leurs enfants innocents, et avec raison.

Walker s'était éloigné des projecteurs.

Bon sang... Kelli n'y était jamais entrée, et elle aurait pu.

Dustin croisa le regard de Ginny de l'autre côté de la pièce. Sa sœur, enceinte de son premier enfant. Impossible qu'il veuille que qui que ce soit aille fouiller dans sa vie et celle de Tucker. Ni maintenant, ni jamais.

Il s'adressa directement à sa sœur.

— Personne n'aura besoin de se cacher. Nous devrons poster quelque chose d'officiel pour gérer les demandes d'interview concernant Silver Stone proprement dit, mais en ce qui me concerne ? Disons clairement que je ne suis pas ici. Alors il n'y aura pas de raison pour que qui que ce soit reste à Silver Stone pour vous déranger.

Il se força à sourire alors qu'il se tournait vers sa nièce la plus âgée.

— Tu as raison... tu dois t'entraîner. Souviens-toi, j'étais avec toi la dernière fois que tu travaillais sur l'arrêt et la chevauchée. Passage Secret te suivait comme un chiot au lieu de rester sur place comme elle aurait dû.

Sasha avait l'air partagée entre les pleurs et le rire.

— Tu es affreux.

— Admets-le, je suis ton vieil oncle préféré.

Tamara les interrompit.

— Ce n'est pas une mauvaise idée. De partir pendant un moment.

— Tu as vu les heures de travail que je lui ai données ? demanda Tucker. Personne d'autre ne veut de ces boulots pourris.

Il poussa un cri et se frotta le flanc.

— Quoi ? J'essayais d'alléger l'ambiance, là.

Ginny fit la grimace tout en agitant les doigts.

— Tu as des rocs à la place des côtes, dit-elle avant de tourner son attention sur Dustin. Tamara a raison. Ce n'est pas une mauvaise idée. Tu veux que je parle à Dare ? Tu pourrais aller à Rocky Mountain House travailler avec les Coleman pendant un moment.

— Mon Dieu, non, répondit Dustin en secouant la tête. D'abord, elle ne doit pas venir ici dans une semaine environ, pour être avec toi quand ton gamin se pointera ? Mais en plus, si la stupidité me suit, il n'y a pas moyen que j'emmène ce genre de problème devant leur porte.

— Bon sang. Il y a trop d'histoires de familles auxquelles s'accrocher là-bas aussi.

Cette fois, ce fut Tamara qui grimaça avant de lui lancer un sourire triste.

— Il y a plus d'un cadavre dans le placard de la famille Coleman que je préférerais qu'on laisse tranquilles.

— Où peut-il aller ? demanda Walker.

Caleb se leva.

— À Pincher Creek.

Le premier réflexe de Dustin fut de refuser catégoriquement cette idée. Pincher Creek, ça voulait dire l'oncle Frank, et il détestait son oncle. Ce n'était pas une exagération non plus, simplement les faits dans leur dure réalité. En temps normal, l'idée d'être à proximité de cet homme le mettait en boule et il trouvait toutes sortes de raisons pour y échapper.

Maintenant ?

— Parfait. J'irai.

Caleb cilla.

— Je m'attendais à des protestations.

Cela allait être vraiment pénible, parce que l'oncle Frank était pénible, mais il y avait un bonus dans cette proposition pourrie.

— Je n'aurais pas cherché à ce que ça arrive, mais s'il *se trouve* que les paparazzis m'ont suivi, je ne pourrais pas trouver meilleure personne pour gérer ce bazar.

Luke s'étouffa de rire. Caleb se frotta le menton, cachant aisément son sourire. Walker regardait fixement vers le ciel et luttait pour garder une mine sérieuse.

Seule Ginny laissa son sourire briller.

— Bon sang, tu adores cet homme, n'est-ce pas ?

— Pour l'éternité, mentit Dustin avec aisance en levant les doigts croisés en l'air.

Caleb s'était suffisamment repris pour secouer la tête.

— Il n'est pas si terrible.

— Il est affreux, mais aller à Pincher Creek est une bonne idée, alors je vais le faire.

Caleb hocha la tête.

— Je vais l'appeler et lui dire de se préparer à ta venue. Si tu peux partir tout de suite, nous nous assurerons que la nouvelle se répandra. Même s'ils ne s'y attendent pas, certains des appareils photo te surprendront en train de partir sans que personne ne soit disponible pour te suivre. Nous gérerons le reste d'entre eux une fois qu'il sera évident que tu n'es plus là.

Il marqua une pause, son regard alla vers la cuisine. Charity restait là, silencieuse maintenant alors qu'elle était assise sur un des tabourets devant l'îlot.

Dustin alla vers elle. Elle avait été utile aujourd'hui, plus qu'elle ne s'en doutait probablement. Une bouffée de tristesse le frappa alors qu'il pensait au temps qu'il raterait avec ses amis. Ouais, partir était la bonne chose à faire, mais Shim arriverait dans quelques heures, et lui serait parti. Charity et Fern feraient des choses pendant les semaines à venir...

— Je pense que tu devrais aller avec lui.

La voix de Caleb transperça les pensées de Dustin. Derrière eux, le reste de la famille parlait doucement, mais

Caleb se tenait maintenant près de Dustin à l'entrée de la cuisine.

— Quoi ?

— Qui ?

Dustin et Charity avaient parlé en même temps.

Caleb pointa Charity du doigt.

— Oncle Frank est lent à donner les informations sur un projet dont nous avons besoin dans un dossier à Silver Stone. C'est l'occasion parfaite, en fait. Et la parfaite excuse. Dustin t'accompagnera en tant que conducteur et escorte. Pendant que tu mettras à jour les informations dont nous avons besoin, il sera très poli et fera les corvées qu'oncle Frank lui assignera, d'accord ?

Le cerveau de Dustin tourbillonnait.

— Charity vient à Pincher Creek ?

— Si cette idée lui convient, répondit Caleb avant de marquer une pause. Je sais que tu viens de commencer à travailler pour nous, mais c'est dans la description de ton poste. Qu'est-ce que tu en penses ? Peux-tu y aller ? Ça ne devrait pas prendre plus d'une semaine si tout se passe bien.

Charity, qui était restée bouche bée de surprise, déglutit péniblement et hocha la tête.

— D'accord. Bien sûr.

5

———

Une tornade avait toujours été un mot évoquant des images claires comme du cristal. Une tornade passait, et le monde autour n'était plus que chaos. De l'herbe éparpillée partout, des arbres renversés, des vêtements éjectés d'une corde à linge et laissés dispersés sur le sol.

Mais la seule tornade qui se produisait maintenant se trouvait dans la tête de Charity. Ce qui voulait dire qu'elle était une épave, que ses pensées étaient dispersées comme des feuilles mortes.

À quoi pensait-elle ? En dehors du fait que ça craignait vraiment que des gens bien comme les Stone supportent des bêtises – et que l'instant d'après, elle avait accepté de quitter la ville pendant une semaine.

Le chaos. La tornade.

Une fois rapidement élaborée la stratégie, Walker la suivit chez elle dans sa camionnette. Il attendit qu'elle soit en sécurité à l'intérieur avant de retourner au ranch.

Charity lança un sac de sport sur le lit et se dépêcha d'emballer ses affaires.

Elle mit aussi son téléphone sur haut-parleur et joignit Fern.

— C'est top secret, dit Charity en attrapant des jeans, des hauts et des baskets.

Elle empila ses vêtements pour pouvoir choisir dès qu'elle aurait mis Fern au courant et raccroché.

— Tu en apprendras plus par Ivy, j'en suis sûre, mais Dustin quitte la ville pour échapper au bazar médiatique.

— J'ai entendu dire qu'il y a eu une émeute à Silver Stone. C'est vrai ?

— Je n'en sais rien, mais beaucoup de gens n'étaient pas là où ils auraient dû. Et des infos sur Dustin ont été postées sur les réseaux sociaux, alors...

— Tu déconnes. Qui ferait donc ça ?

— Une femme avec qui il est sorti, d'après ses posts.

Ce qui laissait un goût amer dans la bouche de Charity. Pas parce que Dustin avait été avec quelqu'un. Elle savait qu'il était sorti avec des femmes, même s'il n'avait fréquenté personne en particulier pendant tout le temps où elle avait habité à Heart Falls.

L'agitation intérieure en elle était tellement agaçante. Charity savait qu'il avait eu des relations sexuelles par le passé. *Elle* avait eu des relations sexuelles par le passé. Le sexe était un passe-temps agréable à partager.

Selon toute probabilité, Dustin et cette femme s'étaient éclaté au pieu pendant un certain temps. Que cette femme révèle ses coordonnées rendait ce partage écœurant et pas amusant du tout.

Fern était silencieuse à l'autre bout du fil.

— Il quitte la ville ?

— Pour éloigner la presse de sa famille. Oui. Mais j'ai besoin de ton aide parce que je vais avec lui. Il y a un travail que je peux faire qui donne une super excuse pour qu'il y aille.

C'est compliqué, et il faut que je fasse mes valises, mais j'ai besoin d'un service.

— Bien sûr. Laisse-moi d'abord ramasser ma mâchoire par terre. Tu t'enfuis avec Dustin Stone ?

— Ce n'est pas ça, et tu le sais. Nous ne sommes qu'amis.

Charity était contente que Fern ne soit pas dans la pièce pour voir à quel point elle était gênée à cet instant.

Fern se mit à rire.

— D'accord, je ne vais pas te taquiner puisque tu es pressée. Quel est ce service ?

— Tu peux passer chez moi et t'assurer que rien ne pourrit dans le frigo ou la poubelle ? Je fais mon sac et je serai partie dans les dix prochaines minutes.

— Ce sera fait. Pour info, j'ai aussi prévu de trouver la créature sans cœur qui a commencé à raconter ces bêtises. Juste parce que je le peux.

— Fonce. Je dois y aller. Je t'enverrai un texto quand je pourrai.

— Sois prudente.

Deux pantalons, quatre hauts, une paire de chaussures supplémentaire, et un tas de chaussettes. Tout ça fut fourré dans le sac sans y réfléchir à deux fois. Ce ne fut que lorsqu'elle ouvrit son tiroir à sous-vêtements que les mauvaises pensées arrivèrent.

La tornade, faisant tourbillonner des images de ses plus beaux sous-vêtements et du regard appréciateur de Dustin.

Tant pis. Elle attrapa les deux couches du haut de soutien-gorge et de petites culottes à la fois et un pyjama, et refusa de réfléchir à ses choix. C'était un travail. Un moyen d'aider une famille bien à se tirer d'une situation difficile.

Il s'agissait d'aider un ami.

Son estomac gronda alors qu'elle verrouillait la porte.

Charity coupa par une série de ruelles et prit son habituel raccourci vers l'orée de la ville, marchant aussi nonchalamment que possible. Même si elle était rarement allée chez Walker et Ivy, elle savait que leur maison se trouvait à côté du cimetière. Le cadre paisible était un des endroits favoris de Charity où aller pour réfléchir et se souvenir.

Bien sûr, ce jour-là, les pensées paisibles étaient complètement absentes alors qu'elle regardait par-dessus son épaule de manière répétée. Elle ressemblait probablement plus à un hibou qu'à un passant flânant au gré d'une promenade décontractée avec son matériel.

Malgré tout, elle arriva chez Walker et Ivy relativement certaine que personne ne l'avait suivie.

Ivy l'accueillit à l'intérieur, le chien à ses pieds aboyant joyeusement.

— Je parie que ce n'était pas ce que tu t'attendais à faire en ce moment.

— Non, mais ça va. La vie est une grande aventure, n'est-ce pas ? répondit Charity en saluant Faithful avant de faire un geste vers le couloir. Est-ce que je peux utiliser les toilettes ? J'ai fait mon sac tellement vite que j'ai oublié la règle cardinale des voyages en voiture.

Un petit hochement de tête lui répondit.

— Vas-y. Je prépare un dîner pour vous deux. Je suppose que Dustin est revenu directement des champs ?

Bon sang, il allait être affamé. De plus...

— J'espère qu'il a eu le temps de prendre une douche.

— Sinon, tu devras voyager avec l'eau de cow-boy pendant quelques heures. Ça sent très fort, mais ce n'est pas mortel.

Elles se dirigèrent dans des directions différentes, toutes deux en riant.

Quand Charity rejoignit Ivy dans la cuisine, la femme à la

constitution délicate fermait le couvercle d'une grande glacière de voyage.

— J'ai mis plusieurs variétés de sodas et trois types de sandwichs différents. Tu prends ce qui te plaît d'abord, d'accord ? Je sais que Dustin engloutira ce que tu ne veux pas, alors rien ne sera gâché.

— J'apprécie.

La surprise frappa Charity lorsque Ivy se retourna vers elle et passa les bras autour des ses épaules pour l'étreindre brièvement.

— Je suis contente que Dustin ne parte pas tout seul mais avec une amie.

Charity la serra gentiment en retour.

— Je suis contente de pouvoir aider.

Ivy recula, son teint pâle et ses yeux d'un bleu argenté la rendaient d'une beauté surnaturelle.

— Il grognerait que je dise ça, mais Dustin aime sa famille. Énormément.

— C'est clair, pas seulement maintenant, déjà avant.

Ivy hocha la tête, mais l'inquiétude apparut.

— Il n'apprécie pas son oncle, et d'après ce que j'ai entendu dire, il a de bonnes raisons pour ça. Ce n'est pas à moi de te les expliquer. Mais je vais te dire ceci : Dustin a besoin de ses proches. S'il ne peut pas avoir sa famille en ce moment, tu seras son seul refuge. J'espère que tu lui pardonneras s'il s'accroche un peu.

L'idée que le grand, fort et indépendant Dustin s'accroche à qui que ce soit faillit faire rire Charity. C'était aussi ridicule que lorsque Kelli qui l'appelait un gamin.

Malgré tout, elle se retint parce que Ivy avait à l'évidence de bonnes intentions.

— Je pense qu'il s'en sortira, mais oui, je serai là pour lui. Comme je l'ai dit, nous sommes amis.

Ivy sourit.

— Je suis contente.

Son regard alla vers la fenêtre principale, et elle pencha la tête vers le garage.

— Il est là.

L'évasion compliquée continua. Dustin entra dans le garage et referma la porte derrière lui. Ivy et Charity l'y retrouvèrent.

Il lui prit son sac et le mit sur le siège arrière de la camionnette.

— C'est tout ce que tu as ?

— Je suis une empaqueteuse micro-mini-minimaliste, révéla Charity.

— Oh, attendez. Encore une chose, insista Ivy en poussant le sac du dîner dans les bras de Dustin avant de se faire volte-face. Je reviens tout de suite.

Dustin ouvrit la portière passager pour Charity.

— Monte.

Sur le siège arrière, la chienne de Dustin, Patchwork Annie, agita la queue vigoureusement tandis que Charity grimpait dans la cabine.

— Tu l'as emmenée. Salut, Annie. Qui est une gentille fille ?

Charity tendit la main entre les sièges pour gratter la tête de la chienne.

— C'est toi. Oui, une gentille fille.

Dustin émit un petit rire en grimpant derrière le volant.

— Elle ne veut pas me quitter des yeux. Ce n'est pas que je tienne à l'emmener à Pincher Creek, mais la laisser ici n'est pas possible. Elle essaierait de me retrouver jusque là-bas.

— Ah, elle t'aime.

— Un peu trop. C'est une enquiquineuse.

Mais Dustin ébouriffa aussi la tête d'Annie.

Ivy était revenue, une paire de bottes de cow-boy à la main.

— Tiens. Elles devraient t'aller.

Elle les passa par la vitre à Charity puis se pencha pour parler à Dustin.

— Kelli dit que tu dois donner des cours d'équitation à Charity pendant que vous serez partis.

— Des cours d'équitation ? Pourquoi est-ce que...

Le regard de Dustin fila vers celui de Charity.

— Tu ne sais pas monter ? demanda-t-il.

— Et sur ce, je file, annonça Ivy. Sois prudent au volant, et j'espère que tout ça sera vite fini.

Elle leur lança un baiser.

— Charity, tu devrais te baisser jusqu'à ce que vous soyez sur la grand-route, conseilla-t-elle. Juste au cas où.

Elle ouvrit la porte du garage puis disparut dans la maison.

Charity rabattit son siège en arrière et glissa sous la hauteur de la vitre.

— C'est bon ?

Dustin lui lança un coup d'œil en reculant dans l'allée puis orienta la camionnette vers la grand-route.

— Tu vas avoir mal au cou.

— Tant pis. Quelqu'un te suit ?

— Pas d'après ce que je vois. Maintenant, discutons de tes cours d'équitation. Et de ton besoin d'en avoir.

— Je n'en ai pas besoin. Je n'ai pas besoin de monter, dit Charity fermement.

— Parce que tu ne penses pas que monter est important si tu travailles dans un ranch ?

Elle émit un son moqueur.

— Non. C'est vraiment dur de faire de la paperasse tout en étant sur un cheval.

— Tu n'en sais rien, puisque tu ne montes pas.

— C'est une conclusion logique.

Même si elle ne savait pas pourquoi elle protestait.

Dustin ajusta sa prise sur le volant et prit le virage vers la route principale.

— Eh bien, pour ton information, je serai heureux de t'apprendre si tu veux des cours.

Charity soupira.

— J'en ai en quelque sorte envie, maintenant. Kelli est montée avec moi jusqu'à la maison. C'était bizarre, mais d'une manière positive.

— Une chaleureuse recommandation.

— Tais-toi, Stone.

— Enfin, si monter était bizarre d'une manière négative, ce serait... *négatif.*

— Je vais te donner un coup de pied, l'avertit Charity.

Il se mit à rire.

Ouais, elle n'était pas dans la bonne position pour lui faire une telle menace.

— Est-ce que tu penses que je pourrai bientôt me redresser ? demanda-t-elle alors que son estomac grondait de manière audible. La nourriture que ta belle-sœur a emballée sent merveilleusement bon.

Dustin vérifia son rétroviseur.

— Il n'y a personne en vue. Vas-y, relève-toi. Et donne-moi quelque chose. Je meurs de faim.

Charity fouilla dans la glacière. Il y avait des sandwichs au poulet, d'autres avec du jambon épais et du fromage, d'autres encore au beurre de cacahuètes avec de la confiture. Elle lui en passa un au poulet et en prit un au beurre de cacahuètes pour elle.

— Comment ça s'est passé à la maison quand tu es parti ?

— J'ai placé ma camionnette juste devant la maison, et tout le monde est sorti sous le porche pour me faire signe. Des adieux appropriés, comme si je partais pour une expédition d'un an dans la jungle.

— Quelqu'un regardait ?

— Quelques médias. Ashton avait appelé la police montée, alors les camionnettes d'infos s'éloignaient lentement, répondit Dustin en prenant une bouchée de son sandwich avant d'émettre un son de plaisir. J'espère que ce sera aussi facile que ça, que je serai absent pendant une semaine, et qu'à mon retour, tout sera revenu à la normale.

— Je l'espère aussi, dit Charity avant de froncer les sourcils. Tu vas rater l'arrivée de Shim demain.

— Je sais. C'est navrant, mais il sera là de manière permanente. Et puis le bébé de Ginny est censé arriver dans les trois prochaines semaines, alors ma sœur adoptive, Dare, se joindra de nouveau à la famille. Tu l'apprécieras. Elle est un peu plus discrète que Ginny, mais elle a quand même bon cœur.

— Elle a l'air géniale.

— J'espère que le bébé arrivera après la Fête du Canada. Ce serait embêtant de devoir partager ton anniversaire avec... Oh, *mince.*

Charity lança un coup d'œil autour d'elle pour voir ce qui l'avait contrarié.

— Quoi ?

Dustin poussa un soupir. Un énorme soupir frustré.

— La Fête du Canada.

Charity secoua la tête.

— Je ne comprends pas.

— La Fête du Canada à Heart Falls. Toutes les réjouissances traditionnelles. Un pique-nique, une ferme pédagogique.

Il croisa son regard :

— Les enchères des célibataires.

Bien sûr, ça ne pouvait pas être simple. Dustin jura de nouveau.

— Je n'arrive pas à croire qu'aucun de nous n'y ait pensé. Les enchères pour célibataires annuelles… je ne peux pas être impliqué.

Charity siffla doucement.

— Ou tu pourrais être impliqué et faire gagner un paquet de fric pour le fonds du Boys and Girls Club, dit-elle, levant aussitôt les mains. Je plaisante. Impossible que tu t'approches de cet événement.

La frustration bouillonna en lui.

— Ce qui signifie que je serai parti pendant plus d'une semaine. Impossible que les choses se tassent suffisamment d'ici là, conclut-il en haussant les épaules et en faisant un geste vers la nourriture. On n'y peut rien. Nourris-moi.

Elle lui donna d'abord une cannette de soda.

— Si tu ne peux pas le faire, quelqu'un d'autre devra me ramener quand j'aurai terminé.

— Ouais. Ne t'inquiète pas des détails.

Il plaça la cannette dans le porte-gobelet et accepta un autre sandwich.

— C'est tellement frustrant, mais j'en tirerai le meilleur parti.

Il garda le regard rivé sur la nationale déserte et termina le sandwich alors que des pensées se bousculaient dans sa tête.

Près de lui, Charity, qui en était encore à son premier sandwich, mangeait proprement en regardant par la vitre les champs qui défilaient. Elle avait l'air détendue et compétente, comme toujours.

— Peu de choses te décontenancent, n'est-ce pas ? demanda Dustin.

Charity cilla.

— Oh, je ne sais pas. Tu m'as bien déjà vue troublée.

— Oui. C'est mignon, répondit-il avec un grand sourire devant l'expression qu'elle affichait. Mais tu récupères vite. J'aime bien ça. Tu sembles... solide.

— C'est un... Eh bien, d'accord, je vais prendre ça pour un compliment.

— C'en est un. C'était censé l'être, confirma Dustin en se renfonçant dans son siège pour se mettre à l'aise derrière le volant. Solide, ça fait fonctionner les choses. Mon frère Caleb est solide, dans le sens où je sauterais d'une falaise s'il me le disait. Tamara est solide, dans le sens où elle me dirait avant que je monte sur la falaise que je ne devrais pas y aller.

Charity se mit à rire.

— Elle a bien cette aura qui dit « Je sais des choses ».

— Exactement, acquiesça Dustin en hochant la tête avec excitation. J'ai essayé d'expliquer ça à Luke une fois, et il m'a regardé comme si j'avais une antenne qui m'avait poussé sur la tête.

— Luke semble être du genre à regarder les faits, pas les énergies en dessous, répondit Charity avant de prendre l'air pensif. Il est comme... un oncle sympa. Mais qui te fera manger tes légumes tout en en faisant un jeu.

L'amusement monta.

— Je dois raconter ça à Kelli. Ça l'éclatera.

— Tu as une super famille, dit Charity en se reposant sur l'appuie-tête. Tu fais quelque chose de bien en partant pendant un moment. Peu importe le temps que ça prendra.

— Ils ont tellement fait pour moi ! expliqua Dustin. Ce n'est pas une corvée de rendre la pareille.

Elle posa une main sur son bras et le serra.

— Malgré tout, c'est gentil de ta part. Et je ferai ce que je peux pour t'aider à rendre ce moment plus facile.

— Merci.

Ils mangèrent tous deux un autre sandwich puis ouvrirent un sac de cookies aux pépites de chocolat faits maison.

Charity regarda par la vitre.

— Tu ne roules pas vers le sud.

— Le moyen le plus rapide d'aller au ranch de Crooked Creek est de passer par la Nationale 1. Nous allons vers l'est avant d'obliquer vers le sud. Nous nous arrêterons d'abord pour prendre de l'essence et nous verrons si nous avons quelqu'un à nos trousses. Si c'est le cas, Caleb m'a dit de rouler vers le nord, expliqua Dustin en haussant les épaules. Je suppose que la direction que nous allons prendre ne dépend pas de nous.

Charity secoua la tête.

— Tu n'aimes pas beaucoup ton oncle, n'est-ce pas ?

— Il a rendu difficile de l'apprécier, répondit Dustin en tendant la main vers le siège arrière pour tapoter Annie tranquillement. Je préférerais ne pas parler de lui.

— Je vais devoir travailler avec lui, signala Charity. Un homme averti etc.

— Il n'aura pas de problèmes avec toi. C'est moi personnellement qui l'énerve, dit Dustin en lui lançant un clin d'œil. C'est ma personnalité pétillante.

— Tu es brillant et éblouissant comme le soleil, dit Charity en se penchant en avant. Quel est le meilleur moyen de passer avec lui ?

— Tu veux dire « par-dessus lui » ? Avec un bulldozer, répondit Dustin avant de lever une main. Je plaisante. D'accord, comme je l'ai dit, tu t'en sortiras probablement, mais la meilleure méthode est plus ou moins de l'ignorer. Fais simplement ce que tu dois faire. Trouve ce qui est bien et fais-le. Il fera probablement du bruit quand même, mais il ne pourra pas protester devant les résultats.

— Je peux faire ça. Avoir raison est toujours mon plan.

Ils ne discutèrent de rien d'important pendant l'heure qui suivit tout en terminant l'essentiel de la nourriture dans la glacière. Reconnaissant de cette agréable compagnie, Dustin était de meilleure humeur que d'habitude lorsqu'ils arrivèrent au virage qui menait au ranch de Crooked Creek.

Le paysage était joli, supposa-t-il. Avec la chaîne de montagnes Waterton vers le sud, les terres s'étiraient comme une couverture légèrement froissée. Les quelques creux et bosses n'étaient rien comparés aux contreforts vallonnés du territoire de Silver Stone.

Charity se pencha en avant et regarda autour d'elle avec intérêt.

— Ce n'est pas aussi grand ou impressionnant que Silver Stone.

— Tu es un quelqu'un de merveilleux. Et très observatrice, aussi.

Elle lui tira la langue.

— Sois gentil.

— Je suis toujours gentil, assura-t-il alors qu'il lançait un coup d'œil sur le chemin et se demandait où il pourrait se garer pour énerver franchement son oncle.

Un coup sec sur sa manche lui fit lancer un coup d'œil à Charity.

— Quoi ?

— Tu as l'air maléfique. Qu'est-ce que tu manigances ?

Il ralentit sa camionnette pour pouvoir la regarder, bouche bée.

— Est-ce que tu lis dans mes pensées, maintenant ?

— Apparemment, si tu avais une pensée maléfique, répondit-elle en lui désignant un espace vide devant l'écurie principale. Gare-toi là. Ton frère m'a envoyé un texto pour me dire que ton oncle nous attend et qu'il nous retrouvera près du bureau.

— Quand as-tu reçu un texto ? Et de qui ? demanda Dustin.

— Il y a quinze minutes. Et Caleb m'a dit de ne pas te le dire parce que, et je cite...

Elle sortit son téléphone et appuya sur l'icône de messagerie.

— « Dustin va probablement essayer d'énerver l'oncle Frank de toutes les manières possibles, y compris par des trucs stupides comme se garer pour bloquer sa camionnette. »

— Eh bien, bon sang, je n'avais jamais pensé à ça. C'est brillant.

— C'est aussi à retirer de la liste. Gare-toi sur la place où est indiqué « Invité » et tiens-toi bien, ordonna de nouveau Charity.

— Oui, m'dame, la taquina-t-il. Même si tu me prives de tout l'amusement de ma soirée.

— Je sais. Je suis méchante, répondit-elle en lui serrant le bras puis souriant. Mais j'apprécie aussi le fait qu'il semble ne pas y avoir de harceleurs médiatiques dans la région. Ça vaut le coup, n'est-ce pas ?

— Ouais, je suppose. Et énerver mon oncle ne va pas aider qui que ce soit à la maison, alors je promets de me mordre la langue. Même quand il jouera les imbéciles.

Elle se mit à rire.

— Tu présumes que ce sera le cas ?

— Oh, crois-moi, Tee, répondit Dustin en s'arrêtant là où elle l'avait ordonné et en mettant le frein à main. Ce n'est pas une question de « si », mais de « *quand* ».

Il bondit dehors, fit le tour par l'avant de la camionnette et lui ouvrit la portière avant qu'elle n'ait eu une occasion de se ressaisir assez pour le faire elle-même.

Il lui tendit une main.

Elle cilla, puis hocha la tête avec approbation.

— Bonne idée. Ta camionnette est aussi haute que la jument sur laquelle Kelli m'a fait monter.

Charity prit sa main et le laissa l'aider à descendre.

— Au moins tes manières se sont améliorées.

Le commentaire bourru tapa sur les nerfs de Dustin, mais il fut grand seigneur et ignora son oncle pour l'instant.

— Ça va ? demanda-t-il à Charity.

— Il manque mon sac.

— Le mien aussi. Je vais les prendre dans une minute. D'abord, je dois m'occuper des choses les plus importantes.

Il ne pouvait pas résister. Il ouvrit la portière arrière de la cabine et claqua des doigts.

Patchwork Annie sauta et s'avança docilement à ses côtés.

Puis Dustin se retourna pour faire face à son oncle.

— Oncle Frank.

L'homme plus âgé se tenait les bras croisés sur le torse avec un regard noir sur le visage.

— Tu as amené ma chienne.

— *Ma* chienne, corrigea Dustin, puis il s'avança à côté de Charity. Charity, Frank Stone. Mon oncle, voici Charity Gruzing. Elle rassemblera les documents que les avocats demandent.

Charity lança un regard d'avertissement à Dustin alors qu'elle tendait la main à son oncle.

— Ravie de vous rencontrer.

Frank ne bougea pas. Il était trop occupé à lancer un regard noir à Patchwork Annie et à Dustin pour tenter d'être poli.

Charity avait commencé à ramener sa main vers elle quand l'oncle Frank secoua la tête et l'accepta.

— Tu n'es pas responsable des gens que tu es forcée de fréquenter.

Charmant... au moins l'oncle Frank était à la hauteur des attentes de Dustin.

Près de lui, le sourire de Charity était toujours en place, mais avait perdu son éclat. Il était plus forcé que naturel.

— Je ne suis pas sûre de ce que vous voulez dire par là.

Frank l'ignora et pointa du doigt le côté de l'écurie principale.

— Je t'ai installée dans le van côté sud. C'est un peu à l'écart, alors tu ne devrais pas être dérangée trop tôt le matin par les équipes. Avec un peu de chance, tu auras terminé dans quelques jours.

— Ça prendra le temps nécessaire, tout dépend de la manière dont vous avez classé les informations que je dois rassembler. Si Crooked Creek a été bien géré, ça ne prendra pas trop longtemps. Demain matin, je saurai à quel point vous avez été compétent.

Dustin se retint à peine de réagir au ton étonnamment tranchant dans sa voix.

Frank fronça les sourcils comme s'il essayait de déterminer si elle avait été délibérément insultante ou s'il avait mal entendu. Il haussa les épaules et tourna son attention vers Dustin.

— Le dortoir est plein. Tu dormiras dans l'écurie.

Bien sûr.

— C'est très bien...

— Oh ce n'est pas nécessaire, interrompit Charity en levant le menton. Dustin logera avec moi.

Frank poussa un reniflement moqueur.

— Je ne sais pas où tu crois loger. C'est un van, chérie. Seulement une chambre, un lit.

Elle passa le bras sous celui de Dustin et se plaça contre lui.

— Parfait. Parce que, vous voyez, Dustin est *exactement* le genre de personne que j'aime fréquenter. C'est pour ça que c'est mon petit ami. Si vous voulez bien nous excuser, nous allons nous installer. Je vous retrouverai, vous ou votre contremaître, dans le bureau à 8 heures comme Caleb l'a prévu.

Telle une force de la nature, Charity entraîna Dustin avec elle. Loin de la camionnette, loin de leurs sacs, et loin d'un oncle Frank qui en était resté bouche bée.

6

La gêne le disputait à la fureur.

— Je n'aurais pas dû faire ça.

— Oh si. Tu as vraiment bien fait. C'était spectaculaire, répondit Dustin qui avançait à petites foulées à côté d'elle, Patchwork Annie près de lui.

Charity continua à s'éloigner de Frank Stone avant d'être tentée de dire quelque chose qui empirerait les choses.

Elle lança un coup d'œil au visage de Dustin et découvrit qu'il souriait d'une oreille à l'autre.

— Tu n'es pas en colère contre moi d'avoir perdu mon calme ?

— J'ai l'impression que mes réactions sont justifiées parce qu'il t'a énervée encore plus vite que je ne m'y attendais, dit Dustin en levant le poing. Joli. Je ne l'ai pas insulté le premier. Tamara ne m'enguirlandera pas moi.

— Dustin ! le réprimanda Charity. Ce n'est pas ce que j'ai besoin d'entendre en ce moment.

Il l'attrapa par le bras et la fit pivoter vers lui. Dans le coin de l'écurie où personne ne les verrait, il se pencha au-dessus d'elle et prit sa joue dans sa paume.

— Ça va. C'est une tête de pioche.

— N'insulte pas les nœuds. Ils ont un but, et quand ils sont maniés correctement, ils ne provoquent pas d'exaspération.

Un éclat de rire échappa à Dustin.

— C'est noté. Alors, avant que nous recommencions à taper du pied...

— La ferme, Stone.

Il ne sourit que davantage.

— ... est-ce que tu veux rester ? Parce que je peux te ramener à Heart Falls.

— Bien sûr que nous restons, répondit-elle en fronçant les sourcils. Tu dois encore rester loin du cirque à la maison. De plus, Caleb ne mentait pas au sujet des informations qu'il lui faut. Tucker m'a transféré les listes de ce dont ils ont besoin et précisé depuis combien de temps ils attendent. On dirait que fouiller dans les dossiers sera le seul moyen pour Silver Stone d'obtenir un jour les données nécessaires.

— Alors nous restons, dit-il en penchant la tête dans la direction d'où ils venaient. On retourne discrètement chercher nos sacs ? Et les restes, s'il y en a ?

— Mon Dieu, oui. J'étais tellement occupée en mode « marcher d'un pas lourd », dit-elle en lui lançant un clin d'œil, que s'éloigner de cet homme était la seule chose que j'avais à l'esprit.

— Une sortie bien planifiée est une chose magnifique, dit-il en frôlant son front de ses lèvres. Viens. Faufilons-nous.

Le retour à la camionnette pour chercher leurs affaires fut plutôt décevant. Quelques hommes en tenue de cow-boy passèrent, inclinant la tête vers Dustin et lançant des sourires appréciateurs à Charity. Frank Stone n'était nulle part en vue.

Charity porta la glacière. Dustin passa leurs sacs sur son épaule puis la guida vers le van.

— Frank ne mentait pas quand il a dit que c'est petit. Ça ne me dérange pas de coucher dans l'écurie.

Le van était minuscule, mais propre comme un sou neuf. Elle déposa la nourriture sur la table et se glissa dans le petit espace pour ouvrir les vitres et laisser entrer l'air frais.

— Non. Nous pouvons partager, et de plus, je pense que nous le devons. Il y a une bonne raison.

Dustin posa le sac de Charity au pied du lit.

— Continue.

Elle lança un coup d'œil dans la petite glacière puis transféra la nourriture qui restait de leur dîner dans l'espace ouvert. Des papillons inopportuns décollèrent dans son ventre.

Arrête. Il s'agit d'être une amie. L'amie dont Dustin a besoin maintenant. Il ne s'agit pas de sexe.

Charity se retourna vers lui.

— Tu as mentionné les enchères de célibataires et souligné que tu ne pourras pas rentrer. Mais Ginny doit accoucher vers ce moment-là. Veux-tu vraiment être chassé de chez toi et éloigné de ta famille durant une étape aussi importante que l'arrivée de son bébé ?

— Bien sûr que non, mais si je dois rester à distance, je le ferai. Ils sont trop importants pour moi.

— Mais si on ne s'attend pas à ce que tu prennes part aux enchères, alors ça serait un problème de moins sur la liste, dit Charity en haussant un sourcil.

Il poussa un son moqueur.

— La seule manière acceptable d'échapper aux enchères est d'avoir quitté la ville ou...

Dustin cligna des yeux. Son expression s'éclaira avec un large sourire.

— Avoir quitté la ville ou ne plus être sur le marché. Dans le sens où j'aurai déjà une petite amie, merci beaucoup.

— Exactement, confirma Charity en lançant un coup d'œil au plafond d'un air coupable. Je dois avouer que j'y ai pensé exactement cinq secondes après avoir déjà prétendu que tu étais mon petit ami juste pour énerver ton oncle.

— J'approuve totalement ta motivation initiale et l'inspiration qui a suivi, dit Dustin en tapant doucement dans ses mains. Tee, tu es brillante.

— Ça veut dire que nous devons faire semblant de sortir ensemble.

Dustin haussa les épaules.

— Pas d'inquiétudes. Nous irons danser quelques fois, comme nous le faisons habituellement. Nous pourrons prendre une pizza avec Shim et Fern, comme nous le ferions de toute manière.

— Tu as raison. Qui eût cru qu'avoir des rencards serait aussi ennuyeux ?

Il se mit à rire.

— Pas ennuyeux, mais simple. Je vais transmettre cette nouvelle à la famille pour qu'elle puisse commencer à faire circuler l'info. Plus vite la nouvelle sortira, mieux ce sera.

— Je le ferai savoir à Fern, dit Charity en vérifiant sa montre. Et Shim doit être arrivé. Tu devrais lui dire.

S'installant sur le siège en forme de U devant la petite table du van, Dustin prit l'air pensif.

— Faisons d'abord un brainstorming pour notre plan d'action. Les détails, ce genre de choses. Nous disons à tout le monde à Heart Falls que nous nous voyons. Notre famille et nos amis savent évidemment que ce n'est pas vrai, mais ils ne diront rien pour nous contredire. Je doute que qui que ce soit en ville pense que nous les roulons dans la farine. Ce n'est pas comme si nous ne *pouvions pas* sortir ensemble.

— Les personnes qui t'ont envoyé des messages après la sortie de l'article… qu'est-ce que tu leur as dit ? demanda-t-elle.

Il émit un son vulgaire.

— Rien. Je n'ai répondu à aucune d'entre elles en dehors de Shim. Si la première fois que quelqu'un m'envoie un message en un an, c'est pour discuter du prêt qu'il aimerait que je finance, il ne mérite pas de réponse.

Charity marqua une pause, la stupéfaction l'envahissant.

— Ils n'ont pas fait ça ?

— Certains si, répondit Dustin en haussant une épaule. Certains s'intéressaient plus aux ragots qu'à l'argent. Je n'avais pas envie de leur répondre.

— Eh bien, tant mieux ? avança-t-elle en poussant un soupir triste. Désolée. C'est déplorable.

— Et tout le saint-frusquin, dit Dustin en fronçant les sourcils. Quoi que ça veuille dire.

Ils se mirent tous les deux à rire, se souriant comme les conspirateurs qu'ils étaient.

— Revenons au plan d'action. Nous venons de commencer à sortir ensemble, suggéra Charity. Genre, il y a quelques semaines. Nous restions discrets parce que…

— Parce que j'ai une grande famille fouineuse et que certaines choses sont intimes, interrompit Dustin en haussant les épaules. C'est une raison suffisante à mon avis.

— Mais nous allions annoncer la nouvelle dans une semaine parce que les organisatrices des enchères, *alias* les sœurs de Fern, Tansy et Rose, doivent le savoir.

Charity envisagea les possibles embûches qu'ils devraient surmonter.

— Au fait, ça ne m'intéresse pas d'être interviewée. Ce stupide article m'a mise en colère parce que tu n'es pas célibataire, et point final.

— Super truc, dit Dustin en tapant rapidement sur son

téléphone. « ... et je ne suis plus célibataire. Assurez-vous que mon nom soit retiré de toutes informations à propos des enchères sur les réseaux sociaux. »

— Et je dis qu'on ignore la femme qui a révélé tes infos personnelles. Parce que lui donner de l'attention ne ferait que lui faire plaisir.

Charity hésita. Mais une idée venait de surgir dans sa tête, et si c'était l'heure du brainstorming, elle devait la partager.

— Nous pourrions y être. Aux enchères, même si je n'arrive pas à croire que je dis ça.

Il écarquilla les yeux.

— N'es-tu pas masochiste ?

— Oh, je ne dis pas que nous sommes obligés, mais c'est un de nos deux choix. Si tu n'es pas là, peut-être que les gens croiront que tu n'es pas disponible, ou ils penseront que tu te caches. Si nous y allons et que nous nous donnons en spectacle, nous pourrons prouver que tu n'es pas célibataire.

Dustin hocha la tête d'un air pensif.

— Prenons le temps d'y réfléchir. D'abord, nous retirons mon nom de la liste.

— Oui, dit Charity en bondissant légèrement. Je dois aller marcher. Ça a été une longue journée, et après être restée assise dans ta camionnette, j'ai besoin de faire circuler le sang. Et ton oncle n'a pas tort, ce van est petit.

— Suffisamment petit pour qu'une personne ait besoin d'aller dehors pour changer d'avis, dit Dustin en lui lançant un clin d'œil. Je vais t'emmener visiter les manèges à proximité. Nous pourrons prendre l'air, et je te montrerai où est la cuisine.

Dieu merci, puisqu'ils n'avaient pas amené de nourriture supplémentaire.

— Ça me convient.

Cela les éloigna aussi du sujet qu'elle avait délibérément évité. Le matelas deux personnes à l'extrémité du van qui allait paraître plus petit une fois que Dustin et elle s'allongeraient dessus.

Elle aurait tout donné pour vraiment le partager avec lui, ce lit.

Charity bondit dehors derrière Dustin avec des pensées sexuelles déchaînées.

Patchwork Annie se glissa de sous le van et se joignit à eux, trottinant aux côtés de Dustin. Charity se souvint de quelque chose que son oncle avait dit.

— Pourquoi est-ce que Frank a dit qu'Annie était sa chienne ?

Dustin fourra les mains dans ses poches en lui faisant faire le tour d'un petit manège vers un bâtiment au toit bas.

— Elle a grandi ici, à Crooked Creek. Pendant un des voyages où Caleb m'a envoyé il y a quelques années, j'ai fini ici pendant une grosse tempête. Un des ouvriers a mentionné que la chienne avait disparu. Oncle Frank a haussé les épaules et dit : « Ces choses-là arrivent. »

— Bon sang, c'est dur.

Dustin soupira.

— Ce n'est pas ça qui me met en colère. Il n'avait pas tort. Des choses qui craignent se produisent dans le ranch. Les animaux sont blessés ou disparaissent. Caleb et Ashton m'ont appris que parfois la chose la plus humaine que nous puissions faire, c'est de mettre fin à leurs souffrances.

Charity s'arrêta près de lui, qui marquait une pause.

— Alors... que s'est-il passé ?

— Je l'ai trouvée par accident. Elle avait dû traverser Crooked Creek et se retrouver coincée dans le déferlement soudain de la tempête. Elle a fini piégée sous des branches. Je l'en ai sortie et l'ai ramenée à l'écurie.

— Elle allait bien ?

— Non, répondit-il en grimaçant. Elle était blessée.

Gravement. J'ai appelé le véto, mais je savais déjà qu'il faudrait un miracle.

— Eh bien, tu l'as sauvée.

Il émit un léger son.

— Le véto l'a fait. À la maison, je suis presque sûr que Caleb l'aurait achevée et je l'aurais accepté. Mais quand Frank s'est pointé avec son fusil, j'ai piqué une crise. Surtout parce que c'était lui, avoua-t-il. Je ne pensais pas vraiment aux besoins de l'animal mais plutôt au fait que j'aurais détesté être d'accord avec mon oncle. J'ai plutôt honte de cette partie-là.

— Oh.

Charity lui attrapa la main et la serra.

Dustin hocha la tête.

— Ce qui fait de ça une histoire sur oncle Frank, c'est qu'après que le véto l'a sauvée et qu'elle voulait clairement être avec moi, il a insisté pour qu'elle reste parce que c'était lui qui avait réglé la facture.

Il entraîna Charity avec lui vers les doubles portes qui se trouvaient devant eux.

— J'ai dit que c'était ma chienne maintenant et que je paierais cette maudite facture.

Charity attendit.

— Ça ne peut pas être tout.

— Non. Il a envoyé la facture du véto à Caleb. Plus une facture pour le prix le plus élevé d'un border collie de sang pur complètement dressé, ainsi qu'un contrat stipulant qu'il aurait droit à la moitié des chiots quand je lui en ferai faire jusqu'à la fin des temps. Ou que je pouvais payer trois fois le prix d'un acquéreur et en avoir fini avec lui.

— Ouille. Je n'ai aucune idée de la somme dont nous parlons, mais c'est sans pitié.

— Considère que les paiements de la camionnette que je conduis sont la seule chose que je peux actuellement me permettre avec mon salaire, même après la première portée d'Annie, dit-il en roulant des yeux. Célibataire milliardaire, mes fesses.

— Ça m'attriste. Que ton oncle n'ait pas simplement été content qu'Annie ait survécu et soit heureuse avec toi.

— Il y a eu beaucoup d'échanges entre mon oncle et moi au cours des années. Plus rien n'est simple. Sauf ça...

Il ouvrit les portes et lui fit signe d'entrer dans un endroit qui sentait divinement bon.

— Bienvenue dans le meilleur endroit de Crooked Creek, continua-t-il. Le réfectoire.

Dustin n'avait pas eu l'intention de se plaindre ni de raconter des histoires pendant qu'ils étaient là. En fait, il avait prévu de se taire autant que possible – ce n'était pas son comportement habituel, en aucun cas.

Charity l'avait stupéfié par son sarcasme avec son oncle.

Elle avait aussi détendu la part de lui qui se demandait parfois s'il réagissait *vraiment* de manière excessive quand il s'agissait de son oncle. Constater que cet homme pouvait énerver même la posée Charity était une preuve dont Dustin avait grandement besoin.

Malgré tout, il était temps de changer à la fois de sujet et d'humeur, et la nourriture à Crooked Creek était la meilleure solution à ça.

— *Dustin.*

La nourriture et les gens *bien* qui travaillaient au ranch. Il se tourna à l'appel de son prénom et découvrit deux des ouvriers qui se précipitaient.

— Amy. On paresse ce soir, à ce que je vois ?

— Je viens de terminer toutes mes heures de dur labeur.

Contrairement à quelqu'un qui, je parie, est resté assis sur ses fesses pendant quelques heures à sillonner la nationale tout en s'empiffrant.

La cow-girl se jeta dans les bras de Dustin et le serra comme un anaconda.

— Bon retour parmi nous. Ta sale tronche nous a manqué.

— Ça ne nous a pas manqué que tu gagnes tous les défis au lasso, ajouta Coralee.

Une fois qu'il se fut détaché d'Amy, elle leva une main pour qu'il lui en tape cinq. Elle regarda derrière lui à ce moment-là et haussa un sourcil.

— Et qui est-ce ?

Dustin était sur le point de présenter Charity quand elle se glissa tout près de lui, la main autour de sa taille.

Ah oui. Le plan petite amie commençait maintenant.

— Mesdames, messieurs, dit Dustin en levant le menton vers les deux gars qui se tenaient près de la table qu'ils avaient partagée avec les cow-girls. J'aimerais vous présenter ma petite amie, Charity.

Charity tendit la main et les salua tous chacun à leur tour alors que la conversation tourbillonnait autour d'eux.

— Tu vois ? déclara Coralee. Je t'avais dit que cet article était à côté de la plaque.

— Eh bien, l'*étalon de Silver Stone* ne voyait personne la dernière fois qu'il s'est pointé.

Le jeune homme avec une marque de framboise sur la joue sourit bien trop intensément à Charity. Il parlait avec un accent français canadien prononcé.

— *Bonjour,* chérie. Si tu cherches à changer, je m'appelle Lionel.

— Comment est-ce qu'un cow-boy de seconde zone vaudrait mieux qu'un célibataire milliardaire ? demanda Amy.

— Je suis sûre qu'il est mieux que de seconde zone, dit

Charity en lançant un clin d'œil à Lionel tout en glissant les doigts dans le passant du pantalon de Dustin. Merci, mais je suis heureuse avec Dustin.

— Ce doit être ses talents pour la conversation, marmonna le dernier cow-boy du groupe, Keith.

— Il a en effet une langue talentueuse, dit Charity, l'air sérieux, ce qui fit éclater de rire le groupe.

Cela leur attira aussi un regard acerbe de la part des anciens qui jouaient aux cartes dans un coin.

Dustin leva une main vers eux en signe d'excuse puis pointa la table du doigt.

— Baissons le ton. Il y a de la place pour deux de plus ?

Keith approcha une chaise, et Coralee en attrapa une autre.

Amy saisit Charity par le bras.

— Viens avec moi. Nous allons chercher de quoi bouffer. On revient dans une minute.

Dustin les regarda s'éloigner. Charity lui lança un coup d'œil par-dessus son épaule tandis qu'Amy pépiait comme une pie. Charity leva rapidement un pouce, et Dustin lui lança un grand sourire.

Ouais, elle gérerait très bien l'équipe. Peut-être que ce serait une bonne chose, ce court séjour au ranch de Crooked Creek. Ça voulait dire qu'il pourrait passer du temps avec des ouvriers plus jeunes. Il était en somme le travailleur le plus jeune à Silver Stone, et même si ce n'était pas affreux, être avec des gens de son âge était agréable pour changer.

Il emmènerait Charity faire du cheval. Il lui montrerait les quelques parties du ranch qui valaient le coup d'œil, il fallait en convenir. Passer du temps avec Charity lui semblait bien.

C'est agréable de l'avoir à mes côtés.

Keith donna un petit coup à son bras.

— Tu la regardes fixement.

— Vraiment ?

Dustin se concentra un peu plus et découvrit que son regard était actuellement rivé aux fesses de Charity.

— Je suppose que oui.

— J'ai cru une minute que tu plaisantais, mais tu es sérieux. Elle est vraiment avec toi ?

Dustin se retourna et tapa sur l'épaule de Keith.

— Et comment. Elle a des trucs à faire pour Silver Stone. Caleb m'a dit de l'emmener et de m'assurer qu'aucun de vous n'essaie de nous la voler.

Coralee posa les coudes sur la table, le regard fixé sur le coin où Amy guidait Charity dans le labyrinthe de choix toujours disponibles à cette heure.

— Elle est jolie.

— Elle est sexy, ajouta Lionel. Trop sexy pour toi, même si tu es un étalon culotté.

— Continue comme ça, et tu vas finir par me chauffer les oreilles, l'avertit Dustin avant de lancer un sourire à Coralee. Elle est jolie, n'est-ce pas ?

— Mais ce n'est pas une cow-girl.

— Non. Elle a un travail de bureau pour notre contremaître. Elle danse, et elle sait comment éteindre les incendies, même si ce travail volontaire est en pause.

— Une danseuse, hein ? dit Lionel en souriant plus largement et en remuant les sourcils.

Ça recommençait. Dustin se recula sur son siège et sa mine passa en mode « avertissement ».

— Surveille ce que tu vas dire ensuite, mec. J'aime rire autant que les autres, mais parfois tes commentaires impertinents vont trop loin. Souviens-toi de ce dont nous avons parlé.

Coralee frappa Lionel sur le bras.

— Tu vois ? Il sait déjà que tu es un enfoiré quand il s'agit de parler des femmes.

— J'*étais* un enfoiré. Je deviens moins saligaud.

Il fronça les sourcils.

— Attends, ça m'a l'air incorrect. Ça donne l'impression que je suis un plat de purée et de fromage. Comment dit-on ça en anglais ?

— Moins craignos, proposa Coralee.

Lionel leva le pouce vers elle.

— On ne fait pas le craignos. Compris.

Charity posa un plateau devant Dustin. Amy en plaça un autre sur le côté opposé de la table. Quelques minutes plus tard, tout le monde avait un verre plein et une assiette remplie d'en-cas devant soi.

— Je disais à Charity à quels moments Sam prépare des repas chauds. Mais qu'il y a des trucs disponibles essentiellement vingt-quatre heures sur vingt-quatre, sept jours sur sept, dit Amy en levant un cookie qui était de la taille d'une petite assiette. Nous ne mourons pas de faim.

— Les réfectoires des ranchs sont des endroits dangereux, d'après mon expérience. Celui de Silver Stone... mon Dieu, JP cuisine un des meilleurs currys que j'aie jamais mangés.

Charity marqua une pause tandis que Dustin ajustait sa chaise pour pouvoir allonger le bras sur son dossier. Elle hésita pendant une fraction de seconde puis sourit comme si elle se souvenait de leur jeu.

L'instant de surprise de Dustin arriva quand elle posa une main sur sa jambe, avant de répondre à une question de Keith.

Cela n'aurait pas dû le distraire à ce point d'être à côté de sa grande amie, avec les doigts de celle-ci légèrement posés sur sa cuisse. L'odeur de ses cheveux flottait autour de lui, et Dustin était bien trop conscient que c'était comme si Charity était dans ses bras.

Soudain, passer du temps ensemble prenait une toute

nouvelle signification. Son rêve lui revint brusquement à l'esprit avec des détails bien trop saisissants.

Seulement... devraient-ils ? Être plus qu'amis ?

Dustin savait une chose. Après le bref moment qu'ils avaient partagé dans l'appartement de Charity – cela s'était-il passé seulement deux nuits auparavant ? –, il adorerait explorer ça davantage. Peut-être que c'était le moment et l'endroit parfaits.

Charity s'appuya contre lui pour attirer son attention.

— Cet homme a l'air important. Il te fixe du regard, et il vient par ici.

Dustin suivit la direction qu'elle indiquait de la tête.

— Bien vu. C'est le contremaître de Crooked Creek, Adam West.

Elle se leva avec Dustin.

— Tu te moques de moi.

L'homme d'un certain âge avait entendu leurs derniers commentaires.

— Il ne plaisante pas, malheureusement. Ma mère a toujours voulu un fils pour pouvoir l'appeler Adam. Puis elle a épousé un West, et on connaît la suite.

Dustin serra la main d'Adam.

— Content de te revoir.

—Tu dis toujours ça, mais je pense que c'est surtout parce que tu aimes me voir moi plutôt que ton oncle, dit Adam en tendant une main à Charity. Tu es la jeune demoiselle qui aide au bureau ?

— Charity Gruzing. Je vais essayer de faire ça rapidement et sans douleur.

— Ça prendra le temps que ça prendra. En attendant, dit Adam en tournant son attention vers Dustin, tu es devenu mon problème.

— Ça me plaît bien.

Adam lui lança un grand sourire.

— Ça te plaira encore plus quand je t'aurai dit que nous allons faire du marquage cette semaine.

— Nom d'un chien. Bon timing, alors.

Dustin répondit à la question qu'il lisait dans les yeux de Charity :

— Séparer les veaux, manier les lassos, tous les trucs amusants quand on est un cow-boy.

— Il semblerait. J'adorerais regarder ça pendant un moment.

Adam hocha la tête avec approbation.

— Ton petit ami a des compétences. Je m'assurerai que quelqu'un te montre où se trouvent les meilleurs endroits pour observer sans risque quand tu prendras des pauses.

— Merci.

— Dustin, rassemblement de bonne heure. Nous partons à 5 heures. J'espère que personne ne sera en retard cette fois.

Adam parla fort pour inclure les ouvriers rassemblés à table, puis hocha la tête vers Charity :

— Bonne nuit.

— Bonne nuit.

À table, les amis de Dustin avaient commencé à débarrasser. Les chaises étaient remises en place, et les plateaux et la vaisselle étaient rangés sur les supports dans un coin de la pièce.

— Adam n'oublie jamais rien, râla Coralee. Une fois, alors que j'étais censée être déjà là, je suis arrivée avec cinq minutes de retard, et depuis, c'est toujours « il vaudrait mieux que personne ne soit en retard cette fois ».

— Essaie d'être en avance de quelques minutes pour changer, suggéra Keith.

— Tu plaisantes ? Abandonner le sommeil ?

Coralee avait l'air scandalisée. Elle agita la main vers

Charity et Dustin :

— À demain. Dustin en tout cas. Amuse-toi bien dans la tombe, Charity.

— Hum, merci ?

Quelques instants plus tard, le réfectoire se retrouva vide. Dustin et Charity retournaient à leur van.

— Ce sont des gens bien, dit Charity avant de froncer les sourcils. C'est quoi « la tombe » ?

— Aucune idée, avoua Dustin.

Il lui attrapa les doigts, et quand elle tressaillit, il indiqua de la tête le groupe de quatre personnes qui s'éloignait légèrement d'eux vers le dortoir.

— Ils nous regardent, dit-il.

— Oh, d'accord, répondit Charity en regardant vers le ciel. Il est plus tard que je ne le pensais. Nous avons perdu la lumière.

— C'est nuageux, alors on ne voit pas la lumière de la lune non plus.

Ils marchèrent dans un silence agréable jusqu'à rejoindre les marches qui menaient au van. Charity lui étreignit la main avant de la lâcher.

— Tu seras levé tôt.

— Encore plus tôt que tu ne crois, puisque je dois manger avant de retrouver Adam. J'essaierai d'être discret en partant.

Ils se glissèrent à l'intérieur. Dustin ne cessait d'attendre que les choses deviennent embarrassantes entre eux mais rien ne se produisit. Ils se déplaçaient sans se gêner chacun de son côté. Charity emporta un petit sac dans la salle de bains. Il sortit des vêtements pour le lendemain matin et les laissa sur la table de la cuisine pour pouvoir s'habiller sans la réveiller. Il fouina dans le frigo pour voir s'il y avait quoi que ce soit qui attirait son œil.

Charity sortit de la salle de bains quelques minutes plus

tard, le visage brillant, l'odeur du dentifrice emplissant la petite chambre. Elle portait un joli bandeau autour de la tête, assorti à son pyjama, ses boucles sortant du dessus comme une éruption volcanique.

— Elle est toute à toi. Ça va si je prends le côté droit du lit ? Je dors sur le côté et j'aime être face au mur.

— Pas de problème.

Dustin emmena sa trousse de toilette dans la salle de bains et sauta dans la douche. Même une fois la poussière de la journée emportée dans le siphon, la tension dans son corps montait. De l'autre côté de la porte, Charity était nichée sous les draps. Est-ce que son corps élancé était détendu, ou est-ce qu'elle attendait qu'il revienne ?

Est-ce que cette situation l'affectait autant que lui ? L'envie de goûter, de toucher, de prendre. Il eut du mal à retirer sa main de son membre, de ne pas chercher l'orgasme ici et maintenant.

Non. Soit ils feraient quelque chose ensemble, soit il s'abstiendrait. Il n'allait pas se masturber à un mètre cinquante d'elle sans qu'elle le sache. Ce serait louche. Peut-être que c'était une limite étrange à fixer, mais Dustin la fixa.

Il arrêta l'eau, se brossa les dents et ignora son membre lourd du mieux qu'il pouvait. Ranger ce fichu truc dans un boxer propre fut de la torture.

Mais ce qui fut encore pire, ce fut d'ouvrir la porte de la salle de bains et de découvrir Charity allongée sur le côté droit du lit, profondément endormie.

Un petit rire doux lui échappa alors qu'il s'approchait du côté opposé du lit. Qu'il en soit ainsi. Ce soir-là ? Il dormirait.

Mais le lendemain, une fois qu'ils seraient au même endroit au même moment, il ferait quelques suggestions sur certaines manières agréables de passer leur temps libre pendant qu'ils étaient à Crooked Creek.

7

Charity ne l'aurait pas cru si quelqu'un lui avait dit que, à la première occasion qu'elle aurait d'avoir Dustin Stone dans son lit, elle dormirait pendant toute cette expérience comme un bébé.

Seigneur, elle espérait qu'il ne pensait pas qu'elle avait fait semblant.

Se glisser sous les draps l'avait envoyée dans une tempête mentale... revoilà ce mot, mais c'était vrai. Elle avait envisagé ce qui semblait être un million d'options sur la manière de l'accueillir quand il sortirait de la salle de bains.

Assise, à faire semblant de lire ? Ils pourraient avoir une petite conversation avec des regards significatifs avant d'éteindre les lumières et de se mettre en position de cuillère.

Est-ce qu'elle devrait se déshabiller et s'étendre nue, comme sur une carte postale sexy à l'ancienne ? Garder ses vêtements et s'étendre comme sur une carte postale *pudique* à l'ancienne ?

Se pelotonner sur le lit du côté de Dustin ? Ne rien dire maintenant, mais se blottir contre lui pendant la nuit ?

Argh. Vous voyez ? Une tonne de super idées, mais pas une seule n'avait été de se tourner et de s'endormir instantanément. Espèce d'idiote.

Fern allait la taquiner à mort pour ça.

Ce fut la deuxième pensée de Charity quand elle se réveilla, après ne pas avoir séduit Dustin. La première avait été « peut-être ce matin », puis elle s'était rendu compte que les draps du côté de Dustin étaient froids.

Son téléphone annonçait qu'il était 7 heures 30, ce qui signifiait qu'elle devait se bouger si elle ne voulait pas être en retard pour l'horaire limite qu'elle avait fixé comme une dure à cuire.

Ça n'énerverait pas l'oncle de Dustin si Charity était en retard après qu'elle lui avait ordonné d'être à l'heure ?

Une vague d'amusement la traversa, suivie immédiatement par de l'autoflagellation. Bon sang, à l'évidence le côté méchant de Dustin quand il s'agissait d'agacer son oncle était contagieux.

Charity se dépêcha de sortir du lit et se prépara pour la journée.

Mais elle marqua une pause pour envoyer un texto à Fern, ce qu'elle n'avait pas fait la veille après que le plan « petite amie » avait été lancé.

Charity : « Hé toi. »

Fern : « Hé. L'appartement va bien et j'ai vidé les poubelles. Je suis passée en revenant de la galerie d'art et je me suis assurée que c'étaitt réglé. Le frigo, je m'en occuperai en rentrant aujourd'hui. »

Charity : « Tu es une merveille. »

Fern : « Je suis incroyable, n'est-ce pas ? Je t'ai dit tous les trucs ennuyeux avant de demander les détails croustillants. »

Fern : « Tu as bien compris. Maintenant c'est l'heure des détails croustillants. »

Charity commença à taper puis abandonna et appela son amie.

— Hé, je suis en retard, encore une fois, alors voilà le scoop.

Son amie resta silencieuse pendant que Charity la mettait au courant de ce qui s'était passé la veille. Puis Fern ricana.

— Je ne sais pas si je devrais pleurer ou t'encourager. Des insultes, des complots, des occasions manquées. Bon sang, meuf. Tu as été occupée.

— N'est-ce pas ?

Charity inspira profondément. Fern la soutenait dans tout le reste, alors maintenant il était temps de poser les questions profondes.

— Dis-moi la vérité. Est-ce que tu penses que je suis affreuse d'espérer coucher avec Dustin pendant que nous sommes ici ?

— Eh bien, techniquement...

Charity roula des yeux vers le ciel.

— Va droit au but, Fields. L'heure tourne.

Fern se mit à rire.

— Ma puce, Dustin et toi, vous êtes deux de mes personnes préférées, et je ne dis pas ça à la légère. Je pense que vous seriez de la bombe ensemble, dans le lit et en dehors. La seule chose que je ne comprends pas, c'est pourquoi vous faites semblant de sortir ensemble.

— Pour induire en erreur les médias et le mettre à l'abri des enchères de célibataires. Tu n'écoutais pas ?

Charity sortit du van et se dirigea vers le réfectoire.

— J'écoutais. Je veux dire pour quoi est-ce que vous faites *semblant* de sortir ensemble ? Vous devriez sortir ensemble pour de vrai.

— Ha. Tu parles, répondit Charity en ralentissant, à quelques pas de sa première dose de café. Nous ne nageons pas dans les mêmes cercles. Des amis, oui. Autre chose que des faux partenaires, ce n'est pas au programme. Je dois y aller, mais tu ne penses pas que ça me rend horrible de le désirer, même si c'est temporaire ?

Fern soupira.

— Bien sûr que tu le désires. Vous êtes faits l'un pour l'autre, ce qui veut dire que ta métaphore de piscine a besoin d'un nouveau filtre. Mais vas-y. Nous reparlerons plus tard. Je t'aime.

— Je t'aime aussi.

Charity carra les épaules, ouvrit la porte et entra dans le réfectoire à la recherche du plus grand mug de café qu'elle pourrait trouver.

Le lieu sentait aussi merveilleusement bon que la veille. Il était aussi à quatre-vingt-dix pour cent vide. Le seul occupant lui fit signe depuis sa place derrière l'énorme table de cuisson.

— Vous voilà. Vous avez faim ?

— Un peu. J'ai besoin de caféine plus que de nourriture.

— C'est une bonne chose que je puisse faire les deux, répondit l'homme en lui lançant un clin d'œil. Je m'appelle Sam. Je présume que vous êtes Charity. Adam m'a dit de m'occuper de vous.

— Ooh, il est si gentil.

Sam se mit à rire.

— C'est bien la première fois qu'on dit ça de lui. Mais bien sûr. On va vous nourrir.

À 7 heures 55, Charity poussa la porte du réfectoire avec un dernier signe de la main vers Sam. Il s'était avéré être une grande source d'information concernant exactement ce que les cow-boys, y compris Dustin, feraient ce jour-là. Elle avait aussi mangé des pancakes tellement moelleux qu'ils fondaient sur la langue. À la main, elle agrippait le plus grand thermos individuel qu'elle ait jamais vu.

C'était essentiellement le début parfait de la journée – en dehors d'avoir loupé la partie séduction.

Un morceau de papier jaune flottait au vent alors qu'elle approchait de la porte du bureau. Charity décolla le minuscule Post-it, qui disait « Parti en ville. J'ai sorti des trucs pour toi. F. »

Eh bien, tant mieux. Elle n'avait pas besoin d'avoir cet homme en train de regarder par-dessus son épaule pendant qu'elle rassemblerait les informations, mais et si les trucs qu'il avait sortis n'étaient pas ceux dont elle avait besoin ?

Évidemment, elle composerait au fur et à mesure.

Charity ouvrit la porte et se dirigea vers le champ de bataille, décidant rapidement que le F sur la note n'avait pas été une abréviation pour Frank, mais un « va te faire voir ».

Il n'y avait pas de chaise dans le bureau.

Charity prit le temps de chercher, vérifia même dans le placard, mais la pièce ne réussit pas à cracher par magie quoi que ce soit qui ressemble à une chaise.

Il n'y avait pas de fenêtre ni d'air conditionné non plus. Avec les lambris sombres sur les murs, elle comprenait maintenant le commentaire de Coralee au sujet de la *tombe*.

Des classeurs posés sur la table latérale étaient étiquetés avec certaines des années qu'elle devait passer en revue. Les trois meubles classeurs étaient ouverts sur plusieurs tiroirs pleins de rapports. Le bureau était couvert de feuilles volantes, aucune liée à son travail.

Oh, cela allait être intéressant.

Puisqu'on ne lui offrait pas d'aide, Charity choisit la solution du « faire soi-même ». Elle trouva un carton vide dans le placard de rangement, l'étiqueta soigneusement « bureau de l'office » et ajouta la date. C'était très satisfaisant de dégager le tout de la surface du bureau pour le mettre dans le carton et le fermer soigneusement.

Elle posa le carton sur l'étagère supérieure du placard, étiquette visible. Elle n'était pas un animal.

Après avoir bloqué la porte dans l'espoir d'attirer de l'air frais, elle sortit la liste que Tucker lui avait envoyée et commença à rassembler des données sur le côté gauche du bureau. Une fois qu'elle eut trois piles nettes, elle grimpa sur le côté droit du bureau, s'assit en tailleur et se mit au travail.

La flexibilité en toute chose était une bénédiction, décida-t-elle.

Deux heures plus tard, quelqu'un frappa à la porte.

— Charity ? Tu es là ? Oh, te voilà, dit Coralee en fronçant les sourcils. Comment peux-tu te mettre dans cette position et continuer à respirer ?

Charity déplia le bras passé autour de sa jambe droite. Elle avait changé de position quelques fois en travaillant.

— C'est la position la plus alambiquée que je peux prendre sans avoir besoin d'une équipe de sauvetage pour me déplier.

La jeune femme s'approcha du bureau et pencha la tête d'un côté à l'autre.

— À mon époque, on utilisait les bureaux pour écrire ou s'asseoir dessus, mais pas les deux en même temps.

— Ha ! Tu as le même âge que moi, et oui, je préférerais que le bureau soit cantonné à l'un ou à l'autre, mais je dois me débrouiller avec ça.

Elle balança les jambes sur un côté et les laissa pendre.

— Qu'y a-t-il ? demanda-t-elle.

— Adam m'a envoyé pour t'informer que nous serions dans le manège sud pendant tout l'après-midi. Si tu prévois de faire une pause-café, tu pourrais regarder un moment.

Coralee ramassa un papier et y jeta un coup d'œil. Un rapide tour de la pièce accentua son froncement de sourcils.

— Parfois, je pense que j'aurais dû aller à l'université

comme ma sœur, puis je vois ça et je pense *non*. L'extérieur gagne à chaque fois.

— C'est un peu déprimant ici, acquiesça Charity. Mais ça ne va pas durer longtemps. J'aimerais beaucoup venir regarder si je ne dérange pas.

— Ça ne gênera pas les vaches, et le reste d'entre nous aime avoir un public, répondit-elle en lui lançant un clin d'œil. Ne te contorsionne pas trop.

— Je vais rester debout un moment. Juste pour rester droite comme un piquet.

— Elle est bonne.

Coralee lui tendit son poing et Charity le toucha du sien.

La jeune femme quitta la pièce. Charity la regarda partir un instant, laissant la chaleur du soleil tomber sur ses épaules tandis qu'elle se tenait dans l'embrasure de la porte ouverte.

Jusqu'ici tout allait bien sur le plan du travail. Cela avançait lentement, mais elle progressait. Frank Stone avait peut-être fait de son mieux pour rendre sa journée plus difficile, mais il ne savait pas à quel point elle était résistante. Ni à quel point la promesse de voir Dustin en mode cow-boy était motivante.

Avec la récompense dévoilée devant elle, Charity baissa la tête et replongea.

Peu importe où Dustin travaillait, avoir un cheval sous lui et un lasso à la main était normal.

— Si tu souris davantage, tu vas faire peur aux veaux.

Keith avançait, postant son cheval près de Dustin alors qu'ils gardaient le côté sud et s'assuraient qu'aucun des animaux n'essayait de s'échapper.

— Ton propre sourire est plutôt large, l'informa Dustin.

— C'est vrai, avoua Keith en se penchant pour tapoter l'encolure de son cheval. Nous allons leur faire peur ensemble, alors.

Patchwork Annie se dandinait gracieusement à proximité, presque sous la monture que Dustin avait empruntée, Midnight. L'attention d'Annie alternait entre le bétail et Dustin, attendant au cas où il lui donnerait un nouvel ordre.

Cela avait été une si belle matinée que les regrets de Dustin d'avoir dû laisser Charity s'étaient apaisés. Le soleil éclairait à peine le ciel quand ils étaient arrivés en groupe des écuries. Une chevauchée facile d'une demi-heure les avait emmenés au champ où les mamans paissaient avec leurs petits sur leurs talons. Après le silence paisible du début de la journée, le reste de la matinée avait disparu dans un flou de poussière, de chevauchée intense et d'un tas de bruits provenant des veaux qui braillaient.

Séparer une partie du troupeau et la guider là où Adam la voulait avait demandé le genre de travail d'équipe que Dustin adorait. Cet après-midi promettait le genre de compétences personnelles qui le ravissaient aussi.

Avec trois frères aînés et bien trop d'ouvriers plus âgés dans le ranch pour les compter, Dustin magnait le lasso en public depuis qu'il était petit. Parfois il s'en sortait bien, parfois mal. Il faisait du mieux qu'il pouvait en acceptant les hourras ou les huées avec bonne humeur.

Avec les cow-boys, on gardait les pieds sur terre. Un ego ? Quel ego ?

— Dis-m'en plus sur ta petite amie.

Keith pencha le chapeau vers l'écurie alors qu'ils attendaient leur tour sur le côté du manège.

Dustin suivit son regard. Charity grimpait sur la barrière, un chapeau souple à larges bords sur la tête. Elle ne ressemblait en rien à une cow-girl, mais elle ne semblait pas détonner.

— Comme quoi ?

— Est-ce qu'elle a une sœur ?

Dustin se mit à rire.

— Oui, mais Chelsea aussi est prise.

— Bon sang.

— Je croyais que tu essayais de tenter quelque chose avec Amy.

Keith soupira.

— Lionel.

— Et Coralee ?

L'autre cow-boy grimaça.

— Là aussi, Lionel.

Dustin resta bouche bée. Ce n'était pas le concept, mais plutôt les joueurs. Il n'aurait jamais imaginé que Lionel ait ce qu'il fallait pour satisfaire deux femmes en même temps. Il n'avait aussi jamais vu d'indication que Coralee et Amy s'intéressaient à lui ni l'une ni l'autre.

— Elles le voient toutes les deux ?

— Non, il a couché avec les deux, séparément. Quand elles l'ont découvert, et une fois que les cris se sont calmés, elles ont toutes deux décrété qu'il n'y aurait plus d'amusement avec qui que ce soit au ranch.

Il lui fut impossible de s'empêcher de rire.

— Eh bien, tant mieux pour elles.

— Ça craint pour nous, répondit Keith en haussant les épaules. À la vérité, c'est plutôt agréable que le sexe ne soit plus possible. Nous nous entendons beaucoup mieux maintenant sans avoir cet élément constamment à l'esprit.

Il sourit à Dustin.

— De plus, continua-t-il, les demoiselles sont les meilleures potes de drague quand nous allons au bar. Qui l'aurait cru ?

— Un bonus.

Keith agita la main en réponse à Adam.

— Il est prêt pour nous.

Dustin donna un coup de talons dans les flancs de Midnight.

— Je suis prêt, dit-il en lançant un coup d'œil à Keith. Et toi ?

— Je parie que j'en fais deux fois plus que toi.

Le petit rire de Keith devant le doigt d'honneur de Dustin était malveillant.

— Si je gagne, continua-t-il, c'est toi qui paies quand nous irons au pub cette semaine.

— Nous arrangerons quelque chose.

Dustin n'était pas sûr qu'une sortie où que ce soit où il risquait d'être repéré soit une bonne idée. N'avoir aucun média sous le nez était une chose qu'il appréciait immensément.

Puis tous deux retournèrent auprès du groupe, attendant les instructions d'Adam.

Le manège était rempli de gens, y compris le véto et l'oncle de Dustin. Keith et lui attachèrent un par un, les veaux et les posèrent au sol. Une fois allongés, ils furent marqués, vaccinés et les mâles castrés. Toute la procédure ne prenait que quelques instants, mais requerrait une intense concentration à répétition.

Heureusement, oncle Frank avait choisi de travailler sur le marquage de l'autre côté de la cour où Dustin amenait les veaux à Adam. Les autres ouvriers maintenaient les animaux au sol et les guidaient ensuite dans un enclos séparé.

Patchwork Annie filait entre les veaux de deux mois, les redirigeant vers Dustin pour qu'il ait une occasion simple de lancer le lasso autour de leurs têtes.

Un des ouvriers plus âgés ouvrit le portail du côté opposé du manège, momentanément distrait par quelque chose. Un veau prit la fuite. Dustin fit faire instantanément demi-tour à

Midnight tout en commençant à faire tournoyer le lasso alors qu'ensemble ils filaient derrière l'animal.

Des cercles réguliers au-dessus de sa tête... une fois, deux fois. Lors du troisième mouvement, il tendit le bras en avant et le lasso tomba autour du cou de l'animal. Dustin mettait déjà pied à terre lorsque Midnight s'arrêta.

Il attrapa rapidement le veau par le flanc tout en retirant le lasso de sa tête, et l'animal se retrouva par terre, couché sur le côté. Dustin lui attacha les pattes – d'abord les pattes avant, puis les deux pattes arrière – avec une demi-entrave.

Il aurait pu jurer que le veau soupira tristement alors qu'il était allongé silencieusement et que sa chance de s'échapper disparaissait.

Des applaudissements résonnèrent sur la droite de Dustin.

Il pensa que les gars faisaient les imbéciles, mais c'était Charity qui l'applaudissait fièrement. La sensation de chaleur dans son ventre était très agréable.

Coralee s'approcha et mit pied à terre à côté de lui.

— Je m'occupe du veau. Tu dois aller embrasser ta chérie. Elle a l'air ravie de ta merveilleuse personne. Frimeur.

— Je bosse.

Mais Dustin lança un coup d'œil à Charity.

Coralee le toucha de l'épaule.

— Vas-y. Si tu allais faire des galipettes dans le foin, les gens jaseraient. Maintenant, si tu ne l'embrasses pas, ils vont se demander pourquoi, dit-elle en agitant la main vers Charity. Bon sang, si elle *me* regardait comme ça, avec des étoiles dans les yeux, je serais déjà là-bas à l'embrasser.

Puisque la dernière chose qu'il voulait, c'était que les gens jasent, et que ce dont il avait le plus envie depuis un moment était un autre baiser...

Dustin défit le lasso de la corne de sa selle, le lança à Coralee, puis remonta sur Midnight, qui trotta docilement jusqu'à la barrière où était assise Charity, ses yeux brillants braqués sur eux deux.

— Tu t'amuses ? demanda Dustin.

— C'est fascinant. Et tu étais incroyable.

Dustin inclina son chapeau.

— Merci.

Il regarda tout le monde. Les ouvriers, Adam et son oncle étaient en plein travail. Coralee regardait par-dessus son épaule en ramenant le veau dans la file.

Dustin recourba son index vers Charity.

— On m'a dit que mon trésor méritait un baiser après avoir soutenu mes compétences de cow-boy.

Charity prit une rapide inspiration alors que son regard allait vers le manège. Dustin vérifia de nouveau aussi, et vit que maintenant il y avait quelques regards braqués sur eux.

Ignorant le public, Dustin se concentra sur elle.

— Ça te va ?

Elle rougit. Elle leva le menton.

— Bien sûr. Ne me fais pas descendre de la clôture. Il m'a fallu quelques efforts pour arriver là.

Il se mit à rire. Ce qui voulait dire qu'ils souriaient tous les deux lorsqu'il referma la distance entre eux et unit leurs lèvres.

Le goût sucré de Charity le percuta avec l'impact d'un bélier. Ses lèvres étaient douces sur les siennes, innocentes même sans sa langue ni aucun autre contact. Ils auraient pu être peau contre peau, nus, tellement il la désirait en cet instant.

Bien trop vite, Dustin recula. Il inspira profondément par le nez, luttant pour que son sourire reste celui d'un ami et ne reflète pas la pensée qui traversait son cerveau : « Je prévois de te dévorer plus tard. »

— Merci de m'encourager.

— Pas de problème, petit ami, répondit-elle en levant les

deux pouces. C'est pour la prochaine chose géniale que tu feras, puisque je dois retourner au bureau.

— Comment ça se passe ?

Elle haussa les épaules.

— Bien. Je t'en dirai plus plus tard. Maintenant, tu dois retourner au travail avant que je ne devienne la raison pour laquelle tu as des problèmes avec quelqu'un – et par « quelqu'un », je veux dire ton oncle, qui nous lance un regard noir.

Dustin retira son chapeau de cow-boy et se gratta la tête sur le côté face à son oncle avec son majeur.

— Pas de problème, petite amie.

Puis il ricana.

— Nous avons besoin de surnoms mignons l'un pour l'autre, parce que ça a vraiment l'air bête.

— Je mettrai ça sur la liste des choses à faire pour ce soir. Brainstorming pour des noms de code mièvres.

Dustin remit son chapeau puis pencha la tête et retourna au travail en cours.

Ça n'aurait pas dû être aussi important, leurs projets stupides pour la soirée. Ça n'aurait pas dû être aussi important que l'oncle Frank lui lance un regard noir jusqu'à ce qu'il soit retourné à l'équipe d'Adam.

« Concentre-toi sur les bons trucs, lui disait toujours Kelli. Les embrouilles seront là que tu y penses ou pas. Se concentrer sur les bons trucs rend ta journée beaucoup plus agréable. »

Penser à Charity était une bonne chose.

8

———————

Charity s'arrêta au réfectoire pour prendre une boisson à emporter et choper une chaise. Elle était restée perchée sur un bureau assez longtemps pour toute une vie.

Sam la rejoignit en hâte quand elle coinça la porte pour qu'elle reste ouverte, puis alla prendre la chaise qu'elle avait choisie.

— Tu as besoin d'aide ?

— Non, je m'en occupe. Je la rapporterai quand j'en aurai terminé.

Il s'accrocha à la chaise comme s'il voulait empêcher Charity de s'en aller.

— Terminé où ?

— Au bureau. Quelqu'un a dû emprunter celle qui y était.

Le cuisinier eut l'air révolté puis insista pour la porter tout le long du chemin.

— Tu as des plats préférés ? demanda-t-il en chemin.

— Le *dal* épicé. Le pain *nan*. N'importe quoi au barbecue, répondit Charity en souriant alors qu'elle ouvrait la porte du bureau. Mais tout ce que tu as préparé jusqu'ici était délicieux.

— Merci, répondit Sam en hochant vivement la tête. Je verrai quand même ce que je peux faire.

~

Il était presque 17 heures quand la porte du bureau s'ouvrit, et Dustin, couvert de poussière, passa la tête à l'intérieur.

— Tu es en plein milieu de quelque chose ou tu as presque terminé ?

— Je termine ce tableau et ce sera tout pour aujourd'hui, répondit Charity en le regardant. Porcherie.

Il plissa le nez.

— Non, je n'aime pas celui-ci comme surnom.

Elle ricana.

— Tu vas te doucher ?

— En quelque sorte ? Je ne veux pas salir la douche du van, alors j'ai pensé que j'allais utiliser celle du dortoir à la place. Seulement, je n'ai pas prévu ça comme il le fallait. Peux-tu aller me chercher des vêtements propres et me retrouver ? Un de chaque sauf les bottes. Ça conservera l'endroit où on dort un peu moins sale. Ou moins cochon, à toi de choisir le mot.

Charity regarda sa liste puis vint à la porte.

— Montre-moi où je dois aller. Ça va me prendre quelques minutes.

Dustin leva la main et lui désigna l'entrée à utiliser.

— C'est pas urgent. Fais-moi confiance, il me faudra plus que quelques minutes pour retirer cette crasse.

Charity retourna à son tableau et entra les derniers numéros d'immatriculation manquants. Un dernier coup d'œil autour d'elle lui prouva qu'elle avait tout remis là où elle le devait. Malgré la... eh bien, *méchanceté* que Frank Stone avait montrée, elle avait eu une première journée couronnée de succès.

L'autre succès, se rendit-elle compte alors qu'elle rassemblait les affaires de Dustin, était le silence. Elle espérait qu'ils avaient réussi à calmer les choses autour de Silver Stone. En tout cas, c'était une bonne chose qu'il ne se trouve pas là-bas pendant que la rumeur circulait et informait la foule de la mise à jour du statut « marital » de Dustin.

Tucker s'occuperait aussi rapidement des bêtises d'interviews.

Elle traversa la cour en direction des douches du dortoir, sifflant joyeusement.

— Reste loin des équipes qui travaillent.

L'ordre sec arrêta Charity net. Frank Stone se tenait à quelques pas de là avec son expression préférée sur le visage. Ce devait être sa préférée parce que l'air renfrogné était le seul qu'elle l'avait vu afficher jusque-là.

— Pardon ?

— Je n'ai pas besoin que tu te blesses et que mon neveu m'en rende responsable, alors reste loin du manège, des chevaux et de tout autre endroit où tu risquerais ne serait-ce que de te cogner les orteils.

Frank hocha la tête puis s'éloigna d'un pas lourd sans lui laisser le temps de répondre, de manière impertinente ou autrement.

Peut-être que c'était une bonne chose.

Mais Charity resta là où elle se trouvait encore un instant. Elle prit une profonde inspiration puis la laissa sortir lentement en réfléchissant aux choses qu'elle avait accomplies ce jour-là, au spectacle incroyable que Dustin lui avait montré... d'accord, il faisait son travail, mais c'était comme s'il l'avait fait spécifiquement pour elle.

Sa bonne humeur retrouvée, elle reprit son chemin et passa la porte qu'il lui avait indiquée.

— Hé, Charity. Content de te revoir, dit Keith tout en se frictionnant les cheveux avec une serviette pendant que Lionel enfilait ses bottes.

— Tu cherches Dustin ? demanda Lionel avant de faire un geste vers la pile dans ses bras. Bien sûr. C'est un homme chanceux d'avoir une femme qui se soucie de lui comme si c'était un prince.

— Ou une femme qui l'aide quand il est distrait, avança Charity d'un ton pince-sans-rire.

— Ça aussi, répondit Keith avec un grand sourire. Il est là-dedans. Vas-y.

Si elle n'avait pas été légèrement distraite par la petite scène dans la cour, peut-être que Charity s'en serait aperçue avant de passer la porte, qui se referma avec un clic vif derrière elle.

Elle n'était pas dans un vestiaire, mais dans la partie douche en elle-même. Les quatre murs étaient basiques avec des pommes de douche courbées dans la pièce. De la vapeur s'élevait de la seule douche qui coulait encore.

Dessous se tenait Dustin dans toute sa splendeur.

Le pouls de Charity s'emballa.

La tête penchée en arrière, il se lavait les cheveux. L'eau coulait sur sa tête et son torse, se rejoignant en ruisselets plus larges qui tombaient sur ses hanches et ses jambes.

Le plus léger des bronzages sur ses avant-bras s'arrêtait brusquement au milieu des biceps. Ses bras se bandaient, ses muscles ressortaient et s'allongeaient en un rythme hypnotisant. Elle ne pouvait pas détacher les yeux de lui. Elle devrait...

Elle ne devrait absolument *pas* le regarder fixement. Ni regarder son torse musclé ou la manière dont celui-ci s'incurvait vers des hanches minces. Elle ne devait pas mourir d'envie de toucher la ligne épaisse musclée en forme de V qui encadrait chaque côté de son aine.

Il se tourna complètement vers elle. Charity agrippa plus étroitement les vêtements contre sa poitrine et s'abandonna complètement à la tentation. Elle se délecta de la vue de son membre qui ressortait des poils bouclés sombres. Ni dur ni flasque, il était long et…

Bon sang. Charity aurait dû se retourner et partir à l'instant où elle s'était rendu compte où elle se trouvait, mais ce spectacle ne rendait que plus évident le désir qu'elle ressentait désespérément pour cet homme.

Faire semblant de sortir ensemble pour une bonne raison devrait quand même être accompagné d'avantages, non ? Pour eux deux ? Et poser les mains sur ce postérieur – ce postérieur parfait qu'il avait tourné et présenté dans sa direction – était sur sa liste de choses à faire absolument.

Assez. Charity n'attendit pas qu'il découvre accidentellement qu'elle le reluquait dans la pièce.

— Dustin.

Il se redressa et jeta un coup d'œil par-dessus son épaule.

— Oh. Ça, c'est du service de livraison !

Il arrêta l'eau, marqua une pause.

Encore une fois, elle aurait dû se retourner, mais elle ne le pouvait, ne le voulait pas. Elle ne voulait pas cacher à quel point elle appréciait de le regarder. Mais chaque chose en son temps.

— Je suis désolée. J'aurais dû t'avertir avant que j'étais là.

Dustin hocha la tête en se retournant, le regard fixé sur son visage.

— Merci. Mais c'est bon. Si ça ne te dérange pas, ça ne me dérange pas.

C'était évident, parce qu'alors qu'il marchait vers elle, son membre se leva comme le soleil lors d'une journée printanière. Impatient, audacieux et très revigorant.

Charity émit un son joyeux.

— Tu es superbe.

— D'après la direction de ton regard, je présume que tu parles à ma queue.

Elle releva brusquement les yeux vers les siens.

— À tout en toi.

Il inclina le menton.

— Merci.

Alors qu'il tendait la main vers la serviette qui pendait au mur, les mots lui échappèrent.

— Puis-je t'aider ?

Dustin marqua une pause avec le tissu-éponge noué dans la main.

— Tee ?

— À t'essuyer, clarifia Charity avant d'ajouter : Pour te toucher. J'en ai envie. Tellement.

L'expression de Dustin devint sérieuse.

— Et davantage ?

Elle hocha la tête si fort et si vite que son menton vibra.

Ils sourirent tous deux, et leur lien ne fit qu'augmenter.

Dustin se rapprocha. La chaleur de son corps l'enveloppa comme une caresse. La peau de Charity devint plus sensible, son intimité désirait ardemment un contact.

Il prit sa joue dans sa paume. Curieusement, il ignora qu'il était complètement nu et elle complètement habillée. Les yeux de Dustin étaient sérieux, et pourtant cette partie de lui qui n'était qu'espièglerie restait présente.

— Il y a quelque chose entre nous, n'est-ce pas ?

— De l'amitié, insista Charity. Toujours de l'amitié, mais oui, quelque chose d'autre aussi.

Dustin sourit doucement.

— Tu veux explorer ce *quelque chose* avec moi ?

Tellement, tellement.

Elle attendit.

Il attendit.

Oh bon sang, elle connaissait ça.

— Tu veux que je le dise.

Dustin lui caressa la lèvre inférieure du pouce, qu'il suivit attentivement du regard.

— Le consentement, c'est sexy.

— Oui, dit-elle instantanément. Je veux explorer.

Elle posa ses vêtements sur la petite étagère au-dessus du porte-serviettes puis lui ôta celle qu'il tenait dans les mains. L'humidité et la chaleur l'accueillirent alors qu'elle essuyait les muscles rigides de son torse. Les battements lourds de son cœur palpitaient sous ses doigts.

Dustin émit un son ravi.

— Moi aussi. Alors, explorons.

Ce n'était pas le meilleur endroit pour que cela se produise, mais étant donné que Lionel et Keith avaient quitté la douche seulement quelques minutes avant que Charity n'entre, Dustin estima qu'il avait des surveillants volontaires qui faisaient blocage dehors.

Malgré tout, il pencha la tête sur la droite.

— Attends.

Faire le trajet jusqu'à la porte, la verrouiller puis revenir à ses côtés ne lui prit que quelques secondes.

Il attrapa sa main et la replaça sur son torse.

Les lèvres de Charity s'incurvèrent.

— On rejoue l'action ?

— J'aimais bien où ça allait, alors pourquoi pas ?

Elle baissa les yeux vers ses doigts.

— Ça ne va pas te sécher.

— Non. Est-ce que tu es mouillée ?

Elle rougit. Il adorait ça chez elle – le changement sur son teint était subtil mais si net quand ils étaient face à face comme ça.

Charity remonta les doigts pour caresser sa clavicule, son épaule puis descendit sur son dos alors qu'elle tournait autour de lui. Dustin se concentra sur l'idée de ne pas jouir avant même qu'elle ne pose un doigt sur son membre.

Elle marqua une pause et caressa la petite cicatrice sur son dos.

— D'où ça vient ?

— De Luke. Mais c'était ma faute.

Charity se pencha et l'embrassa.

— Tu es guéri.

— Tu ne sais pas à quel point j'aimerais avoir un million d'autres cicatrices, y compris quelques douzaines sur ma queue.

Un rire sensuel échappa à Charity.

— J'aime bien t'embrasser. Et je n'ai aucune objection à t'embrasser partout.

Comme pour en fournir la preuve, un autre baiser atterrit entre ses omoplates.

Dustin ferma les yeux alors qu'elle posait les mains sur ses hanches. Ses caresses remontèrent de deux centimètres, puis descendirent. Deux centimètres vers le haut, puis revenaient.

— Ton fessier est une merveille.

— J'ai hâte de te retourner le compliment.

La voix de Dustin était devenue rauque de désir.

Charity s'avança contre lui, complètement habillée contre sa nudité.

— Souviens-toi, l'univers ne requiert pas un équilibre sexuel cosmique. Ou quelque chose comme ça.

— Tu as une trop bonne mémoi... oh mon Dieu, *oui*.

Elle avait tendu la main et enroulé les doigts autour de son membre. Dustin laissa tomber sa tête en arrière alors qu'elle le caressait avec des mouvements fermes et assurés.

— Tu peux faire ça quand tu veux, ajouta-t-il.

— Plus fort ? Plus doucement ?

Elle posa légèrement les dents sur son épaule, et un frisson le traversa.

— C'est parfait pour l'instant. *Seigneur.*

Il avança les hanches contre sa main.

— Donne-moi une seconde.

Charity le lâcha, fit le tour pour être devant lui puis l'enserra de nouveau étroitement.

— Je veux regarder, dit-elle.

— Trop petite pour regarder par-dessus mon épaule ? Je te prendrai une chaise la prochaine fois.

Pour une étrange raison, cela la fit rire. Le son sortit un peu saccadé.

— Je n'ai jamais compris pourquoi ça m'excite tellement. Te toucher, regarder ta respiration s'emballer alors que je tiens ta queue... ça me fait mal à l'intérieur.

— Je vais m'occuper de cette douleur, promit Dustin.

— Ça me va, mais toi d'abord, insista Charity.

Elle continua à le caresser alors qu'elle se rapprochait de nouveau de lui, et que ses lèvres allaient vers sa gorge. Elle la mordilla, puis aspira, et Dustin grogna.

Il enroula une main par-dessus la sienne et augmenta légèrement la pression.

— Utilise tes dents sur moi. Ça me plaît.

Elle érafla sa jugulaire, et une pulsation brûlante le traversa. Un picotement remonta lentement le long de sa colonne vertébrale, et l'orgasme lui fit signe.

La nécessité appelait...

Il prit sa nuque dans sa paume et repositionna Charity pour pouvoir dévorer sa bouche. Leurs baisers étaient profonds, chauds et humides alors que leurs mains jointes se déplaçaient sur son membre. Le goût de Charity l'envahit alors qu'elle gémissait et que le son dérivait dans l'air humide comme une bande-son érotique.

Dustin s'avança et s'abandonna. L'esprit à peine assez clair, il s'écarta légèrement d'elle lorsque son sperme jaillit. De longs filets chauds atterrirent sur leurs doigts joints alors que des points blancs se formaient devant ses yeux.

Bon sang de bonsoir.

Ce qui s'échappa de ses lèvres ?

— Waouh.

Il se tenait sur des jambes tremblantes, s'efforçant de ne pas trop s'appuyer sur elle alors qu'il luttait pour garder l'équilibre.

Elle frotta le nez contre son cou.

— Tu t'amuses ?

— Ouais.

Le rire monta.

— Tu es un homme de peu de mots une fois que tu as joui.

Les rares dont il se souvenait encore n'étaient que des jurons et le mot « encore ».

— Peut-être.

Il lui releva le menton pour pouvoir embrasser ses lèvres souriantes. Lentement, doucement avec toutes sortes de *remerciements* en acte.

Elle lui tapota le postérieur de sa main libre.

— Tu as besoin de reprendre une légère douche, et je dois me laver la main.

— C'est ton tour ensuite, lui rappela Dustin.

Charity agita sa main propre.

— Cosmique. Feux d'artifice. À un moment. Blablabla.

Il l'attira vers la douche.

— Ce ne sera pas une punition.

— J'espère que non. Et je suis enthousiaste... mais pas suffisamment enthousiaste pour essayer autre chose ici.

Elle se lava les mains sous la douche qu'il avait ouverte en tendant la main sous le jet d'eau.

— Notre van semble plus sûr, ajouta-t-elle.

— D'accord, dit Dustin en tendant la serviette jusqu'à ce qu'elle la lui prenne. La porte verrouillée ici ne ferait que ralentir les autres ouvriers, pas les arrêter.

Il se rinça rapidement, secoua la tête devant l'expression sur le visage de Charity alors qu'il arrêtait l'eau et s'avançait à ses côtés.

— Tu vas me donner la grosse tête si tu continues à me regarder comme ça.

— Je ne peux pas m'en empêcher, râla-t-elle en lui tendant leur serviette commune. Tu es vraiment superbe.

Dustin se mit à rire.

— Et... tu parles encore à ma queue.

Elle releva brusquement la tête, mais elle souriait encore un peu.

— Ta queue m'aime bien.

— Tout en moi t'aime bien, répondit Dustin en s'avançant près d'elle et en l'embrassant doucement. Je te promets.

Charity devint sérieuse un instant.

— Habille-toi. J'ai besoin que tu regardes dehors pour t'assurer que la voie est libre avant que je ne sorte. Je ne veux pas de problèmes.

Il connaissait un moyen plus rapide.

— Laisse-moi regarder.

Dustin passa la tête dehors. Lionel était parti, mais Keith était encore là, appuyé contre le mur à regarder son téléphone.

— *Psst.* Tu peux y aller, dit Dustin en lui lançant un clin d'œil. Et merci.

Keith lui fit un grand sourire.

— Je rattrapais ma lecture sur un cow-boy culotté.

— Dégage.

Mais Dustin lui avait dit ça avec un grand sourire.

Son ami lui lança un clin d'œil.

— J'y vais. Il n'y a rien à voir ici.

Dustin attendit que Keith soit parti puis ouvrit la porte pour Charity.

— Tu es en sécurité.

— Merci, répondit Charity en passant à côté de lui et en posant ses vêtements sur le banc le plus proche. C'est probablement plus facile pour toi de t'habiller ici sans mouiller quoi que ce soit.

— Oui, confirma-t-il en la regardant aller vers la porte extérieure. Tu veux me retrouver au van ?

— Maintenant ?

Le mot était sorti aigu et couinant, et elle se mit à rire.

— Désolée. Je suis nerveuse pour une raison stupide. Je veux être avec toi, Dustin. Ça me semble étrange de retourner au van pour que nous puissions nous tripoter.

Il haussa les épaules.

— Alors nous attendrons que ça ne te semble pas étrange.

Charity marqua une pause, la main sur la poignée.

— Vraiment ?

— Vraiment.

Dustin enfila son jean, ferma le bouton et la braguette et croisa de nouveau son regard.

— Est-ce que tu préférerais que je te soulève, que je te jette sur mon épaule et que je te ramène au van pour te dévorer ?

La manière dont Charity écarquilla les yeux et déglutit péniblement... *nom d'un chien*. L'excitation n'était pas la réaction à laquelle il s'était attendu.

Intéressant. Il s'avança tranquillement et lui attrapa le menton.

— Ça ne me dérange pas que nous nous amusions une fois que nous aurons fixé les règles. Mais pour l'instant, nous allons prévoir ça comme ça. Le repas est en train d'être servi, et je meurs de faim.

L'estomac de Charity gronda et ses lèvres tiquèrent.

— Je suis apparemment le chien de Pavlov. Mentionne de la nourriture et je réponds.

— Bienvenue à la vie au ranch.

Il l'embrassa doucement et recula pour la regarder en face.

— Ç'a été une journée bien remplie. Le reste de notre équilibre cosmique sexy suivra à l'heure et à l'endroit qui semblent naturels. Dis oui, et nous commençons. Dis non, et nous arrêtons.

Charity hocha la tête.

— C'est valable pour toi aussi.

Dustin fit un geste pour qu'elle sorte.

— Je te retrouverai au réfectoire. Garde-moi un siège.

— D'accord.

Charity marqua une pause, puis se mit sur la pointe des pieds et unit de nouveau leurs lèvres pendant un tendre mais intense instant.

Elle sifflait doucement en sortant et en se dirigeant vers la chaleur et la camaraderie de la cantine.

Dustin s'habilla rapidement puis contacta Shim tout en continuant d'ignorer la masse des autres messages auxquels il n'avait pas répondu.

Dustin : « Désolé. Je voulais t'envoyer un message hier soir, puis ce matin, mais la journée a filé. »

Shim : « Au moins tu te souviens comment utiliser ton téléphone. »

Dustin : « Je fais surtout semblant qu'il n'existe pas. Désolé de ne pas être là. Ou peut-être que je suis content de ne pas être là. Où en est le chaos ? »

Shim : « Pas aussi grave que le premier jour, d'après ce que Tucker m'a dit. Il y a moins de véhicules de médias car ils ont commencé à recevoir le message de se tenir à distance par les canaux officiels, mais il y a plus d'inconnus. »

Dustin : « Mince. »

Shim : « Caleb a fermé le portail principal. C'est la première fois que je vois cette chose en travers de la route. »

Dustin soupira. Il se souvenait que la chose massive en fer forgé avait été fermée une seule fois de toute sa vie, et c'était pour une séance photo.

Dustin : « Mince encore une fois. »

Shim : « Ne te reproche rien. Tucker, Luke et Caleb ont répété à qui voulait l'entendre que c'est juste un de ces trucs qui peuvent arriver à notre époque, et que nous le surmonterons. Ashton est prêt à se battre pour toi. »

Dustin : « Je sais que j'ai leur soutien. J'aimerais quand même que ça ne se produise pas. »

Shim : « Laisse passer un peu de temps pour que les différentes histoires se tassent. Maintenant, la moitié concerne Silver Stone et son succès récent, et l'autre moitié te concerne. »

Dustin : « Et mon gros et épais... compte en banque. »

Shim : « Lol. D'accord, l'étalon. Mais maintenant que nous disons à tout le monde que tu as une petite amie, cet intérêt devrait bientôt retomber. »

Dustin : « Avec un peu de chance. Ça veut dire que je vais devoir encore rester ici pendant quelques jours alors. »

Shim : « Ouais. Aucun signe que tu aies été suivi ? »

Dustin : « Jusqu'ici tout va bien. »

Shim : « Génial. Au fait, je travaille sur la mise à jour du site Internet. Je prévois d'y mettre une section "à propos de la famille" pour dissiper quelques-unes des rumeurs les plus folles. J'ai quelques photos de toi et Charity lors d'événements passés. Ça te va si je les poste ? »

Dustin : « Ça me va. Mais vérifie d'abord auprès de Charity. »

Shim : « Entendu. Et maintenant tais-toi. Je suis dans la queue au réfectoire et c'est bientôt mon tour. »

Dustin : « La bouffe c'est plus important que moi ? »

Shim : « Oh que oui. »

Dustin : « Enfoiré. »

Dustin : « Encore une chose... »

Shim : « Quoi ? »

Dustin : « Je plaisante. Va manger. »

Shim : « Crétin. »

Dustin : « Avec toi ? Toujours. »

Riant doucement, Dustin fourra son téléphone dans sa poche arrière et se dirigea vers le réfectoire. De la bonne nourriture, une occasion de terminer la journée avec de bons amis, et une promenade avec Charity. Puis retour au van pour la nuit avec elle...

Être banni à Crooked Creek s'avérait être une chose incroyable après tout.

9

Le dîner était délicieux et la compagnie géniale. Charity appréciait vraiment de passer du temps avec le groupe tandis qu'ils partageaient des histoires et se taquinaient sur les petites choses qui s'étaient passées pendant qu'ils travaillaient avec les animaux durant la journée.

Une fois le dessert terminé, Dustin l'éloigna des filles.

— Viens. Tu es en retard pour ton cours d'équitation.

Coralee et Amy cillèrent.

Leur réaction amusa de nouveau Charity. Peut-être qu'elle n'aurait pas dû trouver ça aussi drôle, mais c'était vraiment un plaisir.

— Je devrais prendre en photo les visages des gens quand ils découvrent que je ne monte pas à cheval. Ça ferait un super manuel d'instructions pour des acteurs qui s'entraînent sur *l'horreur* et *la consternation*.

— Après deux jours tu ne pourras plus annoncer que tu ne montes pas à cheval, alors ce projet sera éphémère, lui assura Dustin. Mesdames, je vous verrai demain matin.

— Bonne nuit, Dustin. Bonne nuit, Charity, répondit Amy

en agitant la main. Vous pouvez prendre les chevaux. Je vais faire trempette dans une baignoire avec du sel d'Epsom pour pouvoir bouger demain.

Tandis que Dustin menait Charity vers l'écurie, Patchwork Annie sortit du groupe de chiens nichés les uns contre les autres sous un vieux saule. Elle s'étira, arquant le dos alors que sa queue s'agitait paresseusement en guise de salutation.

Dustin se baissa et la caressa.

— Tu devrais être maligne, rester ici et te reposer. Tu as travaillé dur aujourd'hui. Gentille fille.

La queue d'Annie s'agita de plus belle devant ses compliments.

Quand Dustin se redressa et tendit de nouveau la main vers celle de Charity, elle hésita.

— Tu es sûr que tu veux faire ça ce soir ?

Il s'arrêta.

— Est-ce que tu es inquiète ou effrayée ? Parce que nous n'y sommes pas obligés si c'est un problème.

— Ce n'est pas ça, lui assura Charity. Ça m'intéresse, mais c'est simplement que je ne veux pas te faire chevaucher plus longtemps alors que tu seras encore en selle demain. Annie n'a pas été la seule à travailler dur aujourd'hui.

Avec un rapide hochement de tête, Dustin reprit sa marche, l'entraînant avec lui.

— Oh, je comprends. Tu t'inquiètes du commentaire d'Amy sur le fait de faire trempette dans la baignoire. Ce n'est pas un problème pour moi, en tout cas pas aujourd'hui. Je monte beaucoup à Silver Stone. Et je veux dire *beaucoup*. J'utilise rarement les quads, alors je pense que je suis en selle au moins la moitié de la journée tous les jours, probablement plus. Les ouvriers ici à Crooked Creek ne montent pas autant, sauf quand il y a une tâche comme le marquage.

— D'accord. Mais assure-toi bien de t'arrêter quand tu en

auras besoin pour pouvoir passer la journée de demain en sécurité et reposé.

Il lui étreignit les doigts et lui lança un sourire.

— Tu es mignonne quand tu es protectrice.

Elle lui tira la langue. Il n'en sourit que davantage.

Charity lança un coup d'œil sur leurs mains jointes et décida qu'elle ne dirait rien sur le fait qu'il n'y avait pas de public parce qu'elle aimait bien lui tenir la main.

Elle en pinçait sérieusement pour lui. Elle se l'admettait franchement à elle-même, à défaut de quelqu'un d'autre.

— Nous y voilà.

Dustin s'arrêta devant une stalle avec un grand cheval marron clair à l'intérieur. Annie tourna sur elle-même et se pelotonna silencieusement contre le mur de l'écurie.

Oh, là, là. Ça se produisait vraiment.

— Ce n'est pas le cheval que tu as monté aujourd'hui.

Il eut l'air impressionné.

— Tu as un bon œil pour quelqu'un qui ne connaît pas les chevaux. Non, Midnight a besoin de se reposer, lui, parce qu'il a fait l'essentiel du boulot pénible. Celui-ci est un des chevaux plus âgés qu'Adam prévoit de mettre à la retraite. Il remontera vers le nord avec nous quand nous partirons pour qu'il aille vivre avec le reste de nos retraités. Il s'appelle Beach.

— Est-ce que c'est un jeu de mots ?

Charity regarda Dustin caresser le long chanfrein du cheval.

— Ouais. C'est le raccourci de « Son of a Beach ». Je ne sais pas qui lui a donné ce nom. Caleb et Ashton ne nous laisseraient jamais nous en tirer avec de telles vulgarités. Ça veut dire que lorsque Fern te demandera ce que tu as fait ce soir, tu pourras lui dire que tu étais quelque part sur une Plage.

Charity se mit à rire.

— Joli.

— Tu veux lui dire bonjour ? demanda Dustin en s'écartant. Pose la main au-dessus de la mienne pour commencer.

— Je ne suis pas aussi débutante, râla Charity. Je sais qu'il ne fondra pas si je le touche.

— Peut-être que je cherche simplement une raison pour sentir tes mains sur moi.

Plus que les mots en eux-mêmes, ce fut la manière dont il prononça ces paroles qui envoya un frisson à travers le corps de Charity.

— *Dustin.*

— C'est vrai. Et j'aime bien la manière dont tu as frissonné, aussi.

Il posa leurs mains liées entre les yeux de Beach, les faisant glisser lentement, une fois, deux fois.

Puis Dustin échangea leur position, appuyant la paume de Charity fermement entre les naseaux du cheval. Les poils courts lui grattaient la peau, la chaleur annonçait clairement que c'était une créature qui vivait et respirait et pas un objet inanimé qu'elle touchait.

— Toute seule, maintenant.

Dustin retira sa main. Charity caressa encore le cheval.

Beach leva légèrement la tête, et Charity se figea.

— Est-ce que j'ai fait quelque chose de mal ?

Dustin se mit à rire d'un son chaleureux et doux.

— Il est avide que tu le touches davantage, et je ne lui en veux pas du tout. Caresse-le plus fort.

— Tu donnes l'impression que c'est bien trop sexy étant donné que nous nous tenons à côté d'un cheval, râla Charity, incapable de dissimuler le ton voilé de sa voix.

Mais elle caressa Beach plus fort comme on le lui avait indiqué et il expira lourdement, un son de grande satisfaction.

Dustin s'avança derrière Charity et passa un bras autour de sa taille.

— Tu es prête pour ton cours d'introduction basique aux chevaux maintenant que tu as dit bonjour au modèle de démonstration.

Il guida sa main sur Beach alors qu'il nommait les parties. Garrot, bras, dos, crinière. Il lui fit toucher les différentes textures de la peau du cheval et de la crinière. Il souleva même le sabot de Beach et lui montra les parties solides et plus douces, et le fer à cheval résistant.

— Ça ne dérange pas Beach, tous ces contacts, n'est-ce pas ? demanda-t-elle.

— Ça ne dérange pas la plupart des chevaux. Les chevaux de travail aussi âgés deviennent attachés à la compagnie humaine. Il se sent probablement un peu seul ici à Crooked Creek puisqu'il devient trop vieux pour être monté et faire certaines tâches. Il aime l'attention que tu lui donnes.

— Ça me plaît aussi, dit-elle, une main posée sur la croupe de Beach. Il reste très grand, mais pas aussi effrayant qu'il l'était au début.

— Je suis content. Mais faire attention avec les chevaux, surtout les inconnus, n'est jamais une mauvaise idée, expliqua Dustin en frottant son nez contre le cou de Charity. Prête pour ta récompense pour avoir été une élève très attentive durant la première leçon ?

Charity tourna la tête et vint à la rencontre des lèvres de Dustin avec un baiser. Doux, tendre. Instinctivement, elle se tourna vers lui et entrelaça ses doigts derrière son cou. Il la plaqua contre lui alors qu'il approfondissait leur baiser.

Des frissons remontèrent le long de la colonne vertébrale de Charity, une sensation électrique de plaisir et de désir. Dustin glissa lentement la langue sur la sienne, et elle la suça légèrement, souriant du son qui lui échappa.

Les mains de Dustin se posèrent sur le postérieur de Charity et la soulevèrent plus haut et plus étroitement. Son membre qui durcissait se pressa contre son ventre, et ce fut à son tour d'émettre un son joyeux.

— Tu es excité.

— Je t'embrasse, je te touche. Oh que oui, je suis excité.

— C'est bon à savoir.

Charity l'embrassa de nouveau et l'attira vers elle pour pouvoir pleinement apprécier leur lien.

Une bouffée d'air chaud passa près de sa joue gauche avant que quelque chose de piquant ne lui touche le visage.

— Son of a Beach, le réprimanda Dustin alors qu'il brisait leur baiser et écartait la tête du cheval d'eux. Trouve-toi ta propre nana.

Elle ne put s'en empêcher. Charity se mit à rire, essayant de garder un rire doux et agréable, comme Dustin parlait à proximité du cheval, mais c'était vraiment trop drôle.

— Est-il jaloux ?

— Vert de jalousie.

Dustin attrapa la main de Charity, passa sa main libre sous le licol et les guida tous les deux hors de la stalle. Annie se joignit instantanément à eux.

— Leçon suivante, monter sur un cheval.

Charity se retint de regarder l'heure. Si elle voulait lui confier son corps plus tard, elle devait lui faire confiance pour gérer le temps maintenant.

— D'accord.

Comme s'il avait saisi une partie de ses pensées, Dustin lui étreignit les doigts avant de s'arrêter près d'une barrière. Il enroula la corde autour du poteau du milieu.

— Tu l'as déjà dit, les chevaux sont grands. Mais ils ne sont pas une échelle, alors ce n'est pas comme si nous pouvions grimper dessus en montant où nous voulons.

Restant aussi détendue et calme que possible – elle se souvenait de ce que Kelli avait dit au sujet des chevaux qui décèlent les sentiments –, Charity posa de nouveau la main sur le garrot de Beach.

— Je ne vois pas grand-chose sur quoi monter, pour être honnête.

Dustin croisa ses mains et s'approcha.

— Aujourd'hui, je suis ton escabeau. Pied gauche dans l'étrier, main gauche qui agrippe la crinière de Beach. Tire vers le haut et redresse-toi, puis passe la jambe droite par-dessus. La dernière chose que tu feras sera de t'asseoir et de te mettre à l'aise.

Elle fixa ses mains pendant un instant.

La confiance, tu te souviens ?

D'accord, facile à dire, plus difficile à faire. Charity hocha la tête, puis leva le pied pour le poser sur les paumes de Dustin.

Un instant plus tard, elle était assise sur le dos de Beach.

— Hum.

Les doigts de sa main gauche étaient encore emmêlés dans sa crinière, sa main droite appuyée sur son encolure, et Beach se tenait presque immobile sous ses jambes écartées.

— Il semble que j'ai raté le moment de vérité.

— Parce que toi, chère Tee, tu es douée, dit Dustin en posant la main sur la cuisse de Charity. Mais surtout, tu es danseuse. Monter à cheval ressemble beaucoup à la danse par certains aspects.

— Kelli a dit que je devais laisser le cheval guider.

Il se mit à rire, déroula la corde du poteau et la passa à l'encolure de Beach.

— Je suppose que ma nièce n'est pas la seule personne de qui je vais entendre des « citations de Kelli ».

Dustin monta derrière elle – elle n'avait aucune idée de la

manière dont il s'y était pris, mais un instant il était sur le sol, et le suivant il était derrière elle.

— Ça suffit pour les cours. Maintenant, tu peux te détendre et profiter.

Il passa les bras autour d'elle, les doigts sur les siens, qui tenaient la crinière de Beach.

Charity s'appuya contre son torse.

— Nous n'avons pas besoin de rênes ?

— Non. Et à l'évidence, pas de selle non plus. Mais c'est une bonne chose que tu portes un jean. Monter à cru sur un cheval n'est pas très amusant si on n'a pas au moins une couche de *denim* en guise de protection.

Il les emmena sur le chemin de terre vers le sud. La lumière du soleil couchant illuminait les chaînes de Waterton d'une lumière spectaculaire. Patchwork Annie courait devant eux, tête levée, queue dressée, l'excitation se lisant clairement dans chaque centimètre tremblant de son corps.

Une image idyllique tout droit sortie d'une brochure publicitaire.

— C'est joli ici, dit Charity en regardant le ciel. Mais les montagnes sont au mauvais endroit.

— Pour moi aussi, acquiesça Dustin. Mais Crooked Creek est joli, comme tu l'as dit, à sa manière.

Dustin marqua une pause, sa joue frôla celle de Charity et son début de barbe gratta doucement sa peau.

— J'aurais peut-être grandi ici si les choses s'étaient passées différemment.

— Quoi ? Je ne savais pas ça.

Dustin pencha leurs mains jointes vers la droite, ainsi que son torse, et le cheval tourna lentement sur le côté comme par magie.

Dustin parla de nouveau, la voix profonde et basse.

— Après l'accident où mes parents ont perdu la vie. Oncle

Frank était marié à cette époque. Lui et tata Heather ont exigé d'emmener Ginny et moi puisque nous étions encore mineurs.

— Oh, bon sang. Je ne vois pas comment cette idée a pu être bien reçue par tes frères. Surtout Caleb.

— Non.

Dustin prit une profonde inspiration et la laissa ressortir lentement.

— C'est dur. Je n'apprécie pas cet homme, surtout parce qu'oncle Frank critique Caleb, et je vois rouge. Mais quand tata Heather a quitté Frank, il y a quelques années, Ginny et moi avons eu une discussion. Je ne le savais pas avant, mais je suppose que Heather voulait des enfants mais ne pouvait pas en avoir.

Charity avait le cœur serré. Cela s'avérait être un fouillis.

— Oh non.

— Je n'y avais jamais pensé avant. Qu'elle voulait de nous, vraiment, pour pouvoir avoir une famille.

— Mais tu avais déjà une famille avec Caleb, tes frères et Ginny.

— Et Dare. Alors, oui. Le cœur de Heather était à la bonne place, mais essayer de nous séparer était la mauvaise solution.

Son corps remua contre celui de Charity comme s'il haussait les épaules.

— Les choses auraient pu être différentes. Ils auraient pu nous soutenir et beaucoup nous aider durant les premières années, mais il semble qu'ils voulaient tout ou rien. Ce qui veut dire qu'ils n'ont rien eu, et les choses se sont détériorées à partir de là. En tout cas pour moi. Caleb est bien plus clément et tolérant que moi.

— C'est un homme bien.

Encore meilleur qu'elle ne le savait déjà.

Charity pensa à sa propre famille et à quel point elle était brisée à cause de mauvais choix… de mauvais choix délibérés. Aucun de ses parents n'avait été fort et généreux comme Caleb.

— Je suis contente que tu aies tes proches.

— Moi aussi.

Dustin se redressa, entraînant Charity avec lui.

Beach s'arrêta, se tenant en haut de la crête où ils pouvaient voir à des kilomètres à la ronde. Annie revint à leurs côtés, levant les yeux patiemment vers Dustin, au cas où il aurait besoin de quelque chose.

Charity ajusta son regard, absorbant lentement le panorama.

— D'accord, je ne peux pas comparer ça à Heart Falls, mais c'est monumental. Je pense que c'est le fait de voir cette vue à dos de cheval, mais c'est à couper le souffle.

— Tout est mieux à…

Dustin s'interrompit.

— Laisse-moi reformuler. Parce que j'étais sur le point de dire une idiotie absolue.

Charity se mit à rire et se tourna légèrement vers lui.

— Tu me dis que tous ces vieux romans d'amour que j'ai lus où ils couchent ensemble sur un cheval exagèrent la vérité ?

— Je dis que j'ai lu ces scènes, et même si je réussissais peut-être à coordonner certaines des positions, je ne pense pas que qui que ce soit lancerait : « Oh mon Dieu, Oh mon Dieu, Oh mon Dieu », à part en tombant.

— Trop drôle.

Il plaça les doigts sous le menton de Charity et interrompit son rire d'un doux baiser.

— Viens. Il est temps de rentrer.

Il s'était demandé si elle resterait silencieuse sur le trajet du retour, préoccupée par ce qu'ils pourraient faire une fois qu'ils auraient rejoint le van.

Faisant une fixation sur l'inconnu, comme lui.

Non. Elle discuta facilement de sa journée. Pas des détails spécifiques, mais expliquant qu'elle trouvait les informations par petites quantités. Qu'elle avait eu une super conversation avec Sam, et que regarder Dustin jouer du lasso avait été spécial. Charity s'entraîna à siffler Annie, qui vint quand on l'appelait mais ne cessait de regarder Dustin comme pour lui demander pourquoi quelqu'un d'autre était impliqué dans leur relation spéciale.

Juste avant qu'ils ne rejoignent l'écurie, Charity mentionna sa sœur et sa belle-sœur et leur réunion prochaine.

— Nous resterons probablement modestes cette année. Puisque je viens de commencer, je n'ai pas beaucoup de temps libre. Et Chelsea et Suz économisent pour un apport personnel. Je pense qu'elles vont peut-être venir à Heart Falls d'Edmont un vendredi. Nous irons au Rough Cut samedi et traînerons ensemble le reste du temps.

— Je me joindrai à toi pour danser, proposa Dustin. Si vous voulez venir à Silver Stone et aller chevaucher, je pourrais arranger ça.

— Sérieusement ? Elles adoreraient ça.

Charity marqua une pause.

— Je *pense* qu'elles adoreraient ça... laisse-moi m'en assurer. Je pourrais te prendre au mot.

Une fois Beach de retour dans sa stalle, satisfait, Charity aida Dustin à le brosser. Ils n'avaient pas besoin de faire grand-chose puisqu'ils n'étaient sortis que pendant un petit moment.

Brossé, abreuvé et ayant reçu une friandise, Beach donna un coup de tête contre la main de Charity pour une dernière caresse avant de reculer doucement pour se reposer.

Ils étaient à peine sortis de l'écurie que Charity attrapa les doigts de Dustin entre les siens.

— Merci pour ce cours amusant.

— De rien. Tu devras porter les bottes qu'Ivy t'a prêtées quand nous arriverons à utiliser de vraies selles.

— Qu'est-ce que vous faisiez ?

Surgissant des ténèbres tel un spectre, l'oncle Frank rugit les mots comme une accusation.

Avant que Dustin ne puisse répondre, Charity le fit d'un ton de voix joyeusement excité.

Alias « faux comme pas possible ».

— Dustin m'a emmenée faire un tour à cheval. Quel charmant ranch vous avez. La vue avec le soleil qui se couche sur les montagnes au sud était spectaculaire. Mais demain sera bientôt là, alors excusez-nous. Nous devons aller nous coucher. Nous ne voulons pas vous retenir. Bonne nuit.

Alors que ses doigts étreignaient très fermement ceux de Dustin, Charity les fit avancer vers le van. Dès qu'ils se furent éloignés de quatre pas de l'oncle de Dustin resté bouche bée, elle siffla, et Annie fila à ses côtés et leva les yeux avec impatience.

Eh bien, c'était... inattendu.

— Gentille fille. Une *si* gentille fille.

Charity continua à marcher, augmentant la distance entre l'oncle de Dustin et eux, mais elle regardait Annie directement pour la complimenter.

Dustin parla doucement :

— D'une manière ou d'une autre, tu ne cesses de frapper mon oncle là où ça fait mal sans avoir l'air d'une délinquante.

— C'est un talent, je sais.

Elle lui lança un sourire avant de marquer une pause et de faire s'agiter les oreilles d'Annie sous une caresse.

— Une si gentille fille. C'était plus que je n'avais espéré.

— Tu lui as glissé des friandises ?

— Quand aurais-je eu le temps de le faire ? Elle était avec toi toute la journée.

Hum. C'était vrai.

— À l'évidence, elle juge bien les gens.

— À l'évidence.

Devant le van, Charity marqua une pause.

— Devons-nous aller lui chercher à manger ou à boire ?

— J'ai sorti un bol d'eau tout à l'heure, et il y a à manger et à boire dans l'écurie. Elle y retournera probablement dans quelques minutes.

Charity caressa Annie une dernière fois en guise de bonne nuit.

— Dors bien, petite. Demain sera une autre grosse journée de travail pour nous tous.

Est-ce que Charity lui signifiait qu'elle prévoyait d'aller se coucher immédiatement ? Dustin ouvrit la porte du van et se prépara à tout.

À tout, sauf à se faire attraper par l'avant de sa chemise et tirer fermement vers Charity.

— Tu es encore réveillé, Stone ? demanda-t-elle.

Son sourire reflétait de l'espièglerie pure.

— Toutes les fichues parties de mon corps le sont.

Ce fut tout ce qu'il put dire avant qu'elle ne l'embrasse.

Les lèvres de Charity contre les siennes étaient fermes et exigeantes et ses mains sur sa chemise ouvraient les boutons, la repoussaient sur ses épaules. Elle tomba sur le sol quelque part derrière lui alors que Charity défaisait le bouton de son jean.

Dustin tendit la main par-dessus son épaule, attrapa un bout de son T-shirt et le passa par-dessus sa tête. Puis il toucha Charity, sortant sa chemise de son jean. Il glissa les mains sous le tissu pour savourer la chaleur de son dos sous ses paumes.

Sa braguette était ouverte et la main de Charity était pressée contre son membre dur.

— Tu es encore excité.

— Nous en avons déjà parlé. Touche-moi et tu as la garantie d'obtenir une réaction. Bon sang, souris-moi comme il faut, et je banderai.

— Un homme auquel il est facile de plaire.

— Je suis un homme. Facile, c'est dans mon ADN.

Charity se mit à rire et le tira plus loin dans le van.

— Je t'ai attaqué dans l'entrée.

— N'importe quand, n'importe où, répliqua Dustin alors qu'il lui retirait son haut en le faisant passer par-dessus sa tête, révélant un soutien-gorge à peine visible qui s'arrêtait au niveau de ses mamelons. Bon sang, Tee. Si j'avais su que tu portais ça, je me serais tué sur Beach. Ma queue aurait été si dure qu'elle se serait brisée et je serais tombé.

Elle lui attrapa les mains et les plaça contre sa poitrine.

— C'est une bonne chose que tu ne l'aies pas su jusqu'à maintenant. J'aime le contact sur mes seins. Par-dessus mes vêtements, en dessous, avec tes mains, ta bouche.

— Parfait.

Dustin les prit dans ses paumes et dessina une lente ligne le long du bord du tissu avec ses pouces et sourit lorsqu'un frisson la traversa.

— Si tu veux autre chose, davantage ou moins, dis-le-moi. Mais je vais faire ce qui me plaît d'abord pour que nous ne suivions pas une liste. D'accord ?

— Vas-y, ordonna-t-elle.

Elle agrippa son membre par-dessus le coton de son caleçon et le masturba légèrement.

— Je prends la pilule, continua-t-elle, mais nous allons utiliser des préservatifs.

— Ouais. Dans ma trousse de toilette, juste là sur la table. J'ai aussi du lubrifiant si nous en avons besoin.

Il souleva Charity et la fit tournoyer tandis qu'elle riait.

— Je te veux nue, continua-t-il. Sauf que le soutien-gorge va rester parce qu'il m'excite tellement que je ne vois plus clair, et je l'adore, bon sang.

— Je peux t'aider à me mettre presque nue.

Dès que ses pieds touchèrent le sol, Charity défit son jean, le poussa vers le sol et le retira. Ce geste lui donna une vue dégagée du string sur son postérieur, et tout le sang que Dustin avait dans le cerveau descendit vers son entrejambe plus vite que l'éclair.

Contrôle-toi, Stone. Contrôle-toi tout de suite, nom de Dieu.

Il lui pelota le postérieur d'une main tandis qu'il tendait l'autre derrière elle vers la table, sortait quelques préservatifs et les lançait sur la table de chevet pour qu'ils soient à portée de main quand nécessaire. Puis il s'agenouilla pour l'aider à retirer sa petite culotte.

— Ton jean. Maintenant, ordonna Charity.

Il l'ignora et la souleva sur la petite table à manger.

— D'abord le dessert.

Il y avait beaucoup de choses qu'il appréciait en matière de sexe, mais sur la liste de ses préférées ? Il y avait ça... le goût et la sensation de son sexe sous sa langue et ses lèvres étaient tout ce dont il avait rêvé éveillé.

— Nom d'un chien... là. C'est un...

Charity releva les pieds, les posa sur le bord de la table et se pencha en arrière en se soutenant sur ses mains alors qu'elle regardait joyeusement entre ses jambes.

Dustin leva brièvement les yeux pour s'assurer qu'elle allait bien, mais les sons et les petits mouvements de ses cuisses le lui confirmaient ainsi que le rougissement de passion sur son visage.

Dustin déposa un baiser à l'intérieur de sa cuisse, un autre dans la pliure. Puis il revint vers son clitoris, dessina des cercles avec sa langue jusqu'à ce que Charity se tortille si fort qu'il passa un bras autour de sa cuisse pour la maintenir en place.

Un baiser sur l'autre cuisse. Plus près... plus près. Quand sa bouche la couvrit, cette fois, il glissa deux doigts dans son intimité, et Charity poussa un cri qui picota la colonne vertébrale de Dustin.

Son membre se pressait contre l'avant de son caleçon, l'interstice ouvert de son jean était la seule chose qui empêchait de bloquer toute circulation. La pression ne cessait de monter, et il serait prêt dès que Charity lui ferait signe.

— Je veux jouir avec toi en moi, exigea Charity en empoignant ses cheveux et en les tirant assez fort pour détacher sa bouche. Vite. J'y suis presque.

Dustin se releva tout en continuant paresseusement de faire aller et venir ses doigts à l'intérieur de son intimité.

— Délivre-moi et recouvre-moi, ordonna-t-il.

Les yeux de Charity brillaient de plaisir, mais elle obéit. Les pieds pendant de la table, les cuisses écartées pour lui permettre de continuer à la toucher, elle baissa son jean et son caleçon et empoigna son membre, le caressant en un rythme sûr et régulier qui menaçait de nouveau de faire perdre le contrôle à Dustin.

Une seconde plus tard, elle avait déballé un préservatif et le déroulait sur son membre. Son contact était doux sur son sexe chaud.

Après une dernière caresse, Charity s'allongea, les pieds de retour sur la table, le regard rivé au sien.

— J'ai envie de ça. J'ai envie de *toi*.

— Tu lis dans mes pensées ?

— J'apprends vite.

Elle lui attrapa les épaules et attira son torse plus près du sien.

— Maintenant fais-moi l'amour, conclut-elle.

— Oui, m'dame.

Elle se mit à rire.

— Oh non, c'est un tue-l'amour, dit-elle.

— Désolé.

Dustin retira ses doigts de sa chaleur et utilisa l'humidité pour enduire son membre.

— Que dirais-tu de « prends ma queue et je vais te pilonner jusqu'à ce que tu hurles ».

— C'est beaucoup mieux. D'accord.

C'était une réponse qui était tellement son genre que Dustin riait alors qu'il glissait le bout de son membre entre ses replis. Il avança et recula plusieurs fois pour s'assurer qu'elle était prête, puis fit pression pour la pénétrer parfaitement.

L'unique mouvement lent alors qu'il la pénétrait suffit à faire remonter un frisson le long de sa colonne vertébrale.

— Dustin. Oh mon Dieu, c'est bon, dit Charity en lui enfonçant ses ongles dans les épaules. Plus vite.

Dustin se retira lentement, puis s'enfonça à nouveau, répéta le mouvement. Puis encore.

— Plus vite... oh, *oui*.

Il fit de nouveau tourner son pouce autour de son clitoris, appréciant la sensation de ses muscles qui se resserraient autour de lui.

— Plus vite ou comme ça ?

— *Huuuuum.*

Elle pencha la tête en arrière, et un long gémissement grave lui échappa alors que son intimité convulsait autour de lui. Son orgasme amorça aussi celui de Dustin. Il s'enfonça puissamment une fois, deux fois. Lors du troisième coup de reins, le plaisir rugit à travers lui et se répandit alors qu'il jouissait.

— *Tee.*

Sans rompre l'étreinte, Charity prit son visage entre ses paumes et l'embrassa alors que Dustin remuait encore et encore. Son intimité se resserrait dans un contrecoup, et elle se mit à rire alors qu'il grognait. Les chevilles entravées par son jean, il la souleva et traîna les pieds sur soixante centimètres vers la droite pour s'écrouler sur une chaise à proximité avec elle dans ses bras. Il n'était plus en elle, les choses étaient peut-être un peu désordonnées mais restaient très satisfaisantes.

Ils restèrent assis silencieusement pendant quelques minutes avant que Charity ne lui taquine le cou avec son nez.

— C'était fun.

— Une tonne de fun.

Il la serra fort et attendit que la pièce arrête de tourner avant de tenter de se lever.

Des amis. Absolument. Mais il semblait que cette nouvelle chose entre eux allait être un sacré bon moment aussi.

Charity posa la tête sur son épaule. Son cœur martelait sous la main qu'il avait posée sur sa poitrine entre les balconnets de son soutien-gorge. Alors qu'ils se câlinaient, Dustin ne pouvait penser qu'à la normalité de ce qu'il ressentait.

C'était plus que *bien*.

10

———

Les jours qui suivirent prirent un doux rythme.

Charity se réveillait chaque matin après un sommeil reposant dans un van vide. Habituellement, dans le réfectoire pour le petit déjeuner il n'y avait que quelques ouvriers et elle. Sam lui cuisinait d'énormes repas puis l'envoyait dans le bureau avec assez de café et de gâteaux pour lui rendre tolérable de fouiller dans des dossiers moisis.

À midi, elle rejoignait quiconque s'arrêtait pour le déjeuner. Lors de chaque pause de l'après-midi, quelque chose d'intéressant se passait dans le manège. Crooked Creek était peut-être une exploitation plus petite que Silver Stone, mais d'après ce que Charity pouvait en voir, les gens étaient constamment occupés par toutes les tâches habituelles de l'élevage.

Mais pouvoir regarder Dustin travailler était... Il était doué. Genre *vraiment* doué. Elle se demandait si ses compétences avaient été apprises spécifiquement sous la tutelle de ses frères.

À la fin de chaque journée dans « la tombe », elle rangeait ses formulaires complétés et toute prétention de travailler puis profitait de la soirée en compagnie de Dustin. De la bonne nourriture, de super conversations avec les ouvriers, et une grande variété d'occupations dans les heures restantes de la journée.

Des cours d'équitation. Des jeux de cartes avec Amy et Lionel. Sam avait organisé un dîner barbecue le jeudi avec des steaks si gros que Charity avait pensé devoir partager avec Dustin.

Il s'était mis à rire lorsqu'elle avait tenté d'en mettre la moitié sur son assiette.

— C'est à toi. Je veux le mien, alors tu es coincée avec.

— Il y a assez de protéines pour nourrir un *bodybuilder* pendant une semaine, avait râlé Charity.

— Ou pour un repas pour un cow-boy qui travaille dur.

Mais il lui avait lancé un clin d'œil et avait accepté silencieusement le morceau qu'elle avait glissé plus tard sur son assiette avec une supplique chuchotée :

— Je ne veux pas le gâcher, et je ne peux plus rien avaler.

— C'est une bonne chose que je sois résistant aux microbes ces temps-ci.

Ils avaient échangé un sourire de conspirateurs.

Elle dormait tellement bien ! En partie à cause de tout le temps qu'elle passait dehors, mais elle en attribuait le mérite aux parties de jambes en l'air enthousiastes que Dustin et elle partageaient dès qu'ils le pouvaient.

Depuis le premier jour où elle lui avait pratiquement sauté dessus dans la cuisine, ils s'appréciaient mutuellement et profondément. Le deuxième round s'était déroulé dès cette première nuit – immédiatement après un rinçage dans la douche où Dustin l'avait de nouveau excitée et avait prouvé qu'il savait comment s'occuper d'elle sous l'eau aussi bien que sur la table.

Ils ne s'étaient pas arrêtés. Charity était vraiment contente qu'à eux deux ils aient pris assez de préservatifs dans leurs bagages pour un étudiant en vacances de printemps.

Le seul nuage noir à l'horizon s'avérait être le visage de Frank Stone. Cet homme ne pouvait pas être à proximité de Dustin pendant plus de deux minutes sans être impoli. Ce qui déclenchait naturellement l'impertinence de Dustin, même si les répliques étaient devenues plus légères parce qu'il était plus intéressé par l'idée de s'écarter du chemin de Frank pour pouvoir passer du temps avec elle.

Être une influence positive inattendue sur Dustin ? C'était trop drôle.

Le vendredi matin, Charity tomba sur un os dans ses recherches. Les dossiers papier ouverts n'avaient pas réussi à lui donner les informations nécessaires. Elle était si proche de la fin qu'elle détestait vraiment devoir s'arrêter. La réponse par e-mail de Tucker à sa question pour savoir s'il avait des idées suggérait de trouver d'autres informations sur l'ordinateur de Crooked Creek.

Charmant. Il était temps de retrouver Frank Stone et de lui demander son mot de passe. Est-ce que ça n'allait pas être marrant ?

Elle commença sa recherche à la cantine. Sam secoua la tête.

— Je sais qu'il n'est pas sorti avec l'équipe. Il est peut-être dans l'écurie. Je vais ouvrir l'œil.

— Est-ce que je peux aller dans l'écurie toute seule ?

Le cuisinier émit un petit rire.

— Tu n'as pas grandi dans un ranch, n'est-ce pas ?

— Non.

Il lui tapota l'épaule d'un air rassurant.

— Si quelqu'un te demande pourquoi tu es là, dis-lui simplement que tu cherches des chatons. Il y a toujours des chatons dans l'écurie, et c'est une excuse comme une autre.

Charity se mit à rire.

— Maintenant, je ressens le besoin d'aller chercher des chatons pour de vrai. Des suggestions sur l'endroit où je pourrais les trouver ?

Il pointa le doigt vers le haut.

— Le fenil.

— Compris.

L'idée de chatons était intrigante, mais Charity s'en tint à son objectif. Trouver Frank Stone, obtenir les infos dont elle avait besoin et terminer sa tâche.

Au moins jusqu'à ce qu'elle repère Beach. Ou peut-être, plus exactement, que Beach la remarque, et la distraction arriva officiellement.

Le cheval sortit la tête par-dessus le portail bas de sa stalle pour hennir doucement et leva la tête plusieurs fois avec un petit mouvement brusque comme pour lui dire de venir lui dire bonjour. Après trois soirées de suite à le monter, chacune avec plus d'indépendance de la part de Charity, elle était suffisamment à l'aise pour s'approcher et le faire.

Elle leva la main vers ses naseaux et le gratta.

— Hé, mon beau. Comment vas-tu ?

Beach se frotta contre sa paume, puis sur sa poche, à la recherche d'un morceau de pomme ou de carotte.

Charity s'écarta pour lui tapoter l'encolure plus facilement.

— Pas de gâterie pour l'instant. Peut-être ce soir. Je pense que nous...

— Qu'est-ce que tu fais ?

Frank Stone avait parlé d'un ton bas, mais la colère claquait. Il était sorti de nulle part et était soudain si proche que Charity se sentait submergée.

Beach remua avec gêne dans son enclos, sentant venir les problèmes. Charity recula instantanément à une distance sûre à la fois du cheval et de l'homme. Elle se tourna vers Frank.

— Je vous cherchais.

— Eh bien, il est évident que je n'étais pas dans cette fichue stalle.

La colère envahit Charity. Elle était en train de caresser innocemment le cheval, pas de se balancer depuis les chevrons ou de mettre le feu aux ballots.

— Il est inutile d'être vulgaire, monsieur Stone.

— Il est inutile que tu fouines dans l'écurie aussi. Je vais te redemander... qu'est-ce que tu fais ? Tu fouines pour mon neveu ? Tu essaies de trouver des raisons pour que Silver Stone me casse du sucre sur le dos ?

Holà, il déraillait à toute vitesse. Charity leva une main.

— Cette conversation est bien en dehors de ma zone de confort. Sam m'a dit de vous chercher dans l'écurie. Je me suis arrêtée pour caresser Beach. C'est tout. Il ne se passe rien de machiavélique.

Frank croisa les bras sur le torse et lui lança un regard noir.

— Qu'est-ce que tu veux alors ?

— Un accès aux dernières informations dont Silver Stone a besoin. Tucker a dit qu'il vous enverrait un dernier e-mail avec les détails, mais je pourrais avoir besoin de vérifier les e-mails et les tableurs Excel si vous les avez.

Frank jura doucement, juste en général cette fois, pas contre elle, ce qui lui allait.

— Les ordinateurs. Je déteste ces fichus trucs.

Il leva le menton.

— Il est dans le bureau. Deuxième tiroir en partant du haut.

D'accord... ce n'était pas l'endroit habituel pour la technologie, mais peu importait.

— Vous voulez que j'accède aux fichiers sans vous ?

— Je ne vais pas arrêter mon travail pour faire le tien, répliqua Frank d'un ton sec.

Quel homme agréable. Charity sourit plus largement, rien que pour garder sa colère sous contrôle.

— Je vais avoir besoin de votre mot de passe.

Il fronça les sourcils.

— Qu'est-ce que c'est ?

Ils se fixèrent pendant un instant du regard. Ça aurait pu être drôle, mais elle était surtout concentrée pour savoir si elle l'avait bien entendu.

— Il n'y a pas de mot de passe sur votre ordinateur ?

— Puisque je ne sais pas ce que c'est, je suppose que non.

Nom d'un chien. Charity hocha lentement la tête. Son réflexe de régler le problème s'envola, même en considérant la source de celui-ci. Mais chaque chose en son temps.

— On dirait que ça vous convient que je continue. Je vais terminer de rassembler ce dont j'ai besoin d'ici cet après-midi.

Elle leva le menton. Pourquoi ne pas proposer ?

— Si vous voulez, je pourrais organiser un peu le bureau. Mettre à jour votre ordinateur et renforcer la sécurité.

Il leva immédiatement une main et agita un doigt devant son visage.

— Ne touche pas à mes satanées affaires, renforcer de la sécurité et que sais-je encore. Je ne pourrai rien retrouver.

— L'organisation quand elle est bien faite implique que vous pourrez retrouver les choses plus facilement, plus qu'avec le système que vous avez actuellement.

Bon sang... elle était mielleuse, mais même Charity ne pouvait maintenir cette positivité forcée pendant très longtemps. L'espièglerie allait sûrement sortir.

— C'est bon. Je vais terminer mon travail pour Silver Stone et rester en dehors des satanées affaires de Crooked Creek.

— Bon débarras.

Il s'éloigna de quelques pas et lui lança un regard noir.

— Je ne sais pas comment tu fais quoi que ce soit avec tout

le temps que tu perds à regarder mon neveu. Tu devrais rester loin de ce garçon.

— Trop tard. Je suis déjà tombée follement amoureuse de lui.

Elle avait prononcé les mots avec un intense ton extasié.

Maudite soit sa langue. Elle agita les doigts vers l'homme froid comme de la pierre et pivota vivement, bondissant hors de l'écurie comme si elle n'avait aucune inquiétude.

Le regret arriva trop rapidement. Elle devait contrôler sa colère, parce qu'être impertinente avec quelqu'un de plus âgé qu'elle, et de la famille de ses patrons actuels, n'était pas sur la liste des actes professionnels intelligents. Et si Frank les appelait pour se plaindre d'elle ? Elle n'avait pas été terrible *terrible*, mais quand même...

Peut-être que prendre les devants serait une bonne idée.

Avec ça à l'esprit, elle attendit d'être de retour dans l'intimité de « la tombe » puis appela Tucker.

— Salut. Comment ça se passe ? demanda-t-il.

— À quel point sommes-nous autorisés à être agaçants pendant que nous sommes ici ?

Il se mit à rire.

— Pardon ?

— Disons simplement que moins de cinq minutes après avoir commencé à travailler, j'avais déjà décidé que Frank Stone était un sale type.

Charity pivota sur place et fit des plans.

— Rappelle-toi combien je veux t'impressionner ainsi que tout le monde à Silver Stone, mais laisse-moi répéter ça... cet homme est un sale type.

— C'est sympa d'avoir de tes nouvelles cet après-midi, Charity. Oui, tu tapes dans le mille là-dessus.

Charity émit un son moqueur.

— Tu ne peux pas parler en ce moment, n'est-ce pas ? Il y a quelqu'un ?

— C'est ça.

Elle réfléchit rapidement.

— Sans entrer dans les détails, c'est un homme avec qui il est difficile de parler poliment pendant des interactions prolongées.

— J'ai remarqué ça moi-même. Ne t'en inquiète pas.

Dieu merci.

— Super nouvelle. Alors, vu que j'essaie de m'éloigner avec mes remarques sèches de Crooked Creek le plus tôt possible, comment se passent les choses chez vous ? Est-ce qu'on peut ramener Dustin sans risque ?

— Attends... quoi ? Patiente une seconde.

Pendant une minute, la ligne resta silencieuse avant que Tucker ne revienne.

— Je me suis débarrassé de l'ouvrier. Maintenant, revenons à notre conversation. Quand tu m'as dit que parler poliment était difficile, je présumais que tu parlais de Dustin. Ce à quoi je m'attendais complètement, la routine habituelle. Mais tu parlais de *toi* ?

Oups.

— Pouvons-nous retourner au moment où tu as dit de ne pas m'en inquiéter ?

Il se mit à rire.

— C'est bon. Tu n'as pas de problèmes, mais ça m'amuse.

— Au risque de me répéter, ma grand-mère a toujours dit que je n'étais pas du genre à tolérer la bêtise, expliqua Charity avant de soupirer. J'ai tout ce que tu m'as demandé. Enfin, ce sera le cas une fois que j'aurai rempli ce dernier tableau. Dustin se tient bien. Je pense qu'il s'amuse. Comment se passe la tempête médiatique ?

— Elle se calme lentement. Caleb et moi en avons discuté

ce matin, et si tu as terminé – bon travail, au fait –, alors vous pourrez prendre le chemin du retour demain. Dis à Dustin de prévenir Adam ce soir au cas où il y aurait quelque chose de prévu pour lui. Je ne veux pas laisser Adam en plan puisque nous avons laissé la date de votre départ indéfinie.

— Je lui transmets. Et si nous avons besoin de rester jusqu'à dimanche, ça va aussi. Je peux m'occuper.

Chasser des chatons à défaut d'autre chose.

— Alors on fait comme ça. Envoie-moi un e-mail et fais-moi savoir ce que vous décidez, mais en attendant, essaie de rester loin des problèmes.

L'amusement dans sa voix retira la piqûre de ses mots.

— Sans faute, promit-elle. Et Tucker... ? Merci d'être compréhensif.

— Je comprends le besoin de trouver quelqu'un de compréhensif, mais de rien.

Quand Charity annonça à Dustin avant le dîner qu'ils pouvaient rentrer chez eux le lendemain, ce fut à la fois bienvenu et décevant, surtout pour ses amis.

— Vous venez d'arriver, râla Amy.

— Il a un travail dans un autre ranch, signala Keith. Il ne peut pas faire tout ton travail tout le temps.

Amy lui lança un coup de poing sans conviction.

— Crétin.

— Nous devrions faire quelque chose d'amusant ce soir, suggéra Coralee. Un feu de camp sur la crête ?

— Génial. Laisse-moi vérifier auprès d'Adam... je dois lui parler, de toute façon. Je dois l'avertir que nous allons partir et voir quel timing fonctionne le mieux, dit Dustin en emmenant Charity avec lui pour parler au contremaître.

Adam hocha la tête quand Dustin le lui annonça.

— Désolé de te voir partir. Tu as été d'une grande aide comme d'habitude. Tu pars à la première heure, ou tu peux encore travailler le matin ?

Dustin avait déjà vérifié auprès de Charity.

— Si tu as besoin de moi, nous pouvons partir plus tard dans la journée. Si nous pouvons emprunter un van, nous ferons monter Beach dedans juste avant de partir.

— Alors je te verrai à 9 heures. Nous devrions avoir terminé d'ici le déjeuner. Tu pourras profiter d'un autre repas de Sam avant de partir, dit Adam avant de se tourner vers Charity. Tu ne devrais pas encore monter seule, mais si tu veux, Amy et Coralee sont en repos demain matin. Je suis sûr qu'elles apprécieraient de monter avec toi.

— Merci, je leur demanderai.

En incroyablement peu de temps, Dustin, Charity et leurs quatre amis étaient tous montés sur leurs chevaux avec du ravitaillement pour leur soirée.

Charity se nicha contre Dustin comme si c'était sa place.

— Un feu de camp sur la crête ?

— Près de l'endroit où nous avons chevauché lors de la première soirée. À environ trente minutes d'ici, alors juste une chevauchée douce et relaxante, expliqua-t-il en lui plaçant les rênes dans les mains avant de pousser un soupir exagéré. Tu conduis, je fais une sieste.

Un ricanement doux échappa à Charity.

— J'en ai appris assez au cours des derniers jours pour savoir qu'un vieux trajet familier effectué lentement et facilement veut dire que personne n'a besoin de conduire. Beach pourrait probablement y arriver avec les yeux fermés.

— Probablement, acquiesça Dustin.

Il glissa la main sous le chemisier de Charity et posa la paume sur son ventre nu.

Elle émit un son de consentement joyeux.

— J'aime bien que tu me touches. Au cas où je ne te l'aurais pas dit assez souvent.

Le sentier rétrécissait alors que les arbres se rapprochaient de chaque côté. Dustin et Charity étaient les derniers de la file, ce qui les laissait dans un corridor cosy et intime s'ils parlaient doucement.

— Tu as été agréablement claire sur ce qui te plaît. Ça rend ça plus amusant pour nous deux.

Elle s'appuya contre lui puis tourna légèrement la tête pour que leurs visages soient proches.

— Le sexe avec toi – et je n'essaie pas de flatter ton ego, là –, ça a été bon.

L'amusement gagna Dustin.

— Mon ego est néanmoins flatté. Merci, et avec toi aussi. Comme je l'ai dit, savoir ce qui fonctionne, ça aide. C'est bien mieux que de me demander si je suis au bon endroit ou si ma partenaire s'ennuie tellement qu'elle pense à ce qui se trouve sur sa liste de corvées à faire plus tard dans la journée.

— Oh mon Dieu, c'est une pensée terrifiante.

— Hé, je présume que j'étais relativement mauvais en matière de sexe les premières fois que j'ai essayé. Je pense que nous le sommes tous. La masturbation nous permet de trouver ce qui nous plaît. Le travail d'équipe pour en arriver au même stade avec l'autre demande de la pratique.

Le ventre de Charity frissonna sous sa main alors qu'elle riait.

— En effet. Et j'aime bien cette expression, « le travail d'équipe ». Je pense qu'il a fallu une douzaine d'essais avant que je ne reçoive mon premier orgasme durant le *sexe en travail d'équipe*, et ce n'était pas parce que je ne m'amusais pas.

Elle marqua une pause.

— Ma sœur était ma source pour tout ce qui était lié au

sexe. Chelsea est sincère, honnête, et directe. Exactement le genre de personne dont tout le monde a besoin dans sa vie.

Dustin marqua une pause. Au diable tout ça... une petite gêne ne le tuerait pas.

— J'ai eu la conversation avec Caleb. Et Luke. *Et* Walker. *Et* Ginny. Pas en même temps, mais durant la même période. Presque comme s'ils savaient que je m'y intéressais et que je devenais assez courageux pour faire des expériences.

— C'est trop drôle.

— Beaucoup de perspectives différentes, ça c'est sûr. Mais même si j'ai reçu les informations dont j'avais besoin et les avertissements sur comment être prudent, plus tellement de détails de la part de Ginny qui m'ont vraiment gêné mais m'ont aidé, je dois dire que ce sont deux personnes m'en ont appris le plus. La première était Tucker. Il m'a bien remis à ma place il y a quelques années quand il a été révélé que Ginny et lui avaient un passé sexuel qui durait depuis des années, et que j'ai eu des difficultés avec ça.

La confusion de Charity était claire.

— Mais Tucker et Ginny sont incroyables ensemble.

— Oui. Mais ils n'étaient pas ensemble à ce moment-là. Et dans ma tête, d'une manière ou d'une autre, j'avais catégorisé le sexe soit comme un truc fun que les gens faisaient pour un coup d'un soir, soit comme un truc que les gens faisaient dans une relation sérieuse.

Charity secoua la tête, ses boucles frôlant la joue de Dustin.

— Ce n'est pas le concept le plus étrange à trouver. J'ai eu ma conversation super gênante avec Chelsea quand je n'ai eu du mal à comprendre comment elle et Suz couchaient ensemble alors qu'aucune d'elles n'avait de pénis.

Ce fut au tour de Dustin de rire.

— Oh là, là. Ça aurait été une super conversation à espionner.

— J'aimerais que plus de gens puissent écouter des trucs comme ça. Parler de sexe – parler *tout court* – résout tellement de problèmes !

— C'est vrai. Et c'est pour ça qu'après que Tucker m'a engueulé, j'ai décidé que j'avais besoin de quelqu'un à qui parler qui serait honnête avec moi quoi qu'il arrive.

Ils étaient presque sortis du sentier ombragé que Beach montait lentement. Le soleil se dirigeait vers les montagnes lointaines à l'ouest, mais pour l'instant le ciel restait bleu vif et clair.

Charity posa la main sur la cuisse de Dustin.

— Qui est ton gourou du sexe ?

— Kelli.

Devant le hoquet surpris de Charity, il se remit à rire.

— J'ai travaillé avec elle pendant des années avant que Luke et elle ne deviennent un couple. Elle avait la meilleure attitude pour parler de sexe, et elle avait prouvé de nombreuses fois qu'elle était prête à me botter les fesses si je faisais l'idiot, et tout à fait capable de le faire. Je lui ai posé quelques questions, et une chose en a entraîné une autre. Luke est au courant, pas parce qu'elle avait besoin de sa permission ou quoi que ce soit, mais pour que ça ne paraisse pas bizarre. Nous ne parlons plus autant, et jamais des détails spécifiques entre Luke et elle, mais pendant un moment, ça m'a vraiment aidé d'avoir une femme auprès de qui je pouvais me vider le cerveau. Elle arrangeait mes idées idiotes, puis faisait disparaître mes pensées incorrectes au lieu de les laisser planer au-dessus de ma tête pour toujours.

Charity se retourna de façon à déposer un baiser sur sa joue.

— Je lui dois une bière alors.

— Je lui dois des bières pour l'éternité. C'est elle qui a vraiment souligné que le consentement était la clé.

Devant, ses amis guidaient leurs chevaux sur le côté de la colline, puis ils mirent pied à terre et sortirent tout des sacoches, y compris les couvertures et les sacs de chips.

Beach avança jusqu'au bord du rassemblement et commença à paître paresseusement. Dustin glissa de son dos puis tendit la main pour aider Charity à descendre. La faire glisser contre son corps au passage était une chouette récompense.

— Charity. Assieds-toi à côté de moi, ordonna Coralee.

— Pourquoi est-ce qu'elle ferait ça quand elle peut s'asseoir à côté de Dustin ? demanda Keith.

— La conversation sera bien meilleure. Si elle s'assoit à côté de lui, ils ne feront que s'embrasser, et ce sera ennuyeux pour le reste d'entre nous.

Charity étreignit la main de Dustin.

— On nous sépare. À l'évidence, nous nous embrassons trop.

— Ce n'est pas possible.

Dustin prouva ses dires en se penchant pour unir leurs lèvres. Rapide et doux était le plan.

Charity avait une autre idée. Elle passa les bras autour de son cou et l'embrassa jusqu'à ce qu'il soit à court d'oxygène. Ce qui convenait à Dustin. Il mourrait heureux.

Les sifflets et les rires étaient comme une chaleureuse étreinte qui s'enroulait autour d'eux.

Pendant l'heure qui suivit, le soleil baissa sous l'horizon, transformant le ciel en bandes dorées, rouges et pêche. La conversation allait bon train et la bière coulait à flots. Coralee avait amené un sac de marshmallows, et Keith coupa de longs bâtons pour les griller sur le feu.

De petits insectes brillaient dans la lumière déclinante, et une colonie de chauves-souris apparut, descendant silencieusement en piqué pour dîner au-dessus de leurs têtes.

Charity était désormais retournée aux côtés de Dustin, redressée sur les bras pour fixer les animaux du regard.

— Elles ne sont pas du tout effrayantes, n'est-ce pas ?

— Non, répondit-il en changeant de position pour l'aider à se soutenir. Mon neveu Tyler est fasciné par toutes les choses qui volent. Il appelle les chauves-souris des « chauvecinelles ».

— Oh mon Dieu, c'est trop mignon.

— Trop mignon.

Dustin lança un coup d'œil au cercle que formaient les autres ouvriers, mais tout le monde était occupé à discuter avec son voisin. C'était le moment de profiter de ses amis, mais il ne put résister à cet instant.

— Hé, tu veux ennuyer les gens ? proposa-t-il.

Elle accepta son baiser, et ses lèvres s'incurvèrent légèrement alors que leurs bouches s'unissaient. La chaleur traversa Dustin. Au diable l'idée de rentrer à la maison le lendemain. Il ne voulait pas que ça se termine, pourtant passer chaque nuit ensemble une fois qu'ils seraient de retour à Heart Falls était hors de question.

Peu importe, ce serait un problème pour le lendemain. Pas pour ce soir-là, alors que le ciel peignait le monde aux teintes du coucher du soleil et que le feu crépitait devant eux.

Charity changea de position et mit fin à leur baiser. Mais elle souriait toujours alors qu'elle se pelotonnait plus étroitement contre lui et attirait ses bras autour d'elle.

Amy se leva et revint avec sa guitare. Elle la gratta doucement en l'accordant.

— Il est temps de chanter pour ton dîner, Keith.

Celui-ci n'avait pas besoin de plus d'encouragements. Il n'était pas mauvais non plus. Assurément assez bon pour entraîner le reste d'entre eux alors qu'il enchaînait une série de chansons country et western qu'ils connaissaient tous.

Tout le monde, sauf Charity, qui chanta en chœur pendant

environ la moitié des chansons. Mais ses doigts tapaient sur la jambe de Dustin durant celles qu'elle ne connaissait pas et elle se joignait au refrain quand il revenait la seconde et la troisième fois.

Un doux interlude avant de retourner au monde réel, et Dustin se délecta de ce moment.

11

———

Le premier indice qui lui révéla qu'elle s'était réveillée plus tôt que prévu fut les ténèbres. Le second fut le bras de Dustin passé sur sa taille qui la serrait tout contre son corps chaud.

Quelle merveilleuse surprise !

Il avait été réveillé bien avant elle chaque jour jusque-là, et elle n'allait pas laisser cette occasion lui échapper. Le sexe matinal n'était pas toujours son préféré, mais puisque ce pourrait bien être la dernière fois avant longtemps que Dustin se retrouvait dans son lit...

Il était temps de saisir la partie de jambes en l'air quand elle se présentait, ou quelque chose comme ça.

Charity se retourna prudemment et examina le visage de Dustin. Il avait les yeux clos et sa respiration était régulière. Le début de barbe sur sa mâchoire et ses joues était juste assez long pour que ses doigts la démangent de l'envie de le toucher.

Sous les draps, Charity glissa une main sur son épaule. D'une caresse douce, elle suivit les muscles de son biceps, de son triceps. Elle tendit la main pour caresser son flanc.

— Je fais un rêve génial. Pourrais-tu dire à Charity que je reste au lit un moment ?

Sa voix était rauque et engourdie de sommeil.

— Ça me va. Tu restes là et tu piques un somme si tu veux. Inutile de gâcher un bon rêve.

— C'est ce que je pensais. Et si ce rêve signifie finalement que toi et moi serons nus, il reste quelques préservatifs dans la table de chevet.

Charity se mit à rire.

— Quelques-uns ? Tu es optimiste.

— Éternellement.

Elle repoussa les draps puis appuya une main contre son torse, le poussant sur le dos. Nu en dehors de son caleçon… elle pourrait aussi bien faire quelque chose à ce sujet immédiatement.

Glissant les doigts de sa main droite sous l'élastique, elle tapota sa hanche avec sa gauche.

— Soulève-toi.

Il s'arqua légèrement et elle retira le tissu, libérant son membre en même temps. Elle lança son sous-vêtement vers le tabouret près du lit, puis retira le T-shirt de Dustin qu'elle avait volé pour dormir. Elle fit un autre geste, son turban et son chouchou disparurent, faisant retomber ses boucles en bataille sur ses épaules.

Tous deux étaient nus et prêts – surtout Dustin, si on se fiait à son érection.

— Tu sembles avoir cette obsession avec ma queue, avança-t-il. Et je ne dis pas que c'est une mauvaise chose, juste qu'elle est réelle.

— Tu as une jolie queue, insista Charity.

— Ha. Les queues sont fonctionnelles, pas jolies, mais je suis content que tu apprécies la mienne.

Il enroula une main autour et la caressa. Son regard plongea sur Charity et la passion la frôla comme une caresse.

— Donc, continua-t-il. Mon rêve... Il commence parfaitement.

— Contente que tu approuves. Je pensais que nous pencherions vers le documentaire, ce matin.

Le léger froncement entre les sourcils de Dustin était adorable.

— Humm, bien sûr.

Elle se mit à rire, couvrit ses doigts avec les siens et accompagna son mouvement plusieurs fois.

— Aujourd'hui, nous apprenons à chevaucher.

Toute inquiétude disparut.

— Continue. Je suis hautement motivé pour améliorer mon éducation.

Elle enfourcha ses cuisses, prit le contrôle des mains de Dustin et les pressa contre le lit.

— Certaines personnes aiment utiliser une selle quand elles montent, mais il est bon de savoir comment donner des indications avec le plus léger mouvement de tes mains. Et de ta bouche. Et d'autres parties de ton corps.

Elle se pencha et embrassa ses tablettes de chocolat. Elle glissa la langue le long des bords des muscles rigides et continua vers l'entrejambe.

Les muscles de Dustin étaient devenus durs comme de la pierre et son membre s'élevait vers le ciel.

— Tu me tues là, Tee.

Elle lécha légèrement son gland.

— Concentre-toi. J'ai entendu dire que chevaucher était amusant. Et aussi un bon exercice.

— Je suis convaincu. Nom d'un *chien*...

Elle avait pris son gland dans sa bouche et l'avait aspiré profondément.

Chaque mouvement lent et long sur son membre occasionnait un autre hoquet ou un gémissement, et Charity savoura chacun d'eux comme une preuve de son plaisir.

— Reviens ici, ordonna Dustin. À mon tour.

Charity se souleva avec un bruit sec et un soupir ravi. Mais elle secoua la tête.

— Tu ne peux pas interrompre mon cours comme ça.

— Ça impliquera une chevauchée, je te le promets, insista Dustin. Toi, chevauchant mon visage.

Il la souleva, glissa lentement sur le lit, et l'instant d'après, il léchait son clitoris, ses lèvres et son intimité comme si elle était un cornet de glace lors d'un chaud dimanche après-midi.

Une chose était claire comme du cristal après avoir passé du temps avec Dustin. Cet homme ne lui faisait pas un cunni parce qu'on lui avait dit qu'il le devait. Les grognements et gémissements de plaisir qui lui échappaient étaient tout aussi bruyants maintenant que lorsque sa bouche à elle s'occupait de lui. Il la caressait, la léchait et la taquinait avec un tel enthousiasme que Charity sentit l'excitation la picoter et palpiter au même rythme que son cœur seulement quelques minutes plus tard.

— C'est tellement bon !

Charity glissa les doigts dans les cheveux de Dustin. Perchée au-dessus de lui dans une position aussi intime, elle se serait attendue à être un peu gênée.

Mais non... rien d'autre que le désir d'en profiter et de rendre autant qu'elle recevait de sa part.

Charity se pencha sur le côté et attrapa un préservatif avant de redescendre le long du corps de Dustin en se tortillant.

— On doit s'assurer de chevaucher en toute sécurité.

Elle n'était pas aussi rapide que lui avec le préservatif, mais elle le lui enfila et reçut quelques grognements supplémentaires au passage. Un léger changement de position la plaça en face de son membre, et elle fit aller et venir son sexe au-dessus du sien, les taquinant tous les deux par la pression de son clitoris sur son gland.

Il était temps de retourner au cours. Elle croisa son regard.

— Puis on se pose doucement dessus et on se met à l'aise.

Elle inclina légèrement son membre et glissa dessus. Lentement, un centimètre à la fois, jusqu'à ce qu'il soit complètement enfoncé en elle. Tout en elle chantait de plaisir.

C'était tellement bon.

Dustin plaça les mains sur ses hanches et des petits souffles sortirent par à-coups.

— Tu t'en sors très bien, assura-t-il.

Charity se pencha et l'embrassa. Ils se mordillèrent puis entremêlèrent leurs langues alors que Charity resserrait son intimité autour du membre épais, ravie de chaque gémissement qu'elle faisait couler de ses lèvres.

— Puis, si tu es vraiment doué, tu peux monter sans utiliser les rênes. Simplement avec beaucoup d'équilibre et de travail d'équipe.

Elle se redressa et leva les mains vers ses seins. Elle souleva un peu les hanches, puis les abaissa. Encore et encore, elle adapta le mouvement jusqu'à avoir trouvé le bon rythme pour tous les deux.

— Pas de rênes, mais beaucoup de contact.

Dustin souleva les hanches de Charity un peu plus haut et prit le contrôle. D'un mouvement vertical, il faisait aller et venir son membre en elle.

— Touche-toi, Tee. Joue avec ce joli petit clitoris pour moi.

Elle tendit la main entre ses cuisses, là où elle était humide et où Dustin s'était glissé. Une demi-douzaine de petits mouvements circulaires autour de son clitoris furent plus que suffisants pour la conduire jusqu'au bord de la jouissance.

— *Dustin.*

Il posa doucement ses doigts sur les siens, suivit le chemin jusqu'à son membre qui entrait en elle, et Charity laissa sa tête tomber en arrière alors que son orgasme l'embrasait. Dustin donna un dernier coup de reins et resta là, enfoncé profondément, alors que ses hanches tressaillaient légèrement.

Le regard de Dustin était fixé sur celui de Charity, même noyé de plaisir.

Charity s'écroula pratiquement sur lui une seconde plus tard. Ils reposèrent là ensemble, haletant violemment. Le plaisir coulait goutte à goutte sur sa peau tel un million de petites étincelles. Des étoiles flottaient devant ses yeux, son pouls résonnait encore partout y compris à l'intérieur de son sexe, encerclant toujours son membre qui se détendait.

Dustin déposa un baiser sur sa tempe.

— Tu es une bonne cavalière, Charity Gruzing.

— J'ai eu un bon professeur.

— Vraiment.

Elle appuya les mains contre son torse pour pouvoir croiser son regard. L'expression aussi sérieuse que possible, elle hocha la tête.

— Beach est le meilleur.

Un éclat de rire échappa à Dustin et il roula sur le côté, la piégeant sous lui.

— Femme sans cœur. Mon ego est brisé.

— Ton ego va très bien, Stone. Ainsi que tes capacités sexuelles

Charity passa les bras autour de son cou et l'embrassa, créant un lien véritable par ce geste.

Ils se séparèrent à regret.

— Va te doucher en premier. Je vais rester là un moment et me remettre d'avoir été dévoré, proposa Dustin.

Ensuite, ils lancèrent les draps et les serviettes qu'ils

avaient utilisés dans la machine à laver du dortoir avant d'aller à la cantine. Ils finirent par prendre leur petit déjeuner avec les filles avant que Dustin ne parte aider Adam pour une dernière tâche.

Tout excitées, Amy et Coralee acceptèrent la requête de Charity de monter à cheval une dernière fois. Il était intéressant d'avoir leur aide et leur perspective alors qu'elle sellait Beach essentiellement seule.

Charity en tapa cinq à Amy et la remercia après avoir copié sa méthode pour placer la selle sur le dos de Beach.

— Dustin n'y réfléchit même pas à deux fois pour soulever la selle et la placer. Je suis assez forte grâce à la danse et au travail de pompier, mais cette méthode de balancement que tu utilises facilite la manœuvre.

— Tu t'en sors super bien. Et ta flexibilité est d'une grande aide quand il s'agit de monter.

Coralee les emmena sur un nouveau trajet pour une promenade d'une heure, puis guida Charity pour brosser Beach et tout ranger quand elles eurent terminé.

Charity fredonnait encore joyeusement alors qu'elle s'occupait du linge et emballait ses vêtements. Une dernière tâche... rassembler les dossiers de travail pour Silver Stone.

Alors qu'elle entrait dans « la tombe », elle s'arrêta net. Frank Stone se tenait derrière le bureau, un air renfrogné cloué sur le visage.

Déterminée à finir mieux qu'elle n'avait commencé, Charity choisit la politesse.

— Bonjour. Je vais juste prendre mes affaires et je ne serai plus dans vos pattes.

Il lui lança un regard noir.

— Je t'ai dit de ne pas organiser mes affaires. Où sont passés mes reçus, bon sang ?

Quel homme agréable.

— Je les ai mis hors de mon chemin il y a presque une semaine pour pouvoir utiliser le bureau et ne pas les perdre. Une minute.

Elle prit son dossier sur le coin du bureau et le posa sur la chaise avant d'aller sortir le carton du placard. Aussi tentant qu'il soit d'en déverser le contenu sur son bureau, elle se retint et posa à la place le carton devant lui.

— Voilà.

Son regard noir s'intensifia.

— Tu as terminé, alors ?

— Oui. Tucker et Caleb seront ravis d'avoir les informations. Et vous n'aurez pas à supporter d'autres requêtes à répétition, alors ce sont des résultats positifs de tous les côtés.

— Bon débarras.

Frank regarda dans la boîte puis ricana.

— Ils n'avaient pas vraiment besoin de ces informations, tu sais. Ils vous ont envoyés ici tous les deux pour que toi tu t'occupes et que ce garçon puisse m'agacer.

Reste silencieuse, Gruzing. Tais-toi et va-t'en...

Non. C'était inutile. Il semblait qu'elle n'avait aucun instinct de conservation.

— Vous aimez présumer le pire chez les gens. Vous devriez travailler là-dessus parce que vos suppositions ne vous rendent pas service.

Il écarquilla les yeux de surprise.

— Pardon ?

— Votre famille tient à vous. Elle tient suffisamment à vous pour rester en contact, mais depuis que je suis arrivée, vous n'avez rien fait d'autre que de rabaisser Dustin, moi-même, et tous ceux liés à Silver Stone.

Frank émit un son moqueur.

— Je n'ai pas à m'expliquer, mais clairement tu n'as pas vu

ce que j'ai vu. Le manque de respect n'est pas une chose que je doive supporter.

Elle avait besoin d'un plus gros marteau pour faire passer son message. *Bien.* Charity se rapprocha et le força à la regarder.

— La dernière fois que j'ai parlé à un de mes parents, c'était il y a dix ans. Ils n'ont jamais essayé de me contacter, pour ce que j'en sais, et je n'ai aucun désir de les joindre. Ça me rend triste à un certain niveau, mais c'est pour une bonne raison. Le lien entre nous est brisé et ne peut pas être réparé.

Charity regarda l'oncle Frank.

— Le lien qu'il y a entre vous et le ranch de Silver Stone n'est pas encore brisé. Le plus gros conflit entre vous et le reste de la famille Stone, c'est votre colère, même s'il semble que vous ayez oublié pourquoi vous êtes en colère, à la base.

— C'est difficile d'oublier quand ce garçon me répond constamment.

Charity se mit à rire. Elle ne put simplement pas s'en empêcher.

— Ce garçon est un homme qui a investi beaucoup de jours de dur labeur sur vos terres, à vos côtés, sans se plaindre une seule fois. En fait, il a tenu probablement plus longtemps que vous, et pendant tout ce temps il a veillé à protéger vos terres et les animaux ainsi qu'à avoir un impact positif sur les gens auprès de qui il travaillait. Dites-moi que je me trompe.

Le pli entre les sourcils de Frank Stone s'accentua. Mais c'était trop en demander d'espérer qu'elle l'avait atteint.

Effectivement, il ignora tous les autres arguments qu'elle avait mis en avant et revint au même vieux refrain.

— Il est poli avec tout le monde mais il est insolent avec moi. Ça ne plaide pas en ta faveur, jeune fille.

Nom d'une pipe. C'était pire que de parler à des enfants de huit ans distraits quand elle enseignait la danse.

— D'accord, oui, il est insolent avec vous. Vous avez remarqué *quand* ça se produit ? Répétez vos conversations dans votre tête, un jour, et vous découvrirez que pas une fois il n'a été impoli avec vous sans que vous le soyez en premier. Ou si vous êtes dédaigneux envers quelqu'un de sa famille, surtout Caleb.

Frank lança un regard noir.

— Caleb. Ce...

— Je dois vous avertir, l'interrompit Charity. Moi-même, je suis plutôt admirative de Caleb, tout bien considéré, alors si vous êtes sur le point de le dénigrer devant moi, ce sera *moi* qui serai impertinente avec vous, illico presto.

Pendant un instant, Frank resta silencieux. Que ce soit parce qu'il avait enfin reçu le message ou qu'il était trop stupéfait pour continuer, elle n'en savait rien.

Il était plus que temps de partir. Charity attrapa sa paperasse.

— J'en ai assez dit.

— Plus qu'assez.

Elle se remit à rire, parce que c'était soit ça, soit le frapper sur la tête avec son dossier.

— C'est triste, vous savez. Vous pourriez profiter du respect des meilleures personnes que je connais. Vous avez l'amour de la plupart d'entre eux parce que vous faites partie de la famille, malgré la manière dont vous vous comportez. Le respect, vous devriez le mériter.

Elle ramassa la chaise avec le dossier et sortit. Si cet homme voulait quelque chose sur lequel s'asseoir, il pourrait trouver sa propre fichue chaise.

〜

Avec Beach embarqué dans un van d'emprunt, Dustin dit au revoir à Adam puis lança un coup d'œil autour de lui. Charity était occupée à donner et recevoir des étreintes d'adieu auprès des ouvriers avec qui ils avaient passé du temps au cours des derniers jours.

— Tu sais où est mon oncle ?

— Dans le bureau, aux dernières nouvelles, répondit Adam en tapotant Dustin sur l'épaule. Je dois dire à Tucker de se lasser de toi plus souvent pour que tu puisses venir m'aider. Et amène Charity. C'est une bouffée d'oxygène.

— Elle l'est. Merci, dit Dustin en penchant la tête vers le bureau. Je vais juste l'informer que je pars.

— Fais en sorte que ce soit court et direct, conseilla Adam avec un clin d'œil.

— Je vais essayer.

Dustin essayait toujours.

Patchwork Annie marchait joyeusement sur ses talons alors qu'ils parcouraient la courte distance jusqu'au bureau. Dustin inspira profondément avant d'ouvrir la porte.

— Oncle Frank ? Je voulais juste t'informer que Charity et moi nous partons.

Frank était derrière le bureau. Il leva les yeux, ouvrit la bouche, puis marqua une pause. C'était presque comme s'il avait oublié ce qu'il voulait dire parce qu'il déglutit péniblement, puis se leva et lui tendit la main.

— Merci pour ton aide.

Dustin cilla de surprise. Hum, pas de remarque acerbe ou de commentaire désobligeant ? Il s'avança en hâte et accepta la brève poignée de main ferme.

— Merci pour l'hospitalité. Charity a lavé les draps et les serviettes. Ils sont propres et dans le van. Et Adam nous a prêté un vieux van pour emmener Son of a Beach dans le nord. Je m'assurerai que Tucker se rappelle bien de le rendre la prochaine fois.

— Bien.

Frank hocha la tête et sembla lutter pour trouver ses mots, puis se répéta.

— Bien. Maintenant dégage, j'ai du travail.

Il se laissa retomber sur sa chaise et plongea instantanément dans les papiers posés sur son bureau, ignorant de nouveau Dustin.

Ce dernier sortit, assez stupéfait et très perplexe. Mais surtout, agréablement surpris.

Ça venait d'arriver. Inattendu, mais comme Charity dirait… « *d'accord* ».

Peu de temps, après ils avaient pris la route.

Charity lui parla de sa chevauchée matinale.

— Et je sais maintenant comment seller Beach sans avoir l'impression que je vais casser quelque chose. Lui ou moi.

— Content que les filles aient pu t'aider avec quelques indications. Tu pourras continuer à chevaucher Beach une fois qu'il sera installé à Silver Stone. Nous déplaçons habituellement les retraités vers les champs plus éloignés, mais pas avant qu'ils ne se soient habitués, expliqua-t-il en lui étreignant les doigts. Je parlerai à Tucker.

— Ça pourrait être amusant. Merci.

Des douzaines de sujets de conversation rebondissaient dans le cerveau de Dustin. La discussion avait toujours été aisée entre eux. Seulement, il se rendait compte qu'il ne voulait pas simplement papoter. Il voulait en savoir plus sur elle. Comme si le partage durant leurs instants intimes devait s'étendre à leurs conversations quotidiennes.

Ils avaient convenu qu'être direct était le meilleur moyen de discuter de tout, et c'était vrai. Alors il demanda ce qu'il avait à l'esprit.

— Je voulais te demander, tout à l'heure... Avant que nous quittions Silver Stone, tu as dit à Caleb que c'était inutile de contacter la police au sujet de cette femme qui a posté mes coordonnées.

— Ouais. Si tu connaissais son nom, tu pourrais signaler une personne, mais en général, tu ne peux pas légalement empêcher les discussions sur les réseaux sociaux, aussi déplacées ou perturbantes qu'elles soient.

Dustin marqua une pause.

— Je ne connais personne avec qui je suis sorti qui penserait que poster ces infos serait une bonne idée.

— Je n'en aurais aucune idée non plus si j'étais à ta place, dit-elle avant de faire la grimace. J'espère que les quelques gars qui ont mon numéro ne seraient pas assez affreux pour le rendre public. Mais nous n'avons pas le contrôle sur ce que font les autres.

— Non, en effet, acquiesça Dustin en liant leurs doigts. Qu'est-il arrivé dans ton cas ? Qu'est-ce qui est devenu viral ?

Elle marqua une pause.

— Qu'est-ce que tu sais de mon enfance ?

Il haussa les épaules.

— Je sais que tu ne t'entends pas avec tes parents. Tu vivais avec ta grand-mère quand tu as été diplômée. J'ai vu tes photos de remise de diplôme, et ta grand-mère et ta sœur étaient les seules sur les photos avec toi.

Le regard de Charity dériva vers l'extérieur.

— Je pensais bien que les Stone et toi n'étiez pas du genre à vous intéresser à ce genre de cinéma. Ma mère était une blogueuse. Chelsea et moi avons grandi avec tous les détails de notre vie de famille documentés et postés en ligne.

La stupéfaction envahit Dustin.

— Tu veux rire ?

— Sérieusement, répondit Charity en soupirant. Quand

j'étais vraiment petite, je n'en étais pas consciente. Maman qui avait sa caméra constamment sortie, c'était normal. Je ne savais pas qu'elle postait des trucs que des centaines et des milliers de personnes regardaient quotidiennement.

L'idée de ce niveau d'atteinte à la vie privée était ahurissante. Il marqua une pause, s'interrogeant.

— Ma sœur adoptive est blogueuse, mais elle ne poste jamais de photos des enfants. Je sais qu'elle parle de la vie au ranch, et même de ses enfants, mais seulement en passant. Elle est au centre.

— Ce qui est bien. Le consentement, encore une fois, est l'ingrédient clé, dit Charity en croisant brièvement son regard avant de se concentrer de nouveau sur la route. J'avais environ douze ans quand j'ai compris que le fait qu'on parle de moi n'était pas une chose qui me plaisait. Je ne voulais pas de l'attention des gens en ligne. Je détestais quand les choses que la mère de quelqu'un d'autre avait lues sur ma vie et révélées à ses enfants étaient évoquées à l'école. De plus, je voulais que mes parents soient vraiment avec moi en temps réel. Le point de rupture a été atteint le jour où j'ai eu un récital de danse, mais au lieu de venir le voir, maman a pris de fausses photos avant. Les photos décontractées en temps réels ne seraient pas assez bien, tu vois. Je devais faire semblant... et j'en avais assez de faire semblant. Je lui ai dit que je ne voulais plus qu'elle poste des choses sur moi. En fait, j'ai écrit une mise en demeure... comme une enfant impertinente de douze ans classique le ferait.

Douze ans. Seigneur.

— La lettre n'a pas été bien reçue ?

— Ça a démarré une réaction en chaîne. Il s'avère que la famille parfaite sur laquelle maman écrivait des posts en ligne s'effilochait. Papa et elle se disputaient tout le temps, avec les mêmes reproches que tous les couples malheureux qui se disputent. Chelsea découvrait sa sexualité et vivait dans la peur que cette partie de sa vie soit sur le point d'être exposée et que le monde entier en discute.

Charity leva les mains en l'air.

— Maman a pris la mauvaise décision d'écrire quelque chose sur les enfants ingrats et elle a posté ma diatribe d'enfant de douze ans en ligne. En quelques heures, elle fut partagée partout. Quand elle est arrivée dans les médias traditionnels, les gens des deux côtés du débat des « mamans blogueuses » repostaient ma lettre avec leurs opinions. Tout le monde prenait sa place dans le cirque médiatique.

À douze ans, Dustin montait sur des chevaux, jouait avec des amis et faisait totalement confiance à ses frères.

— Je n'en avais pas la moindre idée.

— La plupart des gens à Heart Falls non plus, heureusement.

Elle changea de position sur son siège, les pieds sous ses fesses.

— Papa et maman ont divorcé, continua-t-elle, et il est parti. Maman a craqué nerveusement et décidé qu'elle ne voulait plus être mère, alors mamie Lily est intervenue pour s'occuper de Chelsea et moi. Nous avons pris son nom de famille pour nous séparer du cinéma autant que possible.

Waouh.

— Tout ton monde a été renversé.

— Mais emménager avec mamie Lily a été le début d'une vraie vie. Elle a été là quand nous avions le plus besoin d'elle, et je lui en serai toujours reconnaissante.

Un très long soupir lui échappa.

— Elle est morte d'un cancer du sein environ six mois après que j'ai été diplômée du lycée.

Charity avait fait face à un coup dur après l'autre.

— Je suis vraiment désolé. Saleté de cancer.

— Ouais, répondit-elle en tendant les doigts vers Dustin. Bref, voilà le chemin qui m'a amenée à faire le buzz.

Il fronça les sourcils et une inquiétude soudaine le frappa.

— Et si rester près de moi provoque le retour à la surface de vieilles infos ?

Les doigts de Charity étaient chauds contre les siens.

— J'ai toujours pensé qu'à un certain stade l'histoire pourrait réapparaître, mais maintenant je suis plus âgée et je ne me soucie pas autant de ce que des inconnus disent sur moi, en ligne ou ailleurs.

Bon sang.

— Je ne veux pas t'entraîner de nouveau dans cette pagaille.

— Cette fois, c'est mon choix… et c'est ça qui fait toute la différence, déclara Charity en lui étreignant la main. Je suis sérieuse. Laisse tomber.

— Très bien. Je suis vraiment reconnaissant envers ta grand-mère d'avoir été là pour vous deux. Quant au reste, la célébrité sur les réseaux sociaux c'est horrible, et puissions-nous ne jamais la connaître de nouveau.

Une douce sonnerie résonna sur le tableau de bord.

Dustin baissa les yeux, inquiet, mais le voyant d'avertissement concernant le frein du van s'était éteint aussi vite qu'il s'était allumé.

— Bizarre.

Charity croisa son regard en haussant un sourcil.

— Quoi ?

Il secoua la tête.

— Ce n'est rien. Choisis quelque chose à écouter et tu pourras me dire ce que tu as prévu pour l'été.

Le reste du trajet passa rapidement, et bientôt ils s'arrêtèrent devant l'appartement de Charity. Dustin sortit d'un bon pour l'aider avec ses affaires.

Elle était déjà sortie de la camionnette et tendait la main

vers la portière arrière quand il arriva à ses côtés et claqua la langue en prenant le relais.

— Je vois que je dois t'entraîner à l'art subtil d'attendre.

— Je suis capable d'ouvrir mes propres portières.

— Bien sûr que oui. C'est pour ça que m'attendre pour le faire signifie que tu me donnes le privilège de prendre soin de toi.

Elle s'arrêta alors qu'elle tendait la main vers son sac de sport, laissa tomber ses bras le long de son corps et le regarda fixement.

— Vraiment ?

Dustin passa son sac sur son épaule, lui attrapa la main et siffla Annie qui reniflait les rosiers à proximité.

— Vraiment quoi ?

— Est-ce que c'est pour ça que les gars ouvrent les portières aux autres ?

Il haussa les épaules.

— Je ne sais pas pour les autres, mais c'est ce que Luke m'a dit. Je pense que c'est une bonne manière de montrer que je tiens aux gens.

Une minute plus tard, ils étaient dans l'apparemment de Charity. Il posa son sac sur la table puis se retourna vers elle.

— Tu as besoin d'autre chose ?

Elle secoua la tête. Annie traversa la pièce en reniflant comme un limier qui avait une mission.

— Tu vas me manquer.

Le cœur de Dustin s'emballa une seconde avant de s'effondrer dans un bruit sourd...

Bon sang. Charity parlait à la chienne alors qu'elle s'agenouillait pour passer la main entre les oreilles d'Annie.

Il garda son calme.

— Tu seras au ranch lundi matin. Je m'assurerai de passer pour que tu puisses voir Annie.

— Bien sûr, dit Charity en se levant. Espérons que les choses se passeront bien quand tu arriveras à Silver Stone. Et je te tiendrai au courant dès que je pourrai de ce que dit Chelsea sur leurs projets de visite.

— Nous devons encore avoir un rencard ou deux.

Dustin échoua misérablement dans sa tentative de s'empêcher de gigoter.

— Et lors des enchères de célibataires aussi, mais nous pourrons improviser ça.

Elle se tenait en face de lui, gênée et évitant son regard. L'aisance développée entre eux semblait avoir disparu dès qu'ils étaient entrés dans la pièce.

Il avait envie de l'embrasser. Il voulait la soulever, l'emmener dans la chambre, la déshabiller et retourner là où ils en étaient ce matin-là.

Ouaf.

L'aboiement fut à la fois suffisamment bruyant et inattendu pour que l'attention de Charity et la sienne soient attirées sur le côté. Annie avait sauté sur le canapé et était maintenant assise sur son postérieur, ses pattes avant bien droites alors qu'elle les regardait, dans l'expectative.

Au moins, ses frasques avaient brisé la tension dans la pièce. Charity se mit à rire.

— Annie. Nous n'allons pas regarder une série. Tu dois retourner au ranch avec Dustin.

Annie posa le museau sur ses pattes avant comme si elle comprenait mais qu'elle disait clairement non.

Le téléphone de Dustin vibra bruyamment.

— Mince. C'est Tucker.

— Oh non.

Charity écarquilla les yeux d'inquiétude alors qu'il regardait le message.

Dieu merci, ce n'était rien.

— C'est bon. Il veut que j'aille chercher une commande au magasin une fois que je t'ai déposée, et ils ferment bientôt.

— Tu devrais y aller. Mais envoie-moi un message. Fais-moi savoir comment c'est là-bas. Et on se parlera lundi.

Et puis zut. Dustin referma la distance entre eux et prit sa joue dans sa main. Puis il l'embrassa passionnément, intensément et de façon possessive. Bon sang, c'était tellement normal.

Quand il recula enfin, Charity souriait de nouveau au lieu de le regarder avec gêne, mal à l'aise. Il hocha la tête et sortit, Annie sur ses talons.

La chienne regarda tristement par la vitre pendant tout le trajet jusqu'à Silver Stone. Dustin ne pouvait pas s'empêcher de penser que sa propre expression était probablement aussi abattue que celle de l'animal. Revenir à Silver Stone était bien, mais ne pas être auprès de Charity ne l'était pas.

Ce qui voulait dire...

Au cours des années, Dustin avait été aux premières loges quand ses frères et sœurs avaient trouvé leurs partenaires idéals, alors les signes ne lui étaient pas complètement étrangers. Charity et lui s'entendaient comme larrons en foire au lit. En dehors du sexe, ils s'appréciaient beaucoup, et ils avaient beaucoup en commun.

Ce qui voulait dire qu'il était temps de réfléchir un peu à ce qu'il voulait vraiment, et si leur comédie sur le court terme devait essayer de se transformer en une réalité sur le long terme.

Peut-être que la tempête sur les réseaux sociaux avait été le catalyseur dont Dustin avait eu besoin pour voir une chose de bien qui se trouvait juste sous son nez.

12

———

Il y avait un effet secondaire inattendu après avoir été pendant une semaine à Crooked Creek : Charity était déçue de découvrir qu'elle devait préparer son propre dîner.

Ou l'était-elle vraiment ? Un rapide texto fut envoyé à Fern pour voir quand son amie aurait terminé de travailler et si elles pouvaient se voir.

Fern passa la porte une heure plus tard, un carton de pizza à la main.

— Je veux que tu balances la sauce.

— Je voulais une pizza pour les amateurs de viande, alors nous n'allons certainement pas partager.

Fern émit un bruit de pet.

— Je sais que tu as mangé comme une reine pendant la semaine écoulée, alors je n'ai pas fait de folies en prenant des ailes de poulets, mais j'ai pris des accompagnements de salade. Tu dois faire des courses demain. J'ai fait du bon boulot pour nettoyer ton frigo.

Elles préparèrent à la va-vite la salade, remplirent leurs assiettes puis s'installèrent sur le canapé.

— Dis-moi tout, ou au moins ce que tu veux me révéler, ordonna Fern. Mais d'abord, je surveille les réseaux sociaux et jusqu'ici, la tempête se calme. Shim a été incroyable, au fait.

Charity marqua une pause, sa pizza à mi-chemin de sa bouche.

— Je suis affreuse. J'avais oublié qu'il était arrivé.

Fern agita une main.

— Tu étais occupée à utiliser tes neurones pour être à peu près polie avec oncle Frank, et le reste de ton cerveau était dissous par du super sexe.

Elle haussa un sourcil.

— Je présume que c'était super.

Charity sourit.

— Des plus super.

Fern soupira joyeusement.

— Je suis contente qu'une de nous soit satisfaite au niveau des endorphines.

— Peut-être qu'il serait temps que tu approches ton gars.

Charity marqua une pause.

— Nous avons bien établi que c'était un gars, non ?

Cela lui attira un roulement d'yeux.

— Oui. Maintenant revenons à l'excellent travail de Shim...

— Tu es tellement douée pour l'esquive.

— Merci de l'avoir remarqué. Shim a rectifié le site Internet de Silver Stone cette semaine. Regarde la page « À propos de nous ».

Fern leva son téléphone, déjà au bon endroit. Elle fit lentement descendre ce qui s'affichait pour que Charity puisse regarder.

Il y avait trois brefs paragraphes, mais ce furent les photos qui attirèrent d'abord l'attention de Charity.

La photo en noir et blanc dans le coin en haut à gauche était plus ancienne. Deux familles posaient devant l'immense portail en fer forgé du ranch ou avaient grimpé dessus. Les parents Stone, les parents Hayes, et les sept enfants souriaient depuis l'écran sur le portrait intitulé « Le début ».

Fern les fit encore défiler, sautant accidentellement quelques photos, mais Charity était trop occupée à admirer les clichés pour se plaindre.

Le milieu de la page était intitulé « Aujourd'hui à Silver Stone » avec des photos actuelles des enfants Stone adultes avec leurs partenaires. Kelli et Luke à cheval, Tamara et Caleb perchés sur une barrière près du manège avec des animaux qui se voyaient à l'arrière. Walker et Ivy assis sur une balancelle. Ginny et Tucker sur le ponton s'avançant sur le Big Sky Lake accompagnés du coucher de soleil qui brillait autour d'eux.

Le bas de la page était intitulé « Le futur » et on voyait un seul cliché de la prochaine génération de Silver Stone. Main dans la main, les six enfants tournaient le dos à l'appareil photo. En une ligne unie, de seize à quatre ans, ils se tenaient sur la colline surplombant les terres, un troupeau de chevaux paissant un peu plus loin.

— *Ça* c'est une bonne photo d'enfants. Visages cachés.

Quelque chose s'apaisa en Charity en voyant le cliché.

— Shim a dit qu'il a été averti de nombreuses fois de faire en sorte que les photos des enfants soient non identifiables.

— Bien. Il a fait un super boulot. C'est incroyable, affirma Charity en appuyant sur le pouce de Fern, qui couvrait une partie de l'écran. Je ne vois pas toute la page.

— D'abord, je veux que tu reconnaisses que ça présente bien, non ?

— C'est fantastique. Maintenant déplace tes doigts. Pourquoi est-ce que tu caches la photo de Dustin ? Parce que je suppose que c'est ce qui se trouve sous ton gros pouce.

— Voilà.

Fern lui tendit le téléphone.

Charity le fit défiler dans l'autre sens.

— Oh. *Waouh...*

— Tu savais qu'il allait mettre une photo de toi avec Dustin.

— Ouais. Il m'a envoyé un texto et m'a demandé la permission. J'ai dit que c'était bon, mais waouh.

C'était un peu pesant de se voir de nouveau en ligne, cette fois à côté de Dustin et mêlée à la famille. Et la photo qu'ils avaient trouvée était...

Waouh. Encore une fois.

Deux Noël auparavant, Charity avait aidé à organiser une collecte de fonds nommée « Pas si casse-noisette », et Dustin avait été une victime consentante durant cet événement. Il avait fini par danser avec les enfants à qui elle donnait des cours, ce qui voulait dire qu'elle avait passé du temps à s'assurer que ses pas de danse se coordonnaient avec ceux des enfants. Quelqu'un avait pris un cliché d'eux deux pendant qu'ils faisaient les andouilles. Elle ne l'avait jamais vue avant.

Dustin avait un bras posé sur ses épaules et leurs mentons étaient levés, ils riaient aux éclats. L'arrière-plan en bois derrière eux faisait partie du décor, mais sur la photo, cela aurait pu être n'importe laquelle des écuries à Silver Stone.

Charity portait un serre-tête orné d'une paire de faux bois de rennes en velours qui sortaient de ses boucles et la transformaient en une adorable créature de fête. Dustin portait un chapeau de cow-boy argenté avec un diadème de princesse sur le bord que ses nièces lui avaient fait.

C'était une photo amusante, et comparée aux frères et à la sœur de Dustin, beaucoup plus légère et pleine de jeunesse. Ils étaient beaux.

Ils allaient bien *ensemble*.

— C'est génial.

Charity avait prononcé les mots fermement, comme si le dire la rendrait moins consciente du fait qu'elle n'y avait pas sa place, quoi que les photos disent. Elle éteignit l'écran et rendit le téléphone à son amie.

— Si ça rend la vie de Dustin plus facile, j'en suis ravie.

Fern accepta silencieusement son téléphone. Mais son expression en disait long.

Charity fronça les sourcils.

— Quoi ? demanda-t-elle.

— Rien. Je me demande simplement quel est le plan maintenant.

Bien. Elles devaient s'éloigner du sujet des photos de Dustin et elle qui donnaient l'impression qu'*ils* étaient trop liés pour son cœur.

— Nous ferons des trucs ensemble, avec toi et Shim pendant un moment comme d'habitude. Pour nous assurer que cette histoire de couple ne s'essouffle pas.

— Vous pensez vraiment à assister aux enchères ?

Charity hocha la tête, la bouche pleine de pizza, et Fern eut l'air pensive.

— Ce n'est pas une mauvaise idée, continua-t-elle. Je participe à l'organisation, au fait.

Charity déglutit puis répondit.

— Des enchères de célibataires ?

— Ouais. Rose et Tansy ont déjà terminé le plus gros du travail. Mais mon beau-frère Chance a reçu une invitation de dernière minute à l'ouverture d'une galerie huppée en Irlande, et il a fini par emmener toute la bande. Rose, Tansy, son frère Cody. Ils sont partis hier et ne reviennent que le 10.

— C'est excitant.

Fern lui lança un grand sourire.

— Rose était aux anges. Elle veut aller en Irlande depuis que Chance est arrivé en ville. Mais revenons aux enchères. Le présentateur c'est mon père comme d'habitude. Si vous êtes dans la foule, je peux m'assurer que papa sait qu'il doit faire un bref coup de projecteur sur vous à un moment opportun pour que vous puissiez vous échapper sans risque.

Être sous les projecteurs semblait effrayant, mais en même temps, ça pourrait aider.

— Ce n'est pas une mauvaise idée. Je demanderai à Dustin, et s'il dit oui, alors ton père est la personne parfaite pour s'occuper de ça, dit Charity en se mettant à rire. Qu'est-ce que ton père va faire cette année sans Tansy pour l'ennuyer en enchérissant follement sur tous les cow-boys ?

— Il y a toujours de l'animation quand elle est là, n'est-ce pas ? déclara Fern avant de hausser les épaules. L'animation de cette année, ce sera Dustin et toi.

— J'espère que non, répondit Charity en remplissant son assiette. D'accord, étape suivante. Finir le dîner, puis se détendre.

— À la détente maximale, dit Fern en levant sa pizza en l'air. Et aux amis, peu importe à quoi ça ressemble.

Le cerveau de Charity tourna comme un piston pendant que Fern leur choisissait un film à regarder. Des amis, oui. Mais des *amis* ne ressemblaient pas à Dustin et elle sur cette photo.

Ils avaient l'air d'être *davantage*, et elle ne savait pas quoi faire de cette information.

PRENDRE le virage pour approcher de Silver Stone fut tout aussi familier qu'étrange. Le portail principal qui avait toujours été ouvert s'étirait sur le bitume et bloquait sa progression.

Un des ouvriers sortit d'une loge de sécurité en bois près de la route qui n'était pas là avant le départ de Dustin.

— Bon sang.

Il s'arrêta, baissa la vitre et hocha la tête vers le visage familier.

— Roy. C'est nouveau.

— Hé, Dustin. Ouais, Tucker et Caleb ont décidé qu'il était plus facile de stopper les envahisseurs ici plutôt que de leur faire faire demi-tour après.

Roy s'écarta et appuya sur un bouton pour que les portes massives s'ouvrent.

— Tu t'es fait beaucoup harceler quand tu étais chez ton oncle ?

Pendant une seconde, Dustin se demanda si Roy faisait allusion à l'animosité entre lui et son oncle, puis il se rendit compte qu'il parlait du bazar médiatique.

— Personne ne s'est pointé, Dieu merci. Vous en avez géré l'essentiel, je suis désolé de le dire.

Roy haussa les épaules.

— Ce n'est pas une mauvaise chose d'attirer l'attention sur Silver Stone. Mais que tes coordonnées soient révélées... ce n'était pas normal.

— Avec un peu de chance, c'est derrière nous.

Roy lui fit signe d'avancer.

— On se verra quand tu retourneras au boulot.

Dustin avait à peine terminé de garer le van quand Shim apparut.

— Enfin, le héros du moment est de retour, déclara ce dernier en lui tapant dans le dos avant de l'étreindre. Content de te voir.

— Content d'être de retour. Désolé d'avoir raté ton arrivée, déplora Dustin en allant vers l'arrière du van pour l'ouvrir et libérer Son of a Beach. Tu viens avec moi ? Je dois le mettre à l'écurie pour la nuit.

— Bien sûr. Nous devons prendre des nouvelles. Et pas seulement au sujet de ton statut en ligne.

— Tucker a dit que ça s'améliorait ? avança Dustin en faisant un geste vers le parking. Il n'y a personne ici qui ne devrait pas s'y trouver, et je n'ai vu personne sur la nationale.

— Fermer le portail a fait une énorme différence. Tout le monde s'est éclaté dans son travail, au fait. C'est un changement de rythme simple et agréable après le dur labeur de simplement dire non aux gens.

Dustin se mit à rire.

— Content de savoir qu'il y a quelque chose de bien dans cette pagaille.

« Confortables » et « détendues » définirent les deux heures suivantes alors que son ami et lui trouvaient une stalle pour Beach et le pansaient.

Pendant qu'ils travaillaient, ils prirent des nouvelles. Le travail de Shim à Silver Stone était un tout nouveau poste, et même lui ne savait pas ce qu'il impliquerait.

— J'ai déjà installé quelques applis pour vous à distance, comme l'appli Finder. À l'avenir, il s'agira de maintenir les systèmes à jour et protégés des virus.

— Les nouveaux tracteurs ont autant de technologie que de vieux mécanismes familiers, déclara Dustin en souriant à son ami. J'ai hâte de voir le jour où Luke fouinera pour s'amuser et touchera à quelque chose qui le fera caler avant de se retrouver coincé. Avec un peu de chance, il sera dans un champ éloigné et il aura besoin d'être sauvé.

— Affreux, mais probable. Au moins, je pourrais le trouver rapidement.

— On ne voudrait pas que l'équipement soit perdu pendant trop longtemps.

Shim sourit d'un air narquois, puis son expression devint maléfique.

— Tu m'as déjà tout dit sur ta famille. C'est bien de savoir que tout le monde va bien. Maintenant, parle-moi de Charity.

Dustin afficha son sourire le plus naïf.

— Elle va très bien. Nous prévoyons d'aller au Rough Cut cette semaine. Fern nous accompagnera, et toi aussi.

— Bien sûr. Mais ce n'était pas la question, et tu le sais.

Shim ferma la stalle derrière eux, et ils retournèrent d'un pas tranquille vers le parking pour que Dustin puisse prendre ses affaires.

Qu'allait-il révéler ? Puisqu'il le découvrait encore, probablement pas grand-chose.

— Je l'apprécie. Ça a toujours été le cas.

— Mais en tant que petite amie ?

Dustin marqua une pause devant sa camionnette.

— Pourquoi pas ? Elle est super sympa, elle est gentille, et canon, et son sens de l'humour est suffisamment tordu pour me faire rire sans que ça dérape. Qu'on sorte ensemble est logique.

— À un certain niveau, répondit Shim en haussant un sourcil. Autant que l'amitié entre toi et moi.

Non, Dustin était perdu.

— Qu'est-ce que ça veut dire ?

Shim haussa les épaules.

— Nous nous sommes rencontrés parce que tu avais un professeur qui t'a fait trouver un correspondant en dehors de la communauté de Heart Falls pour discuter de nos styles de vie... essentiellement, nous échangions des lettres, ce que plus personne ne fait. Tu es un cow-boy, je bosse dans la technologie et les ordinateurs.

— Tu sais monter à cheval, au moins suffisamment pour ne pas tomber. Et je sais utiliser un ordinateur.

Dustin secoua la tête, attrapa ses affaires et se dirigea vers sa chambre.

— De plus, continua-t-il, tu n'es pas un *si* bon ami que ça.

— Espèce d'abruti.

Shim suivit son rythme et continua son babillage :

— Charity travaille dans un bureau et n'est pas non plus une cow-girl. Elle a un passé dans la danse et est bénévole dans la communauté.

— Je suis aussi danseur et bénévole, contra Dustin en regardant son ami. C'est une conversation bizarre.

— C'est vrai, acquiesça Shim en ouvrant la porte de Dustin et lui faisant signe d'entrer. Et je n'ai à l'évidence aucun problème à traîner avec toi.

— Merci.

Dustin déposa son linge sale dans le panier près de la salle de bains.

— Charity n'a pas de problèmes à *être* avec toi non plus, pas après ce que tu as révélé sur votre semaine.

Dustin lança un regard noir à son ami. Il allait trop loin. Dustin ne déballait pas sa vie privée.

— Je ne t'ai rien dit, sale type.

Shim lui lança un grand sourire.

— Pas la peine.

Il pointa du doigt le linge. Le soutien-gorge rose pâle de Charity se trouvait sur le dessus de la pile comme une cerise sur le dessus d'un sundae.

— Bon sang.

Dustin posa le couvercle sur le panier et cacha les preuves. Il pointa son ami du doigt.

— Ne la taquine pas.

Shim eut l'air surpris.

— Je ne ferais jamais ça.

— Ce ne serait qu'une plaisanterie, mais je ne veux pas la

faire fuir, dit Dustin en soupirant. Elle me plaît, Shim. Sérieusement, pas comme les bêtises de copine de lycée.

Son ami ne fit que sourire encore plus.

— Eh bien, alors c'est une bonne chose que vous deviez *justement* faire semblant d'être un couple pour l'été. Juste pour vous assurer que tout soit dégagé en ce qui concerne le cinéma en ligne.

— Super. Rappelle-moi bien qu'elle ne fait ça que parce qu'elle y est obligée.

— Mec, Charity n'est pas du genre à faire ce qu'elle ne veut vraiment pas se taper.

Shim indiqua le linge :

— Et apparemment elle a bien voulu se taper un certain Dustin.

— Tais-toi.

— Je ne peux pas. J'ai attendu trop longtemps que le puissant Stone tombe, et je trouve ça très agréable.

Dustin donna un léger coup de poing sur l'épaule de Shim, et ils luttèrent pendant une minute.

Quand ils se relevèrent, Shim tapota le dos de Dustin avec une expression sérieuse.

— Je comprends. Vouloir savoir si c'est ce qu'il te faut, et vouloir être à la hauteur des attentes, même celles qui sont muettes.

Parce qu'il avait tapé dans le mille.

— Ma famille représente tout pour moi. Mais toi et mes amis, vous faites partie de ce qui est important aussi.

— Et maintenant tu essaies de déterminer si Charity pourrait se retrouver quelque part dans ces deux camps. Les amis *et* la famille.

Ou serait-elle encore plus ?

Dustin secoua la tête.

— Je dois bien y réfléchir, mais ouais. C'est important. Je ne veux pas me précipiter, mais je ne veux pas non plus rater quelque chose de bien parce que j'ai fermé les yeux.

Ils se dirigèrent vers la cantine pour le dîner, le silence agréable entre eux était une chose dont il savait gré à son ami. Surtout alors que la tête de Dustin était remplie de pensées embrouillées et de territoires inexplorés.

13

———

Charity se sentait encore un peu troublée le lendemain matin quand elle passa un appel à Chelsea. En partie à cause de la photo de Dustin et elle qui ressemblait trop à celle d'un couple, et en partie parce que son désir que la fausse histoire qu'ils avaient entamée se rapproche de la réalité ne cessait de grandir.

Prendre des nouvelles de Chelsea l'aiderait.

Sa sœur répondit au téléphone avec un bâillement et un « Quoid'neuf ? » confus.

Charity se mit à rire.

— Je suis désolée. Je croyais que tu serais réveillée maintenant.

— Suz travaillait tard, et je l'ai attendue. Tu es rentrée ?

— Je suis revenue hier. L'éloignement a été un succès, à la fois pour mon travail et surtout pour endiguer les rumeurs bizarres sur Dustin.

Chelsea émit un son vague.

— J'ai regardé l'histoire évoluer au cours des derniers jours... Dustin n'est pas souvent sur Internet, n'est-ce pas ?

— Non. Il a surtout passé beaucoup de temps à secouer la tête cette dernière semaine pendant que les gens lui racontaient ce qui était dit.

— C'est bien pour lui de rester loin de ça. Est-ce que tu as regardé ?

Charity réfléchit.

— Juste assez pour me rappeler à quel point je déteste que les choses en ligne soient hors de mon contrôle.

— Je te comprends, petite sœur. Mais on dirait que la pagaille s'apaise bien. J'ai vu mentionné qu'il avait une petite amie, alors ça va aider.

Oh non. Charity se creusa la cervelle mais n'arriva pas à se rappeler ce qu'elle avait dit à sa sœur.

— Hum... à propos de cette petite amie...

— Pourquoi est-ce que tu as un ton coupable ?

Parce que les grandes sœurs avaient des détecteurs de salades intégrés ?

— J'aurais pu jurer que je te l'ai dit, mais *je* suis la petite amie. Enfin, je suis la *fausse* petite amie.

— *Tee.*

On entendait distinctement la réprimande et l'inquiétude dans la voix de Chelsea.

— Je sais. C'était logique sur le moment, je te jure.

— Tu es une menace. Et j'espère sérieusement que tu sais ce que tu fais, dit Chelsea avant de soupirer lourdement. Sujet suivant, Suz et moi avons arrêté nos vacances, ce sera la deuxième quinzaine de juillet du mardi soir au jeudi. Mais comme le premier service de Suz commence à 18 heures le vendredi soir, nous viendrons passer quelques jours puis nous repartirons le vendredi, si ça ne pose pas de problème.

— Parfait. Je m'arrangerai avec Silver Stone pour échanger mon week-end contre ces jours-là. Oh, et Dustin dit que nous pouvons emprunter des chevaux et qu'il nous emmènera faire une promenade pendant que vous serez là.

— Oh, vraiment ?

— C'est un mec bien, Cee. Est-ce que je lui dis que vous êtes intéressées ?

— Bien sûr que oui.

Chelsea marqua une pause.

— Tu es une adulte, Tee, alors je ne te demanderai pas ce qui ne me regarde pas, mais je vais te dire ça : si tu as besoin de moi, je suis là. Tu as besoin de *quoi que ce soit*, je suis là.

— Pareil, sœurette. Je t'aime, mais tout va bien, vraiment. Et j'ai hâte de passer du temps avec vous deux dans quelques semaines.

Elles se dirent au revoir, puis Charity retourna à la routine de sa vie. Un nettoyage de son appartement, un passage au supermarché pour faire quelques courses. Des choses ordinaires de la vie quotidienne.

Ça lui manquait d'avoir Dustin à qui parler.

Non... elle n'allait pas permettre à son esprit de s'aventurer là. À la place, elle accéléra le pas en rentrant du magasin, tirant ses courses derrière elle dans le chariot à roulettes qu'elle utilisait.

Un long sifflement bas résonna sur sa gauche. Charity tourna brusquement la tête et découvrit Dustin près d'elle, sa camionnette roulant à une vitesse d'escargot alors qu'il lui lançait un grand sourire par la vitre.

— Hé, Tee. Tu as besoin qu'on te ramène ?

— Je ne suis qu'à quelques pâtés de maison, protesta-t-elle.

Mais il s'était déjà arrêté, était sorti et se dirigeait de son côté.

— Tu pourras être à l'aise pendant quelques pâtés de maisons, alors.

Il souleva son chariot et le plaça doucement à l'arrière de sa camionnette. Il ouvrit la portière passager et lui tendit une main pour l'aider à monter.

— Et voilà, déclara-t-il.

C'était bien trop agréable d'être dans la cabine de la camionnette.

— Es-tu fier de moi ? Je n'ai pas essayé d'ouvrir ma propre portière.

— Très fier.

Il se pencha vers elle, son visage souriant juste devant elle. Il baissa la voix pour prendre un ton rauque et sexy.

— Est-ce que je peux t'aider avec ta ceinture de sécurité ? demanda-t-il.

— Tu veux juste me tripoter.

Les mots étaient sortis avant qu'elle n'ait pu y réfléchir à deux fois, mais il se mit à rire.

— Tu me connais trop bien.

Ses mains se déplacèrent en une caresse rapide et douce sur sa poitrine. Puis il attacha la ceinture, ferma la portière et retourna du côté conducteur.

— Tu viens de me mettre dans tous mes états, râla Charity doucement quand il embraya.

— Peut-être que tu devrais faire quelque chose à ce sujet.

Dustin conduisait lentement, ses doigts entrelacés aux siens sur la banquette.

— Si tu es libre cet après-midi, ajouta-t-il.

Elle allait droit dans le mur, mais bon sang, elle n'avait pas la volonté de dire non.

Ce fut pour cela qu'une heure plus tard, elle était haletante sur son lit, Dustin à ses côtés. Ils avaient tous deux profité de deux orgasmes exceptionnels.

— Ma glace est en train de fondre.

Dustin se redressa sur un coude et sourit.

— Est-ce un nouveau mot d'argot pour ce que nous venons de faire ?

— C'est une plainte littérale. Mes courses ont été abandonnées dans la cuisine. Mon Dieu, avons-nous seulement fermé la porte ?

Il frotta son nez contre son cou et se pelotonna contre elle.

— J'ai fermé la porte, *et* j'ai fourré la glace dans le congélateur. C'est tout ce que j'ai eu le temps de faire avant qu'on commence à se ravager.

— Ces ravages étaient impulsifs mais excellents.

Elle prit son visage entre ses paumes et regarda dans ses yeux bleu sombre accentués de brun.

— Hé, dit-elle.

— Hé.

La lente progression jusqu'à ce que leurs lèvres s'unissent lui donna largement le temps d'envisager que c'était une très mauvaise idée. Mais sérieusement... entre embrasser Dustin et ne pas embrasser Dustin ?

Il n'y avait pas photo.

Le frôlement de ses lèvres sur les siennes resta doux. Sa langue taquina ses lèvres jusqu'à ce qu'elle les ouvre, et ils émirent tous deux des sons *délicieux*.

Quand il sépara enfin ses lèvres des siennes, ce fut pour les déposer contre sa tempe et continuer à se pelotonner contre elle.

— Des nouvelles à signaler ? Je veux dire au sujet de la vie en général, pas de celui du hashtag « les réseaux sociaux craignent ».

Elle se mit à rire doucement.

— J'ai les dates pour la visite de ma sœur et de ma belle-sœur. Si cette offre de promenade à cheval tient toujours.

— C'est le cas, répondit Dustin en laissant traîner ses doigts sur son bras. J'ai pris des nouvelles de Shim. Il te passe le bonjour, et tu lui dois une danse quand nous sortirons la prochaine fois. Apparemment, il y avait une deuxième photo de nous deux prise durant le Casse-Noisette où tu portais encore le nez rouge de Rudolph. Il ne l'a *pas* utilisée.

— Je parie que la photo est mignonne. Mais merci à lui de m'avoir empêchée de devenir hashtag « Renne de Dustin ».

— Bon sang, je dois l'utiliser.

Elle lui enfonça un doigt dans le torse.

— Tiens-toi bien.

— Pourquoi commencer maintenant ?

Mais il lui lança un clin d'œil.

— On va danser cette semaine ? demanda-t-il.

Elle passa son emploi du temps en revue.

— Le plus tôt sera le mieux. Puisque les enchères ont lieu samedi, nous devrions nous montrer en public avant ça.

— Mardi, ça marche ? Je travaille tard demain.

Charity hocha la tête.

— D'accord.

Faire des projets pour faire semblant de sortir ensemble tout en étant au lit après une vraie relation sexuelle. La situation était au-delà de ce à quoi elle s'était attendue, mais il était inutile de faire quoi que ce soit maintenant à part suivre le mouvement.

Lundi, le travail sembla bien trop ordinaire. Avec la sécurité au portail d'entrée, il n'y avait plus d'interruptions au bureau.

Mais Tucker et Caleb arrivèrent en milieu de matinée, et un accès d'inquiétude la saisit. Après tout, elle avait été impolie avec l'oncle de Caleb. Même s'il l'avait mérité.

Mais ils voulaient simplement passer en revue les informations qu'elle avait rassemblées la semaine précédente.

Après avoir vérifié les papiers, Caleb se renfonça dans son siège et poussa un soupir de contentement.

— Tu es une faiseuse de miracles, Charity. Merci d'avoir creusé dans ce qui était sans aucun doute une monstrueuse pagaille pour nous obtenir ces données.

— De rien.

Le sermon de sa grand-mère concernant le fait d'être toujours sincère la frappa violemment.

— Ce n'était pas aussi dur à trouver que je m'y attendais. Le système de comptabilité de votre oncle est à l'ancienne mais ordonné. Une fois que je l'ai eu compris.

Elle n'avait pas besoin de mentionner l'incident de la chaise non plus.

Tucker et Caleb échangèrent des regards amusés.

— C'était presque un compliment, remarqua Tucker.

Charity rougit.

— Il n'était pas *si* mauvais.

Le petit rire de Caleb était profond et grave.

— Non, oncle Frank n'est pas *si* mauvais, mais je suis d'accord pour dire qu'il est agaçant. Merci de l'avoir supporté.

Elle croisa le regard de Tucker, lui demandant silencieusement ce qu'elle n'osait pas demander devant Caleb.

Tucker haussa les épaules.

— Je t'avais dit de ne pas t'inquiéter, non ?

— Je sais qu'il est doué pour appuyer là où ça fait mal, dit Caleb en se levant.

Il croisa directement son regard.

— Tu ne lui as pas lancé une fourche. Ce qui veut dire que jusque-là, ma *femme* reste la fautrice de trouble numéro un quand il s'agit des relations familiales avec l'oncle Frank.

— Oh mon Dieu, vraiment ?

Même si ça ne surprenait pas Charity. Pas vraiment, mais elle était sérieusement curieuse de ce qui avait pu faire réagir la si posée Tamara aussi violemment.

— Vraiment, répondit Caleb en ajustant son chapeau avant

de lui lancer un clin d'œil. Comme Tucker l'a dit, ne t'inquiète pas pour ça. Et encore merci pour ton aide, pour le rassemblement des infos et le truc de petite amie avec Dustin.

— Pas de problème.

Caleb était presque sorti quand elle se rappela la paperasse à signer qu'elle avait préparé pour lui la semaine précédente, ce fut donc presque trente minutes plus tard qu'elle se retrouva seule dans le bureau pour avoir une occasion de s'écrouler sur sa chaise et de pousser un soupir de soulagement.

Elle n'avait pas de problèmes.

D'abord et avant tout, Caleb avait agi comme le grand frère solide tel le roc que Dustin avait toujours dit qu'il était.

Deuxième leçon de la journée ? Tamara était une vraie dure à cuire. Charity avait hâte de découvrir les tenants et les aboutissants de l'incident avec la fourche.

Mardi soir, devant l'appartement de Charity, Dustin marqua une pause. Il passa les fleurs qu'il avait achetées d'une main à l'autre et essuya ses paumes moites sur son jean.

Qu'est-ce que c'est que ce bazar ? Il était aussi nerveux qu'un poulain nouveau-né. Il était ridicule d'être nerveux, tout bien considéré. Mais son cerveau ne cessait de revenir à l'idée de rendre tout ça réel et aux meilleurs moyens de le faire, et maintenant il avait peur de son ombre.

Il inspira profondément et sonna.

La porte s'ouvrit une seconde plus tard et le sourire de Charity l'illumina.

— Pile à l'heure.

— Adam serait fier, répondit-il en lui tendant les fleurs. Pour toi.

Elle prit le bouquet, et son sourire devint encore plus étincelant. Elle lui fit signe d'entrer.

— Merci. C'est tellement gentil !

— Tu portes toujours des trucs fleuris, alors j'ai pensé qu'elles te plairaient, expliqua-t-il en faisant un geste vers sa tenue. La preuve. Des fleurs.

Elle sortit un vase du placard et le remplit d'eau.

— J'ai un thème, n'est-ce pas ?

— Ça fonctionne. Les couleurs vives te vont super bien.

— Encore merci.

Le vase installé sur la table de cuisine, Charity recula pour admirer les fleurs.

— Très jolies, conclut-elle. Elles viennent du magasin de Rose ?

— Comme si je pourrais en acheter ailleurs en ville. Fern travaillait. Elle m'a dit de te prévenir qu'elle serait un peu en retard ce soir.

— D'accord. Laisse-moi mettre mes chaussures et je serai prête à partir.

Elle s'éloigna. Dustin admira le balancement de ses hanches sous sa jupe volante couverte de fleurs qui tombait à mi-cuisse.

— Tu es vraiment jolie.

— Merci.

Charity tournoya, révélant une longueur de peau lisse qui fit que ses doigts le démangèrent de l'envie de la caresser.

— Hé. Arrête ça, dit-elle.

Il détacha avec réticence les yeux de ses jambes.

— Arrêter quoi ?

— De me déshabiller du regard. Nous allons danser, tu te souviens ?

— La danse à l'horizontal ça existe.

— Vraiment ?

— D'après ce que j'ai entendu.

Elle se pencha pour fixer sa lanière de chaussure argentée.

— La danse verticale d'abord.

Ses fesses... *bon sang*.

— Tu es une petite amie stricte, Tee.

— D'après ce que j'ai entendu.

Ils se sourirent, et le stress de Dustin disparut. Ce qu'il y avait entre eux, avec le temps passé ensemble... les rencards étaient peut-être faux, mais le lien entre eux était réel.

Peut-être que s'ils continuaient ce qu'ils faisaient, ils pourraient passer de « faire semblant » à la suite, simplement et facilement.

Devant son appartement, Charity glissa la main sous le coude de Dustin. L'un contre l'autre, ils marchèrent jusqu'à la porte du pub Rough Cut qui se trouvait tout près.

— Je suppose que nous entendrons des taquineries ce soir, le prévint Charity.

— Du moment que ça n'implique pas de parler d'étalon, tout ce qui nous lie est une bonne chose, répondit-il en lui étreignant les doigts. Mais quand tu voudras en finir pour la soirée, fais-moi signe.

— D'accord, dit-elle avec un petit sourire. Je dois une danse à Shim. Et je sais que Fern va te cuisiner pour avoir des informations. Elle essaie de retrouver celle qui t'a balancé.

— Ça sera amusant.

Charity émit un son moqueur.

— De mon côté, en matière de nouvelles, continua-t-il, Luke m'a averti que Kelli et lui prévoyaient d'être là ce soir. Ils m'offriront un peu de soutien familial.

C'était au tour de Dustin de sourire.

— En d'autres termes, continua-t-il, puisque Ginny sera hors service même après l'arrivée du bébé, que nous allions au pub était une super occasion pour Kelli de mettre Luke sur le gril pour qu'il sorte avec elle.

Se trouver avec des membres de la famille Stone en petit comité était plus facile qu'avec tout le groupe. Elle se sentait figée sur place quand il y en avait plus de deux.

— J'aime bien Kelli.

— Moi aussi. De plus, j'apprécie toujours une occasion de traîner avec mes frères en dehors du boulot. Aujourd'hui, j'ai aidé Tucker à déménager ses affaires et celles de Ginny dans la nouvelle maison.

— Elle est prête ?

— Presque. Le rez-de-chaussée est terminé, y compris la chambre du bébé. Ça veut dire qu'ils n'auront pas à déménager après son arrivée.

Ils montaient vers le porche maintenant. Une connaissance de la communauté leur adressa un grand sourire alors que l'homme leur ouvrait la porte et leur faisait signe d'entrer.

— N'est-ce pas notre célébrité locale ? Comment c'est d'être célèbre ?

— Célèbre ou tristement célèbre ? demanda Dustin avec un clin d'œil en rapprochant Charity de lui alors qu'il la guidait à l'intérieur.

Le pub était animé, mais on pouvait se déplacer sans avoir l'impression d'être piégé. Il agita la main vers l'autre côté de la piste de danse où Luke et Kelli tourbillonnaient déjà sur un two-step rapide.

— Inutile d'essayer de trouver un siège si nous l'abandonnons, dit Charity en tournoyant dans les bras de Dustin pour finir dans la parfaite position comme par magie.

Il la fit tourner sur la piste.

— Tu bouges bien.

Elle se mit à rire.

— Tu dis ça comme si tu étais surpris.

Il cilla. *Mince.*

— Eh bien, bon sang, j'ai mal choisi mes mots. Bien sûr que tu bouges bien... le ballet et tout le reste. Et nous avons déjà dansé.

— Verticalement et horizontalement.

Son clin d'œil salace lui envoya une vague de chaleur à travers le corps.

— Tee ! la réprimanda-t-il.

Elle se mit à rire alors qu'il la faisait tournoyer et la renversait.

Ils bougeaient effectivement bien ensemble. Luke et Tucker avaient révélé à Dustin qu'ils aimaient danser parce que c'était un excellent moyen de passer du temps seuls avec leurs épouses même en plein rassemblement.

La chanson entraînante se termina et passa à une ballade romantique. Dustin attira Charity contre lui et apprécia la sensation de son corps pressé contre le sien.

— Mes frères sont des génies.

— Qu'as-tu dit ?

Charity passa les doigts sur sa nuque. Son corps se balançait contre le sien, et toutes sortes de projets lubriques pour plus tard lui vinrent à l'esprit.

— Je me souviens d'un conseil qu'ils m'ont donné que j'apprécie de plus en plus en vieillissant.

— C'est sympa d'avoir des moments familiaux comme ça. Ma grand-mère m'a dit une fois de ne jamais sortir avec un homme qui conduisait une camionnette dernier cri et ne proposait pas de faire la vaisselle.

Dustin fronça les sourcils devant cette façon de changer de sujet.

— C'est une bonne chose que je n'ai pas de camionnette dernier cri.

Elle secoua la tête.

— C'est une *combinaison*. S'il a une camionnette dernier cri mais ne se propose pas d'aider au ménage, elle pensait que ce serait le genre d'homme qui se concentrerait sur ce qui le mettrait en valeur plutôt que de partager les corvées de la vie.

Oh, maintenant il comprenait.

— Ta grand-mère était géniale.

Charity posa la joue contre la sienne et poussa un soupir de contentement alors qu'il la guidait sur la piste.

Elle semblait tellement à sa place dans ses bras. Il avait hâte de la ramener chez elle, mais il appréciait aussi vraiment ce moment ensemble en public. Une occasion de la montrer...

Ouais, c'était pour s'assurer que le stratagème de la petite amie fonctionne, mais Dustin savait qu'il y avait autre chose. Cela rendait ça plus important... et un moment à vraiment apprécier.

La chanson se termina, et Charity se déplaça pour se mettre à côté de lui. Leurs doigts étaient toujours entrelacés alors qu'ils attendaient que la chanson suivante commence.

Shim avança nonchalamment et s'inclina légèrement vers Charity.

— Tu me dois une danse.

— À ce que j'ai entendu dire, répondit Charity en étreignant les doigts de Dustin avant de les lâcher. Garde-moi un siège. Je vais avoir besoin d'une pause après ça.

— Parce que nous allons danser et pas simplement nous balancer paresseusement, annonça Shim à Dustin avant de faire tournoyer Charity avec un rire maléfique.

— Tu es un crétin, lança Dustin derrière eux.

Shim ne ralentit pas son two-step, mais d'une manière ou d'une autre, il réussissait à lever son majeur pour le pointer vers Dustin à chaque fois que Charity et lui tournoyaient sur la piste. Celle-ci se mit à rire.

Tout allait bien.

Dustin se retourna pour quitter la piste de danse. Luke lui fit signe d'approcher. Kelli et lui étaient installés à une table sur le côté.

Dustin s'assit et accepta avec reconnaissance la bouteille que son frère lui tendit.

— C'est déchaîné ce soir.

— Il y a du monde, c'est sûr, répondit Luke en se penchant. Je déteste apporter de mauvaises nouvelles – je ne sais pas si elles sont bonnes ou mauvaises à ce stade –, mais tu as été encore repéré sur les réseaux sociaux.

— Bon sang.

— Non, cette fois je pense que ça pourrait aller. Ils ont avalé le truc de la petite amie, expliqua Luke en levant son téléphone. Ce doit être quelqu'un du coin.

Le post provenait d'un compte générique du nom de *@AutourdeHeartFalls*.

« Regardez qui a été repéré en sortie pour la soirée ! Je pense qu'ils ont l'air adorables. Je les kiffe. #DusTee #ÉtalondeSilverStone #CoupleCountryMignon »

Une photo de lui et Charity serrés l'un contre l'autre alors qu'ils marchaient sur la promenade plus tôt ce soir-là accompagnait le texte.

— D'accord, c'est légèrement flippant.

Ouais, c'était la confirmation qu'il n'était pas disponible. Mais il ne voulait pas que des gens les harcèlent, Charity et lui.

Luke allongea les jambes sous la table.

— Quelques personnes de plus qui le repostent, et tu seras vraiment tiré d'affaire en termes de célibat.

— Vous allez bien ensemble, affirma Kelli en enfonçant son doigt dans ses côtes. Tu es gentil avec elle ?

— Très gentil, lui assura-t-il. Aussi gentil qu'elle le permet.

Luke fronça les sourcils.

— De quoi parlez-vous ? Bien sûr qu'il est gentil. Caleb lui éclaterait la tête sinon.

Seulement, Kelli affichait le genre de sourire narquois qui annonçait qu'elle n'était pas aussi ignorante que Luke. Elle attendit que Dustin dise autre chose, mais puisqu'il n'y avait encore rien d'officiel à dire, il garda le silence.

Elle haussa un sourcil mais hocha la tête. Puis elle se tourna vers Luke et lui donna une tape sur le bras.

— Ton frère est suffisamment grand pour ne pas avoir besoin que la menace de Caleb plane au-dessus de lui pour bien se comporter.

— Vraiment ? Je suis plus âgé que lui, et tu me menaces toujours de le dire à Caleb quand je prévois de faire des trucs avec Tucker.

Kelli roula des yeux.

— Parce que vous êtes fermement décidés à vous tuer avec une de vos compétitions insensées. Seule la colère de Caleb te maintient sur le droit chemin.

Ce qui était à la fois vrai et hilarant, alors Dustin riait quand Charity, essoufflée, arriva à la table.

— C'était amusant. Maintenant, désaltère-moi, ordonna-t-elle.

Dustin l'attira sur ses genoux pour pouvoir lui chuchoter à l'oreille alors que Luke lui tendait une bouteille pas encore décapsulée.

— Garde le sourire sur ton visage, d'accord ? l'avertit-il avant de lui présenter le téléphone. Nous sommes encore aux infos.

Elle se raidit légèrement en lisant, puis poussa un grognement.

— Hashtag « Dus-Tee » ? C'est ça qu'ils ont choisi ?

— Je trouve ça mignon, avança Kelli.

— Aussi mignon que la notoriété en ligne puisse l'être, avança Luke d'un ton pince-sans-rire.

Charity plissa le nez puis se retourna et déposa un gros bisou sur la joue de Dustin.

Il cilla.

— Tu te rends compte que tu offres des munitions. Parce que cette photo a été prise il y a moins d'une heure. De plus, quelqu'un connaît ton surnom de Tee, et je n'arrive pas à imaginer que ce soit bien connu en dehors de Heart Falls.

Ce fut elle qui se pencha vers lui cette fois.

— Peut-être, mais il vaut mieux garder l'attention et les appareils photos sur nous que sur Kelli, je me trompe ?

Dustin jura puis hocha la tête. Il lui décapsula sa bière et la lui présenta avec un grand geste.

— Quand tu veux m'embrasser, tu peux y aller.

— Je suis choquée et surprise. *Non.*

Près d'eux, Kelli se mit à rire. Son regard sans équivoque vers Dustin disait encore une fois qu'elle en suspectait plus que Luke. Ce qui convenait à Dustin, puisqu'elle semblait approuver.

Qu'avait dit Keith au sujet des femmes qui faisaient les meilleures potes de drague ?

Kelli tapota le siège à côté d'elle.

— Charity, je dois te parler. Puisque j'ai entendu dire que vous allez tous les deux aux enchères samedi, j'ai besoin de ton aide pour un truc espiègle en cours.

— D'accord.

Charity embrassa doucement la joue de Dustin puis quitta ses genoux.

Ce qui voulait dire que l'instant d'après les filles discutaient sérieusement, leurs têtes rapprochées alors que Luke et Dustin s'adossaient à leurs sièges et bavardaient, à l'aise, détendus, normalement.

Dustin leva sa bière et la pencha vers son frère.

— À un plan bien exécuté.

— Aux noms en ligne odieusement mignons et à la fin des problèmes de « putaclic ».

Ils trinquèrent.

Le son résonna, clair comme du cristal et vif comme une cloche.

Une sensation glacée envahit Dustin, ainsi qu'une impression de déjà-vu. Comme s'il avait déjà été là et que quelque chose n'allait pas. Il se débarrassa de cette sensation, mais l'impression de malaise s'attarda longuement pendant la soirée.

14

———

— J'ai changé d'avis. C'est une affreuse idée.

Charity était assise sur le siège passager de la camionnette de Dustin, les doigts serrés étroitement. Il avait été la chercher et l'avait emmenée à la salle communale où le déjeuner et les enchères étaient organisés. Ils étaient arrivés à la fin du déjeuner pour diminuer le temps qu'ils passeraient en public.

Soudain, c'était trop.

Dustin se tourna sur son siège.

— Quelle partie ?

Il était tentant de répondre « tout », mais c'était tellement loin de la vérité que Charity ne pouvait pas prononcer les mots sans que la culpabilité ne se propage.

Elle aimait bien être sa fausse petite amie avec des avantages en nature.

C'était les autres parties de la tromperie du jour qui la faisaient hésiter.

— Nous avons passé les trois derniers jours à regarder les réseaux sociaux jouer avec ce stupide hashtag « DusTee ». Des gens qui ne nous connaissent même pas ont des opinions sur la question de savoir si nous allons bien ensemble ou pas. Et non, je n'ai pas lu tous les commentaires… Fern m'a enlevé mon téléphone avant que je ne trouve les plus grossiers.

— Puisque je ne les ai pas lus non plus, je vais te dire que d'après Tamara, les seuls commentaires grossiers venaient de personnes dont l'opinion ne nous intéresserait pas de toute façon. Je dirais que nous pouvons bien ignorer *tous* les commentaires.

C'était vrai. Malgré tout…

— Peut-être que ça suffit.

Il lui caressa la joue avec son articulation.

— D'accord.

Elle ricana.

— Mon mot préféré, seulement cette fois je ne sais pas ce que tu veux dire.

— *D'accord*, nous n'avons pas à nous pointer, répondit-il en reculant sur son siège avant de faire un geste vers le volant. Je la mets en route, et nous pouvons retourner à Silver Stone et monter Beach pendant un moment. Il aurait bien besoin d'exercice.

Elle le regarda.

— Tu es sérieux ?

— Bien sûr, confirma Dustin en haussant les épaules. Si tu n'es pas à l'aise, alors nous ne le faisons pas. Tu connais les règles.

— Ce n'est pas du sexe.

Il lui lança un grand sourire.

— Non, mais le droit de changer d'avis n'est pas limité aux activités dans la chambre.

Curieusement, cela apaisa les papillons dans son ventre.

— D'accord.

Un éclat de rire échappa à Dustin.

— Tee. Aide-moi, là. *D'accord pour quoi* ? Aller dans la salle ou sortir avec Beach ?

Elle posa la main sur sa cuisse.

— Aux enchères. J'ai promis de faire ce truc pour les femmes de Silver Stone. Pour laquelle Fern est très excitée, parce qu'il semble qu'il y a un record d'achat pour un célibataire, et que Tansy est sur le point de perdre sa couronne ou je ne sais quelle bêtise.

— Fern est une fantastique petite sœur. Faire tomber leurs frères et sœurs plus âgés de leur perchoir est dans le règlement des plus jeunes.

Charity se força à attendre qu'il fasse le tour de la camionnette et lui ouvre la portière pour l'aider à descendre. Alors qu'elle serait allée droit vers les portes, il l'attira contre lui pour un bref et intense baiser. La chaleur s'enroula autour d'eux, l'envie de se rapprocher davantage et de simplement s'agripper à lui la frappa d'un coup.

Quand il recula quelques minutes plus tard, Charity n'était plus inquiète au sujet des enchères. Elle n'était plus inquiète au sujet de *quoi que ce soit*.

— Mon cerveau vient de court-circuiter sous le manque d'oxygène, déclara-t-elle. *Ça*, c'était un baiser.

— C'était un remerciement pour m'avoir sauvé.

L'expression de Dustin devint plus sérieuse, bien que toujours joyeuse et satisfaite.

— Je suis sérieux. Merci, Tee, tu es la meilleure. Ne t'inquiète pas pour aujourd'hui. Quoi qu'il arrive, je prendrai soin de toi, je te le promets.

— Je sais.

La chaleur qui enveloppait Charity n'était plus simplement sexuelle, mais une douce chaleur qui s'épanouissait dans sa poitrine. L'expression dans les yeux de Dustin...

Charity s'éloigna avant de risquer de faire quelque chose de dangereux. Elle attrapa son sac à main dans la camionnette avant d'incliner le rétroviseur latéral pour rectifier son rouge à lèvres.

Pendant qu'elle s'en occupait, Dustin s'appuya contre la portière près d'elle, l'observant avec contentement. Quand elle rangea son rouge à lèvres, il lui prit la main et l'escorta dans la salle.

La famille Stone s'était emparée d'un endroit à l'extrémité droite de la pièce. Charity regarda l'espace et chercha un endroit sûr où s'asseoir sans devoir se retrouver trop entourée.

Walker était assis à table avec Chloe et Carter, mais Ivy n'était pas là, et leur plus jeune enfant non plus. Tyler, le plus jeune fils de Tamara et Caleb, était assis à côté de Carter. Leurs filles adolescentes étaient assises à l'autre bout de la table avec des amies, Sasha agitant les mains avec excitation alors qu'elle parlait. Luke et Kelli remplissaient le vide d'un côté au milieu de la table, et il restait deux chaises de libres de l'autre côté, où une Ginny très enceinte était assise près de Tucker.

Dustin guida Charity directement vers les chaises libres.

Donc. C'était en plein cœur de la cible, alors.

Ginny se renfonça sur son siège et releva les jambes sur la chaise que Tucker tourna pour elle.

— Parfait. Je peux maintenant continuer à me divertir et à être nourrie de tarte.

— Tu veux la mienne ? demanda Tucker en tenant la part devant lui.

Elle l'accepta joyeusement.

— Tu devrais aller en chercher une autre part.

Tucker lança un clin d'œil à Charity.

— Bien sûr. Quel goût est-ce que je veux cette fois ?

Ginny toucha la croûte.

— Encore avec de la citrouille, c'est un pari sûr. Peut-être de la pomme.

— Deux parts de tarte, ça arrive, dit Tucker en proposant sa chaise à Charity. Et quel genre de tarte veux-tu ?

— Ce que Dustin prendra, apparemment. Sûrement à la cerise.

Ginny ricana.

— Tu apprends vite.

Dustin se contenta de sourire et s'éloigna aux côtés de Tucker vers la table des tartes qui les attendait.

— Elles sont bonnes, mais pas à la hauteur de celles de Tansy, déclara Ginny en léchant sa fourchette avant de se pencher. Comment est-ce que ça va ?

Elle se sentait comme un poisson hors de l'eau ? Charity repoussa les inquiétudes dues au fait d'être entourée par les Stone et se concentra sur Ginny uniquement. C'était difficile d'être intimidée par cette femme qui rayonnait comme une sainte.

— Ça va. Franchement, c'est amusant d'être ici sans le stress de devoir enchérir. Les enchères sont pour une bonne cause, et j'aime bien soutenir la communauté, mais les prix ont tendance à s'envoler, très vite.

— Surtout quand Tansy est là, signala Ginny.

— C'est vrai, acquiesça Charity en riant. C'est bien ma chance que la seule année où elle n'est pas là pour faire grimper les prix, j'aie déjà un rencard.

Ginny se joignit à son rire, mais son expression reflétait celle de Kelli de l'autre côté de la table. Comme si elles suspectaient que le truc de fausse petite amie était allé bien plus loin que de simples démonstrations d'affection en public.

Ne t'aventure pas par là, Charity. Des amis. Nous ne sommes que des amis. C'est tout ce que nous pouvons être.

Le père de Fern, Malachi Fields, agita la main vers la foule alors qu'il avançait à l'avant de la pièce. Sur la scène, un groupe d'hommes s'était rassemblé, incluant Shim. La plupart dans la vingtaine, même s'il y avait quelques messieurs plus âgés, dans la cinquantaine. Ils étaient tous soigneusement habillés, avec des costumes ou des jeans neufs. Ils avaient tous l'air nerveux, et Charity ne pouvait pas leur en vouloir.

Ils n'étaient pas Dustin, après tout. Ils n'étaient pas l'#ÉtalondeSilverStone.

Ginny l'attrapa par la manche et l'attira près d'elle.

— Tu viens de pousser un son moqueur.

Charity pressa une main contre son nez.

— Oh mon Dieu, je suis désolée. C'est gênant.

— Oh, arrête ça, répondit Ginny en agitant la main avant de se rapprocher si près que son ventre se pressa contre le bras de Charity. Tu montres des signes révélateurs, ma chérie. Ce son moqueur me *prouve* que tu viens d'avoir une pensée maléfique, et les règles des femmes Stone disent que les pensées maléfiques divertissantes doivent être partagées.

Être incluse parmi les femmes Stone suffit à faire en sorte que Charity se batte pour retrouver sa concentration. Mais elle hocha lentement la tête, envisageant ce qu'elle devrait dire sans rien révéler que Dustin ne voudrait pas dévoiler. Ils n'avaient jamais discuté de ce qu'il voulait dire à sa famille en dehors qu'ils sachent que Charity et lui « sortaient ensemble ».

Elle choisit la simplicité.

— Tous les tags des réseaux sociaux sur les bêtises virales tourbillonnent dans ma tête et déclenchent de vilaines pensées.

Ginny réfléchit puis sourit, l'espièglerie la gagnant.

— Pas assez de cow-boys frimeurs bien montés sur la scène ? Ou pas assez d'étalons ?

Oh Seigneur.

— *Ginny.*

— Quoi ? répondit-elle en lui lançant un clin d'œil. Désolée, j'ai la mauvaise habitude de rassembler les indices puis de lâcher les détails salaces.

— Tu lisais clairement dans mes pensées, admit Charity.

Ginny lui lança un rapide clin d'œil.

— Je ne peux pas dire que je ne suis pas d'accord, en dehors de l'ami de Dustin qui est mignon. Jeune, mais mignon.

Charity fut dispensée de devoir répondre car Malachi Fields, maître de cérémonie, alluma son micro et lança l'événement.

— Il est l'heure de la collecte de fonds annuelle pour le Boys and Girls Club et la Fondation Hope. Et puisque nous ne voulons pas faire patienter nos volontaires trop longtemps, commençons.

Malachi attendit pendant que quelques applaudissements résonnaient.

— Les enchères vont se dérouler plus facilement que d'habitude cette année...

— Quand Tansy reviendra-t-elle en ville ? cria quelqu'un dans l'assistance.

Malachi pointa un doigt vers l'homme.

— Exactement ce que je veux dire. Puisque ma fille n'est pas là pour créer le chaos, j'ai décidé que nous avions le temps pour un petit interlude. D'abord, si je peux demander à Dustin de se joindre à moi...

Les applaudissements furent bien plus bruyants cette fois, ainsi que les sifflets et les cris. Dustin agita la main d'un air bon enfant vers l'assistance alors qu'il s'approchait de Malachi.

Celui-ci posa une main sur l'épaule de Dustin.

— Je ne crois pas que tu aies besoin d'être présenté, mais pour les visiteurs hors de notre communauté, voici Dustin. C'est un important contributeur à de nombreuses levées de fonds de Heart Falls depuis des années, y compris en participant aux enchères. Mais cette année, même si je sais que certaines d'entre vous dans l'assistance espéraient enchérir sur ce jeune homme, il est ici avec sa petite amie, elle aussi un membre très apprécié de la communauté de Heart Falls.

— Go, Charity !

Le cri était monté de l'arrière de la salle, et des rires éclatèrent avec les applaudissements.

Ginny posa une main sur l'épaule de Charity. Kelli et Luke levèrent un pouce vers elle. En bout de table, Caleb lui lança un coup d'œil et hocha la tête comme s'il approuvait.

Le cœur de Charity rata un battement. Oh Seigneur. Ça semblait trop réel. Elle *voulait* vraiment que ce soit réel.

Malachi sourit à la foule.

— Puisque Dustin ne participe pas aux enchères aujourd'hui, je voulais simplement le remercier rapidement pour ses efforts passés, et lui souhaiter bonne chance alors qu'il continue son travail à Silver Stone...

— Hé, papa !

Fern se leva et agita son bras en l'air. Sa prothèse portait un autocollant d'un drapeau canadien avec une feuille d'érable rouge brillant sur l'arrière de la main.

— Tu n'aurais pas oublié quelque chose ? demanda-t-elle.

Malachi fronça les sourcils.

— Est-ce qu'il y a une règle stipulant qu'une de mes filles doit me crier dessus à chaque enchère ?

— Tansy le pense, répondit Fern avec un clin d'œil tandis que des rires s'ensuivaient. Mais tu as bien oublié quelque chose.

Son père réfléchit, puis roula des yeux.

— J'ai une très bonne mémoire, même si elle est courte, annonça-t-il à la foule. Oui, merci, Fern. Il y a une chose, avant que je ne laisse partir Dustin. Charity, pourrais-tu te joindre à nous aussi, s'il te plaît ?

Elle se leva. Ginny lui tapota une dernière fois le bras avec approbation. Les applaudissements avaient recommencé, et en plus tous les pompiers avec qui Charity avait été volontaire par le passé se joignirent à eux en tapant du pied comme ils le faisaient à la caserne après les entraînements.

Elle s'attendait à ce que le stress s'empare d'elle, mais ce ne fut pas le cas. Elle avait été artiste par le passé quand elle dansait. Elle connaissait tous ces gens, et logiquement il ne devait pas y avoir de raison de s'inquiéter.

Tout ça était vrai, mais surtout, c'était parce que lorsqu'elle leva les yeux vers le visage de Dustin, il souriait comme si elle était la seule personne dans la pièce.

Ce qu'elle ressentait... c'était complètement déplacé. Monter les marches pour le rejoindre n'aurait pas dû sembler aussi normal.

Mais la vérité persistait. Même si c'était impossible, elle voulait être à ses côtés.

DEVANT DUSTIN ET CHARITY, la foule formait un océan de visages souriants. Entre les amis et la famille, les visages familiers étaient bien plus importants que les étrangers. Les curieux étaient arrivés, mais les ajouts surtout féminins semblaient prêts à regarder légèrement bouche bée et profiter de l'ambiance du rassemblement dans une petite ville.

Malachi termina d'applaudir et fit un geste pour que tout le monde se calme aussi.

— Charity, bienvenue sur scène. Tu n'es pas en tenue de danseuse, ou je t'inviterais à nous apprendre quelques pas de ballet.

Charity enroula les doigts légèrement autour du bras de Dustin.

— Quand vous voudrez prendre des cours, monsieur Fields, j'en organiserai un avec plaisir pour adultes débutants.

Elle se tourna vers l'assistance.

— Peut-être que nous avons besoin d'un autre défi de la communauté. Où est Madison Zhao ?

Des mains s'agitèrent, pointant une direction du doigt, et la femme qui avait été la raison pour laquelle Dustin avait fini par porter un diadème tout en faisant des pirouettes quelques années auparavant se leva. Elle était visiblement enceinte. Son mari, qui était assis près d'elle, tenait leur bambin sur ses genoux. Leur adolescente était une des filles placées à la table des Stone avec Sasha et Emma.

Charity fit un geste vers Madison.

— Il y a autre chose que tu puisses imaginer qui requiert que le père de ma meilleure amie porte un tutu ?

— Oh, ce n'est pas... tenta Malachi.

Mais c'était inutile. La foule criait déjà des idées à Madison et son approbation à Charity.

— Bien sûr, interrompit Madison. Je suis toujours ravie d'enfiler ma casquette de réflexion pour une bonne cause.

— Embarrasser mon père est une cause formidable, intervint Fern.

Malachi se pencha, utilisant encore le micro pour que l'assistance tout entière puisse l'entendre. Il secoua la tête en parlant et agita un doigt vers Charity et Dustin.

— Je m'attends à ce genre de...

— *Frasques*, lança un fauteur de troubles inconnu à l'arrière de la salle.

Dustin ne savait pas pourquoi cela fit éclater de rire Tamara et ses sœurs, mais les rires dans la salle semblaient à ce stade doués d'une vie propre.

Le pauvre Malachi encaissa les coups. Il lança un clin d'œil que seul Dustin et Charity purent voir avant de terminer sa phrase.

— Je m'attends à ça quand Tansy est là, mais je vois que,

même si elle a temporairement quitté le pays, elle a fermement placé les *frasques* entre de bonnes mains.

Dustin ne pouvait qu'acquiescer.

Charity fit signe au micro de Malachi.

— Si je peux me permettre ? Pour que les enchères en elles-mêmes puissent commencer, j'ai une annonce à faire, puis Dustin et moi ne resterons pas dans vos jambes.

— Il est tout à toi, répondit Malachi en lui remettant le micro puis en regardant sa plus jeune fille. Toi. Reste où je peux te voir.

D'autres rires résonnèrent tandis que Fern clignait innocemment des yeux.

Dustin ne savait pas ce qui se passait, mais il resta aux côtés de Charity alors qu'elle lui étreignait fort les doigts puis levait le micro pour parler.

— C'est une levée de fonds, et il semble que j'ai retiré un des participants de la circulation – désolée, mais je ne suis pas désolée...

D'autres cris et sifflements éclatèrent.

— J'ai quelque chose à révéler de la part du ranch de Silver Stone. Il y a quelques années, les dames du ranch ont lancé ce qu'elles appellent « le fonds Silver Heart ». Il est utilisé pour donner un coup de main quand c'est nécessaire dans la communauté pour plusieurs projets, y compris les améliorations de la cour d'école l'été dernier.

— Vas-y, *Silver Heart* !

Dustin ne trouvait toujours pas qui criait, mais encore une fois, il était d'accord avec le sentiment exprimé.

Charity hocha la tête.

— Cette année, j'ai été chargée par les dames de Silver Heart, Tamara, Ivy, Kelli et Ginny, d'effectuer cette donation aux enchères puisqu'il n'y a pas d'homme de Silver Stone à offrir en tribut.

Elle retira sa main de celle de Dustin pour pouvoir sortir une enveloppe de sa poche et la présenter à Malachi. Elle se retourna vers la foule.

— Enchérissez généreusement sur les autres volontaires, et nous espérons que vous apprécierez votre visite à Heart Falls, conclut-elle.

Elle rendit le micro à Malachi, puis attrapa la main de Dustin pour qu'ils redescendent de la scène.

— Une minute.

Malachi avait ouvert l'enveloppe et en sortait le chèque.

— Parce que nous voulons que les choses restent réglo, et parce que je sais que vous êtes tous aussi curieux que des chats dans une laiterie...

Il marqua une pause pour créer un effet dramatique.

Cela fonctionna. Toute l'assistance se pencha en avant sur son siège. Dustin passa un bras autour de Charity et la serra contre lui.

— Oh là, là.

Malachi leva les yeux du chèque vers Charity, puis vers la table où se trouvait la famille Stone.

— Je vais faire court. Merci, mesdames. La collecte de fonds de Heart Falls vous remercie.

Il leva le chèque en l'air et éleva la voix d'un ton triomphant.

— Nous commençons les enchères aujourd'hui avec *dix mille dollars*.

Il y eut une brusque inspiration collective, puis la foule offrit une vague de cris et d'applaudissements assez forts pour en faire trembler les chevrons. La sœur et les belles-sœurs de Dustin sourirent toutes avec joie devant cette réaction.

Ouais, c'était agréable de savoir que Silver Stone aidait toujours la communauté, plus que la petite contribution qu'il avait organisée tout seul et qui n'avait pas encore été révélée.

Il ne sut pas quand ils commencèrent à scander. La rengaine commença tout bas quelque part à l'arrière. « Un bisou. Un bisou. Un bisou. » Ainsi que « Dus-Tee, Dus-Tee, Dus-Tee ».

Ce fut alors que Dustin se rendit compte que tout le monde regardait la scène, l'attention fixée sur lui et Charity.

Malachi recula, les mains levées comme s'il leur laissait le choix. C'était beaucoup de pression immédiate, et Dustin se tourna pour assurer à Charity qu'ils pouvaient se retirer.

Elle l'attrapa par le col de sa chemise et l'attira dans un baiser brûlant, insistant et tellement normal que cela lui demanda un effort de ne pas la prendre dans ses bras et...

C'est un endroit public, Stone. Il faut que ça reste tout public.

La voix de la raison, c'était pénible.

Elle recula juste assez pour lui lancer un clin d'œil, les joues rougies et les yeux brillants, mais son sourire était sincère alors qu'elle chuchotait, d'un air déterminé :

— Bon, quittons cette scène avant que quelqu'un décide que nous devons faire un reboot de ta danse de la grange du Roi des Fées.

— Oh que non. Je prends la fuite.

Ils rejoignirent le reste de la famille à table. Tucker le tapota dans le dos, et Ginny passa un bras autour des épaules de Charity. Tandis que les enchères officielles commençaient, Dustin se renfonça sur sa chaise et profita du moment.

Ignorer les quelques regards persistants des curieux était plus facile maintenant. De plus, regarder les enchères de ce côté-là était super divertissant, après avoir été un des participants nerveux pendant les cinq dernières années. Que des personnes fassent monter les enchères était aussi embarrassant que la peur que *personne* n'enchérisse.

Ce qui lui rappelait son espièglerie prévue. Quand Shim s'avança, Dustin donna un coup de coude à Charity.

— Regarde.

Elle haussa un sourcil.

— De retour à Heart Falls pour sa quatrième année, Shim Choi est moyennement bon avec les ordinateurs, sait plus ou moins danser...

Malachi leva la fiche dans sa main et fronça les sourcils.

— ... et il se débrouille à peu près avec les chevaux.

Il fronça les sourcils vers Shim, qui avait posé les mains contre ses tempes comme s'il avait mal.

— Tu n'as pas écrit ça.

— Non, monsieur, répondit Shim en lançant un regard noir à Dustin. Mais continuez. Les tentatives littéraires devraient être encouragées. Même si c'est de la pure fiction.

Malachi soupira alors qu'il lançait un coup d'œil vers l'assistance.

— Les enchères en elles-mêmes ne sont plus assez divertissantes, je vois ça.

— Commence les enchères, papa. J'offre vingt-neuf dollars, lança Fern. Hé, Shim.

Elle agita la main.

Il avait à peine levé la main pour en tenir compte qu'une autre femme lança :

— Trente-sept.

En succession rapide, les enchères pour cinquante-trois, soixante-sept et soixante et onze dollars résonnèrent bruyamment.

Malachi ne pouvait pas suivre, mais ça allait parce que Shim secouait la tête et riait.

— Sérieusement ?

Lorsque Charity s'appuya contre lui, Dustin se tourna joyeusement.

— Ouais ?

— Que se passe-t-il ?

Shim entendit la question et répondit suffisamment fort pour que ce soit saisi par le micro de Malachi.

— Il semble que je sois un premier choix de célibataire. Parce que toutes les enchères jusqu'ici sont des nombres premiers.

Le jeu de Dustin se termina bientôt quand quelqu'un qui n'était pas dans le coup enchérit suffisamment haut pour que ses complices se retrouvent hors circuit.

Dès qu'on eut enchéri sur le dernier célibataire, la pièce passa bruyamment à l'étape du nettoyage. Les chaises furent empilées, les tables pliées, tandis que les gens circulaient en profitant des dernières conversations.

La famille Stone se rassembla. Kelli marqua une pause près de Dustin et Charity, qui disaient au revoir à Ginny et Tucker.

— Il y a une bonne participation. Hé, Tee, je voulais t'annoncer que nous avons fixé la soirée entre filles chez Ginny à mardi. Prépare-toi à faire quelque chose de manuel.

Charity cilla.

— Oh. D'accord. Merci pour l'invitation.

Luke haussa les épaules en embrassant Charity sur la joue puis tapota Dustin dans le dos.

— N'aie pas l'air aussi surprise. Toutes les femmes Stone seront là. Dustin, on se voit demain de bonne heure.

Ils s'en allèrent, laissant Dustin avec une Charity très silencieuse alors qu'ils faisaient leurs adieux et qu'il la guidait vers sa camionnette.

Il attendit qu'elle exprime son opinion sur l'événement, mais elle resta silencieuse. Ils étaient au bout du premier pâté de maisons quand il l'encouragea un peu, juste au cas où.

— Tu gères les retombées de trop de stimulation ?

Elle lui lança un coup d'œil, puis hocha lentement la tête.

— Peut-être un peu. C'était plus important que je ne m'y attendais, avec tous les gens qui sont venus. Mais c'est plutôt...

Elle inspira profondément et secoua la tête.

— Non, je suis juste un peu submergée. Je suis contente de ne pas avoir à travailler demain.

Ce n'était sans doute pas ce qu'elle avait été sur le point de dire, mais Dustin laissa tomber pour l'instant. Il la ramènerait sans encombre à son appartement, puis trouverait un moyen de la détendre assez pour qu'elle se mette à table.

Il s'arrêta devant son appartement et fit le tour pour l'aider à descendre.

— Une bonne nuit de sommeil et une journée de repos te donneront l'impression que lundi sera du gâteau.

— Tu as raison.

— Cette fois, en tout cas.

Elle déverrouilla la porte, marqua de nouveau une pause, puis se tourna vers lui, levant le menton d'un air déterminé.

— Je sais que tu travailles demain, mais est-ce que tu voudrais...

Son regard vif dériva sur son appartement et un hoquet lui échappa.

— Oh mon Dieu.

La porte s'ouvrit et révéla un désastre.

— Qu'est-ce que c'est que ce bazar ?

Dustin passa à côté d'elle, son regard faisant le tour de la pièce. Le logement était une vraie pagaille. Les chaises de la cuisine avaient été renversées, et la vaisselle brisée reposait en morceaux sur le plan de travail et le sol.

Les fleurs qu'il lui avait offertes plus tôt dans la semaine avaient été déchiquetées, les pétales éparpillés sur le sol, dispersés sur les tiges cassées et le vase brisé.

15

À peine quelques secondes plus tôt, Charity luttait pour trouver le courage de dire ce qu'elle pensait à Dustin. Être appelée tranquillement « une des *femmes Stone* » l'avait marquée, c'était comme un cadeau tendu qu'elle mourait d'envie de déballer ! Peu importe que tout le groupe l'intimide toujours, la porte ouverte l'avait quand même tentée.

Toutes ses inquiétudes au sujet de leur fausse relation et de la place de chacun furent effacées par les ravages dans son appartement.

— Oh mon Dieu, répéta-t-elle en faisant un pas dans la pièce.

Rien n'était à sa place. En partant des photos qui auraient dû se trouver sur les murs, en passant par les objets sur sa bibliothèque, jusqu'au canapé renversé et aux coussins déchirés. Tout donnait l'impression qu'une tornade était passée au milieu de la pièce et avait tout soufflé.

Alors qu'elle allait entrer en trombe, Dustin l'arrêta en posant une main sur son épaule, l'immobilisant avec un regard ferme.

— Reste là, ordonna-t-il. Je dois m'assurer qu'il n'y a plus personne.

Elle prit une brusque inspiration. Elle n'y avait même pas pensé, étant donné que la porte avait été verrouillée.

— *Dustin*, sois prudent.

Les muscles du ventre de Charity se serrèrent de peur alors qu'il ouvrait rapidement les portes de la chambre et de la salle de bains, son regard filant dans chaque pièce. Un juron bas lui échappa.

Suffisamment fébrile pour bondir au plafond, Charity serra les poings.

— Quoi ?

Il secoua la tête en se tournant vers elle.

— Il n'y a personne ici, mais les deux pièces sont en pagaille.

Étonnamment, une vague de soulagement l'envahit, lui faisant tourner la tête encore plus fort. Un tremblement audible agita ses mots alors qu'elle demandait :

— Qui a pu faire ça ?

Dustin était revenu à ses côtés. Il l'attira contre lui.

— Je ne sais pas, mais je vais prendre soin de toi. Je te le promets.

C'était une bonne chose, parce qu'elle avait beau aimer se reconnaître le mérite de pouvoir encaisser les coups, savoir que quelqu'un était entré chez elle et avait tout ravagé...

Elle se serra contre lui, le corps tremblant. L'adrénaline l'envahit brusquement. C'était agréable d'avoir ses bras qui l'étreignaient. La chaleur du corps de Dustin repoussait la sensation glacée qui l'entourait.

Mais aussi agréable que ce soit de l'avoir ici, elle devait se concentrer.

— Nous devons appeler la police.

— Je m'en occupe. Tu veux appeler Fern aussi ?

Pourquoi... ? Son cerveau lui présenta la raison bien trop lentement. En tant que soutien. C'était une bonne idée, supposait-elle, mais le déni arriva rapidement.

— Non, elle aide ses parents à nettoyer la salle.

Dustin avait sorti son téléphone mais il marqua une pause pour pencher la tête et lui lancer un regard.

— *Tee.* Tu crois vraiment que les Fields s'attendront à ce qu'elle reste si tu as besoin d'elle ?

Non, mais avoir une autre personne dans son chez-elle envahi et en pagaille, même sa meilleure amie, n'était pas ce dont elle avait besoin.

— Est-ce que tu vas rester ?

— Bien sûr.

Il avait l'air stupéfait qu'elle lui pose la question. Il leva un doigt.

— La police montée ? Je dois signaler une entrée par effraction.

Quand il raccrocha, Charity avait repris suffisamment ses esprits pour vérifier les détails. Rien n'avait été volé : sa hi-fi était encore sur le mur et la bibliothèque.

Les objets cassés étaient limités à la cuisine où ses placards étaient maintenant vides. La pagaille dans la salle de bains impliquait des bouteilles ouvertes de shampoing et de gel douche coûteux retournés... bon sang, ses seuls objets de luxe étaient littéralement partis à vau-l'eau.

Sa chambre... il n'y avait pas d'autre qualificatif que dégoûtante. Tout dans ses tiroirs et son placard avait été jeté sur le sol. Puis le contenu de son frigo avait été balancé sur ses vêtements et son lit, et même si au premier coup d'œil, tout semblait trempé de sang, c'était surtout du ketchup et de la sauce salsa.

Le logement était en pagaille, mais cela semblait s'arrêter là. Quand la police montée arriva, Charity le leur dit.

— Rien n'a disparu d'après ce que je vois.

— La serrure n'a pas été forcée, alors ce doit être quelqu'une qui a la clé. Il n'y a pas de caméras de sécurité dans le bâtiment, dit l'officier responsable en secouant la tête. Nous ferons ce que nous pourrons, mais pour l'instant, je vous suggère de changer les serrures. De plus, commencez une liste de toutes les personnes de votre passé qui pourrait y avoir accès.

C'était une très courte liste de personnes absolument fiables. Charity ne se donna pas la peine de le signaler avant que la police montée ne parte.

Elle lança un coup d'œil vers la pagaille autour d'elle et réfléchit au meilleur moyen de commencer à nettoyer. Peut-être un sac-poubelle ? Peut-être son panier à linge ? Elle ne pouvait pas se concentrer. Son regard ne cessait de filer d'un objet sur le sol à l'autre.

L'instant d'après, Dustin posa son sac de voyage sur la table devant elle.

— Emballe ce dont tu as besoin pour quelques jours.

Ça n'avait pas de sens. Comment est-ce que ça nettoierait quoi que ce soit ?

— Quoi ?

Dustin secoua la tête puis passa les bras autour d'elle et l'attira de nouveau contre son torse.

— Tee. Tu me fais confiance ?

— Oui.

Une réponse instantanée et pure. Seigneur, c'était agréable d'être dans ses bras. S'y trouver était la seule chose qui avait du sens. Elle posa la joue contre son torse, la chaleur aspira une partie de sa peur et repoussa la glace dans ses membres.

— Pourquoi ? demanda-t-elle.

— Tu es sous le choc, bébé. Viens. On va te préparer un sac puis nous partirons d'ici.

— Mais je dois nettoyer.

N'est-ce pas ?

Il l'attira vers la chambre.

— Prends des vêtements, ce dont tu as besoin pour travailler lundi, quelque chose pour chevaucher, des trucs pour dormir. Peux-tu faire ça ?

— Bien sûr.

Elle regarda les affaires sur le sol, les tiroirs vides et ouverts, le jet de ketchup sur son lit.

— Peut-être, se corrigea-t-elle.

Dustin jura, prit sa main et la tira hors de la pièce.

— Changement de plan. Viens avec moi.

La minute d'après, elle était de retour dans la camionnette de Dustin, et il roulait, discutant d'un ton bas avec quelqu'un. Tout ce qu'elle voyait, c'était ses affaires... détruites et en pagaille sans raison.

Elle se pencha sur l'appuie-tête et ferma les yeux.

— Je te fais confiance.

Cela semblait être une bonne chose à affirmer de nouveau.

Les doigts de Dustin s'entrelacèrent aux siens.

— Je sais, Tee. Ça va aller.

Un petit instant de curiosité réussit à traverser le brouillard dans son cerveau.

— Où allons-nous ?

— Je t'emmène à Silver Stone.

Oh. C'était une bonne idée, supposa-t-elle. Il devrait y avoir des endroits où dormir qui n'étaient pas recouverts par le contenu du frigo. Peut-être que Tamara et Caleb avaient une chambre d'amis. Caleb l'intimidait sans doute à un certain niveau, mais elle se sentait en sécurité avec lui.

Avec Dustin aussi... d'une manière complètement différente.

— D'accord.

Dustin émit un petit rire, et c'était un son tellement normal et agréable qu'elle ouvrit les yeux et le regarda.

Le pli entre ses sourcils était une chose qu'elle ne voyait pas souvent. De l'inquiétude... pour elle, se rendit-elle compte dans son état confus. Il avait l'air plus âgé aussi. Le dos droit, les épaules en arrière, et déterminé.

— Ça va aller, avança-t-elle en serrant ses doigts entremêlés à ceux de Dustin.

Celui-ci poussa un autre rire doux.

— Tu es incroyable. Oui, tout ira bien. Maintenant, attends un instant. Je dois passer un autre appel.

Charity posa la tête contre la vitre froide et regarda les rues de Heart Falls s'éloigner tandis que la campagne avec ses champs vallonnés apparaissait. Le bétail paissait sur les coteaux. Des hommes à cheval arrivaient en haut d'un sentier, des chiens de ranch talonnant les chevaux.

Pendant tout le trajet sur la longue allée jusqu'au portail du ranch de Silver Stone, Charity ne cessa de penser que tout semblait normal. Sauf elle.

Elle se sentait... perdue.

Près d'elle, Dustin termina de parler doucement au téléphone, son expression sérieuse se fixant sur une résolution solide comme le roc. Le portail s'ouvrit, il entra et se gara devant la maison principale. Les doigts toujours liés aux siens, Dustin tourna Charity vers lui.

— Fern va t'apporter un sac d'affaires.

— De mon appartement ? demanda Charity en secouant la tête. Elle ne fait pas de miracles.

— Ne t'inquiète pas des détails, répondit Dustin en posant une main sur sa joue. Nous allons voir mon frère, puis je t'installerai.

Elle se surprit à regarder par la vitre, l'esprit vide, alors qu'il faisait le tour de la camionnette pour venir lui ouvrir la portière. Curieusement, un papillonnement d'amusement l'envahit alors qu'elle prenait sa main et le laissait l'aider à descendre de la cabine.

Il haussa un sourcil.

— Tu ris, Tee ?

— Je pense simplement que le choc est un moyen de m'apprendre à rester assise.

Un doux son moqueur échappa à Dustin, puis il posa une main au creux de ses reins et la guida vers la porte.

— Je te recommanderai plutôt d'autres méthodes d'entraînement plus agréables.

Il frappa une fois puis ouvrit la porte.

Dans la cuisine, Tamara leva les yeux de la cuisinière. Caleb était assis à l'îlot en face d'elle, en train d'éplucher des pommes de terre. Ils arrêtèrent ce qu'ils faisaient pour se tourner vers eux.

— Hé, vous deux. Est-ce que je savais que vous veniez pour le dîner ? demanda Tamara. Ce n'est pas un problème, mais...

— Qu'est-ce qui ne va pas ? l'interrompit Caleb en se levant, le regard passant de Charity à Dustin. D'autres embrouilles avec les réseaux sociaux ?

— Quelqu'un est entré par effraction dans l'appartement de Charity pendant les enchères. Il l'a saccagé, répondit Dustin en l'attirant plus fort contre lui. Elle reste ici à Silver Stone jusqu'à ce que nous trouvions qui a fait ça.

— Bien sûr, déclara Tamara en s'essuyant les mains sur un torchon.

Elle s'avança, l'inquiétude dans ses yeux se lisant nettement derrière ses lunettes aux montures argentées.

— Je suis vraiment désolée, chérie. Viens là.

Ses bras ouverts étaient un refuge bienvenu, et Charity ferma les yeux et s'appuya contre elle.

— Merci.

— Vous avez déjà contacté la police ? demanda Caleb.

— Ouais, mais ils ne peuvent pas faire grand-chose.

Dustin révéla le reste des nouvelles en parlant doucement à son frère le plus âgé.

Pendant ce temps, Tamara tapota Charity sur l'épaule puis pencha sa tête vers la salle de séjour.

— Tu veux t'asseoir ?

— Mon Dieu, non, répondit Charity en secouant la tête. Je suis trop agitée. Mettez-moi au travail.

Elle attrapa le récipient de pommes de terre et se prépara à reprendre la tâche de Caleb.

Tamara l'examina, comme si elle vérifiait sa coordination œil-main, mais hocha finalement la tête.

— Je comprends. Vas-y. Nous parlerons du lit plus tard.

Charity n'avait entamé que sa deuxième pomme de terre quand les bras de Dustin s'enroulèrent par derrière autour d'elle. Sa joue rugueuse frôla la sienne alors qu'il parlait doucement.

— Je vais préparer ton logement. Je reviens dans un moment. Tu peux rester avec Tamara ?

— Bien sûr.

La question sur le visage de Tamara était claire, mais Charity était trop engourdie pour réfléchir à ses raisons. Elle tendit la main dans le récipient à la recherche de la pomme de terre suivante.

Dustin lui avait demandé si elle lui faisait confiance. C'était le cas.

Peut-être plus qu'elle n'aurait dû.

Mais pour l'instant, elle en savait assez pour reconnaître qu'elle n'était pas au mieux de sa forme. Ce qui signifiait, comme sa grand-mère disait toujours, qu'il était temps de s'appuyer sur les personnes à qui elle pouvait faire confiance.

C'était Dustin. Il prendrait soin d'elle.

La torpeur s'infiltra en elle alors que Charity se plongeait dans la tâche répétitive.

~

Tamara et Caleb lui lançaient tous deux des regards insistants depuis qu'il était entré dans la maison. Puisqu'il n'allait pas faire son annonce là où Charity l'entendrait, Dustin inclina la tête vers la porte.

— Caleb, tu veux me donner un coup de main ?

Son frère aîné échangea une conversation muette avec son épouse avant que son regard ne se pose sur Charity. Toute son expression se tendit, ce que Dustin comprenait jusqu'aux tréfonds de son être.

— On revient dans un moment. Envoie un message si tu as besoin de nous, dit Caleb doucement.

— Je m'occupe d'elle.

La voix de Tamara contenait plus qu'une touche de compassion.

À l'instant où la porte se referma, Caleb posa une main sur l'épaule de Dustin.

— Tamara est formée. Elle peut s'occuper de Charity si elle est sous le choc après l'effraction. Comment vas-tu ?

— Je suis extrêmement énervé et prêt à cogner, mais il n'y a pas d'indice évident sur la personne qui a fait ça. Alors je vais me concentrer sur ce que je peux faire, qui est de m'assurer que Charity est en sécurité.

— Bon plan, approuva Caleb en reculant, un sourcil haussé. Pourquoi est-ce que nous sommes dehors et pas en train de préparer la chambre d'ami ?

— Je l'emmène au cottage.

Son frère fronça les sourcils.

— Tu penses qu'être seule dans un nouvel endroit est ce dont elle a besoin en ce moment ?

— Elle ne sera pas seule.

Dustin se retourna et s'en alla vers le cottage, sûr que Caleb ne laisserait pas la conversation s'arrêter là.

Effectivement, son frère était à ses côtés alors qu'ils s'approchaient de l'endroit où l'autre famille de Silver Stone avait vécu. Depuis la mort des Hayes, le petit édifice avec deux chambres était devenu le foyer d'une liste changeante d'occupants. D'abord, et pendant très longtemps, cela avait été l'espace privé de Dare, puis celui de Dustin pendant une brève période avant qu'il ne l'abandonne à Ginny, puis Ginny et Tucker. Maintenant, ce serait un endroit sûr pour Charity.

Avec lui.

Bien sûr, ce dernier ajout, et la raison pour laquelle il était nécessaire, requerrait quelques explications avant que les choses ne se tassent correctement.

Comme il s'y attendait, Caleb mordit à l'hameçon.

— Fern vient loger avec elle ?

Deux pas rapides amenèrent Dustin sous le porche. Il inspira profondément en se tournant pour faire face à son frère.

— Je reste avec elle.

Caleb croisa les bras sur son torse.

— C'est ta *fausse* petite amie, Dustin.

— Il n'y a rien de faux là-dedans. Pas pour moi, répondit Dustin en secouant la tête, un petit rire lui échappant malgré tout. Bon sang, ton visage en ce moment est hilarant.

— J'essaie de suivre, mais tu vas un peu vite pour moi, déclara Caleb en haussant un sourcil. Tu ne crois pas que tu vas même un peu vite tout court ?

Il n'avait pas envie de raconter des bobards, mais avoir Caleb résolument de son côté était important. Dustin se redressa un peu plus.

— Nous nous sommes rapprochés pendant que nous étions à Crooked Creek. J'en veux plus.

Son frère avait un visage impassible comme la pierre, neutre. Aucun signe d'approbation ni de réprobation n'allait venir.

— Tu parles de sexe. Je te parle...

Dustin leva une main.

— Le sexe en fait partie, ouais. Mais puisque Charity et moi sommes adultes, consentants et capables de prendre des décisions sur la personne que nous voulons fréquenter, je ne parle pas de ça.

Il posa une main contre son ventre.

— Parler avec elle, passer du temps avec elle... ça me frappe ici. Ça me donne envie de mettre en morceaux l'enfoiré qui lui a fait peur en touchant à ses affaires. Ça me donne envie de la prendre dans mes bras et de la protéger de quiconque l'importunerait à n'importe quel niveau. Alors, ouais, je veux plus de sexe, mais je veux plus d'*elle*. Dans ma vie, et dans notre famille. Et si ça semble rapide, ça ne l'est pas, même si je ne sais toujours pas ce qu'*elle* peut bien ressentir. Mais pour l'instant, je dois faire ce que je peux pour la protéger. Peu importe que ça semble rapide. *Point final.*

Il croisa le regard de Caleb sans détour et le soutint.

Son frère hocha lentement la tête. Puis il attrapa Dustin par les épaules et l'étreignit à lui en écraser les côtes tout en lui tapant dans le dos.

— Tu as toujours eu un très grand cœur.

Caleb recula légèrement, l'expression toujours pensive.

— Vas-y lentement, ou en tout cas aussi lentement que tu le peux. Si Charity est d'accord, je te couvrirai. Tamara prévoit probablement de préparer la chambre d'ami pour Charity. Je ferai diversion.

— J'apprécie.

Les quinze minutes suivantes furent passées à effectuer les tâches domestiques les plus ennuyeuses que Dustin puisse imaginer. Caleb et lui firent le lit, sortirent des serviettes et les placèrent dans la salle de bains, vérifièrent l'eau chaude et les lumières – bref, ils préparèrent le chalet pour que Charity et lui puissent rentrer après le dîner sans avoir de mauvaise surprise.

Mais même les tâches ordinaires étaient curieusement spéciales avec le soutien évident de Caleb.

Ils retournaient à la maison principale, Patchwork Annie bondissant sur les talons de Dustin, quand Caleb se racla la gorge.

— Pas que j'ai envie d'aborder ça...

Oh que non.

— Le ton de ta voix annonce que tu es sur le point d'essayer d'aborder une discussion sur le sexe. Si c'est le cas, je n'en ai pas besoin, je n'en veux pas, passe à autre chose.

Caleb se mit franchement à rire.

— Ouais, non. Si ce sujet n'est pas encore clair pour toi, je ne dirai rien à moins que tu ne poses directement la question. Je pensais au temps que tu as passé à Crooked Creek. Je suppose que le fait que je n'aie pas eu de nouvelles de l'oncle Frank qui se plaigne de ton attitude signifie que je peux remercier Charity pour t'avoir gardé sur le droit chemin.

Il lança un clin d'œil à Dustin.

— Ou pour t'avoir suffisamment distrait pour que tu te tiennes bien.

Seigneur. C'était à la fois drôle et légèrement flippant.

— Je ne veux pas de sermon, mais je ne crois pas être prêt à ce que tu me taquines sur le sexe non plus.

Dustin grimaça alors qu'un frisson passait sur sa tête et ses épaules.

Alors qu'ils arrivaient à la maison, Caleb se rapprocha et murmura :

— Mauvaise décision. N'annonce jamais à quelqu'un ce qui te rend nerveux.

— Imbécile.

Mais la taquinerie était agréable. Comme si une nouvelle page s'était tournée entre eux malgré leur différence d'âge. Caleb devenait de moins en moins une figure paternelle et davantage un frère.

Après une dernière tape sur son épaule, Caleb marqua une pause, la main sur la porte de derrière.

— Je l'apprécie. Elle semble être quelqu'un de bien.

— Charity est ce qu'il y a de mieux dans le « bien », répondit Dustin. Elle est aimable, mais pas gentille. Elle sait botter des derrières quand c'est nécessaire... y compris le mien. Pour l'instant, je veux être son refuge.

Son frère hocha lentement la tête avant de croiser le regard de Dustin.

— Alors les Stone seront là pour faire en sorte que ça se produise. Quel que soit ce dont elle a besoin.

Dans sa poitrine, le cœur de Dustin cessa de battre la chamade.

— J'apprécie.

Un rire enfantin résonna quand la porte s'ouvrit. Tyler, quatre ans, se précipita et passa les bras autour des genoux de Caleb.

— Panet !

Caleb émit un petit rire alors qu'il soulevait son fils dans les airs.

— Petit, tu dois choisir un nom. Papa ou Papounet. L'un ou l'autre fonctionne.

Dans le débarras extérieur près d'eux, les boucles blond platine d'Emma rebondirent alors qu'elle se retournait après avoir accroché son manteau. Elle ébouriffa les cheveux de Tyler en passant.

— Vois les choses en face, Papounet. Tu as trois enfants et trois noms.

— Bon sang, il en a plus que ça. Quatre, peut-être cinq ou six si je me souviens bien, lui dit Dustin avant de croiser le regard perplexe de Caleb. Tu as dit quelque chose au sujet de ne jamais dire où frapper...

— *Dustin...* l'avertit Caleb.

Emma bondissait pratiquement de joie. Elle aurait pu avoir trois ans au lieu de treize lorsqu'elle s'appuya contre Dustin en chuchotant bien fort :

— Balance. Quels autres noms ?

Il ouvrit la bouche, comme pour répondre, puis lança un clin d'œil à Caleb.

— Peut-être une autre fois.

Un profond soupir échappa à Emma, et elle fit une fausse moue, sa lèvre inférieure ressortant légèrement.

— Méchant.

Dustin étreignit sa nièce et changea de sujet.

— Où est Charity ?

Emma passa le bras autour de sa taille et l'attira lentement vers la salle de séjour. Elle parla discrètement alors qu'il suivait son pas extrêmement lent.

— Je suis désolée qu'on ait mis la pagaille dans son appartement.

— Moi aussi.

Emma tourna ses grands yeux bleus vers lui.

— C'est un peu effrayant.

Il n'allait pas le minimiser, surtout avec une femme, quel que soit son âge.

— Il n'y a pas de « un peu » qui tienne. C'est très effrayant, je suis d'accord.

Il se pencha et embrassa Emma sur la tempe.

— C'est pour ça que Charity va rester avec nous à Silver

Stone jusqu'à ce que nous sachions qui a fait ça. Elle sera en sécurité.

— Bien.

La profonde conviction dans la voix d'Emma le fit sourire.

Elle était féroce, ces temps-ci. Elle avait peut-être l'air d'un chérubin, avec la blondeur de ses boucles souples, mais elle avait le sang chaud quand une personne était méchante envers d'autres.

C'était logique, tout bien considéré. Elle avait été victime de bien des injustices quand elle était petite. Des trucs horribles desquels il n'avait pas du tout eu connaissance. Et bon sang, ça lui donnait encore envie de la prendre dans ses bras.

Alors il l'attira tout contre lui et l'étreignit. Il s'acquittait en permanence de toutes les fois où il n'avait pas été là pour elle quand elle était petite.

Elle l'étreignit à son tour avec une affection évidente qui fit bondir son cœur de joie.

— Merci, Dust-man.

Il émit un petit rire. Oui, Caleb n'était pas le seul à avoir plus de surnoms qu'il ne pouvait compter.

— Pas de problème, *petit singe.*

Elle lui tira la langue alors qu'elle le laissait près de Charity.

Sa nana était pelotonnée sur le canapé, les livres pour enfants qui étaient éparpillés à proximité donnant un indice clair de ce qu'elle faisait avant d'être abandonnée par Tyler.

Dustin s'installa à côté d'elle et lui prit la main.

— Hé.

Les doigts de Charity étaient froids. Mais elle sourit lorsqu'il lui frictionna la main entre les siennes.

— Je croyais que j'étais divertissante, mais à l'évidence même mes drôles de voix ne peuvent pas surpasser Caleb qui passe la porte, dit-elle en posant la tête sur l'épaule de Dustin. Comme il se doit.

— Je suis d'accord, répondit-il en repoussant ses cheveux et déposant un baiser sur sa tempe. Tu t'accroches ?

— Ouais. Une partie de moi veut s'apitoyer, mais être entourée par ta famille est une bonne distraction, répondit-elle en relevant la tête vers lui avant de soupirer. Merci d'être mon cerveau en ce moment, pendant que je n'en ai pas.

— Pas de problème, bébé.

Ça ne semblait pas approprié, bébé, comme surnom. Ça marchait à un certain niveau… le mot avait une sorte d'intimité qu'il n'utiliserait pas avec quelqu'un d'autre. Mais ça ne suffisait pas à dire clairement qu'elle était *à lui*.

Tu vas trop vite en besogne, Stone. Et si vous surmontiez le chaos tordu actuel avant de te déclarer ?

Maudite soit sa conscience, avec sa logique.

— Venez à table, appela Tamara avant de croiser le regard de Dustin. Au moins, essayez de manger.

— Ça va, assura Charity en se levant et s'approchant de la cuisine. Désolée. Je me tournais les pouces au lieu de…

Tamara l'attrapa par les épaules et se pencha pour qu'elles soient face à face.

— Chérie, tu m'as aidée tout à l'heure. Maintenant, c'est notre tour, tu te souviens ? Ne t'excuse pas. Pas avec nous.

Charity cligna vivement des yeux.

— C'est vrai. D'accord.

Dustin passa un bras autour d'elle.

— Juste un petit bout, puis je t'emmènerai au chalet pour que nous puissions nous détendre.

S'il s'était attendu à ce que le dîner soit silencieux, il aurait eu tort. Il ne fut pas rempli de rires et de frasques, mais la conversation alla bon train. Entre Tyler qui babillait sur tout ce qu'il avait vu ce matin-là à la ferme pédagogique et Sasha qui expliquait un des événements de la compétition pour lequel elle entraînait Passage Secret, le repas passa rapidement.

Charity ne mangea pas beaucoup, mais suffisamment pour que, lorsque ce fut le moment de rassembler les assiettes, Tamara hoche la tête avec approbation avant de pointer du doigt un panier sur l'îlot.

— Votre dessert pour plus tard. Plus quelques trucs à mettre dans le frigo pour que vous puissiez prendre le petit déjeuner demain matin quand vous voudrez sans avoir à venir ici. Mais n'hésitez pas à venir si vous en avez envie.

Elle retira une assiette vide des mains de Charity.

— Vas-y, continua-t-elle. Détends-toi, ou prends une douche chaude, ou ce que tu dois faire d'autre.

— Mais je devrais...

Charity s'interrompit et soupira.

— Très bien. Mais la *prochaine* fois, je serai de corvée de nettoyage. Je veux faire ma part.

— Le partage, c'est important, intervint Tyler.

Dustin se mit à rire. Il souleva son neveu et lui donna un petit coup sur le nez.

— Exactement, petit Tyler.

Tyler se tortilla pour qu'on le laisse descendre, alors Dustin alla s'assurer que Charity avait ce dont elle avait besoin.

Elle enfila sa veste légère, un sourire désabusé dirigé vers Tamara et Caleb.

— Merci pour le dîner et l'endroit où dormir.

— Ce n'est pas un problème, insista Caleb. Tu es la bienvenue pendant aussi longtemps que ce sera nécessaire.

— Partager, dit Tyler en s'approchant en courant et en prenant quelques-uns de ses livres préférés. Tu veux des livres, Char-tee ?

Charity s'accroupit pour les accepter avec reconnaissance.

— C'est si gentil de ta part, Mister Tyler. Je les apprécierai beaucoup.

Tyler posa les mains sur ses joues et y déposa un baiser. Puis il la tapota doucement et fila.

Charity se leva avec un regard pétillant d'amusement.

— Il n'est pas timide.

— Embrasser de jolies filles est un talent qui vaut la peine d'être appris dès le plus jeune âge, dit Dustin en prenant le panier à dessert d'une main puis en ouvrant la porte de l'autre. Viens. On va t'installer.

16

Charity était entrée dans le petit cottage quelquefois au cours des dernières années pour déposer des objets ou venir en chercher pour Ginny. Mais jamais plus qu'un coup d'œil superficiel depuis l'entrée.

— Explore, ordonna Dustin en posant le panier-repas de Tamara sur la table de la cuisine. Je vais ranger ça.

— Ce n'est pas comme si j'avais un gros sac à déballer, marmonna Charity.

— Ce n'est pas comme si tu avais une grande maison à explorer, répliqua Dustin.

Il inclina la tête et lui lança un regard sévère.

— Vas-y.

— J'y vais. Hashtag « fumier autoritaire ».

Le petit rire doux de Dustin la suivit dans le couloir.

Le cottage *était* petit. Le couloir menait à la salle de bains d'un côté et ce qu'elle supposait être la chambre principale de l'autre. Elle avait vu la porte de la deuxième chambre dans la salle de séjour. Ginny l'avait utilisée pour ses travaux manuels.

Charity resta dans l'embrasure de la porte de la salle de

bains. La douche était tentante. Cela avait été une journée chargée, sa tête et son cœur douloureux s'étaient répandus en épuisement dans tout son corps.

Mais étant donné qu'elle n'avait rien à mettre en sortant de la douche...

Un mur de chaleur se pressa contre son dos. Les bras fermes de Dustin l'entourèrent et la maintinrent debout.

— Attends deux minutes, et tu pourras y aller.

Elle se retourna dans ses bras et se rapprocha effrontément.

— Il y a des problèmes de pression d'eau ?

Un coup résonna à la porte d'entrée. Dustin passa les doigts sous le menton de Charity et leva son visage vers lui.

— Des détails techniques. Viens avec moi.

Elle le suivit alors qu'il avançait devant elle.

— J'ai l'impression que nous devrions avoir une corde à laquelle je pourrais m'accrocher pour te laisser me guider. Tu n'as fait que ça tout l'après-midi.

— Abandonne la corde et attrape ce que tu veux pour rester près de moi, suggéra-t-il.

Il glissa les doigts de Charity dans un des passants de son pantalon.

— J'aime bien ça. Ça fonctionne pour moi.

Charity clignait encore des yeux quand il ouvrit la porte. Fern et Shim apparurent sur le seuil.

— On peut parler d'une descente, déclara Fern en passant les bras autour de Charity pour la serrer fort. Vous étiez là, à assurer aux enchères. Et maintenant ça. Au fait, mes parents ont dit « c'est quoi ce bordel » et tout ce dont tu as besoin, tu l'auras.

Son amie la guida vers une des chaises près de la petite table de cuisine.

— Ton père n'a pas dit c'est quoi ce *bordel*, protesta Charity.

Fern ricana.

— Non. Mais mamie Sonora si. Ainsi que quelques autres termes choisis. Je crois que ses jurons ont effrayé quelques-uns des célibataires qui traînaient encore dans la salle.

— Ta grand-mère a un tempérament de feu, acquiesça Charity alors qu'une vague douloureuse de tristesse la frappait. Ma grand-mère n'aurait pas juré, mais elle aurait eu quelque chose à dire sur des voyous indélicats et égoïstes.

— Donc en gros, « c'est quoi ce bordel ».

Charity fut forcée de hocher la tête.

— Ouais, je suppose.

Fern lui attrapa la main et la serra fort.

— Nous ferons en sorte que ce soit bref. Shim et moi jouons les livreurs. Je t'ai apporté des vêtements... des affaires que tu as laissées chez moi. Ce n'est pas grand-chose, mais j'ai ajouté quelques autres trucs dont je sais que tu auras besoin, alors ça ira jusqu'à ce que tu puisses terminer de nettoyer la pagaille dans ton appartement.

Un sac couvert de fleurs hawaïennes éclatantes atterrit aux pieds de Charity. Une seconde plus tard, Shim était là aussi, accroupi tandis qu'il lui souriait.

— Hé, toi. Désolé pour le vandale. Fern m'a laissé entrer chez toi, et j'ai récupéré ton matos électronique. Tout ce dont as besoin, y compris les chargeurs, est sur la table basse.

— Merci.

Il lui toucha doucement la joue puis lui lança un clin d'œil.

— Je me suis aussi arrêté chez Dustin et lui ai emballé quelques vêtements. Vous êtes tous les deux prêts pour ce soir.

Tous les deux ?

— Nous ?

Fern se leva d'un bond, attrapa Shim par le bras et le releva.

— Oui. Appelle-moi demain matin, et puisque je prévois de faire la grasse matinée, fais ça après 10 heures. Je t'expliquerai le reste à ce moment-là. Mais pour l'instant, si ça te va, nous partons.

Charity accepta leurs étreintes puis attendit pendant que Shim faisait ce truc avec Dustin où ils se tapaient dans le dos, qui donnait toujours l'impression qu'ils allaient se renverser.

— À demain, Tee, lança Fern en rappel avant que la porte ne se referme derrière eux.

Une tornade, encore une fois.

— C'était... bizarre, décida Charity.

— Un peu, mais ce sont *nos* bizarres, répondit Dustin en la faisant pivoter vers lui. À moins que tu n'aies absolument besoin d'appeler quelqu'un d'autre, il est temps de prendre une douche.

Appeler Chelsea était hors de question. Cela ne ferait qu'inquiéter sa sœur inutilement de la tenir au courant ce soir-là.

— Demain matin ça, suffira.

Mais elle était toujours très confuse.

— Je suis vraiment contente que Fern ait eu quelques-unes de mes affaires à apporter, mais pourquoi est-ce que Shim t'a pris des vêtements ?

— Parce que, à moins que tu ne détestes cette idée, je reste avec toi, répondit Dustin en l'accompagnant dans le couloir vers la chambre avant de laisser tomber le sac sur le lit. Oublie ça. Si tu détestes cette idée, je reste quand même. Je ne coucherai simplement pas avec toi, j'utiliserai le canapé à la place.

Ses bras autour d'elle, toute la nuit ? Cela lui semblait être le moyen parfait de prendre un repos nécessaire.

— Oublie le canapé. Je te veux dans mon lit.

C'était sorti avec suffisamment de conviction et de force pour qu'elle ait presque l'air d'être elle-même.

Dustin lui embrassa la joue.

— Ça c'est ma nana. Maintenant saute dans la douche. Utilise toutes les bulles et le savon dont tu as besoin.

Elle ouvrit le sac que Fern lui avait laissé. Dieu merci, son amie avait ajouté un bonnet de bain résistant ainsi que quelques foulards et chouchous. S'occuper de ses cheveux bouclés sans ça aurait été un cauchemar.

Dustin disparut, et Charity se déshabilla, abandonnant ses vêtements qui étaient tombés sur le sol. Comme si elle laissait derrière elle la contamination de la journée qui s'attardait, elle traversa le couloir toute nue et entra dans la petite baignoire.

Avec l'eau aussi chaude qu'elle pouvait le supporter, Charity s'aspergea à l'aide du jet à haute pression. Des aiguilles puissantes d'eau chaude rebondissaient sur son cou et son dos, et la tension s'apaisa lentement alors qu'elle extirpait la saleté de leur découverte de l'après-midi.

Il y avait eu de bons moments dans cette journée dont elle aurait dû se réjouir. Des choses qui s'étaient très bien passées. Comme les enchères. L'argent qui avait été collecté pour les œuvres caritatives locales, le rassemblement de personnes qui développaient Heart Falls.

Pendant que quelqu'un réduisait mon appartement en miettes.

Elle secoua la tête et mit son visage directement sous l'eau. Elle savait qu'il valait mieux ne pas laisser d'autres gens dicter son attitude et ses choix.

Elle se redressa un peu. Le vandale avait tort. Mais pas Charity.

Mais peu importe que ce soit vrai, elle était fatiguée jusqu'aux tréfonds de son être. En s'essuyant, elle évita de se regarder dans le miroir embué pendant trop longtemps. Un fantôme se reflétait à chaque aperçu. Un fantôme avec les yeux tristes.

Elle accrocha le bonnet de bain, s'enroula dans une

serviette et entrouvrit la porte de la salle de bains. Alors qu'elle s'apprêtait à appeler Dustin, elle fut accueillie par la chaleur vacillante de lumières ambrées.

La lueur de bougies ?

Doucement, elle sortit dans le couloir pieds nus, la serviette fermement maintenue juste au-dessus de ses seins. La douce lueur jaune monta en puissance jusqu'à ce qu'elle soit en face de la cuisine et voie bien la pièce à vivre.

Il y avait des bougies partout.

D'accord, en y regardant à deux fois, il n'y en avait pas autant que ce qu'elle avait imaginé. Mais la douzaine environ qui était allumée avait été stratégiquement placée devant des surfaces réfléchissantes, en doublant ainsi l'impact. Cela transformait l'ambiance rustique chic du cottage simple en escapade romantique.

Non pas qu'elle recherche de la romance à ce moment-là, mais cette pensée était douce.

Dustin leva les yeux depuis le canapé. Il posa son téléphone, écran retourné, sur la table basse.

— Hé. Tu es bien réchauffée ?

— Oui. Je suis presque tentée de me mettre au lit, mais après avoir regardé l'heure, je ne pense pas qu'aller au pieu à 18 heures 30 soit une bonne idée.

Elle indiqua le téléphone du doigt.

— Du nouveau ?

Dustin tapota la place à côté de lui.

— Quelques clichés de nous aux enchères. Nous avons l'air d'un hashtag « couple country mignon », encore une fois. Aucune mention du cow-boy frimeur bien monté.

Il l'avait dit d'un ton tellement sérieux qu'un ricanement échappa à Charity alors qu'elle s'asseyait puis s'appuyait contre lui. C'était bien trop confortable.

— Eh bien, j'espère que l'ego de ta queue n'est pas blessé.

— Il est bien assez gros pour gérer ça.

Charity poussa un son moqueur et releva la tête pour sourire à Dustin.

— Tu reçois des points bonus pour avoir dit ça avec un visage sérieux.

— C'était dur, dit-il d'un ton pince-sans-rire. Long, dur et…

Elle lui tapota le torse, son rire montant plus vite qu'elle ne l'aurait cru possible.

— Arrête.

Il posa la main sur la sienne et piégea ses doigts contre son T-shirt bleu clair.

— Il n'y a qu'un seul moyen de me faire taire.

Charity posa ses lèvres contre les siennes. Un doux baiser qui devint plus passionné alors que le temps passait. Dustin enroula les doigts autour de sa nuque et la rapprocha de lui, lui penchant la tête pour pouvoir prendre le contrôle.

Elle aimait ça. Beaucoup. Peut-être ce jour-là plus que tout autre, alors qu'elle laissait derrière elle les inquiétudes sur quoi, quand et qui et se contentait de ressentir.

La caresse de la langue de Dustin sur la sienne, le frôlement de son pouce lui caressant la nuque, le contact râpeux de son début de barbe sur son cou alors qu'il déposait des baisers sur sa mâchoire puis plus bas.

La serviette se détendit et glissa pour s'amasser autour de sa taille. Les lèvres de Dustin vagabondèrent en cercles sur le dessus des courbes de ses seins vers ses mamelons, puis dessous, puis de nouveau au-dessus.

Charity ferma un peu les yeux, suffisamment pour que sa vue se trouble, tout en laissant la lueur chaleureuse des minuscules flammes des bougies danser contre ses rétines.

Dustin gronda contre son ventre.

— J'ai commis une erreur tactique en ne planifiant pas ça dans la chambre.

Elle lui caressa les cheveux, encore et encore, la texture rêche taquinait ses sens.

— Je ne me plains de rien jusqu'ici, signala-t-elle.

Un petit rire doux frôla les poils bouclés de son pubis.

— C'est bon à savoir.

Elle avait eu tort de plus d'une manière quand elle avait considéré la lueur des bougies comme une cause perdue avec son cerveau déboussolé. Il s'avérait qu'avoir Dustin qui lui faisait un cunnilingus lent mais appliqué était exactement ce dont elle avait besoin.

Il glissa les doigts entre ses poils et dévoila son intimité à sa langue exploratrice. Charity écarta lentement les jambes et s'allongea complètement sur le canapé.

— Je te fais confiance, chuchota-t-elle.

— Laisse-toi aller. Je te tiens.

La seconde d'après, sa langue était sur elle, suivie de petites léchouilles intimes sur ses grandes lèvres et son clitoris. Des contacts taquins avec ses doigts plongeaient dans son intimité puis battaient en retraite. Sa bouche se referma sur son clitoris, et il l'aspira légèrement alors qu'un de ses doigts s'enfonçait profondément. Puis deux, une pénétration régulière qui envoya des picotements le long de sa colonne vertébrale. Charity leva les mains vers ses seins et les prit dans ses paumes, pinçant ses mamelons avec ses pouces et ses index.

Les caresses continuèrent, mais la langue de Dustin s'immobilisa.

— Bon sang, Tee. Tu me tues.

— C'est bon.

Une autre série de coups de langues tranquilles mais précis suivit avant qu'il ne parle à nouveau.

— Serre de nouveau tes seins. C'est ça. J'adore te regarder. Ta peau luit, tes mamelons sont tellement tendus.

Il gronda alors qu'il faisait aller et venir ses doigts,

incurvant les extrémités contre le point sensible en elle, et Charity hoqueta.

— Un jour, je vais te faire l'amour dans un fauteuil. En pompe d'Andromaque. Je trouverai peut-être un miroir pour que tu puisses regarder mes mains sur tes seins, ma queue qui entre et ressort de ta chatte. Moi, tout autour de toi, te poussant vers le haut puis au septième ciel.

— Mon Dieu, c'est tellement bon ! Lèche mon clitoris, encore, Dustin. J'y suis presque.

— Vas-y. Laisse-toi aller, ordonna-t-il en reposant ses lèvres sur elle.

Une solide pression, et elle explosa. Les hanches de Charity se soulevèrent vers sa bouche, ses doigts empoignaient ses cheveux pour le maintenir là où il se trouvait, donnant, l'aimant avec sa bouche, ses mains et ses yeux. Les paroles salaces, la lumière des bougies et tout le reste, pour elle.

Les reflux de son orgasme palpitèrent aussi fort que l'explosion initiale, et Charity accueillit chacun d'eux, les soucis et les inquiétudes de la journée effacés pour l'instant de la meilleure manière possible.

Elle ferma les yeux et soupira gaiement.

Sa nana, paresseuse et satisfaite, était le truc le plus excitant au monde.

Un rire doux s'échappa des lèvres de Charity quand il la souleva et la porta jusqu'à la chambre.

— Je te proposerais bien de marcher, mais j'ai oublié comment faire, dit-elle.

Elle tourna la tête et posa la joue sur son torse, caressa sa mâchoire d'une main, et ses yeux à demi-clos le fixèrent attentivement.

— Tu es tellement sexy, ajouta-t-elle.

— Tu es enivrée par le sexe, répondit-il en souriant.

— Impossible, répliqua-t-elle en posant un doigt sur les lèvres de Dustin. Tu n'es pas encore venu en moi.

— Pas encore.

Il la déposa sur le lit. La peau nue de Charity était un peu plus foncée dans la lumière faible du soleil qui entrait par la fenêtre.

— Reste là, ajouta-t-il.

Charity leva une main et l'agita au hasard.

— Je ne vais pas courir de marathon avant que tu ne sois revenu. Compris.

Bon sang, s'il ne craignait pas de réduire le chalet en cendres, il aurait dit au diable les bougies, se serait déshabillé et serait resté près d'elle.

Mais plus important encore, son plan de lui emplir la tête avec autre chose que les désastres de la journée semblait avoir fonctionné. C'était ce qui comptait, pas le fait qu'il bandait tellement qu'il se demandait s'il allait casser quelque chose en se précipitant hors de la chambre avant de revenir aussi vite.

Les bougies éteintes, il passa brusquement sa chemise par-dessus sa tête en entrant dans la pièce, pas sûr de ce qu'il allait trouver. Bon sang, elle aurait pu s'endormir... ce qui serait bon pour elle.

Non. Elle était assise sur le lit, ses seins parfaits bien en évidence, avec ses courbes, sa peau douce et un sourire narquois aux lèvres.

Un de ses boxers pendait de ses doigts.

— Il est intéressant.

— Tee ?

Elle recula sur les oreillers appuyés contre la tête de lit et fit tournoyer le sous-vêtement.

— J'ai fouillé dans le sac que Shim t'a préparé. Je *cherchais* un T-shirt à porter parce que c'est un peu réconfortant. J'ai trouvé ça.

Dustin allait tuer son meilleur ami.

— Je suppose que tu ne pourrais pas oublier ce que tu as vu ?

Elle pencha la tête sur le côté comme si elle l'envisageait.

— Eh bien, peut-être que *celui-là* avec le thème *Où est Charlie* pourrait échapper à mes souvenirs. Mais celui-là ?

Elle sortit un second boxer de sous son oreiller et le brandit.

— Celui-là est gravé sur mes rétines. Tu pourrais aussi bien l'enfiler.

Le derrière et les côtés étaient blancs avec des taches noires type Holstein. Tout le devant représentait une énorme tête de vache.

Dustin l'attrapa lorsqu'elle le lança vers lui.

— Et dire que j'étais sûr qu'il avait emballé celui qui disait « Arrête de fixer mon dinosaure ».

Charity arborait un grand sourire alors qu'elle se redressait en se tortillant sur ses genoux, le boxer abandonné sur le côté.

— Dis-moi qu'il a un T-rex au centre.

Elle fit une grimace de dinosaure effrayant mais garda les bras contre son corps et agita les doigts comme si elle avait de minuscules bras.

Dustin se mit à rire alors qu'il sautait sur le lit, la faisait rouler sous lui et lui souriait.

— Malheureusement, c'est un brontosaure.

— Ah. Long et mince, pas épais et charnu.

Il se laissa tomber sur ses coudes et l'immobilisa davantage.

— Tu as l'esprit salace, Tee. J'adore ça.

Elle inspira profondément, pressa sa poitrine contre lui, écarta légèrement les jambes et soupira alors que les hanches de Dustin s'installaient entre ses cuisses.

— Tu es en train de me distraire.

— Oui, avoua-t-il. Il n'y a rien d'autre que nous puissions faire ce soir, sauf bien dormir, avec un peu de chance.

— Je suis partante, répondit-elle en passant les lèvres sur le cou de Dustin. Bon, j'ai l'impression que le cosmos s'est incliné de nouveau sur la droite. Peut-être que tu devrais amener ta tête de vache par ici et rééquilibrer l'univers.

— Peut-être que je devrais.

Elle était déjà nue, et il n'avait que quelques vêtements à retirer, qui disparurent étonnamment vite avec l'aide de Charity.

Les mains de celle-ci le caressèrent, ses lèvres touchèrent ses abdominaux et ses hanches. Mais quand elle plia les doigts autour de son membre, il attrapa son poignet.

— J'y suis presque. Je veux être en toi.

— Je peux faire avec.

Charity recula sur ses genoux, glissa une main sous l'oreiller et en sortit un préservatif.

— J'ai peur de demander ce que tu as caché d'autre là-dessous, la taquina Dustin avant de gronder alors qu'il luttait pour ne pas perdre son sang-froid. Tes mains sur moi vont me faire perdre la boule, bon Dieu.

Elle termina de dérouler le préservatif, puis l'attira sur elle.

— Je ne te toucherai plus. Plus beaucoup.

Sa main le guida vers son intimité.

Dustin remua au-dessus d'elle, cherchant son chemin, vérifiant qu'elle était prête, que chaque étape correspondait à ce qu'elle désirait aussi.

– En moi, chuchota Charity. Oh, *ouiiiiii*.

Les bras de Dustin tremblaient alors qu'il s'enfonçait de nouveau en elle, lentement et sûrement. De petits mouvements qui les rapprochaient de manière intime, chaque centimètre de leurs corps liés. Peau contre peau, bouche contre bouche.

Remuant en elle, sur elle... Dustin aurait pu rester là pour l'éternité.

Sauf qu'il allait perdre le contrôle en quelques secondes à peine tellement c'était agréable.

Charity plia les genoux et il s'enfonça plus profondément.

Tous deux gémirent, leurs regards se croisèrent et l'amusement monta.

— Le sexe en travail d'équipe. Ça me plaît, avança-t-elle.

— *Tu* me plais, répliqua Dustin doucement. Maintenant, embrasse-moi.

Elle avait écarquillé les yeux pendant une fraction de seconde à ses mots, puis elle prit son visage entre ses paumes et l'embrassa avec une passion qui fit partir en fumée l'idée d'aller lentement. Plus profond désormais, plus fort. Remuant sur le lit, ses ongles s'enfoncèrent dans les épaules de Dustin alors qu'elle l'encourageait.

Il glissa une main entre eux et caressa son clitoris en se penchant sur le côté pour lui donner ce contact supplémentaire.

— *Dustin.*

Elle lui griffa fort le dos, ses hanches se pressèrent contre les siennes alors qu'elle s'arquait contre lui.

Il se laissa aller, il laissa le pouvoir du plaisir le traverser comme un train express alors qu'elle était sous lui, douce, somnolente et le tenant contre elle.

Parfait.

Leurs membres toujours entremêlés, Dustin roula suffisamment sur le côté pour ne pas l'écraser. Il s'attarda pour reprendre son souffle jusqu'à ce qu'il ne puisse plus attendre.

— Je reviens dans une seconde.

— Hum-hum.

Charity s'étendit alors qu'il s'éloignait.

Il s'occupa du préservatif, revint en quelques secondes, s'allongea sur le matelas et l'attira sur lui.

— Alors, qu'est-ce que tu veux faire pour le reste de la soirée ? Ça va si on se fait un « Netflix and chill » ?

Elle émit un petit rire doux et passa un doigt sur la mâchoire de Dustin.

— Nous ne l'avons pas encore fait.

— T'es marrante.

Dustin prit son visage entre ses mains pour qu'elle ne puisse pas s'échapper alors qu'il soufflait contre sa joue.

Ils luttèrent un moment avant que Dustin ne fasse une erreur de calcul et que son postérieur ne glisse du lit. Il atterrit sur le sol dans un bruit sourd.

Charity se pencha sur le côté, les yeux écarquillés, souriant encore plus largement.

— Puisque tu es levé, attrape le dessert. Je vais nous trouver quelque chose à regarder.

— Bonne idée.

Il se leva et attrapa le boxer vache sur le matelas. Le rire de Charity le suivit tandis qu'il l'enfilait puis se glissait hors de la pièce.

Quand il eut terminé de badigeonner d'épaisses parts de tarte aux pommes de crème chantilly sur la table basse, elle avait préparé un nid de couvertures pour qu'il la rejoigne sur le canapé.

— Je suis triste de voir que tu as trouvé mes T-shirts.

Dustin l'attira contre lui puis frotta son nez contre le cou de Charity. Elle avait relevé ses cheveux pour la nuit comme d'habitude et une profusion de boucles s'échappait du haut de son foulard en soie.

— Mon Dieu, ce que tu mets sur tes cheveux, c'est comme du crack, ajouta-t-il.

— Contente que ça te plaise.

Elle gloussa alors que son nez glissait plus bas.

— Dustin, donne-moi à manger.

Il poussa un énorme soupir mais s'installa docilement, le bras placé autour d'elle, tenant son en-cas en équilibre pour pouvoir la garder près de lui.

Le programme qu'elle avait mis semblait impliquer des personnes qui préparaient des gâteaux qui ne *ressemblaient* pas à des gâteaux. Peu importait.

Quand il fut enfin suffisamment tard pour aller se coucher, ils retournèrent d'un air complice dans la chambre. Elle prit son côté du lit. Il prit le sien. Elle soupira doucement et se pelotonna contre son oreiller, son postérieur placé contre son bas-ventre comme si c'était toujours là qu'elle dormait.

Comme si c'était sa place.

Dustin parla doucement en dessinant des cercles sur son ventre.

— Je travaille de bonne heure. Tu veux que je t'appelle pour te réveiller ?

— Non. Je serai levée avant que quelqu'un ne me cherche.

Elle respirait régulièrement, endormie bien avant que Dustin ne se sente sur le point d'en faire autant. Ce qui voulait dire que c'était sans risque de le dire.

— Tu *me* manqueras. J'aime t'avoir près de moi, Tee. Je pense que nous sommes bien ensemble.

Aucune réponse en dehors d'un léger son.

Se défaire d'elle et sortir du lit juste avant 5 heures fut infernal. Il avait une dernière chose à tenter avant de commencer sa journée.

Patchwork Annie le retrouva devant la porte du cottage. Dustin s'arrêta pour lui parler et la caressa d'abord en espérant que son idée fonctionne.

— Hé, ma fille. J'ai un important boulot pour toi aujourd'hui. J'ai besoin que tu surveilles.

Il posa les bottes de Charity sous le porche et les pointa du doigt.

Annie s'assit docilement, mais son expression révélait qu'elle n'était pas sûre d'apprécier ce qui se passait.

— Tu dois rester avec Tee. *Surveille*, répéta-t-il en se relevant.

Il vérifia encore une fois quand il fut à mi-chemin de l'écurie. Annie restait là où il le lui avait dit, même si sa tête pendait un peu plus bas que d'habitude. Elle se demandait probablement pourquoi il l'avait laissée derrière lui.

On n'y pouvait tien. Elle se trouvait là où elle devait.

Dans l'écurie, Luke sellait Thunderbolt. Il leva le menton quand Dustin le dépassa en allant vers son cheval.

— Désolé d'être en retard, avança Dustin même s'il ne l'était que de quelques minutes.

— Ne t'en fais pas. Je viens moi-même d'arriver. Comment va Charity ? Est-ce qu'elle a dormi un peu ?

— Ça va. J'ai réussi à la détendre assez rapidement hier soir, et elle dort encore en ce moment.

Dustin se retourna avec une couverture de selle à la main et vit Luke qui le regardait de près.

— Quoi ?

Son frère lui lança un grand sourire.

— Kelli t'a vu aller dans le cottage hier soir. Et aussi, je t'ai vu en sortir ce matin.

Pour l'amour du ciel. Ce qui voulait dire que Luke allait le taquiner à mort, sans savoir toute l'histoire.

— Ouais ?

Luke haussa les épaules et recommença à serrer la sangle de sa selle.

— Alors le dernier Stone disponible est tombé. Dans un instant, tu vas te retrouver à envoyer des cartes qui disent « retenez la date » et à réserver l'église.

— Quand c'est la bonne, c'est la bonne.

Dustin tendit la main vers sa propre selle et découvrit son frère sur son chemin, les yeux écarquillés, bouche bée.

— *Quoi ?*

— Je plaisantais. Toi et Charity, vraiment ? demanda Luke en levant une main. Pas que je ne l'apprécie pas, mais bon sang, Dustin, tu n'es qu'un gamin. Tu es vraiment prêt à te ranger ?

Dustin se mit à rire.

— Tu donnes l'impression que « trouver quelqu'un » veut dire « devenir ennuyeux et être à deux pas de la tombe ». Je n'ai pas remarqué que Kelli et toi soyez... Attends, laisse-moi reformuler. *Kelli* n'est pas rabat-joie. Je ne peux pas dire la même chose de toi depuis que vous êtes mariés, le vieux.

— Va te faire voir, lança Luke.

— Ne fais pas l'idiot, répliqua Dustin.

— Ne... s'interrompit Luke en faisant la grimace. Tu n'as pas le droit d'avoir raison. Ouais, tu m'as surpris, c'est tout. Je pensais que ce truc entre vous deux était faux.

— Ça l'était. Ça ne l'est plus... en tout cas pour moi.

Dustin écarta son frère et continua de seller Molasses.

— Je dois encore convaincre Tee, alors s'il te plaît, ne gâche pas tout en impliquant que c'est une affaire réglée entre nous ou une idiotie qui la fera fuir.

— Bien sûr que non, répondit Luke en souriant d'un air machiavélique.

Dustin lui lança une brosse.

— Enfoiré.

Luke souriait encore plus.

— Oh, ça promet d'être amusant.

Dès ce moment-là, la lutte qui s'ensuivit était une conclusion courue d'avance. Ils étaient assez malins pour attendre d'être sortis des stalles avant que Luke ne passe un bras autour du cou de Dustin et n'essaie de le maîtriser. Dustin contra en faisant passer Luke par-dessus sa hanche et en se mettant à genoux.

Ils en étaient à l'étape où ils grognaient et riaient quand quelqu'un se racla la gorge derrière eux.

Luke détendit sa prise, Dustin fit de même puis, étalés au sol, ils levèrent les yeux vers Ashton Stewart, dont la mine traduisait la désapprobation.

— Je croyais que j'avais fait disparaître la stupidité chez vous il y a des années de ça.

— Une rechute temporaire, avança Luke.

Il se releva et tendit une main à Dustin pour l'aider à se relever, et tous deux se tournèrent vers leur contremaître semi-retraité.

Dustin savait que son expression devait être contrite, mais en même temps, la situation semblait appropriée. C'était une autre phase dans le fait de grandir et de se rapprocher en tant que frères dans une famille très unie.

Ashton haussa un sourcil, mais hocha la tête.

— Faites en sorte que la rechute passe rapidement.

Il détourna les yeux pour se concentrer uniquement sur Dustin.

— Caleb a dit à Tucker que tu aurais besoin de plus de temps libre pendant un moment. Pour que tu puisses être disponible pour aider Charity, ajouta-t-il. Jusqu'à ce que le vandale soit attrapé, elle aura besoin de quelqu'un avec elle quand elle devra se déplacer. Et tu es en haut de la liste des gens pour l'accompagner.

Ce qui était au-delà de ce que Dustin avait espéré quand il avait demandé de l'aide à Caleb.

— J'apprécie.

— C'est normal. Tucker arrange déjà l'emploi du temps.

L'expression sérieuse d'Ashton s'adoucit.

— Ça va te plaire... je suis ton remplaçant de dernière minute.

Encore une fois, c'était plus que ce à quoi il ne s'était attendu.

— Je n'en abuserai pas.

Ashton leva un doigt et le pointa vers le visage de Dustin.

— Tu feras ce qu'il faut pour que cette fille soit en sécurité et heureuse. Si je dois travailler plus pour que ça arrive, qu'il en soit ainsi. Sonora est d'accord.

Dustin lui tendit la main. Ashton la prit solennellement et la serra.

L'instant semblait très important, surtout qu'après lui avoir serré la main, Ashton le tapota sur l'épaule puis le repoussa pas très gentiment vers son cheval.

— Maintenant, magnez-vous le train, tous les deux.

Quelques instants plus tard, ils étaient dehors et en selle. Luke resta silencieux pendant la première partie de la chevauchée. La matinée promettait une douce chaleur au lieu d'une fournaise mortelle. Dustin se balançait avec aisance sur sa selle et la pensée de Charity envahissait son esprit.

Comment assurer sa sécurité. Comment lui faire comprendre qu'ils avaient besoin de partager encore plus la vie de l'autre.

— Tu grandis bien.

Dustin tourna son attention sur le côté.

— Pardon ?

Luke haussa les épaules.

— Je devrais plutôt dire, tu *as* bien grandi. Tu es un homme bien, Dustin.

Le ventre de Dustin se réchauffa. Il hocha la tête vers son frère, puis fit la seule chose possible dans ces circonstances.

Il enfonça les talons dans les flancs de Molasses et fila comme l'éclair avant que Luke ne puisse attraper ses rênes. Ils foncèrent sur le sentier en direction des champs éloignés, poussant les chevaux avec une joie insouciante qui n'était possible qu'avec sa famille, sachant qu'ils étaient là les uns pour les autres.

Pour lui. Pour Charity.

Ils firent ralentir leurs chevaux jusqu'à ce qu'ils se retrouvent au pas juste avant d'arriver en haut de la dernière colline, côte à côte d'un air complice. C'était un des sentiers préférés de Dustin. Il ajoutait souvent cette boucle à ses corvées même quand elle n'y était pas assignée. Le ciel s'était éclairci désormais, le soleil était au-dessus de l'horizon. Les couleurs dorées et jaunes et des ombres plus foncées venant des arbres étendaient leurs doigts sur les larges champs. C'était un endroit tellement beau !

Luke pointa l'ouest en secouant la tête.

— Des intrus.

Il n'y avait personne maintenant, mais des traces de quad étaient visibles dans l'herbe fraîche. Dustin et son frère avancèrent vers le petit abri construit près d'une des clôtures les plus au nord de Silver Stone.

Le côté ouvert de l'appentis faisait face à l'est. Dans l'abri, il faisait assez sombre pour que Luke doive allumer son téléphone et appuyer sur la torche. Avec la lumière vive, il était évident que quelqu'un avait arrangé quelques souches pour former un demi-cercle. Des canettes de soda et des bouteilles de bière avaient été jetées dans un coin sombre, et un tas de mégots de cigarettes jonchait le sol jusqu'à rejoindre le champ asséché.

— Je craignais que ce soit des journalistes à sensation qui se cachent, mais on dirait plutôt des gamins, supposa Luke.

— C'est une bonne chose qu'il n'y ait pas eu un départ de feu.

La pile de mégots était plus qu'agaçante.

— Je ne sais pas, continua Dustin. Je peux me renseigner,

vérifier s'il y a de nouveaux adolescents en ville qui cherchent des endroits où traîner, mais je doute qu'ils se donneraient la peine de venir jusqu'ici.

— Vérifie quand même, répondit Luke. Je mentionnerai le problème à Tucker. Il pourra ajouter l'abri dans notre roulement pour qu'on vienne vérifier plus souvent.

— Je viens ici au moins une fois par semaine, précisa Dustin. Je pourrai le faire plus souvent pendant un moment, juste pour décourager des visiteurs réguliers.

— Bonne idée.

Ils nettoyèrent la pagaille puis placèrent le sac-poubelle sur le côté pour qu'un ouvrier vienne le chercher la prochaine fois qu'il sortirait avec un quad.

Dustin vérifia sa montre. Presque 9 heures. Avec un peu de chance, Charity dormait encore, mais elle se réveillerait bientôt et découvrirait qu'elle n'était pas vraiment seule. Elle ne l'avait pas été hier soir, elle ne le serait pas non plus aujourd'hui.

Il se remit en selle et rejoignit Luke alors qu'ils se dirigeaient vers leur prochaine tâche.

17

Admirer le petit déjeuner installé devant elle lui prit un instant. Charity jeta un coup d'œil dans le frigo et découvrit des muffins, une salade de fruits prédécoupés, des œufs et du fromage enveloppés dans du bacon avec un mot qui disait : « Appuie sur ON. Le café est prêt à partir. »

Une touche de délectation au milieu du chaos. Charity remercia Tamara, Dustin et les dieux du petit déjeuner, plaça la nourriture entourée de bacon dans le micro-ondes puis appela Fern.

— Parlons en visio, ordonna-t-elle.

Elle appuya son téléphone sur le vase devant elle, qui contenait des fleurs séchées argentées et bleues... une des œuvres originales de Ginny, présuma-t-elle.

Fern apparut un instant plus tard et la regarda de près.

— Tu as l'air mieux.

— Je me sens mieux. J'ai bien dormi, et maintenant au lieu d'être paniquée et contrariée, je suis énervée et contrariée.

— Bonne progression. Le sexe fait ça aux gens, à ce que j'ai entendu dire.

Charity haussa un sourcil.

— Tu devrais essayer.

— Un jour, avança Fern d'un ton guilleret. En attendant, voici les nouvelles. En ce moment même, on est en train de mettre de l'ordre dans ton appartement.

— Quoi ? demanda Charity en se penchant en avant. *Qui ?*

Son amie lui lança un sourire impertinent.

— Une grande variété de volontaires qui te connaissent et t'aiment, et qui sont disponibles pour venir ici. Ce qui veut dire pas Ginny, puisqu'elle a un œuf de Pâques sur le point de sortir, et pas mes sœurs, qui ont disparu en Irlande. Mais ça laisse pas mal d'entre nous. Une seconde.

Elle avança de quelques pas puis ouvrit une porte et entra dans une pièce bien éclairée. Elle leva le téléphone et tourna lentement sur elle-même. Elle se tenait au milieu de l'appartement de Charity, et une par une, ses amies de Heart Falls apparurent. Tamara était là, en plus de ses deux sœurs, Julia et Lisa. Hannah Ford, l'épouse du capitaine des pompiers, travaillait dans la cuisine avec Yvette, une des vétérinaires du coin.

Même Madison Zhao était là.

Quand elle repéra Fern et le téléphone, elle s'avança précipitamment, bloc-notes à la main.

— Hé, Tee. Ne t'inquiète pas, puisque je peux déjà t'entendre râler que la femme enceinte travaille et que toi non... Je fais de la coordination, pas du dur labeur.

Elle lui lança un clin d'œil, puis lui chuchota d'un ton conspirateur :

— Donner un coup de main ici permet à la famille d'installer la chambre du futur bébé avec les surprises qu'ils ont achetées et dont ils croient que j'ignore tout.

Lorsque Charity sourit, Madison leva un pouce vers elle.

— Nous avons tout ça sous contrôle, continua-t-elle. On

s'occupe de tous les vêtements qui doivent être lavés puis on les apportera à Silver Stone. Ce qui va dans la maison sera nettoyé et restera ici.

C'était beaucoup trop.

— Mais...

Le téléphone se retourna un instant vers les femmes qui s'étaient maintenant regroupées et qui agitaient toutes la main vers Charity.

— Nous t'aimons. Ne t'inquiète de rien, lança Julia, la plus jeune sœur de Tamara.

— Et tu auras le droit de dire merci à la soirée familiale entre filles mardi. C'est ça, ton boulot, déclara Tamara en agitant un doigt vers l'écran, de dire *merci*. Rien d'autre. Laisse-nous être là pour toi. Compris ?

Charity était de nouveau au bord des larmes pour une tout autre raison.

— Compris.

Fern retourna de nouveau le téléphone. L'écran qui tournoyait faisait tourner la tête de Charity.

— Nous t'aimons, déclara Fern.

— Je vous aime aussi, mais fais-moi encore tourner comme ça, et je trouverai un moyen de me venger.

Charity secoua la tête et baissa la voix.

— C'est beaucoup trop, Fern.

Son amie baissa aussi la voix.

— Ce n'est pas trop, parce que nous t'aimons vraiment. De plus, s'occuper de ça c'est une chose que nous pouvons faire plus facilement que toi parce qu'il y a une forme de détachement. Nous sommes en colère et contrariées pour toi, mais ça ne nous touche pas de la même manière que ça le ferait pour toi si tu étais là à t'en occuper. Laisse-nous prendre soin de toi, s'il te plaît.

— Quand tu formules ça comme ça, je ne peux pas y faire grand-chose, râla Charity.

Fern se détendit.

— Non.

Charity réfléchit, puis une autre inquiétude la gagna.

— D'accord, prétendons que je suis capable d'accepter cet énorme cadeau sans avoir les larmes aux yeux. Pourquoi est-ce qu'elles apportent mes vêtements propres à Silver Stone ? Remettez-les simplement dans mon appartement.

Le visage sévère de son amie revint en un instant.

— Pas avant que nous ayons attrapé la personne qui a fait ça. Non, Dustin a raison. Ta sécurité passe avant tout. Tu resteras à Silver Stone jusqu'à ce que nous soyons sûrs que le vandale ne sera plus un problème.

Fern secoua la tête au moment où Charity allait protester.

— Tu n'étais pas là, alors nous gérons une pagaille. C'est un désagrément, rien d'autre. Et si tu avais été chez toi ? Et si les choses avaient dégénéré ?

— Je n'y avais pas pensé, répondit Charity en inspirant brusquement. D'accord, mon zen paisible vient d'en prendre un coup.

— Ne panique pas trop, parce que tu *n'étais pas* là, et tu n'y seras pas jusqu'à ce que ce soit sûr. Dustin a dit qu'il fallait que ça se fasse, Caleb était d'accord et Tamara est complètement partante.

— Vive les Stone.

Sa réponse avait été instantanée et sincère.

Fern avança vers un nouvel endroit, l'arrière-plan changea de la pénombre à la lumière du jour. Quand elle reprit la parole, c'était plus gentil et en pur mode Fern.

— Ils tiennent à toi.

— Je sais. Ils sont si généreux ! J'ai l'impression d'être un fardeau.

— Tee, tu te rends compte que la seule raison pour laquelle nous nettoyons le bazar c'est parce que tu t'es portée volontaire pour aider Dustin. Hein ? Le vandalisme est un résultat direct de ton association avec lui.

Fern incurva un doigt comme si elle essayait de faire en sorte que Charity se rapproche.

— Tu as fait le truc de la petite amie pour être là pour lui parce que tu tiens à lui. Admets-le.

Une profonde inspiration plus tard, Charity hocha la tête.

— Oui.

— Oui. Alors le fait qu'ils tiennent à toi... Attends, *je redémarre*. Le fait que *Dustin* tient à toi ne devrait pas sembler être une possibilité aussi étrange.

— Il ne...

Charity s'interrompit, soudain consciente qu'elle était sur le point de prononcer un mensonge.

— Il m'a dit que je lui plaisais.

Fern fit la grimace.

— Ça alors, *vraiment ?*

— Hors de ma vue, marmonna Charity.

— Je ne peux pas. Je connais Heart Falls sur le bout des doigts.

Elle leva le bras gauche – celui avec la prothèse – puis fronça les sourcils. Elle portait un crochet au lieu d'une main.

— Tu sais ce que je veux dire.

Charity ricana.

— Je t'aime.

— Bien sûr que oui. Et nous t'aimons parce que tu es très attachante.

Ce qui était une affirmation chaleureuse jusqu'à ce que la raison pour laquelle elles étaient en train de discuter revienne clairement.

— Quelqu'un ne m'aime pas. Alias hashtag « destructeur de foyer ».

L'expression de Fern se tendit.

— Ouais. C'est pour ça que tu vas rester à Silver Stone, où tu seras en sécurité. Si tu dois venir en ville, l'un de nous ira avec toi.

Charity voulait se plaindre, elle voulait protester qu'être confinée n'était pas à l'ordre du jour et qu'être encore plus un fardeau pour les Stone et ses amies était la dernière chose qu'elle souhaitait.

Puis elle se souvint de l'expression sur le visage de Dustin, sérieuse et déterminée, si attentionnée.

— D'accord.

Son amie haussa un sourcil.

— J'avais pensé qu'il faudrait lutter et t'attacher avec du scotch pour te convaincre.

Charity haussa les épaules.

— J'étais prête à me mettre bien en vue pour que Kelli, les enfants et le reste d'entre eux soient à l'abri des projecteurs. Si je suis en sécurité, et que la lumière reste sur moi, je peux le supporter.

Elle n'aimerait pas ça, mais c'était une autre question.

— Je ne sais pas à quelle heure nous aurons terminé, mais ce n'est plus ton souci, l'informa Fern. C'est ta journée de repos. Kelli viendra ce matin pour t'emmener faire une promenade à cheval et faire un pique-nique pour le déjeuner. Cet après-midi, Tyler t'emmènera chasser des chatons avec Sasha Stone qui supervisera. Pour le dîner, j'apporterai de quoi faire des tacos, et Shim apportera des jeux de société que nous aimons tous, il insiste là-dessus. Voilà, le dîner et ton divertissement de la soirée sont organisés.

— Je suis si contente que ce soit *ma* journée de repos, la taquina Charity.

— N'est-ce pas ? Tu as un goût excellent en matière d'activités, affirma Fern en lui lançant un baiser. Je dois filer. Essaie de te détendre un peu. On s'occupe de tout.

Charity lui lança un baiser en retour puis raccrocha.

Une autre tornade. Cette fois d'une variété complètement différente. Un vent chaud s'enroulait autour d'elle, constitué d'amis et de gens attentionnés. Charity resta debout, ferma les yeux et prit une minute pour apprécier silencieusement le cadeau qu'on lui offrait.

Quand elle les ouvrit de nouveau, la lumière vive du soleil qui se déversait par la fenêtre du salon l'attira. Charity sortit ses petits plaisirs chauds du micro-ondes pour le petit déjeuner, se versa du café et se dirigea dehors vers la petite table et les sièges confortables qu'elle avait vus la veille.

Elle avait fait un pas sous le porche quand Patchwork Annie lui ficha la trouille avec un *ouaf* de salut.

Charity tourna la tête sur la droite et découvrit la chienne allongée sur le ventre sur le bord du porche, sa queue s'agitant follement.

— Hé, ma fille. Où est ton boss ?

Un coup d'œil autour d'elle ne révéla aucune trace de Dustin, ce qui était plus qu'étrange. Un examen plus attentif révéla que la chienne était allongée avec une patte de chaque côté des bottes de cow-boy que Charity avait empruntées.

— Qu'est-ce que tu manigances, Dustin Stone ? se demanda-t-elle en se tenant au-dessus de sa chienne.

Mais son ventre gronda à ce moment-là, alors elle s'assit avec son petit déjeuner pour essayer de comprendre. Tandis qu'elle mangeait, elle essaya de convaincre Annie de la rejoindre. Mais peu importent les tentations qu'elle lui offrait, Charity ne pouvait pas faire bouger la chienne. Pas même pour un morceau de bacon, même si la truffe de la chienne tressaillait frénétiquement.

Charity se leva et se rapprocha d'Annie pour lui en donner un morceau avant de lui caresser sa tête poilue.

— Je ne sais pas ce que Dustin t'a dit, mais bon sang, tu es une gentille fille. Merci de me tenir compagnie.

Rassasiée, Charity sortit son téléphone et se prépara pour la tâche la moins agréable d'informer sa sœur des événements actuels.

Charity : « J'ai quelque chose à te dire qui serait plus facile par téléphone. (Je sais... beurk). Appelle-moi quand tu seras libre. Ne t'inquiète pas, tout va bien. »

Ce n'était pas complètement un mensonge. Les choses se passaient bien... plus ou moins. Pour l'instant.

Son téléphone sonna presque immédiatement.

— Petite sœur. Comment ça va en cette belle journée ensoleillée ?

Le salut enjoué de Chelsea fut répété à l'arrière par le cri joyeux de Suz :

— Et comment va ton faux petit ami ?

— Aujourd'hui, les choses se passent super bien. Merveilleusement, même, mais j'ai besoin que tu me mettes sur haut-parleur pour que Suz et toi puissiez écouter une minute.

Elle arriva à raconter comment s'étaient passées les enchères et la découverte de son appartement vandalisé sans trop d'interruptions. Quand elle marqua enfin une pause, ce fut le silence à l'autre bout de la ligne.

— Cee ? Suz ?

— Nous sommes là, lui assura Suz. Je suis assise sur ta sœur pour m'assurer qu'elle n'attrape pas les clés de la voiture pour venir flairer ton vandale comme un chien limier.

— Si elle pouvait, je la ferais venir ici en une seconde. Mais je n'ai pas appelé avant parce qu'on ne pouvait rien faire fait hier soir. Et aujourd'hui, mes amies ont pris le relais, alors il n'y a rien à faire maintenant non plus.

Chelsea soupira si fort que le son résonna sur la ligne.

— Je pourrais te serrer contre moi.

— Je pense que Dustin gère cette partie-là, taquina Suz.

— Dustin est incroyable, avança Charity rapidement en ignorant le sous-entendu. Il a laissé sa chienne pour me protéger, et je ne sais pas comment il a fait ça parce qu'habituellement c'est son ombre.

— C'est mignon, dit Suz. Cee, ça va aller, chérie ?

— Je suis simplement inquiète pour Tee. C'est tout.

La voix de sa sœur était douce et grave.

— Est-ce que tu veux que nous venions ? demanda-t-elle.

— Oui, mais plus tard, à la date prévue.

Charity repoussa son éclair d'inquiétude à l'idée d'abuser en invitant sa famille sur les terres de Silver Stone. C'était la bonne chose à faire, elle le savait dans ses tripes.

— Il y a plus qu'assez de place pour vous deux ici dans le cottage. Je vérifierai de nouveau que c'est bon auprès de Dustin. Nous pourrons faire des promenades à cheval et tout le reste. Ce sera sans risque et exactement le genre d'amusement dont nous avons besoin pour oublier les voyous ingrats du monde.

Sa sœur se mit à rire doucement.

— C'est exactement ce que Mamie aurait dit.

— Je sais. Je ne cesse de penser à elle et à ce qu'elle aurait fait dans ce genre de situation. Si elle avait été à ma place, elle aurait été digne, et aurait accepté de l'aide. Si elle avait été de l'autre côté, elle aurait proposé exactement le genre d'aide que je reçois des Stone et de Fern. Alors vraiment, elle est là. Et j'ai besoin de croire que c'est là que je dois être aussi.

Chelsea parla doucement.

— Si tu en es sûre. Tu vérifies auprès de qui il faut, et si c'est bon, nous serons là dans un peu plus d'une semaine, comme prévu. Envoie-moi les détails.

— Et si quelque chose change, appelle-nous, l'interrompit Suz. Quand tu veux. Tu ne déranges jamais. Tu fais partie de *nous*. Souviens-t'en.

Charity cligna intensément des yeux, l'humidité floutant l'image de Kelli Stone qui menait Beach et un autre cheval à travers la cour vers le cottage. Les deux chevaux étaient sellés et prêts à partir.

— Ma monture matinale est en chemin. Je vous aime. Je vous envoie bientôt un message.

— Au revoir, Tee. On t'aime aussi, résonna en stéréo dans le téléphone.

Charity se leva, essuya les larmes de ses yeux alors que Kelli s'arrêtait et laissait tomber les rênes sur le poteau d'attache à proximité.

Cette femme qui ressemblait à une fée l'examina un instant.

— Tu vas bien ?

— Vraiment bien, assura Charity.

Kelli hocha la tête. Elle lança un coup d'œil à Annie et siffla.

— Eh bien, bon sang. Ce garçon est un faiseur de miracles.

— Cet *homme,* la corrigea gentiment Charity.

Kelli sourit.

— Compris. Donc, est-ce que tu voulais aller faire une promenade ? Je sais que quelqu'un – *tousse* – Fern, – *tousse* – a organisé ta vie aujourd'hui, mais ça dépend vraiment de toi.

— J'adorerais ça, dit Charity honnêtement. Laisse-moi rapporter mon assiette à l'intérieur et m'habiller.

～

Dustin n'avait pas souvent l'occasion de partager des heures avec ses frères ces temps-ci sans être interrompu. La matinée passée avec Luke était d'autant plus spéciale.

Ils venaient de rentrer à l'écurie, et il semblait nécessaire de dire quelque chose. Dustin ne voulait pas que ce soit juste de temps en temps.

— Peut-être qu'une fois que les choses se seront calmées à Silver Stone, nous pourrons faire en sorte que Tucker trifouille l'emploi du temps.

Dustin croisa le regard interrogateur de Luke alors qu'ils menaient lentement leurs chevaux vers leurs stalles.

— Toi, Caleb et Walker êtes tous occupés avec vos épouses et vos familles. Et ouais, j'espère m'engager davantage avec Charity. Nous avons des réunions de famille, mais ça me manque. Du temps à travailler en privé où nous pouvons plus facilement papoter.

Luke hocha lentement la tête.

— Je vois ce que tu veux dire. Nous travaillons ensemble tout le temps, mais il n'y a pas beaucoup de conversation quand l'un de nous est sur le dos d'un cheval à se faire déchausser les dents.

— Je crois qu'Ashton a appelé ces conversations « du papotage vulgaire ».

— Nous ne sommes pas si terribles, râla Luke.

— Nous ne pouvons pas. On ne sait jamais quand un des enfants va se pointer.

Son frère se mit à rire.

— C'est vrai. Je détesterais faire face à Tamara ou à Ivy après t'avoir insulté à portée d'oreille d'un de leurs bébés.

C'était extrêmement amusant, mais Dustin haussa un sourcil.

— À l'évidence, tu n'as pas encore entendu Sasha se lâcher quand les choses ne se passent pas bien dans le manège.

— Sasha ?

Luke en resta bouche bée.

Dustin hocha la tête.

— Elle connaît chacune des phrases préférées de Caleb, et plein d'autres que je suis sûr qu'elle a apprises de Tamara, et qu'elle peut sortir comme un charretier.

— J'y crois pas...

Luke redevint un peu sérieux.

— Tout le monde grandit, n'est-ce pas ? Les filles sont déjà dans l'adolescence. Tyler n'est plus un bébé. Walker et Ivy ont une famille à part entière. Et le bébé de Tucker et Ginny arrivera bientôt.

— Votre enfant à toi et Kelli plus tard dans l'année...

Luke faillit trébucher alors qu'il guidait Thunderbolt dans sa stalle.

— Quoi ?

Il lança un coup d'œil autour de lui puis foudroya Dustin du regard.

— Qui te l'a dit ?

— Toi. À l'instant. Félicitations.

Ses joues lui feraient mal le lendemain à force de sourire aussi fort.

— Nom de Dieu, Dustin.

Luke leva les yeux au ciel. Dustin n'en sourit que davantage.

— Je ne savais rien jusqu'à ce que tu ouvres ta grande bouche, frangin, mais hé, je suis heureux pour toi.

— Tu es un idiot.

Luke défit les sangles.

— Je ne le dirai à personne, promit Dustin en s'occupant de son propre cheval. Alors... dis-m'en plus.

Parce qu'il était évident que son frère voulait parler, maintenant qu'on avait vendu la mèche.

Luke lança un rapide coup d'œil autour de lui, puis parla doucement ;

— Elle vient de l'apprendre. Nous allions attendre un peu avant d'annoncer quoi que ce soit. Nous ne voulons pas voler la vedette à Tucker en ce moment.

Seigneur, c'était trop drôle. Toute cette compétition entre Tucker et Luke n'allait jamais disparaître.

— Il t'a battu là-dessus, non ?

— Ouais, enfin, Ginny est plus âgée que Kelli, alors nous n'étions pas aussi pressés. En plus, dans cette famille, on dirait que nous allons avoir des bébés qui apparaissent régulièrement pendant quelques années si les choses se passent bien entre toi et Charity.

Luke marqua une pause et ajouta :

— Mon Dieu. En voilà une idée.

— Quoi ?

— Toi en papa. Pas que tu ne seras pas excellent, se dépêcha d'ajouter Luke. Tu es génial avec les enfants, et tu l'as toujours été. Depuis le début avec les filles de Caleb.

— J'étais plus un frère qu'un oncle pour elles le plus souvent, signala Dustin. Mais ouais, j'aime les enfants. Je sais que Charity aussi, mais ce n'est absolument pas une conversation que nous aurons avant un moment.

— Bien sûr que non.

Seulement, Luke lui lança de nouveau ce sourire machiavélique.

— Je pourrais lui demander nonchalamment ce qu'elle pense des grandes familles, ajouta-t-il.

Dustin soutint son regard.

— Tu as parlé à Kelli de ton plan d'avoir cinq enfants ?

— Elle sait que j'en veux plus de deux, répondit Luke. Si elle ne me tue pas après avoir accouché du premier, le marchandage commencera à ce moment-là.

— C'est un plan malin.

Dustin résista à l'envie de commenter en disant qu'il était certain que « plus de deux » voulait en fait dire un de plus que Tucker.

Ils discutèrent pendant quelques minutes, se préparant à retourner dehors pour terminer leur liste de tâches quand un soudain raffut s'éleva plus loin dans l'écurie. Des voix bruyantes se faisaient entendre, des cris et des appels disant : « Attendez. »

Dustin se prépara. D'autres bêtises avec les réseaux sociaux ?

— Je sais où je vais, bon sang. Maintenant, dégage de mon chemin.

La voix était familière, mais complètement inattendue à Silver Stone.

Dustin cilla. Son regard fila vers celui de Luke.

— Oncle Frank est ici ?

Luke haussa les épaules.

— Je suppose.

Frank marmonnait encore en arrivant quand il les remarqua. Il alla droit vers Dustin.

— Te voilà. Je suis venu déposer des animaux et j'ai entendu dire qu'il y avait eu des problèmes. Pourquoi ne m'as-tu pas appelé, bon sang ?

Sans voix de surprise, Dustin n'eut pas le temps de faire autre chose qu'ouvrir la bouche avant que son oncle ne continue d'avancer, son regard se promenant dans l'écurie.

— Où est-elle ?

Oncle Frank avait les yeux un peu hagards et les cheveux ébouriffés alors qu'il levait son chapeau. Il passa une main dedans pour ce qui devait être la vingtième fois tellement ils étaient emmêlés.

— Tamara a dit de chercher dans l'écurie, mais elle n'est pas dans le satané bureau.

— Oncle Frank, dit Luke en s'avançant, de qui parles-tu ?

— De sa petite amie, répondit-il en pointant le pouce vers Dustin avant de se tourner vers lui. Qu'est-ce qui se passe, bon sang ? J'ai entendu dire que son logement avait été vandalisé. Est-ce qu'elle va bien ? Qui a fait ça ? Qu'est-ce qu'on fait pour l'attraper ?

Seigneur. Dustin n'aurait jamais pu inventer ce scénario. Mais chaque chose en son temps. Son oncle était à deux doigts d'une crise de panique, et même s'il avait crié, son ton et son expression annonçaient qu'il ne jouait pas la comédie.

S'il fallait qu'il devine, Dustin aurait dit que Frank avait peur.

— Elle va bien. Elle est en sécurité ici à Silver Stone. Nous faisons ce que nous pouvons pour découvrir le reste, mais elle va bien, déclara Dustin en posant une main sur l'épaule de son oncle pour le calmer. Nous prenons soin d'elle.

Le froncement de sourcils sur le visage de Frank était féroce, mais il hocha la tête tandis que les paroles de Dustin pénétraient lentement son cerveau.

— Elle n'a pas été blessée ?

— Elle n'était pas là, affirma Dustin. Elle va bien.

Frank se redressa, prit une profonde inspiration, puis la laissa ressortir brusquement.

— Bien. Bien.

Luke regardait son téléphone et levait maintenant une main.

— Kelli confirme que Charity devrait être ici dans l'écurie. Nous allons la trouver.

Il leva la voix et cria :

— Hé, Charity, tu es dans le coin ?

— Là-haut. Une minute.

Des bruits de pas résonnèrent sur les marches du fenil, le son distinctif de planches qui craquaient se mêlant à une conversation enfantine. Une seconde plus tard, Charity apparut avec Tyler dans les bras et Sasha qui les suivait.

Patchwork Annie talonnait Charity de tellement près que c'était étonnant qu'elle ne trébuche pas sur la chienne.

Charity s'arrêta quand elle les rejoignit, clignant intensément des yeux.

— Oh. Bonjour, monsieur Stone.

— Dieu merci, tu es saine et sauve.

Frank se précipita en un instant, et la seconde suivante, Charity et Tyler se retrouvèrent dans ses bras.

Dustin pouvait voir le visage de Charity, et même s'il y avait avant tout de la surprise, elle affichait aussi un petit sourire. Elle croisa son regard et leva les sourcils comme si elle haussait les épaules.

Tyler accepta tout sans sourciller et tapota l'oncle Frank dans le dos.

— Super Frank. Tu viens voir les chatons ?

Un instant plus tard, Frank recula et tendit les bras vers son petit-neveu. L'enfant se nicha contre lui comme s'il le portait régulièrement.

— Est-ce que tu montrais les chatons à Charity ?

— Ouais.

Tyler hocha la tête sérieusement, puis leva une main potelée, les doigts écartés largement.

— Cinq chatons. Viens voir, ordonna-t-il en tirant le col de Frank vers les escaliers.

— Il est à l'évidence très timide et effacé, avança Sasha d'un ton pince-sans-rire. Bonjour, grand-oncle Frank. Laisse-moi prendre le petit une minute pour que vous puissiez parler. Nous attendrons dans les escaliers, dit-elle à son frère, qui s'était accroché à Frank comme une pieuvre et commençait à protester en criant. Encore mieux, allons nous assurer que les chatons sont encore cachés au même endroit. Comme ça, quand oncle Franck montera, tu pourras lui montrer.

Tyler envisagea ça sérieusement avant de pratiquement se jeter vers sa plus grande sœur. Elle l'attrapa sans ciller, le fit tourner alors qu'elle émettait des bruits d'avion et se précipitait vers les escaliers.

Pendant ce temps-là, Charity était allée se placer à côté de Dustin. Elle glissa un bras autour de sa taille et s'appuya contre lui, parlant doucement.

— Hé. Je croyais que tu faisais le cow-boy toute la journée.

— C'est le cas. C'est-à-dire que je fais toujours le cow-boy, , dit-il en déposant un baiser sur sa tempe. Ça va ?

— J'ai passé une super matinée avec Kelli, mes amies sont mes anges, et j'ai une bonne chienne à mes côtés. Je vais très bien.

Ils lancèrent tous deux un coup d'œil à Annie, qui vibrait pratiquement, agitant sa queue vigoureusement alors qu'elle se tenait entre leurs pieds bottés.

— Alors ça a marché. Bon sang, dit Dustin en se penchant pour lui caresser la tête. Bonne fille.

Annie s'assit, ouvrit la gueule et poussa un jappement ravi.

Quand il se redressa, se pencher pour embrasser Tee sembla la chose la plus naturelle à faire. Il entremêla leurs doigts en expliquant :

— Je lui ai ordonné de surveiller tes bottes.

— C'est ce que je pensais. Elle y a réfléchi très fort une minute quand je les ai enfilées, mais du moment qu'elle peut les voir, elle est contente.

Il avait pratiquement oublié l'oncle Frank, aussi surprenant que ce soit. Cependant, Charity se tourna vers lui.

— Je suis désolée que vous vous soyez inquiété. Dustin et le reste de la famille prennent bien soin de moi. C'est juste un désagrément, vraiment.

— Une violation de domicile n'est pas simplement un désagrément.

Frank croisa les bras sur son torse et lança un regard noir.

Elle haussa un sourcil.

Il réduisit son regard noir à un froncement de sourcil.

Bon sang, les regarder était comme être à un spectacle.

— Est-ce que tu restes pour le dîner, oncle Frank ? demanda Dustin. Voudrais-tu te joindre à nous ?

Son oncle sembla aussi surpris d'entendre ces mots que Dustin l'était de les avoir prononcés.

Puis il secoua la tête.

— Non, mais merci.

Il regarda Charity et la prise qu'elle avait sur le passant du pantalon de Dustin.

— Je voulais t'inviter à venir à Crooked Creek si tu veux. Tous les deux. Si ça vous aide.

Charity s'avança.

— C'est une proposition généreuse, et je suis reconnaissante que vous l'ayez faite. Mais pour l'instant, je vais rester ici à Silver Stone. Une fois que les choses se seront calmées, j'adorerais venir vous rendre visite. Si ça vous convient.

Les miracles s'enchaînaient alors que Frank hochait la tête puis donnait un coup de menton vers Dustin.

— Viens quand tu pourras. Adam apprécie de t'avoir.

Il déglutit péniblement comme s'il essayait d'assembler les mots.

— J'apprécie que tu sois là aussi.

Il tendit la main à Dustin, qui la prit malgré la surprise. Un compliment de la part de son oncle ? Une proposition de refuge ?

— Je suis toujours prêt à aider la famille.

— Ouais, je comprends enfin ça, marmonna Frank.

Dustin ignora la remarque parce qu'il y avait plus important.

— Merci d'avoir offert à Tee un endroit sûr où se poser. C'est vraiment bien de ta part.

— Eh bien, on dirait qu'on s'occupe de vous, dit Frank en les regardant avant de pencher la tête vers Luke. Passe le bonjour à Caleb. On reste en contact.

Charity se mit sur son chemin avant qu'il ne puisse partir.

— Merci.

Il émit un petit rire, un son bas et enroué, comme s'il n'était pas habitué à le produire.

— Jeune fille, merci à toi. Et toi, dit-il en pointant le doigt vers Dustin, revenant soudain à son ancien ton autoritaire. Bouge-toi le derrière avant que quelqu'un d'autre ne l'accapare.

— Oncle Frank ?

Son oncle attrapa le poignet de Charity et le souleva pour montrer sa main nue.

— Si tu sais ce qui est bon pour toi, tu placeras une alliance là-dessus le plus vite possible. Excusez-moi, j'ai des chatons à retrouver.

Puis il s'éloigna et se dirigea vers le fenil. Ses bottes claquèrent sur les marches en bois, laissant un groupe stupéfait de trois personnes derrière lui.

Luke regarda fixement l'escalier pendant un instant.

— Eh bien, c'était le truc le plus étrange que j'aie jamais vu, dit-il en se tournant vers Dustin et Charity. L'un de vous sait ce qui lui arrive ? Je vote pour une possession par de petits extraterrestres verts.

— Je n'en ai pas la moindre idée. La dernière fois que je lui parlé, je lui ai sonné les cloches parce qu'il était idiot, déclara

Charity en plissant le nez d'une manière adorable. N'en faisons pas trop largement part au reste de votre famille.

Voilà une info intéressante.

— Eh bien, la dernière fois que je lui ai parlé, c'était après toi, il n'était pas aussi possédé qu'aujourd'hui, mais il a été poli pour la première fois... *de ma vie.*

Dustin croisa le regard de Luke puis pencha la tête vers Charity :

— Il semble que nous ayons découvert le patient zéro qui a infecté l'oncle Frank avec un cœur.

Luke attrapa la main de Charity et la serra vigoureusement.

— Une faiseuse de miracles.

Elle se mit à rire et libéra sa main.

— Peu importe. Peut-être qu'il avait besoin qu'on lui parle franchement. En tout cas, c'était une offre très gentille de sa part.

— Oui. Et quand nous pourrons, nous irons en visite à Crooked Creek voir nos amis, promit Dustin.

L'étrange comportement de l'oncle Frank mis à part, le travail les appelait ainsi que la promesse d'une soirée amusante avec Charity et ses amies. Dustin lui embrassa rapidement la joue avant de se hâter derrière Luke.

18

Le lundi matin, Charity traversa la cour d'un pas décidé depuis le cottage jusqu'au bureau de Silver Stone, déterminée à repasser en mode productif. Patchwork Annie avançait à ses côtés, Dustin lui avait encore dit de surveiller. Cette fois, il avait utilisé ses baskets, mais Charity pensait qu'Annie commençait à comprendre l'idée que c'était les pieds à l'intérieur des chaussures qu'elle était censée garder à l'œil.

La veille avait été merveilleuse de toutes sortes de manières différentes. Entre ses amis qui prenaient soin d'elle, la promenade à cheval avec Kelli, le moment avec les chatons avec Tyler et Sasha et la soirée passée avec Dustin, Fern et Shim, Charity avait essentiellement été entourée par une communauté qui la soutenait.

Les bras de Dustin autour d'elle pendant toute la nuit avaient été la cerise sur le gâteau d'une bonne journée.

Mais maintenant elle devait se concentrer. Il était temps de faire son travail et de trouver peut-être un peu de distance émotionnelle entre ce qui était réel et ce qui ne l'était pas.

Que les gens tenaient à elle... réel.

Qu'elle faisait vraiment partie de Silver Stone... faux.

Et ça allait. Vraiment.

Peut-être.

Non, ça craignait.

Elle repoussa le nœud serré dans son ventre. Aujourd'hui, elle allait faire quelques pas en avant, progresser et faire ce qu'il fallait, taïaut, et en avant toute.

Menton levé, le pas léger, elle ouvrit la porte du bureau et s'arrêta net.

— Zut.

Une chèvre se tenait sur son bureau.

L'animal gris et blanc avait une attitude très insouciante, avec une petite barbe très propre et un nœud papillon noir. Mais c'était une *chèvre*, et elle était sur son bureau.

Charity croisa les bras sur sa poitrine.

— Tu sais, il y a deux semaines, j'aurais peut-être quitté la pièce en hurlant. Mais maintenant ? Tu n'es qu'une autre case à cocher dans la longue liste des « je ne l'avais pas vu venir ».

Elle claqua des doigts et pointa le sol.

— Descends.

Patchwork Annie leva les yeux vers elle, confuse, ne sachant pas si elle devait lever son postérieur ou non.

— Pas toi, ma douce, la chèvre.

Charity regarda l'animal. Elle pouvait se déplacer sur le côté avec la porte ouverte et faire en sorte qu'Annie chasse la chèvre de la pièce. Mais cela laisserait la créature en liberté dans l'écurie... ce n'était probablement pas une bonne idée.

À la place, Charity recula et ferma la porte, enfermant la chèvre avant de crier.

— Hé oh ? Il y a quelqu'un ? Tucker ? Un des ouvriers ?

Elle lança un coup d'œil dans les deux couloirs principaux arrivant au bureau, mais rien.

— Hé oh ? J'ai besoin d'aide avec un animal.

— Hé.

Une voix féminine résonna derrière elle, et Charity se retourna brusquement.

— Oh, Emma. Bonjour.

— Bonjour.

L'adolescente s'avança, dans un mouvement si semblable à un mélange du pas nonchalant de Caleb et de la démarche pragmatique de Tamara que Charity fut obligée de sourire.

— Qu'y a-t-il ? demanda Emma.

— Oh, j'ai une petite invasion dans le bureau et j'ai besoin d'un coup de main.

Emma plissa le nez.

— Des souris ?

— Un petit peu plus gros. Essaie une chèvre.

L'adolescente émit un son moqueur.

— Oh, zut. *Elles.*

— Peut-être qu'invasion est un mot exagéré puisqu'il n'y a qu'une chèvre, admit Charity.

— Oh, vous n'exagérez pas du tout, lui assura Emma en pointant le bureau de l'autre côté du couloir et en commençant à avancer. Eeny est toute une bande de problèmes à lui tout seul.

— Oh bien, tu connais son nom.

— Les probabilités sont élevées. Est-ce que la porte était ouverte ?

— Fermée.

Emma hocha la tête, la main sur la poignée.

— Eeny sans aucun doute. C'est notre virtuose de l'évasion. Le problème, c'est qu'une fois qu'il sait comment entrer ou sortir, l'instant d'après...

Elle ouvrit la porte, et soudain un chœur de *bêêêê* les accueillit.

Six yeux vifs sur des faciès gris barbus se tournèrent vers la porte. Une chèvre avait grimpé sur le bureau, la numéro deux était perchée sur le dessus du classeur à tiroirs et la dernière en équilibre sur le siège de Charity.

Cela allait trop loin. Charity croisa de nouveau les bras.

— Je doute que vous ayez prévu de faire ma paperasse, alors j'aimerais récupérer mon bureau, s'il vous plaît.

Emma lui lança un grand sourire, alors qu'elle faisait signe à Charity d'avancer puis refermait prudemment la porte derrière elles. Elle regarda Patchwork Annie, mais comme d'habitude, la chienne semblait contente de rester sur les talons de Charity.

— Je ne veux pas qu'elles s'échappent dans une direction que je ne peux pas contrôler, expliqua Emma quand Charity haussa un sourcil.

L'adolescente marqua une pause.

— Est-ce que vous seriez assez à l'aise pour tenir une corde si je vous la donne ? Elles ne vous mordront pas et ne vous donneront pas de coups de pied une fois qu'elles auront une longe.

— Je pense que ça ira. Elles sont loin d'être aussi grandes que les chevaux.

— Elles compensent par l'agacement ce qu'il leur manque en taille, plaisanta Emma.

C'était comme regarder une danse. Emma attrapa les cordes et les longes sur le mur, s'avança et attrapa immédiatement la chèvre perchée sur le bureau. Elle tira légèrement, et elle descendit d'un bond en marmonnant un *bêêê*.

— C'était simple.

Emma tendit la longe à Charity. Elle se tourna, attrapa l'oreille de la chèvre sur le fauteuil, glissa la corde par-dessus sa tête, puis fit rouler le fauteuil, avec la chèvre dessus, vers le classeur à tiroirs.

La troisième chèvre bondit sur le côté, directement à l'endroit où Emma se tenait. Un instant plus tard, elle aussi était attachée.

Emma lança un grand sourire à Charity.

— Et maintenant, nous les ramenons à l'enclos et nous essayons de bloquer les trous pour qu'elles ne sortent pas pendant au moins une journée.

— Tu as été incroyable.

Charity se concentra pour garder les doigts étroitement enroulés autour de la corde qu'on lui avait donnée. À ce stade, il était impossible qu'elle veuille laisser l'animal s'éclipser.

— J'ai été bien entraînée, répondit Emma alors qu'elles sortaient de l'écurie et s'approchaient de l'enclos barbelé que Charity avait déjà vu sans savoir ce que c'était. Nous avons ces bestioles depuis un moment maintenant. Nous avons géré presque toutes les bêtises qui existent.

— Eh bien, tu as été super. Merci.

Emma lui jeta un regard un peu plus perçant alors qu'elle poussait la barrière. Elle se mordilla la lèvre inférieure, réfléchissant à l'évidence à quelque chose.

Une fois que les chèvres furent relâchées sans risque et que l'enclos fut de nouveau complètement scellé, Charity s'écarta et s'appuya sur la barrière. Elle admira l'enclos et sourit alors que les trois chèvres cherchaient immédiatement des endroits élevés pour foudroyer leurs geôlières du regard.

— Charity...

Emma s'interrompit.

Charity s'était occupée d'enfants bien trop souvent pendant des cours de danse pour ne pas interpréter les signes.

— Tu avais une question ?

La jeune fille réfléchit de nouveau puis hocha la tête.

— Oui, vous et Dustin.

Hum. Il était temps d'y aller prudemment.

— Oui ?

Emma leva le menton.

— Il est spécial. Je sais que c'est notre oncle, mais il a toujours été un peu comme un grand frère, et je...

— ... veux simplement savoir s'il va bien ? devina Charity.

La jeune fille se mit à rire.

— Il va plus que bien. Il est plus heureux que je ne l'ai vu depuis des lustres. Je voulais simplement vous dire que je suis reconnaissante que vous ayez fait tant de choses pour vous assurer que ce soit plus facile pour lui quand les trucs avec les médias se sont produits. Et que je suis vraiment désolée qu'on ait pénétré dans votre appartement.

Charity se rapprocha, ravie de cette conversation.

— Merci. Ce n'était pas agréable, mais beaucoup de gens, y compris ta mère, m'ont aidée. Et voilà un secret.

Elle baissa la voix :

— Ton grand frère slash oncle – froncle ? – voilà. C'est facile d'être sympa avec ton *froncle*.

— On mon Dieu, c'est parfait. Froncle Dusty.

Emma lui lança un grand sourire, et ses magnifiques yeux bleus étincelèrent d'espièglerie.

— Il taquinait Papounet l'autre jour sur les nombreux surnoms des gens. Ce sera le sien à partir de maintenant.

Charity effectua une petite révérence.

— Merci pour ton aide avec les chèvres. Maintenant je dois retourner travailler.

Emma hocha la tête puis se tortilla sur place.

— Est-ce que je peux vous faire un câlin ?

Seigneur.

— Bien sûr, ma puce.

Charity ouvrit les bras et accepta la chaleureuse étreinte.

Cela faisait quatre ans qu'elle avait rencontré cette enfant pour la première fois, et la différence n'aurait pas pu être plus saisissante. La jeune Emma avait lutté avec les mots, se cachait des projecteurs, et avait été heureuse de rester en arrière et de laisser sa sœur parler à leur professeur de danse.

Voir à quel point elle s'était épanouie était précieux.

Charity la serra une dernière fois.

— Bon, je dois travailler, ou ils me mettront dans l'enclos avec Meany.

— Froncle Dusty vous ferait évader, la taquina Emma en agitant les doigts alors qu'elle s'éloignait en sifflant effrontément.

Dustin éclata de rire en entendant cette histoire ce soir-là alors qu'ils partageaient leur dîner.

— Ce sont de bonnes gamines, Sasha et Emma. Je suis content que Tamara soit arrivée quand il le fallait, mais Caleb a fait de son mieux. Et Ginny et Dare ont beaucoup aidé après le départ de leur mère.

— J'ai entendu dire que Dare arrivait aujourd'hui. Sympa, le prénom.

— Le diminutif de Darilyn, si tu ne le savais pas encore. Tu pourras la rencontrer demain soir, sinon avant.

À la soirée entre filles chez Ginny.

— Je n'arrive pas à croire que Ginny organise un rassemblement le jour où son accouchement est prévu.

— La distraction est une bonne chose en ce moment. D'après ce que j'ai entendu.

Elle le regarda.

— Est-ce que tu prévois de distraire Tucker ?

Le sourire de Dustin redoubla d'éclat.

— Oh que oui. Je pourrais essayer d'alléger un peu son portefeuille.

Charity posa les doigts contre sa bouche comme si elle était choquée par ce qu'elle entendait.

— Espèce d'ignoble personnage. À prévoir de plumer ton pauvre beau-frère préoccupé.

— N'est-ce pas génial ?

Dustin projeta la tête en arrière et gloussa comme un fou.

Son rire était contagieux, et ils passèrent le reste de la soirée à se faire éclater de rire mutuellement.

Le lendemain, Charity tapa de ses phalanges le genou de Dustin. Il était assis sur une des chaises du porche, en train d'enfiler ses bottes.

— Vous ne vous retrouvez chez Luke que dans une demi-heure. Tu n'as pas besoin de m'accompagner chez ta sœur maintenant.

— Je sais, répondit-il en se levant avant de lui tendre la main. Je ne suis pas obligé, mais j'en ai envie.

Elle ne pouvait pas dire grand-chose à ça.

— Eh bien, d'accord.

Il lui lança un grand sourire.

Ils avancèrent lentement, main dans la main à travers la prairie entre le cottage et les deux maisons au-dessus du Big Sky Lake. Presque tous les logements de Silver Stone étaient construits au sud du lac, en commençant à l'ouest par la maison principale dans laquelle vivaient Tamara et Caleb. Le cottage qu'on lui avait prêté était à l'est de celle-ci. Les écuries, les manèges et le dortoir se trouvaient au milieu, un peu plus au sud. À l'extrémité est se trouvaient deux maisons qui abritaient Kelli et Luke, et Ginny et Tucker.

La seule construction vers le nord du lac était un plus petit chalet presque terminé qui serait le futur foyer d'Ashton Stewart et de sa femme Sonora.

L'ensemble des maisons donnait l'impression d'être sorti de

terre, naturel et faisant partie du terrain au lieu d'être un affleurement disgracieux.

Charity leva une main pour se protéger du soleil qui l'éblouissait en se reflétant sur l'eau immobile du lac tandis que Patchwork Annie passait en bondissant à côté d'eux.

— Ce doit être l'animal le plus heureux du monde en ce moment, affirma Charity en indiquant la chienne qui sautillait entre Dustin, elle et la chose intéressante la plus proche à renifler avec l'excitation d'un chiot.

— Elle a fait un boulot incroyable pour te surveiller, mais ouais. C'est moi qu'elle aime le plus, dit Dustin en lui lançant un clin d'œil. Ce sont mes manières charmantes.

— C'est parce que tu es super maladroit quand tu manges, rétorqua Charity. Je jurerais que tu as fait un petit malaise hier. La taille du steak haché qui a *accidentellement* volé vers elle était gênante.

— La gâter est une mauvaise habitude que j'ai.

Dustin s'arrêta sur le perron arrière et indiqua à Annie d'aller sur le côté. Elle rejoignit avec joie les chiens de Luke et de Tucker dans l'abri chaud à côté du sentier.

Charity se prépara mentalement avant d'ouvrir la porte. Toutes les femmes Stone au même endroit en même temps, et elle était sur le point d'en faire partie.

« Ce sont des personnes sympa, se rappela-t-elle alors que la porte s'ouvrait. Ça va aller. »

C'était comme arriver sur une scène bondée avec tous les acteurs qui attendaient leurs instructions. Non seulement les femmes étaient là, mais leurs maris aussi.

Plus une femme seule. Charity avait été présentée à Darilyn Coleman plus tôt cet après-midi-là. Elles avaient entamé une discussion franche sur les blogs et le droit à la vie privée des enfants qui avait rassuré Charity : Dustin avait raison en disant que sa sœur adoptive Dare n'était pas une *maman blogueuse* dangereuse.

Cela voulait dire que Charity avait tous les noms à associer aux visages.

Mais, ô mon Dieu ! Tellement de visages.

Tamara attrapa Charity par le bras et l'attira davantage dans la pièce.

— Tu es pile à l'heure. La Troisième Guerre mondiale est sur le point de commencer.

— Ce n'est pas une guerre, protesta Tucker, qui se tenait au-dessus de Ginny. J'ai décidé d'avoir une partie tranquille de billard avec mon meilleur ami et mes beaux-frères. C'est tout.

— Le soir où j'organise la soirée entre filles ? demanda Ginny.

— Une coïncidence, clama Tucker.

— Ce sont des salades, répondit Ginny en le foudroyant du regard. Bien ? Va jouer chez Luke. Ce n'est qu'à cinquante mètres au sud.

— Si tu crois que je vais m'éloigner de toi à une distance où je ne peux pas t'entendre crier en ce moment, tu te fais de sacrées illusions, grogna Tucker.

Ginny l'attrapa par le col et l'attira à elle, pas du tout gênée par l'énorme renflement de son ventre. Cela demanda à Tucker de se contorsionner d'une manière créative, mais un instant plus tard, il acceptait son baiser, pendant qu'autour d'eux des cris bruyants résonnaient.

Quand ils reprirent leur souffle, Tucker avait les joues rouges.

— D'accord, un petit ajustement, annonça Ginny, une main posée sur son ventre. Mesdames... dirigez-vous vers la cuisine. Les gars, au sous-sol. Restez dans votre coin pour la soirée et nous ferons comme si l'autre sexe n'existait pas ce soir. Sauf Dustin... tu seras notre coursier entre les deux sexes.

— Pourquoi lui ? râla Tucker.

Ginny foudroya son mari du regard.

— Parce que je lui fais confiance pour ne pas me tourner autour toutes les trois secondes pour me rappeler que je ne dois pas rester debout. Maintenant, *dégagez*.

Comme la mer Rouge qui se séparait, les groupes se partagèrent dans deux directions.

Seulement, beaucoup d'autres baisers furent échangés avant que les hommes ne disparaissent dans les escaliers. Ivy s'était installée dans un coin de la pièce, et Walker marqua une pause, s'agenouilla alors qu'il lui relevait le menton d'un doigt, puis pressa doucement ses lèvres contre les siennes.

Caleb souleva franchement Tamara dans ses bras et l'embrassa de manière possessive. Luke fit tournoyer Kelli puis la renversa et ils échangèrent un long baiser brûlant qui fit rougir Charity.

Dare affichait un sourire narquois avec une patience à toute épreuve. La sœur adoptive de Dustin croisa les bras sur sa poitrine puis secoua la tête alors qu'elle regardait autour d'elle.

— Il y a bien trop de démonstrations d'affection publiques en ce moment. C'est très indélicat de votre part, étant donné que j'ai laissé celui que j'embrasse dans le Nord.

Tamara, plutôt essoufflée, ajusta ses lunettes vert fluo puis entrelaça ses doigts à ceux de Caleb avant de hausser un sourcil vers Dare.

— J'imagine que Jesse arriverait ici en un temps record si tu l'appelais.

Ce que Dare répondit fut ignoré lorsque Dustin s'avança dans la ligne de mire de Charity, une expression passionnée sur le visage.

— Arrête de regarder tous les autres faire la bouche en cul-de-poule et prépare tes lèvres pour moi.

Charity attrapa ses lèvres entre ses doigts et les tira... à droite, à gauche, en haut, en bas.

— Comme ça ?

Il ricana puis passa la paume sur son cou, se rapprocha et frôla son nez du sien.

— Parfait.

Leurs lèvres entrèrent en contact, et *c'était* parfait. C'était doux et pourtant brûlant, nouveau et pourtant déjà tellement familier. Elle aurait pu rester là toute la nuit avec la bouche de Dustin contre la sienne. La douce caresse de son pouce sur son cou formait un contraste avec le frisson qui provoquait la panique et était pourtant doux d'être incluse dans la famille.

Le désir que ce soit réel grandissait à chaque inspiration qu'elle prenait.

C'était la meilleure et la plus étrange des soirées.

Désigné comme intermédiaire, Dustin passait un moment à jouer au billard, puis était envoyé prendre une nouvelle tournée de bières dans le frigo de la cuisine, à côté duquel les femmes étaient rassemblées.

À chaque fois qu'il était au rez-de-chaussée, ses belles-sœurs et ses sœurs lui donnaient des ordres avec un grand enthousiasme alors qu'elles lui demandaient d'aller chercher des choses sur les étagères du haut, d'ouvrir des boîtes de friandises très sucrées, et lui faisaient assumer ainsi un travail physique.

Il s'en fichait. D'une certaine manière, c'était comme avoir la permission d'entrer brièvement dans un monde qui lui avait toujours été interdit. De plus, les femmes ne plaisantaient pas quand il s'agissait de bien s'amuser.

Elles lui firent rapprocher un fauteuil confortable

surdimensionné de la table pour que Ginny puisse avoir les pieds levés tout en restant au cœur de l'action. De multiples plateaux d'en-cas remplis de fromage fondant apparurent comme par magie et furent partagés. Les bulles dans de grands verres donnaient l'impression qu'elles prenaient toutes des boissons de luxe alors qu'il savait très bien que la plupart étaient sans alcool.

— La pizza pour vous sera prête dans cinq minutes, annonça Dare.

Sa sœur adoptive le regarda, son regard se reporta vers Charity, qui aidait Tamara à assembler un truc constitué de bougies en forme de mignons bonshommes de neige.

— J'espère que tu en as fait assez. Ton mari n'est pas là, mais j'ai promis de manger quelques parts en son honneur.

— Jesse est probablement en train de manger de la pizza en ce moment même et d'en donner aussi à mes bébés, répondit-elle en souriant. Certaines choses ne changent jamais. Il cuisine toujours comme un cow-boy.

— Directement de la boîte à la table ?

— Si ça ne peut pas être mis au micro-ondes, toasté ou grillé, ça ne peut pas être bon, répondit-elle avant de se rapprocher. Alors... Charity.

— Alors ?

Le sourire de Dare redoubla d'éclat.

— Elle est adorable et superbe.

— Ouais. En plus, elle a assez de cran pour te donner du fil à retordre, déclara-t-il avant de se rapprocher. Merci de ne pas avoir accepté ma demande en mariage il y a toutes ces années.

Elle se mit à rire.

— Je t'en prie.

Charity leur jeta un coup d'œil, un sourcil haussé d'un air interrogateur. Dustin lui lança un clin d'œil, puis transféra la pizza et retourna au sous-sol.

Tucker l'attendait, appuyé sur le mur en bas des escaliers.

— Tout va bien ?

Dustin ricana, passa à côté de Tucker et s'approcha de la table improvisée pour déposer ce qu'il portait.

— Ginny est toujours enceinte. Toujours assise, à s'amuser.

Son beau-frère lui lança un regard noir.

— Tu ne devrais pas trouver ça aussi amusant.

— Et pourtant c'est le cas.

— Espèce d'idiot.

Dustin plaça une énorme part de pizza sur une assiette et la tendit à Tucker.

— Mange. Tu auras besoin de tes forces bien assez vite. Tu devras continuer à sourire pendant que tout le monde te dira quel magnifique bébé tu as, alors que nous savons tous que les humains nouveau-nés ont l'air de vieux messieurs ridés.

— Seigneur.

Tucker retourna rejoindre les autres d'un pas lourd.

Les bribes de conversation se mélangeaient, entre les voix masculines du sous-sol et les intonations plus aiguës arrivant d'en haut, et Dustin se surprit à sourire le plus souvent. Pouvoir voir Charity avec le reste d'entre eux était plaisant.

Pouvoir traîner avec tous ses frères... ça l'était aussi.

Il fit tomber la dernière boule dans la poche et laissa échapper un rire machiavélique.

— Nous gagnons encore.

Il leva une main vers Walker, et ils s'en tapèrent cinq.

— Vous trichez, accusa Caleb en les regardant, les yeux plissés. Je ne sais pas comment, mais vous trichez.

— Ce sont nos yeux bien plus jeunes et notre coordination œil-main plus stable. Simplement la dure réalité, dit Walker d'une voix traînante.

Caleb poussa un son moqueur.

— Encore une. Cette fois, Tucker et Walker, Luke et moi.

— Parfait. Ça laisse Dustin libre d'aller chercher des bières, déclara Luke en le tapant dans le dos. Ne reste pas un siècle, frangin. Tu étais parti si longtemps la dernière fois que je me suis demandé si tu étais sorti discrètement avec Charity pour un petit coup vite fait.

— Bon sang, bonne idée.

Dustin évita le coup de poing de son frère en se baissant et grimpa les marches deux par deux.

Lorsqu'il rejoignit le rez-de-chaussée, la pièce déjà animée explosa sous les rires. Tout autour de la table, les femmes se tenaient le ventre ou avaient les mains levées devant leurs lèvres, la joie inondant la pièce comme la lumière du soleil.

— Quoi de neuf ? demanda-t-il à Charity alors qu'il s'agenouillait près de sa chaise.

Elle pointa la table du doigt, incapable de parler tant elle riait.

Les bougies en forme de bonshommes de neige qu'il avait aperçues étaient désormais affaissées après leur ancienne gloire. Avec des yeux mal alignés et des branches d'arbre en guise de bras qui pointaient dans des directions maladroites, ils n'auraient pu orner une table élégante.

— Cool. Des bonshommes de neige zombies, avança Dustin.

Ginny se mit à rire encore plus fort, soutenant son ventre d'une main, l'autre pointant Dustin du doigt.

— Oui, réussit-elle à dire entre deux hoquets. Oh mon Dieu, nous avons un nouveau gagnant. Les bonshommes de neige zombies pour votre parfait décor de fêtes.

Les rires s'avérèrent être tout ce qu'il leur fallait.

Soudain, le sous-sol se vida, et les hommes se retrouvèrent tous au rez-de-chaussée, incapables de rester éloignés plus longtemps. Ensemble, ils apprécièrent le désastre de la création et rapprochèrent d'autres chaises pour que les conversations puissent continuer et se diversifier.

Charity entraîna Dustin avec elle vers le plan de travail de la cuisine.

— Il faut plus de nourriture tout de suite. J'ai vu des chips pour nachos. Préparons quelques plateaux.

Il hocha la tête tout en lui volant un baiser.

— Les nachos me feront toujours penser au partage de microbes.

Il se rapprocha et parla doucement alors qu'il passait un doigt à la base de son cou.

— Et au rougissement que tu as juste ici quand tu jouis.

— Dustin, mit en garde Charity.

Mais ses yeux dansaient.

La soirée se termina avant 23 heures. Ginny demanda à Tucker de l'aider à se décoller de son fauteuil.

— Vous pouvez rester, mais je vais me coucher. Ma pastèque est fatiguée.

— Nous devrions tous nous retirer pour ce soir, suggéra Luke en essayant de ne pas regarder Kelli.

Mais il échoua de manière spectaculaire. Ou en tout cas pour Dustin, qui savait que son frère était déjà obsédé par le bébé à venir et la manière de faire en sorte que Kelli ralentisse.

— Mais ça a été amusant. À l'avenir, des moments *uniquement pour les adultes* devraient être plus réguliers pour la famille, suggéra Tamara en s'étirant avant de bâiller. Viens, Señor Stone. Emmène-moi au lit.

— Pourquoi est-ce que tout le monde laisse entendre que je suis vieux ? ronchonna Caleb. Je ne suis pas vieux.

— Señor comme en espagnol, lui assura Tamara. Ce qui me fait penser... je dois prévoir un test auditif pour toi.

Walker et Dustin se moquèrent si fort que toute la famille se joignit à eux, y compris Caleb.

Charity souriait encore quand elle se préparait à se coucher. Elle releva ses cheveux avec aisance et enroula un tissu soyeux autour de ses boucles.

— Ta famille est merveilleuse. Merci pour cette charmante soirée.

— Tu l'as rendue spéciale aussi, lui dit-il.

Il voulait lui en dire plus, signaler qu'elle s'y était intégrée, mais à la place, il l'entoura de ses bras et attendit son heure. Ils devaient parler de ce truc entre eux, mais ce n'était pas encore le moment.

Ce moment *approchait*, il en était sûr, mais cet instant était spécial en lui-même.

Ils étaient au lit depuis quelques heures quand le téléphone de Dustin vibra. Comme il était en mode « Ne pas déranger », ce devait être Tucker ou Caleb.

Il l'attrapa sur la table de nuit et jeta un coup d'œil.

Tucker : « Ginny a commencé le travail. On va à l'hôpital. »

Tucker : « Je n'arrive pas à joindre Luke. Tu peux informer la famille ? »

Dustin : « Bien sûr. Vous gérez. Nous serons tous là dès que nous pourrons. »

Tucker : "Hé gamin, c'est Ginny. Tucker conduit. Je suis en train d'être comprimée entre les portes de l'enfer, mais hé, avoir un bébé, c'est super ! Nom d'un chien. »

Dustin : « Ton enfant va être la personne qui jurera le mieux de la famille. Ça te va si nous envahissons l'hôpital pendant que tu insulteras Tucker pour t'avoir mise dans cette posture difficile ? »

Tucker : « Toujours Ginny. Ouais, je ne sais pas combien de temps ça va prendre... sauvez-moi, j'espère que ce sera fini dans genre cinq minutes parce que NOM D'UN CHIEN. Mais hé, ouais. Rassemble les troupes. Dare est déjà avec nous. On se voit bientôt. Enfin, je ne te verrai pas parce que je serai occupée, NOM D'UN CHIEN c'est NUL, mais hé, tu sais ce que je veux dire. »

Dustin : « Je t'aime, grande sœur. Tu peux le faire, espèce de Stone têtue et solide comme le roc. »

Tucker : « Je t'aime aussi. NOM D'UN CHIEN. »

Peut-être que ce n'était pas le plan, mais bon sang, il voulait être là. C'était en partie pour ça qu'ils avaient fait ce qu'il fallait pour gérer les idioties des médias. Pour faire en sorte de pouvoir continuer leur vie et faire ce qui était important.

L'excitation tourbillonnant en lui, il se souleva sur un coude et embrassa Charity sur la joue.

— Tee. Réveille-toi.

Elle roula légèrement sur le côté, clignant doucement des yeux.

— Qu'y a-t-il ? Ça va ?

— Oui. Mais Ginny a commencé le travail, alors nous allons à l'hôpital. Viens. Habille-toi pendant que j'appelle le reste de la famille.

Ce fut ainsi que seulement quelques heures après leur soirée ensemble, ils se rassemblèrent à nouveau.

L'installation stérile de la salle d'attente de l'hôpital formait un contraste semblable à celui du jour avec la nuit avec la chaleur du foyer que Ginny et Tucker partageaient. Au lieu de la lumière chaleureuse des bougies et des murs jaune crème, une peinture gris générique les entourait et le sol beige quelconque était éraflé sous leurs pieds. Aucun fauteuil rembourré confortable, simplement des sièges individuels solides alignés en rangées le long des murs.

Ça n'avait pas d'importance. Le cœur de la salle était les personnes, et sa famille était là presque au grand complet. Tout le monde sauf Ivy et Emma, qui étaient restées à la maison pour surveiller les enfants.

Ils étaient arrivés juste avant 3 heures du matin. Pendant

quelques heures ils discutèrent discrètement, changeant de siège pour se rapprocher de quelqu'un d'autre de temps en temps. Sasha et Charity allèrent prendre du café pour tout le monde. Dare revenait avec des nouvelles quand elle le pouvait.

À presque 5 heures, Dare se précipita dans le couloir.

— On y est presque. Ginny ne nous menace plus et est passée à l'étape du marchandage, ce qui veut dire que le bébé est presque arrivé.

Dustin était assis près de Charity à ce moment-là, ses doigts entrelacés aux siens. Elle frissonna sur place, et il posa la joue contre la sienne.

— Ça va aller pour elle. Pour eux deux.

— Je le souhaite tellement pour eux, et pour Tucker.

Elle enfonça son visage contre son cou et inspira profondément.

— Je n'arrive pas à croire que je suis là, à pouvoir partager ce moment précieux, ajouta-t-elle.

Il lui étreignit les doigts, sa langue s'emmêlant sur les mots à prononcer qui ne la feraient pas trop flipper.

— Il faut que tu sois là. C'est... normal.

Elle recula légèrement, les yeux brillants.

— Merci.

Quand Dare revint dans la salle d'attente, elle avait les joues rouges mais elle affichait un immense sourire.

— Ginny et Tucker sont ravis de vous annoncer que, et je cite, que « leur fille est prête à recevoir l'hommage qui lui est dû de la part de la famille qui l'adore ».

— Oh mon Dieu, une fille, déclara Sasha en levant le poing. *Oui.*

Les rires s'élevèrent alors que Caleb et Tamara se levaient pour aller voir le bébé.

— Ils veulent annoncer son prénom, dit Dare doucement.

Ce fut presque vingt minutes plus tard que Charity et

Dustin entrèrent enfin dans la chambre. Ginny avait l'air fatiguée, mais elle rayonnait de bonheur, et cela l'emportait sur tout le reste.

Tucker tenait un petit paquet dans ses bras, regardant fixement sa petite fille avec stupéfaction. Le sourire qu'il lança à Dustin était éblouissant.

— Mon Dieu, il faut que tu aies un, tout de suite.

Dustin se faisait écraser par toute sa famille. Il ignora ce commentaire – un beau-frère grisé par son bébé ne pouvait pas s'en empêcher, supposa-t-il – et se concentra sur Ginny.

— Tu es superbe, et je suis content qu'elle soit arrivée sans encombre. Félicitations.

Elle accepta son baiser puis tendit les mains à Charity.

— S'il te plaît, n'aie pas peur de la famille. Ils sont tous en train de planer sur des vapeurs de bébé en ce moment.

— Moi-même je flotte à environ un mètre cinquante du sol, alors je comprends. Félicitations.

— Comment s'appelle-t-elle ? demanda Dustin doucement en se glissant derrière Charity et en lui serrant les épaules.

Tucker se leva puis fit un geste de la tête vers la chaise.

— Non. Tu dois la tenir pour entendre son nom.

Ce que Dustin voulait, c'était placer Charity sur ses genoux et qu'ils tiennent l'enfant ensemble. Mais à la place, il l'installa sur la chaise et lui mit le bébé de Tucker dans les bras. Puis il s'agenouilla, passa les mains autour des épaules de Charity et regarda le bébé dans les yeux.

— Nous aimerions que vous fassiez la connaissance de Demetria Joy, annonça Ginny. Demi pour faire court.

Le bébé remua, son nez se plissa alors qu'elle se tortillait brièvement puis s'immobilisait dans le creux des bras de Charity. Les yeux à peine ouverts, elle avait l'air aussi plissée et ridée que tous les nouveau-nés.

— Elle est tellement belle ! dit Charity d'un ton

respectueux. Bonjour, Demi. Je suis vraiment ravie de te rencontrer.

Dustin échangea un sourire avec Tucker, puis se concentra de nouveau sur le bébé.

— Hé, Demetria Joy. Bienvenue dans la famille.

19

———

Mardi après-midi, Dustin était prêt à prendre du repos.

Se dépêchant de revenir au ranch à l'heure après avoir vérifié les clôtures, Shim et lui étaient couverts d'une fine couche de poussière après avoir chevauché avec vigueur.

Dustin rapprocha son cheval assez près pour pouvoir faire atterrir une tape solide sur l'épaule de Shim.

— Tu as bien chevauché aujourd'hui.

— Pour un cavalier modérément talentueux ? le taquina son ami.

Ils se sourirent puis dirigèrent leurs chevaux vers l'écurie, les faisant avancer lentement pour refroidir leurs muscles.

— Je regrette que nous n'ayons pas pu passer plus de temps ensemble cet été jusqu'à maintenant, avoua Dustin.

Comme Shim lui lançait un regard étrange, Dustin continua :

— Tu es arrivé ici, et je n'étais pas là. Depuis, j'ai surtout fait des trucs avec Charity ou avec ma famille. Je suis nul comme ami.

Shim agita une main devant ce commentaire.

— Ne fais pas ta princesse. Nous avons déjà parlé de la raison pour laquelle tu n'étais pas là au début. Passer du temps avec Charity est sensé pour plus d'une raison. Et ta famille est un énorme mastodonte que tu ne pourrais pas éviter même si tu le voulais, et il est *inutile* que tu le veuilles.

Il dirigea son cheval vers le manège, haussant légèrement les épaules.

— Je suis à Silver Stone pour de bon... ou en tout cas jusqu'à la fin de ce contrat. Nous avons quand même passé du temps ensemble tous les jours, même si ce n'est qu'en nous disant bonjour au déjeuner. Ça va, alors dégage avec ta culpabilité. C'est agaçant à écouter.

Dustin émit un son moqueur.

— Oui, monsieur.

Shim lui lança un clin d'œil.

— Mais je te demande si tu peux être présent à un événement juste entre mecs. J'ai gagné un voyage de pêche en rafting pour quatre au mois d'août. C'est sur la Bull River, près de Crowsnest Pass. Intéressé ?

— Oh que oui ! répondit Dustin, son cerveau passant en mode turbo. Tu as des idées pour les deux autres gars ?

— Je suis ouvert aux suggestions.

— Nous en reparlerons plus tard.

Parce que Lionel et Keith de Crooked Creek seraient à fond dans cette activité et seraient de bonne compagnie.

— Mais grave mon nom dans le marbre, ajouta-t-il.

Shim hocha la tête puis regarda sa montre.

— Bon sang, donne-moi ton cheval. Tu dois aller te préparer.

— Je peux... protesta Dustin.

— Vas-y, insista Shim en prenant les rênes alors que son expression s'éclairait. Tu rencontres la famille de Charity dans moins d'une heure. Il faut que tu aies une bien meilleure odeur que maintenant si tu veux faire bonne impression.

— Trou du cul.

— Exactement l'odeur que tu as, marmonna Shim en entraînant les chevaux avec lui alors qu'il faisait signe à Dustin de filer. Ce n'est que la vérité, mon ami. Ce n'est que la vérité.

Dustin inspira profondément et grimaça. Shim n'avait probablement pas tort.

Envoyant mentalement des remerciements à sa famille et son ami, il sortit paresseusement de la douche trente minutes plus tard, prêt à profiter des trois jours à venir avec Charity et sa sœur.

Alors qu'il enfilait des vêtements, il réfléchit à la manière de tirer le maximum de ce temps. Pas seulement avec Charity, mais pour avancer vers la prochaine étape.

Seigneur, est-ce que cela ne faisait qu'une semaine depuis l'arrivée de Demi ?

Dans la vie professionnelle, les choses étaient revenues à la normale. Il y avait encore quelques battages sur les réseaux sociaux de temps à autre, et les demandes d'interviews avaient ralenti sans stopper, mais pour l'essentiel, Silver Stone était retourné aux affaires courantes.

Mais il n'y avait pas encore de nouvelle sur qui avait pénétré chez Charity. Ce qui était à la fois bon et mauvais. Il voulait savoir à qui il devait botter les fesses.

Mais il aimait avoir Charity là où elle se trouvait. Et la semaine écoulée avait été extraordinaire sur le plan du temps passé ensemble. Comme s'ils savouraient déjà chaque instant.

Devait-il seulement lui dire qu'ils devraient diriger leur relation dans une nouvelle direction solide ? Parce qu'il avait l'impression qu'ils y étaient presque déjà.

Non. Il se frotta les cheveux pour les mettre en ordre. C'était de la lâcheté. Il devait lui dire franchement ce qu'il ressentait, et bientôt. Il rencontrait sa famille. Elle avait déjà plongé la tête la première dans la sienne.

N'était-ce pas censé être une des étapes les plus importantes d'une relation ?

Il trouva Charity qui faisait les cent pas sous le porche, le regard fixé sur l'allée alors qu'elle tournait sur place et se trémoussait d'impatience.

Elle leva les yeux vers lui.

— Je pense que je n'ai pas été aussi excitée depuis que je suis allée au Calgary Stampede pour la première fois et que je suis montée dans l'attraction du Zipper.

— Tu vibres.

Il n'aurait pas pu cacher l'amusement dans sa voix même s'il l'avait voulu.

— Elles sont en retard, râla Charity mais elle souriait en se rapprochant. Tu vas adorer ma sœur. Et son épouse est la personne la plus mignonne du monde. Tellement intelligente ! Et vraiment gentille. Suz est comme une grande bulle de bonheur sous forme humaine.

Il l'attira sur ses genoux.

— Tu m'en as tellement dit que j'ai l'impression de les avoir déjà rencontrées. Mais toi, tu vas tomber si tu ne t'arrêtes pas de bondir.

— Elles me manquent. Et tu dois les rencontrer, répéta-t-elle.

— Je sais. Maintenant, tu as quelque chose juste ici...

Il toucha le coin de sa bouche un instant. Charity s'immobilisa, et il se pencha vers elle.

— Ne t'inquiète pas, continua-t-il. Je m'en occupe.

Les lèvres de Dustin se posèrent sur les siennes, et la douceur du baiser passa de tendre à quelque chose de plus brûlant, et bon sang, il se demanda s'il avait le temps de la soulever et de l'emmener dans la chambre pour la dévorer un peu.

Elle s'agrippa étroitement à ses épaules et ses lèvres s'incurvèrent en un sourire.

— Tu as du talent pour distraire.

— Satisfaire est ma priorité.

Il avait parlé contre ses lèvres, maintenant le contact alors qu'elle passait une jambe sur ses cuisses et se nichait plus confortablement contre lui.

— Merci d'avoir invité ta famille pour que je puisse avoir des vacances, ajouta-t-il.

— Merci de nous emmener non seulement monter à cheval, mais aussi faire du camping, dit-elle en reculant un peu puis en passant les doigts le long de sa mâchoire. Je pense vraiment que nous pourrions retourner à mon appartement. La personne qui a pénétré chez moi doit être partie depuis longtemps maintenant. Les autres bêtises ont beaucoup diminué.

— Nous n'allons pas en débattre à nouveau, la prévint Dustin. Concentre-toi sur ce qui *va* se passer, qui est de t'assurer que ta sœur et ta belle-sœur profitent de leurs vacances.

Elle plissa le nez.

— D'accord.

Seigneur, elle était adorable. Et intrépide, intelligente et tout ce qui lui donnait envie d'être un homme meilleur.

Dustin posa son front contre le sien.

— Au fait...

Elle haussa un sourcil.

— À qui dois-je parler pour m'enregistrer dans ce ranch pédagogique ? lança une voix joyeuse.

Charity se redressa de surprise.

— ... ta sœur est là, termina Dustin.

Charity secoua la tête.

— Tu t'attires des ennuis.

Puis elle bondit de ses genoux, descendit les marches et se précipita dans les bras de sa sœur.

Dustin attendit sous le porche tandis qu'une version légèrement plus âgée de Charity terminait de la serrer fort puis tournait son regard vers lui. Chelsea portait aussi ses boucles définies détachées et naturelles, seulement, les siennes étaient coupées beaucoup plus court, faisant de ses cheveux en un halo sombre et brillant.

Il descendit et lui tendit une main.

— Bienvenue à Silver Stone.

Chelsea regarda sa main et haussa un sourcil.

— Vraiment ? Une poignée de main ?

Dustin ouvrit les bras.

— Nous avons des options.

Un instant plus tard, Chelsea l'enveloppait dans ses bras suffisamment fort pour concurrencer les câlins à en faire craquer les côtes de ses frères. Cela fut suivi de la même étreinte de la part de Suz, qui s'avéra être une grande femme extrêmement mince avec une peau plus foncée que les deux sœurs et une masse de dreadlocks blondes.

Charity passa les bras sous les leurs.

— Que voulez-vous voir en premier ? Les chatons ? Les chevaux ? Les chèvres ? Mon Dieu, je suis même excitée que vous voyez les *chèvres*, déclara-t-elle en croisant le regard de Dustin. Je suis à l'évidence en plein délire.

— Tu ne sors clairement pas d'un trajet en voiture de quatre heures, intervint Suz. D'abord les toilettes, s'il te plaît. Puis les chatons, les chèvres et les chevaux, dans cet ordre.

— Marché conclu.

Dustin porta leurs sacs de la voiture jusqu'à la deuxième chambre alors que la conversation enflait entre les femmes, s'écoulait dans la maison, sortait de la maison, puis se dirigeait vers l'écurie.

Mais alors qu'il était sur le point de rester en arrière et de leur laisser un moment entre elles, Charity glissa la main dans la sienne et l'entraîna dans le groupe. Pendant tout le temps où elle frimait avec le bureau où elle travaillait, puis avec l'endroit où se trouvait la nouvelle portée de chatons, les regards de Suz et Chelsea le brûlaient comme un laser.

Ils étaient en bas des marches du fenil quand Caleb et Tamara apparurent de façon impromptue. Dustin se préparait à les présenter quand Charity le devança. Elle se glissa devant Caleb avec un petit bond joyeux puis posa légèrement une main sur le bras de Tamara.

— Caleb et Tamara, j'aimerais vous présenter ma sœur, Chelsea, et son épouse, Suzanne. Cee et Suz, voici le frère aîné de Dustin, Caleb, et son épouse, Tamara.

— Ravi de vous rencontrer, dit Caleb en tendant une main.

Ils passèrent par l'incontournable poignée de main jusqu'à ce que tout le monde se soit dit bonjour.

— Content de vous avoir croisées, ajouta-t-il.

Tamara tapota les doigts de Charity puis glissa le bras autour de la taille de Caleb.

— Nous voudrions tous vous inviter à vous joindre à nous pour dîner jeudi soir si ça cadre avec vos plans.

— Nous serons revenus du camping dans l'après-midi, signala Dustin.

Chelsea échangea un rapide coup d'œil avec son épouse, puis sourit et hocha la tête.

— Ça nous plairait vraiment.

L'heure suivante disparut dans le flot de la visite des chèvres et des chevaux qu'ils monteraient le lendemain.

— Cela fait un moment que je ne suis pas montée à cheval,

admit Suz quand ils furent attablés pour le dîner dans le petit cottage. Mais j'ai hâte.

— Je ne suis montée qu'une fois, révéla Chelsea.

— Dustin rendra ça facile pour vous, déclara Charity en passant les pommes de terre à Dustin. Nous irons lentement. J'apprends encore, mais chevaucher est amusant.

— Heureux que ça se soit amélioré après « c'est bizarre, d'une manière positive », la taquina Dustin avant de rassurer les autres. Vous vous en sortirez. De plus, nous ne chevaucherons pas trop longtemps. Le camp est assez près pour que nous puissions y aller en marchant si nécessaire.

La table était en train d'être débarrassée quand Chelsea sortit un jeu de cartes *Exploding Kittens* et l'agita.

— Tu vas perdre ce soir, prévint-elle.

— Amène-toi, répondit Charity en fronçant les sourcils vers sa sœur. Les perdants laveront la vaisselle demain matin.

Une soirée simple de jeux fut suivie par un moment sous le porche. Dustin était assis près de Charity et écoutait les femmes continuer à discuter.

Suz le regarda à un moment.

— Tu es très disposé à ouvrir les oreilles et à fermer la bouche.

— Je suis le plus jeune, expliqua Dustin. J'ai cinq frères et sœurs plus âgés. Il y avait toujours quelqu'un d'autre qui parlait.

Il leur lança un clin d'œil puis leur souhaita bonne nuit et les laissa discuter jusqu'à ce que les ténèbres soient tombées.

Charity le rejoignit au lit avec un soupir joyeux.

— Tu as passé une bonne soirée ? demanda-t-il.

— Elle était très relaxante, merci.

Elle roula sur lui et l'embrassa fermement avant de chuchoter un ordre :

— Bon, pas de crac-crac... je ne peux pas avec ma sœur qui pourrait nous entendre.

— C'est toi qui as roulé sur moi, protesta-t-il en suivant ses côtes du bout des doigts jusqu'à ce qu'elle glousse puis se mette franchement à rire.

— Hé. Ne vous bécotez pas quand je peux vous entendre, cria Chelsea de l'autre côté du mur. Seigneur, ma grande. Tiens-toi bien.

— Désolée.

Charity lui lança un grand sourire puis lui embrassa le nez, roula sur le côté et se pelotonna contre lui.

Avec un trajet court à effectuer et des cavalières très novices, Dustin n'était pas pressé le lendemain matin. Ce qui voulait dire qu'un moment à traîner au lit avec Charity précéda le petit déjeuner tranquille, avec plus de bacon qu'il n'aurait dû en consommer.

Ils avaient sellé les chevaux et étaient sur le sentier à 10 heures. Après les avoir aidés à charger les chevaux, Shim leur fit signe de la main. Kelli et Luke arrêtèrent tous deux ce qu'ils faisaient dans le manège le plus proche pour leur lancer des encouragements.

— Faites faire toutes les corvées à Dustin, d'accord ? cria Luke derrière eux.

Charity leva le pouce. Tout le monde se mit à rire alors que Dustin levait la main aussi, son majeur visible à la place de son pouce.

Il les guida lentement mais sûrement loin du ranch le long du sentier battu vers la chute d'eau avant de prendre un chemin plus étroit et secret.

Charity chevauchait bien. Suz était assise raide comme un piquet mais sans risque sur son cheval.

Chelsea semblait un peu plus nerveuse, alors il se

rapprocha tranquillement d'elle. Il se balança doucement sur sa selle, il se détendit et soupira joyeusement.

— Superbe journée pour une chevauchée.

— En effet, acquiesça-t-elle en lui lançant un coup d'œil. Je m'en sors.

— Tu t'en sors très bien. Samson est un cheval très fiable. Il est aussi gros et feignant. Si tu veux qu'il aille plus vite que la vitesse à laquelle nous allons, tu devras y aller à fond pour qu'il accélère l'allure.

Elle se détendit de manière visible.

— Maintenant je vais mieux qu'avant.

Il se mit à rire.

— Bien. Tu t'en sors vraiment très bien, Cee. Suz aussi.

Un instant passa, puis elle parla. Une déclaration, pas une question.

— Ton frère n'a pas cillé hier quand Suz a été présentée comme mon épouse.

Dustin marqua une pause.

— Hum, non. Nous savions que vous étiez mariées. Charity parle de vous tout le temps.

— Je suis contente, dit Chelsea, son sourire redoublant d'éclat. Parlons de ma sœur. Tu devrais tout me dire sur la merveille que tu penses qu'elle est.

La moquerie était aussi familière que si Luke était là.

— Tu veux cette liste dans l'ordre alphabétique ?

Chelsea se mit à rire.

— Ce serait super.

Elle regarda Dustin puis hocha la tête.

— J'aime bien la manière dont tu la regardes, ajouta-t-elle.

— Elle est devenue importante pour moi, admit Dustin.

Mais il ne voulait pas aller plus loin. Il pensait que Charity devait être la personne à qui il avouerait ses sentiments pour la première fois. Quand ce serait approprié et qu'elle ne serait pas sur le point de s'enfuir en hurlant.

Chelsea hocha lentement la tête, comme si elle entendait ce qu'il ne disait pas.

— Tu dois comprendre que lorsque Charity se tient à tes côtés, elle est à fond.

— Je m'en rends compte. Elle a été incroyable. Pendant tout ce cirque avec les réseaux sociaux, elle a tout accepté sans sourciller, ce qui était encore plus incroyable étant donné la manière dont vous avez grandi. Même l'entrée par effraction... Je veux dire, elle était bouleversée, mais une fois le choc passé, elle a simplement continué à avancer.

— Elle est comme ça. Nous devons remercier notre grand-mère pour ça. Lily Dachice s'est portée volontaire et est devenue la personne solide comme le roc qui nous soutenait et dont nous avions besoin. Elle a compensé beaucoup de choses que nous n'avons pas reçues de nos parents quand tout s'est écroulé.

— Charity m'a parlé de ce désastre. C'est malheureux que vous ayez dû gérer tout ça. L'enfance sous les projecteurs et la perte de votre famille après.

Chelsea l'étudia.

— C'est malheureux que tu aies perdu tes parents quand tu étais si jeune.

Il secoua la tête.

— Ouais, merci. Mais si *ma* famille m'a appris une chose au cours des années, c'est que la vie n'est pas un jeu de comparaison. Tu n'as pas à détourner la conversation de votre situation pourrie en me parlant de ce que j'ai dû gérer. Je ne pense pas à moi en ce moment, je pense à vous. Je suis content que vous ayez été ensemble ainsi qu'avec votre grand-mère Lily. J'aurais aimé pouvoir la rencontrer.

Ses yeux très attentifs étaient de nouveau sur lui.

— Je pense qu'elle t'aurait apprécié.

— C'est un grand compliment. Merci.

L'approbation provoqua une lueur chaleureuse dans ses tripes. Il dirigea la conversation vers un autre sujet et pointa le nord du doigt. La petite clairière placée près du ruisseau qui sortait du lac à la base de la cascade de Heart Falls était tout juste visible devant eux.

— Voilà notre camp.

20

Dustin leur avait fait faire le grand tour. La cascade de Heart Falls et le lac à sa base étaient un point de repère de la région et Charity était allée au belvédère des douzaines de fois au cours des années. Elle savait donc que le lac était ici et que les bâtiments de la propriété Silver Stone étaient juste là-bas, à quinze minutes de marche à peine.

Mais en regardant fixement l'eau à dos de cheval, portant tout leur matériel de camping, et avec le projet de rester pour la nuit, ils auraient pu être seuls dans la nature, à des kilomètres de la civilisation.

Cela transformait ce moment ordinaire en quelque chose de magique.

Dustin les mena au bord du lac le plus éloigné du flanc de montagne. La cascade au-dessus d'eux rebondissait sur la paroi rocheuse et envoyait de minuscules gouttelettes d'eau qui formaient un voile sur la peau de Charity. Le lac lui-même était tranquille, et sa surface semblable à un miroir reflétait le ciel turquoise au-dessus d'eux.

— C'est si joli ! déclara Suz en levant une main pour suivre du doigt la rive. La forme de cœur est vraiment visible.

— C'est incroyable, confirma Chelsea en se déplaçant sur sa selle. Sans vouloir ruiner le moment, mon postérieur n'en peut plus, je dois marcher plutôt que chevaucher, aussi vite que possible.

Ils avaient des tentes à monter, une cuisine à installer et des chevaux desquels s'occuper. Tout cela se produisit à un rythme doux et tranquille alors que Dustin les dirigeait d'une tâche à l'autre.

— Inutile de se presser, insista-t-il avant de regarder la réserve d'aliments. Enfin, peut-être un peu, puisque j'aimerais déjeuner dès que possible.

— On est deux, ajouta Suz en se mettant au garde-à-vous avant de le saluer. Montre-moi où nous installer, et je vais préparer le repas.

Pendant que Suz se concentrait sur le déjeuner, Charity et sa sœur montèrent les deux tentes. Dustin s'occupa des chevaux dans le petit abri au nord de leur camp.

Il organisa aussi une zone salle de bains hors de vue des tentes.

Quand il revint de l'abri des chevaux avec quatre chaises pliantes en main, Charity se mit à rire.

— Tu ne nous fais pas faire ça à la dure.

— Attends de voir ce qu'il y a pour le dîner avant de faire ce genre d'affirmation.

Elle s'approcha en hâte pour l'aider à organiser les chaises autour de leur feu de camp. Ce n'était pas luxueux, mais c'était beaucoup plus confortable qu'elle n'imaginait un campement classique.

— Est-ce que tu les as cachées plus tôt dans la journée ?
Il hocha la tête.

— Shim et moi avons apporté certains trucs en avance.

Inutile de rendre ça trop compliqué pour vous, les débutantes. Ce sont censées être des vacances.

Charity se glissa près de lui et lui vola un baiser.

— Merci. Et mon postérieur te remercie aussi.

Il lui tapota affectueusement la hanche avant qu'elle ne puisse reculer.

— Je t'en prie, postérieur. Même si maintenant je suis triste de ne pas pouvoir proposer de masser des endroits douloureux.

Elle regarda la distance entre les deux tentes et réfléchit à la discrétion qu'elle pouvait avoir tout en étant taquine avec Dustin.

— Peut-être qu'il pourra y avoir des massages plus tard ce soir. Strictement thérapeutiques, bien sûr.

— Bien sûr.

Il l'embrassa de nouveau, puis murmura :

— Juste pour te rappeler que tu es très bruyante quand tu jouis.

— Ça n'augmente pas tes chances de massage, le prévint-elle en s'éloignant gracieusement pendant qu'elle planifiait son prochain acte espiègle.

Elle lança un coup d'œil et découvrit Chelsea qui tenait des LED et un panneau solaire en forme de petite lanterne indépendante.

— Tu t'en es souvenue !

— Comme si j'allais oublier, répliqua Chelsea avant de regarder le camp.

De là où ils se trouvaient, le lac était hors de vue, et le grondement régulier de la chute d'eau était un bruit blanc lointain. Elle pointa du doigt le petit groupe d'arbres au bord de la rivière à proximité.

— Là ? demanda-t-elle.

Charity termina de fouiller dans son sac et en sortit ses propres lumières solaires.

— Bien sûr. Tu t'occupes des arbres, je ferai le chemin.

Chelsea s'avança pour commencer.

— Qu'est-ce qui se passe ? demanda Dustin à Suz alors qu'il apportait un dernier objet, une petite table pliante qu'il posa près d'elle.

Elle se détendait près du feu de camp et regardait l'agitation autour d'elle. Une énorme pile de sandwichs, des gâteaux et des fruits étaient posés sur la surface plate d'un rocher à côté.

Suz tapota la chaise près d'elle.

— Viens t'asseoir, mon beau jeune homme. Et je vais te raconter l'histoire des lumières sans fin.

— Dis-lui de faire les voix, lança Charity alors qu'elle rejoignait sa sœur.

— Chut, mon enfant. Le mode conteur est engagé, la réprimanda Suz.

Dustin prit un sandwich et s'assit. Chelsea et Charity se déplaçaient silencieusement pour pouvoir écouter pendant qu'elles installaient une petite oasis sur la berge de la rivière.

— Une jeune femme se réveilla un matin en se sentant triste et seule. « Les sentiments sont ce qu'ils sont, mais je ne veux pas rester triste. Qu'est-ce qui peut me rendre heureuse lors de cette froide et sombre journée ? » se demanda-t-elle. Elle décida qu'une touche de luminosité était la réponse. Une chose qu'elle ne verrait peut-être pas pendant la journée mais qui pourrait être un guide la nuit et lors de futurs moments sombres.

Suz prit une gorgée de sa bouteille d'eau.

— À ton tour, Cee, ajouta-t-elle.

Chelsea enroula une guirlande de LED sur les branches d'un rosier alors qu'elle racontait la partie suivante de l'histoire.

— La première nuit, quand elle regarda dehors, la petite lumière était à peine visible dans les ténèbres. Mais jour après jour, la fille faisait ce qu'elle pouvait pour ajouter de la luminosité dans son monde.

— Les jours passèrent. Des semaines. Des années. Jusqu'à ce que la jeune fille devienne une vieille femme, conta Suz, parlant plus lentement, sa voix devenant celle de quelqu'un qui avait vécu une longue vie. Et quand elle regardait l'extérieur de sa maison la nuit, les petites touches insignifiantes de luminosité étaient maintenant si nombreuses qu'un univers entier d'étoiles brillait à travers les ténèbres.

Cette histoire faisait tellement partie de son passé que Charity la sentit bouillonner en elle. Elle poussa son dernier chargeur solaire dans la terre et revint aux côtés de Dustin.

Il l'attira sur ses genoux, et elle se mit à rire, puis s'installa confortablement.

— C'est une histoire magnifique, dit Dustin, tout en promenant son regard sur la sœur de Charity et son épouse alors qu'elles rapprochaient leurs visages et s'embrassaient doucement.

— Des petites touches de luminosité s'additionnent. Notre grand-mère nous a appris cette histoire, et elle a démontré comment vivre cette leçon quotidiennement, déclara Charity en posant la tête sur le torse de Dustin pour écouter ses battements de cœur.

Elle voulait dire autre chose. Quelque chose de profond. Quelque chose de tendre...

Autre chose que le silence, mais rien ne sortit. Elle ne voulait pas briser le lien tacite entre eux.

L'estomac de Dustin gronda un instant plus tard, suffisamment fort pour que tout le monde l'entende, et les rires résonnèrent dans l'air.

— Ne t'inquiète pas, Dustin, nous allons te sauver, dit Suz en tirant Charity de ses genoux. Prends ton propre siège, Tee. C'est l'heure de déjeuner.

Chelsea passa à Dustin une assiette remplie avec un ordre ferme.

— Mange. Nous avons tout un après-midi et une soirée d'aventure à apprécier, et nous ne pouvons pas nous permettre que tu meures de faim.

Une autre courte chevauchée après le déjeuner fut suivie d'une balade autour du lac. Charity tenait la main de Dustin alors qu'ils se promenaient, la température montant jusqu'à des conditions estivales brûlantes.

Quand ils se rassemblèrent autour du feu pour faire griller des hot-dogs qui accompagneraient des salades toutes faites et un assortiment de chips, Suz surprit son épouse en se joignant à Dustin pour entamer des chansons osées impliquant des groupies de cow-boy et des stars du rodéo.

Chelsea regarda fixement Suz.

— Tu ne m'avais jamais dit que tu connaissais des chansons country et western ringardes...

— Des chansons country et western ringardes et *salaces*, intervint Dustin en poussant sa brochette plus loin dans les flammes. Tu es ma préférée, Suz.

— Bien sûr que c'est moi.

Elle leva une main et il lui en tapa cinq.

Il était tard quand le soleil passa derrière les montagnes, et encore plus tard quand le soleil passa du pourpre et doré aux roses du crépuscule. De l'autre côté, la lune était déjà levée et sa surface brillait de plus en plus vivement dans le ciel à l'est.

Suz et Chelsea étaient assises côte à côte, regardaient le feu et discutaient doucement, les mains entrelacées et leurs têtes rapprochées.

Dustin attrapa Charity par la main et l'entraîna vers les ténèbres.

— Viens.

Patchwork Annie sembla sur le point de se lever pour se joindre à eux, mais Dustin lui fit signe.

— Pas bouger.

La chienne se réinstalla avec un énorme soupir, ses yeux tristes les regardant partir.

— Pauvre petite, chuchota Charity.

— Pauvre petite, mes fesses. Ta belle-sœur a donné trois hot-dogs en douce à Annie au dîner. La chienne peut rester près du feu et profiter de son ventre bien rempli.

Charity émit un petit rire alors qu'il l'entraînait loin du camp. La lueur du feu et les lumières que sa sœur et elle avaient installées disparurent rapidement derrière eux. La lumière de la lune au-dessus d'eux et le son de la chute d'eau qui approchait étaient ses seuls indices de la direction dans laquelle ils allaient.

— Allons-nous au lac ?

— Tu verras dans une seconde. Un virage, et...

Les arbres disparurent sur leur droite, et une oasis scintillante accueillit Charity.

Il avait installé ses propres lumières.

Elles se reflétaient sur l'eau telles des douzaines d'étoiles scintillantes. Un petit demi-cercle placé au bord du lac loin des chutes.

Dustin la guida vers les rochers et ralentit le pas.

— Attention ici. C'est ça. Et... nous y sommes.

Le rocher le plus proche de l'eau était plat et lisse, et quelque chose d'autre de préparé plus tôt apparut.

— Est-ce que c'est une couverture pour pique-nique ? demanda-t-elle.

Dustin souleva Charity et ignora sa brusque inspiration surprise.

— C'est une couverture, mais je n'ai pas emmené de pique-nique.

— Oh, dit-elle en hochant la tête avec sagesse. C'est une couverture pour dormir.

— *Brr*. Deuxième mauvaise réponse.

Il la reposa au sol et attira leurs corps l'un contre l'autre, pressant ses muscles solides contre sa douceur... la dureté de son membre qui se dressait était claire.

Charity émit un son joyeux.

— Oh, je comprends. C'est une couverture pour *vilains*.

Il la regarda avec un amusement teinté de soupçon.

— Je ne sais pas si je devrais dire oui à ça ou pas.

— C'est là que les vilaines personnes sont envoyées au coin quand elles ont été méchantes.

Charity poussa un cri de joie alors qu'il la faisait tourner.

— Mais tu n'es jamais méchant, continua-t-elle. Tu es très, très gentil. Est-ce que ça veut dire que *tu* n'as pas le droit d'être sur la couverture ?

Dustin libéra le T-shirt de Charity de son short.

— Tu as dit que nous ne pouvions pas coucher ensemble là où ta sœur pouvait nous entendre, expliqua-t-il en haussant les sourcils. Problème résolu.

— D'accord.

Elle retira brusquement son T-shirt puis tendit la main vers les vêtements de Dustin.

— Au cas où ça ne serait pas clair, ajouta-t-elle, le sexe sur la couverture pour vilains est validé.

L'air chaud de la nuit caressait la pellicule de sueur sur sa peau alors qu'il la déshabillait. Il y avait quelque chose de délicieusement... eh bien, *vilain*... dans le fait d'être nue dehors. Dans la petite alcôve, personne ne pouvait les remarquer, pourtant avec les étoiles et la lune au-dessus d'eux, ils étaient clairement en plein air. Le parfait équilibre entre le risque et la sécurité.

Les petites lumières que Dustin avait accrochées le long du

bord de l'eau jetaient un reflet jaune semblable à celui d'une bougie sur les muscles bandés alors que son corps puissant était révélé. Ses doigts dérivant sur sa peau, elle tourna autour de lui, stupéfaite de pouvoir faire ça, le toucher, l'embrasser, le goûter.

Ses lèvres pressées contre celles de Dustin, peau contre peau. Ses seins contre son torse, son ventre contre son membre, ils s'entremêlèrent avec une insouciance absolue. Les mains de Dustin sur ses fesses la serrèrent fort avant qu'il ne prenne un de ses seins dans sa paume, ne baisse la tête et n'aspire le mamelon dans sa bouche.

Elle griffa ses épaules, y enfonçant ses ongles quand il la mordilla.

— Mon Dieu, oui.

Dustin l'emmena vers la couverture et la recouvrit. Il embrassa sa peau, ses seins. Il la taquina, la goûta et absorba ses hoquets de plaisir avec une joie évidente alors qu'il descendait sur son corps.

Il lui releva les genoux et baissa les yeux, secouant légèrement la tête.

— Quelle jolie chatte. Tu m'as manqué.

Charity se mit à rire et le son se transforma en un gémissement lorsqu'il la recouvrit de sa bouche. Sa langue glissa dans son intimité, lécha son clitoris et ses lèvres. Des mouvements rapides qui l'envoyèrent rapidement foncer vers l'orgasme.

— Dis-moi que tu t'es souvenu d'emmener un préservatif.

Il la lécha plus lentement, poussant son désir plus haut avant de marquer une pause pour lui lancer un grand sourire.

— J'ai apporté une couverture et des lumières. Oh que oui, je me suis souvenu des préservatifs.

Dustin tapota la couverture sur un côté, passa les doigts sur la surface jusqu'à trouver une poche qu'elle n'avait même pas remarquée. Il en sortit un préservatif et elle se redressa pour l'ouvrir.

Ils œuvrèrent ensemble pour le lui enfiler, riant entre deux baisers, s'enroulant l'un autour de l'autre. Le contact de leur peau semblait divin, et quand elle grimpa finalement sur ses genoux et glissa sur son membre, ils soupirèrent tous deux de contentement.

Les bras de Dustin la serraient étroitement, leurs torses glissaient peau contre peau à chaque mouvement vers le haut puis vers le bas. L'épaisse longueur de son membre en elle formait une friction parfaite à chaque pénétration.

Elle détendit le cou jusqu'à ce que ses boucles frôlent son dos. Sa poitrine se tendit vers lui, et Dustin taquina un mamelon d'une main. L'autre était fermement pressée dans le creux de ses reins pour les garder unis, se frottant l'un contre l'autre, leur peau sillonnée de sueur glissant encore et encore alors qu'il s'enfonçait en elle.

L'orgasme de Charity se déclara brusquement, vif, magnifique et parfait. Un instant scintillant de plaisir qui trouva son écho une seconde plus tard sur le visage de Dustin alors qu'il se laissait aller et se joignait à elle. Son corps se balança, le bout de ses doigts marqua sa peau alors qu'il l'agrippait. Leurs corps tremblèrent de jouissance.

Quelques instants plus tard, elle posa le front contre son épaule. Leur respiration était encore irrégulière, leurs corps frissonnant de plaisir. Elle leva les yeux vers lui et le coin de ceux de Dustin se plissa alors qu'il lui rendait son sourire. Cela semblait réel. *Ils* semblaient réels.

Une soudaine lumière apparut au-dessus de leurs têtes alors qu'une étoile filante passait dans le ciel au-dessus d'eux, et Charity fit un souhait silencieux.

S'il vous plaît, faites que ce soit réel.

21

———

Moins de vingt-quatre heures plus tard, ils étaient rassemblés près d'un autre feu et le plaisir envahissait les os de Charity.

Le camping avait été incroyable. Suz et Chelsea avaient été enchantées par tout ce que Dustin avait fait pour rendre ce moment spécial. Ils avaient tous fait la grasse matinée, et le matin tranquille qui avait suivi, où ils avaient nagé dans le lac avant la courte chevauchée du retour à l'écurie, avait été parfait et empli d'instants pour se faire des souvenirs.

Ils s'étaient douchés, s'étaient encore détendus, puis étaient revenus à la maison principale à l'heure pour dîner.

Tamara leur tendit à chacun quelque chose à transporter puis pointa l'extérieur du doigt.

— Les enfants ont voté pour un dîner pique-nique, puisque vous n'avez à l'évidence pas passé assez de temps dehors au cours des deux derniers jours.

— Un pique-nique près du feu, ça a l'air merveilleux. Ce n'est pas une chose que nous avons à la maison, lui assura Chelsea.

— Nous avons des écrasemallows, annonça le petit Tyler en attrapant Suz par la main et en la tirant vers la porte. Tu t'assois avec moi.

— J'en serais ravie, l'informa Suz en lançant un clin d'œil à Tamara. Je vais avoir besoin d'aide avec les écrasemallows, mais après que nous aurons dîné.

— 'accord, acquiesça-t-il d'un ton quelque peu réticent.

Tamara émit un petit rire alors qu'elle marchait près de Chelsea et Charity vers le feu de camp.

— Ton épouse connaît le secret pour gérer les enfants.

— Elle travaille en pédiatrie, précisa Chelsea.

— Intéressant. Avant, j'étais infirmière. Nous allons devoir échanger des récits de guerre.

Dustin aida Caleb avec le barbecue pendant que les autres trouvaient des sièges autour du feu. Emma et Sasha s'accrochèrent instantanément à Chelsea, lui posant des questions sur son travail de directrice des loisirs dans un centre de fitness.

Charity s'installa près de Tamara, ravie de regarder et d'écouter.

Tamara examina sa famille, un sourire satisfait aux lèvres avant de reporter son attention sur Charity.

— Vous avez passé un bon moment en campant ? demanda Tamara doucement.

— Oui, vraiment. Merci d'avoir laissé Dustin prendre un congé.

Tamara haussa les épaules.

— Il n'a jamais été du genre à demander des vacances. Silver Stone lui doit probablement une tonne d'heures de congé.

— Il ne se plaint pas de sa charge de travail, lui assura Charity. Il adore le ranch et le temps qu'il passe à cheval. Il aime les corvées et les moments avec ses frères. Et vos filles et les corvées avec elles.

Elle ricana.

— Il aime un peu trop les corvées, semble-t-il, ajouta-t-elle.

— Vous avez eu beaucoup de temps pour discuter au cours des dernières semaines, n'est-ce pas ?

Le regard de Tamara était encore bienveillant, mais il y avait également autre chose. Une question à laquelle Charity ne savait pas comment répondre.

Elle choisit le strict minimum de vérité.

— Oui. Enfin, nous nous sommes toujours bien entendus, mais maintenant je pense que nous sommes vraiment amis.

— Les steaks hachés sont prêts ! lança Caleb. Remplissez vos assiettes sur la table ici. Dustin vous apportera votre boisson.

Tout le monde se leva pour composer son repas, et l'instant disparut, ce qui était bien parce que Charity ne savait pas comment gérer les émotions qui montaient en elle.

Des amis, oui. Mais que faisait-elle de la partie qui disait qu'ils étaient plus que ça ?

Ils s'étaient à peine réinstallés, des assiettes pleines sur les cuisses, qu'un appel résonna de la maison.

— Hé, la famille Stone.

Fern arriva précipitamment sur le sentier, se dirigeant droit vers Charity et Dustin. Mais à la dernière seconde, elle se tourna et s'arrêta net, son regard allant de tous les deux à Caleb et Tamara.

— Désolée de m'incruster à votre soirée, mais je ne pouvais pas attendre.

Tamara lui fit signe de continuer.

— Ce n'est pas un problème. Est-ce que ça va ?

— Oui. Enfin, je n'ai pas de problème, j'en ai résolu un, répondit Fern en secouant la tête. Je suis embrouillée. Bonsoir

Chelsea, Suz. Je suis l'amie de Charity, Fern. Ce que je veux dire c'est que j'ai trouvé. Je sais qui a révélé les infos sur Dustin.

Un silence stupéfait accueillit son annonce. Charity dut faire passer son cerveau du mode « rassemblement familial » à « cirque médiatique ».

Chelsea se reprit le plus vite.

— Vraiment ? Comment ? Tous ses posts étaient des captures d'écran avec son nom griffonné. Il n'y avait aucun moyen de suivre ça jusqu'à la source.

— C'est ce que nous pensions, confirma Fern alors que son regard s'aiguisait, affûté comme un couteau. Mais si c'était un partage de capture d'écran *accidentel*, cela aurait dû être limité à un ou deux au maximum. Le fait que tant de personnes l'aient partagé et qu'il soit devenu viral signifie que quelqu'un a délibérément organisé la fuite. Quelqu'un a posté un commentaire, prit une capture d'écran, et effacé l'original avant que qui que ce soit ne le remarque. Encore et encore. Quelques-uns étaient horodatés de 4 heures du matin.

— C'était délibéré, alors, déclara Tamara en hochant la tête. C'est logique si elle essayait de protéger son identité.

— Oui. Mais une fois qu'elle a effacé ses coordonnées, elle avait encore besoin que des gens les partagent sans que son nom soit mentionné. Quelques personnes en ont automatiquement été informées parce qu'elle l'a lié à l'article quand il recevait beaucoup de vues. Elle a utilisé leur #étalondeSilverStone. Mais tous les partages initiaux ont été faits par une femme qui a créé de nouveaux comptes le jour où tout est sorti.

Caleb secoua la tête.

— Je ne suis pas dans le coup de tous ces trucs avec les réseaux sociaux, mais si tu dis que ça peut être fait, c'est possible. La question principale est : *qui* ?

Dieu merci, Fern alla droit au but cette fois.

— Patricia Hawkins.

Près de Charity, Dustin jura suffisamment bas pour que Tyler ne l'entende pas.

— Pas possible.

— Ça allait être ma question suivante, dit Charity en fronçant les sourcils vers lui. Tu connais cette femme ?

Tamara répondit pour lui car Dustin avait bondi sur ses pieds et s'était éloigné d'un pas lourd du rassemblement et foudroyait le ciel du regard.

— Elle habitait à Heart Falls. Elle a acheté Dustin lors de sa première année aux enchères de célibataires.

Sasha en resta bouche bée.

— Elle ? C'est celle qui a joué les « stalkeuses » avec lui, n'est-ce pas ?

L'expression de Tamara se durcit.

— Elle lui a envoyé des fleurs tous les jours pendant une semaine avant que Caleb n'aille trouver à son travail pour lui dire que ça suffisait.

Ce fut au tour de Caleb de marmonner un juron. Il se tourna vers Charity.

— Je suppose que ça répond à une autre question. À ce moment-là, elle était responsable de l'immeuble où se trouve ton appartement.

Seigneur.

— Elle devait encore avoir un jeu de passe-partout, alors elle n'a pas eu besoin d'entrer par effraction.

Tamara hocha lentement la tête, absorbant tous les rebondissements avant de demander à Fern :

— As-tu trouvé ça toute seule ?

— L'essentiel, répondit Fern avec un grand sourire. Shim m'a aidée. Et quand nous avons été à court de compétence technique, nous avons appelé une arme secrète.

Tamara haussa un sourcil.

Fern la pointa du doigt.

— Ta sœur Julia a une super geek dans la famille de son mari. Petra Sorensen peut faire cracher tous leurs secrets aux ordinateurs.

— Une bonne personne à avoir de notre côté, alors. Merci, dit Tamara en plissant les yeux. Maintenant, nous allons pouvoir mettre fin à toutes ces bêtises.

Charity leva une main.

— Nous ne pouvons pas changer ce qu'elle a fait.

— Non, acquiesça Caleb, mais légalement nous pouvons la convaincre de rester hors-ligne, loin de toi et loin de la propriété Stone.

Dustin revint à ce moment-là, s'installa sur sa chaise près de Charity avec un soupir bien senti.

— Je me sens très mal à cause de tout ça. Je suis vraiment désolé, Tee. Tout est ma faute. Tu n'aurais pas dû avoir à gérer toutes ces bêtises.

— Oh, arrête tes âneries.

Encore une fois, Chelsea prit tout le monde de vitesse. Elle croisa les bras sur sa poitrine et lui lança un regard noir.

— D'après mon expérience, si tu n'as pas choisi que ce soit posté sur Internet, ce n'est pas ta faute. Les mauvais choix de quelqu'un d'autre *ne* sont *pas* ta responsabilité. La manière dont tu as réagi aux bêtises était ton choix, et tu as fait tout ce que tu pouvais. Alors évite la culpabilité, et merci d'avoir pris soin de ma sœur.

Dustin resta sans voix pendant une seconde avant de hocher la tête, la tension quittant son corps puissant.

— De rien.

— Tee, ça veut dire que tu vas pouvoir rentrer chez toi, dit Suz en poussant un soupir de soulagement avant de se tourner vers Caleb et Tamara. Comme Cee l'a dit, nous vous sommes vraiment reconnaissantes de lui avoir fourni un endroit sûr où loger.

— Nous étions contents de le faire, assura Tamara avant que son regard ne revienne sur Charity. Mais tu n'iras nulle part avant que nous n'ayons confirmé qu'on s'est occupé de Patty. Elle ne vit même plus à Heart Falls, à ma connaissance, alors ça pourrait prendre un moment à démêler. Pour l'instant, tu resteras ici, compris ?

— Merci. Encore une fois.

Sauf que la chaleur en elle avait disparu. Même le bras de Dustin autour de sa taille ne pouvait pas l'aider.

Charity lança un coup d'œil autour du feu de camp, quelque chose d'inconfortable se tordait en elle. Le cirque médiatique s'était calmé. L'idée de la fausse petite amie n'avait aucune raison de continuer au-delà du jour des enchères, de toute façon. Le temps qu'elle passait à Silver Stone pour des raisons de sécurité touchait à sa fin.

Ce n'était pas ce qu'elle voulait, en finir avec Dustin et sa famille. Cette pensée la faisait souffrir.

Cela signifiait que, d'une manière ou d'une autre, très bientôt, elle devrait être suffisamment courageuse pour faire ce qu'il fallait. Avouer ce qu'elle ressentait et prier que Dustin ressente ne serait-ce qu'un tout petit peu la même chose qu'elle.

Ce n'est pas toujours facile de faire ce qu'il faut, mais nous le faisons quand même.

Charity avait toujours lié les paroles de sa grand-mère aux actes. Rompre avec la situation toxique de son enfance, être là pour quelqu'un qui avait besoin d'elle. Maintenant, elle voyait une parcelle de vérité : ce message était plus large.

Tout comme les lumières de l'histoire de sa grand-mère étaient une représentation physique du concept très abstrait des *actes de gentillesse.* Faire ce qu'il faut voulait dire être assez courageuse pour ne pas simplement se tenir aux côtés de Dustin quand il avait besoin d'elle, mais reconnaître que maintenant, elle avait besoin de lui.

Physiquement, oui. Mais plus important encore, à un niveau émotionnel. En tant que plus qu'un ami.

Je tombe amoureuse de lui.

Même prononcer les mots dans sa tête fut fait avec réticence. Cela voulait dire qu'elle allait devoir être très brave et réunir une dose supplémentaire de courage.

Si elle pouvait sonner les cloches à un quasi-inconnu parce qu'il n'appréciait pas sa famille, elle pouvait dire à un jeune homme généreux, gentil et superbe qu'il lui avait volé son cœur.

Elle devait simplement prier pour qu'il ne le brise pas en le lui rendant.

22

___

Les heures de travail de Dustin commençaient si tôt le vendredi qu'il dit au revoir à Chelsea et Suz avant d'aller se coucher. Embrasser Charity et la laisser au chaud et douillettement au lit à 5 heures le lendemain était un crève-cœur.

— Je t'enverrai un message quand je serai en pause, chuchota-t-il.

— 'ccord, chuchota-t-elle d'une voix endormie. Chtèb.

Ses pieds restèrent collés au sol alors qu'il essayait de comprendre le charabia chuchoté.

— Tee ?

Mais elle s'était rendormie, les bras autour de l'oreiller de Dustin qu'elle blottissait contre son corps.

Il n'avait jamais été aussi jaloux d'un objet de sa vie.

Il fit les choses machinalement ce matin-là, l'essentiel de son cerveau réfléchissant encore à ses paroles. Une autre partie ressassait la révélation que toutes les bêtises sur les réseaux sociaux et son numéro de téléphone dévoilé provenaient d'un ancien rendez-vous des enchères de célibataires.

Un coup vif sur son bras le fit se redresser brusquement.

— Ouille.

Il lança un regard noir à Shim, qui tenait encore entre ses mains la pelle avec laquelle il avait tapé Dustin.

— Tu dormais debout. J'ai entendu dire que c'est dangereux de réveiller les somnambules comme ça.

Son ami hocha la tête vers sa poche :

— Tu vibres.

Mine. Dustin sortit son téléphone et trouva un message de son frère.

Walker : « Charity et toi venez toujours pour le dîner ce soir ? »

Dustin : « Hum, peut-être ? Est-ce que j'étais au courant de ça ? »

Walker : « Ivy dit que oui. Ça marche ? »

Dustin : « C'est bon pour moi. Je vérifie à nouveau avec Charity et je te confirme ça. »

Walker : « Parfait. Les enfants sont aux anges à l'idée de vous voir, mais nous pouvons repousser si elle est occupée. »

Dustin regarda sa montre, se demandant s'il était trop tôt pour envoyer un message à Tee. Elle devait passer ses derniers moments avec sa famille avant le départ. Mais de toute façon, elle pourrait répondre quand elle voudrait.

Il envoya un rapide mot puis se consacra à sa tâche, aidant Shim à creuser une nouvelle tranchée pour installer l'électricité dans une dépendance.

— Tout va bien ? demanda Shim.

— Juste Walker qui demande des nouvelles, répondit Dustin en secouant la tête. Désolé. J'ai eu la tête ailleurs toute la matinée. Merci de nous avoir aidés à trouver qui a posté mes coordonnées.

— Pas de problème. J'ai bien aimé le challenge, même si la révélation était décevante.

Shim se racla la gorge.

— Tu n'es pas obligé de me le dire, mais puisque je m'imagine maintenant toutes les choses affreuses qui pourraient se produire après mon rendez-vous d'enchères de célibataires...

— Oh mon Dieu, non. Ça devrait aller.

Dustin marqua une pause.

— Et je ne dis pas ça pour être rassurant. En y repensant, Patty était louche dès le début. J'avais dix-huit ans, et elle approchait de la trentaine. Je l'ai emmenée déjeuner au Buns and Roses pour notre rencard, et son seul sujet de conversation, c'était qu'elle savait qu'elle était destinée à être une princesse du rodéo.

— Une bonne cavalière ?

Dustin secoua la tête.

— Non. Elle pensait qu'épouser le bon rancher voudrait dire qu'elle aurait tous les chevaux, les terres et l'adoration qu'elle méritait sans avoir besoin des compétences.

Shim fit la grimace.

— Je suis sûr que ton toi de dix-huit ans était ravi de la discussion sur le mariage.

— Elle tournait en rond. Je dois admettre que je n'ai pas été assez malin pour comprendre où elle voulait en venir pendant des années. Les fleurs qu'elle m'a envoyées quotidiennement pendant une semaine après le rencard étaient suffisamment étranges pour me rendre hésitant.

Son ami enfonça la pelle du pied puis lança une autre pelletée de terre sur le côté.

— Je suis content, elle ne sera plus un problème à l'avenir.

— Caleb a dit qu'il avait encore parlé à la police montée ce matin pour s'assurer que sa plainte d'hier soir était traitée. Cela devrait mettre fin à tout ça.

Dieu merci.

Le reste du travail fut ordinaire. Charity confirma leur projet de dîner. Dustin apprécia de travailler avec Shim, qui admit qu'il aurait vraiment dû être au bureau mais qu'il avait échangé avec d'autres tâches à faire.

— J'ai demandé à Tucker de faire en sorte que je sois sur la liste des corvées ordinaires ainsi qu'en soutien technique. Même si je m'occupe des tâches informatiques, j'ai besoin de moments comme celui-là.

— Je suis d'accord.

Dustin lança une poignée de terre à son ami et se mit à rire en évitant la volée en retour.

À 16 heures 30, il était lavé et prêt à partir. Charity entra brusquement par la porte du cottage et se précipita vers la douche.

— J'ai besoin de quinze minutes, cria-t-elle. Il y avait des chèvres. Encore une fois.

Il l'attrapa par le bras et arrêta son élan.

— Tu peux en avoir trente, mais il y a un péage avant que tu n'ailles plus loin.

Elle haussa un sourcil.

Dustin fit sa bouche en cul-de-poule.

Charity sourit d'un air narquois, chercha dans sa poche et en sortit un baume à lèvres.

— Voilà.

Alors qu'elle allait lui en mettre sur les lèvres, il la souleva et l'embrassa profondément. Il la déposa sur ses pieds et lui tapota le postérieur en direction de la douche.

— Bien essayé.

Patchwork Annie était roulée en boule sous le porche quand ils partirent une demi-heure plus tard. Elle agita la queue mais resta joyeusement sur place.

— Feignant animal, critiqua Dustin en ouvrant la portière

de la camionnette pour Charity. Je suppose que ça veut dire qu'elle pense que le cottage est sa maison.

— Elle a été une gentille fille en restant avec moi toute la journée, dit Charity avant d'émettre un son pensif. Je suppose que nous n'avons plus besoin de nous inquiéter qu'elle agisse ainsi, maintenant.

Dustin fermait déjà la portière de la camionnette, mais ce commentaire le fit légèrement tressaillir. Il y réfléchit pendant qu'il retournait vers le siège conducteur. Charity n'avait plus besoin de protection. Elle n'aurait plus à rester à Silver Stone une fois que Caleb aurait confirmé qu'on s'était occupé de Patty.

Sauf qu'elle devait rester.

Et puis zut. Ce qu'il voulait, et ses nouveaux projets d'avenir, il *faudrait* en discuter dès que le dîner avec sa famille serait terminé.

Charity était silencieuse aussi et regardait par la vitre comme si elle était plongée dans ses pensées.

— Ta famille te manque déjà ? demanda-t-il en tendant la main entre eux pour prendre la sienne.

— Hum, qu'as-tu dit ?

Charity cligna des yeux, puis afficha une espèce de sourire.

— Oh, oui, ajouta-t-elle. C'était super de les voir.

Il avait envie de proposer que les deux femmes viennent quand elles voulaient, mais cette discussion devrait aussi venir après le dîner.

Carter, neuf ans, leur ouvrit la porte et cria pratiquement en les accueillant.

— Hé. Papa brûle quelque chose. Maman est sortie pour l'aider.

— C'est toujours agréable d'avoir de l'aide pour brûler des trucs, répondit Dustin, sa main posée sur le dos de Charity la guidant à l'intérieur.

Charity entra dans la maison et fut assaillie par les sœurs de Carter. Harper et Chloe demandèrent immédiatement qu'elle regarde leurs pas de danse.

Carter prit Dustin par la main et l'entraîna dans la salle de séjour. Une expression super sérieuse de petit garçon sur le visage, il croisa les bras sur le torse.

— Je sais danser aussi.

— Vraiment ?

Carter leva le menton comme s'il le défiait de dire quelque chose d'impoli.

Ça n'arriverait pas. Dustin hocha la tête.

— C'est bien. Charity m'a appris à danser il y a quelques années. Je manque d'entraînement, mais est-ce que tu veux voir *ma* chorégraphie ?

Carter en resta bouche bée, puis il hocha la tête avec enthousiasme.

Alors quand Charity entra dans la pièce avec les filles, Dustin était en pleine pirouette. Et lorsque Ivy et Walker entrèrent dans la maison, les trois enfants copiaient les pliés de Dustin pendant que Charity applaudissait vivement.

— Bien joué pour une performance impromptue, dit Ivy avant de pointer le couloir du doigt. Lavez-vous les mains et venez à table.

La conversation n'était jamais ennuyeuse quand des enfants étaient de la partie. Dustin et Charity parlèrent avec son frère et sa belle-sœur tout en répondant à des questions sans fin sur les chevaux, les camionnettes, la quantité d'eau qui tombait dans le lac chaque jour, la raison pour laquelle la couleur bleue était mieux que le vert, et combien la poussière pesait.

Quand le dîner fut terminé, les oreilles de Dustin sifflaient d'une manière agréable.

Ivy les chassa tous dans la cour.

— Walker a cuisiné, alors je m'occupe du reste.

Walker l'embrassa sur la tempe.

— La maison sera silencieuse pendant une heure, promit-il.

— Merci, chuchota-t-elle avant de lancer un clin d'œil à Charity. Toi aussi, dehors. Laver seule, en silence, est une de mes stratégies d'adaptation.

— Je suis à fond pour une bonne stratégie d'adaptation, assura Charity en soulevant Harper et en se dirigeant vers la cour. Dis : « Amuse-toi bien avec les bulles, maman. »

— Amuse-toi bien avec les bulles, maman, répéta Harper, cinq ans, tout en se penchant pour donner un bisou sonore à Ivy.

Quelques années auparavant, Walker avait reçu l'aide de ses frères pour construire un terrain de jeux avec des balançoires, des ponts de singe et une maisonnette avec un porche. Des fleurs artificielles agrémentaient des jardinières et tout avait été peint aux vives couleurs de l'arc-en-ciel.

Les enfants galopaient, riaient et criaient. Un refrain presque constant de « Regarde-moi, tonton Dustin. Pousse-moi, tata Tee » résonnait aussi.

Walker donna un petit coup sur le bras de Dustin.

— Tu prévois de faire quelque chose à ce sujet ?

Dustin marqua une pause.

— Quelle partie ?

— Les enfants l'appellent tata, répondit Walker en haussant les épaules. Ça ne me dérange pas, mais tu devrais t'assurer qu'elle est partante.

Sans voix, Dustin regarda Charity danser avec Chloe autour du bac à sable.

— Bientôt.

Walker regarda ses enfants, son sourire redoubla d'éclat. Puis il émit un caquètement.

Bon sang. Dustin lui lança un regard noir.

— Je ne suis pas une poule mouillée, j'attends que...

Il s'interrompit. Il attendait que... quoi ?

La vérité le frappa violemment. Il n'y avait aucune raison d'attendre. Charity lui plaisait et il avait prévu de lui dire qu'ils devraient vraiment sortir ensemble. Puis le vandalisme s'était produit. Depuis lors, le lien entre eux n'avait simplement pas cessé de grandir, même sans qu'il ne prononce un mot.

À quoi pensait-il donc ?

Une main s'agita devant son visage.

— Dustin, ici la Terre.

Mince. Il ramena son attention sur son frère.

— Je suis un idiot.

Walker haussa les épaules.

— Il semble que nous le sommes tous à un certain moment quand il s'agit de nos femmes, dit-il en pointant du doigt le cimetière près de la maison où se trouvait la jeune femme. Peut-être qu'il est temps de vraiment lui parler et de ne plus faire l'idiot.

Dustin ne savait pas pourquoi elle était là, à marcher dans le cimetière. Les enfants construisaient joyeusement un énorme château de sable tous ensemble, alors il laissa son frère avec eux et se hâta de suivre Charity.

Un cimetière. Cela semblait être un endroit aussi bien qu'un autre pour arranger la pagaille qu'il avait créée.

Il s'approcha lentement, en partie parce que c'était un lieu où il fallait être discret, et en partie parce que Charity était agenouillée près de la clôture, s'activant attentivement sur quelque chose.

Il s'arrêta suffisamment loin pour ne pas lui faire peur avant de parler.

— Hé, qu'est-ce que tu fabriques ?

23

———

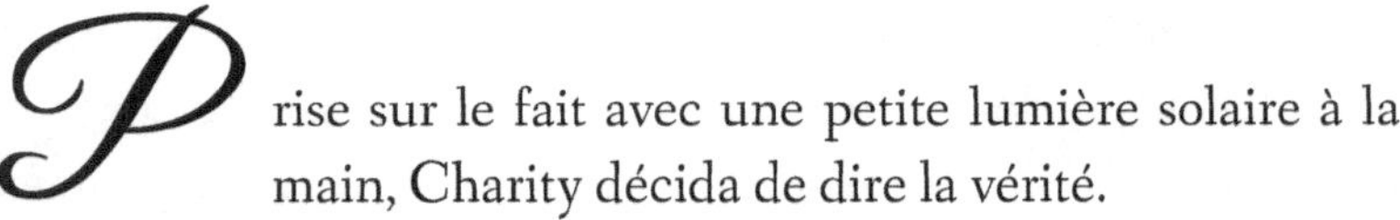

rise sur le fait avec une petite lumière solaire à la main, Charity décida de dire la vérité.

— Je change quelques batteries.

Une ride se creusa entre les sourcils de Dustin puis s'effaça alors qu'il ajoutait deux et deux.

— C'est toi qui mets ces lumières. Pendant les quatre dernières années, personne n'a pu trouver qui le faisait. C'était toi depuis le début.

Charity termina sa tâche puis se leva, les doigts noués.

— Je sais que l'histoire de mamie parlait d'actes de gentillesse, mais accrocher de vraies lumières me donnait l'impression d'être plus proche d'elle. Et une fois que j'avais commencé, je n'ai pas voulu arrêter.

Une émotion profonde monta en elle, et tout ce qu'elle avait retenu pendant si longtemps sortit précipitamment. Elle ne pouvait plus garder ça pour elle. Elle ne pouvait plus attendre et se poser la question.

Il était temps.

Elle lui attrapa les mains.

350

— Je ne veux pas arrêter ça non plus.

La confusion réapparut sur le visage de Dustin.

— Tee ?

Elle déglutit péniblement puis se dépêcha de continuer.

— Être ta petite amie. J'aime ça. Je ne veux pas que nous redevenions simplement amis. Et je ne parle pas juste de sexe.

Elle ferma fort les yeux. Elle ne pouvait pas supporter de le voir essayer de trouver un moyen gentil de la rejeter.

L'inquiétude transparaissait dans sa voix alors qu'il lui caressait les bras avec ses paumes.

— Qu'est-ce qui ne va pas ? Pourquoi est-ce que tu fais cette tête ?

Elle entrouvrit un œil, luttant pour trouver du courage.

— Je ne veux pas t'entendre me dire que ça a été amusant mais que c'est terminé.

Le son qui échappa à Dustin était à moitié un cri et à moitié un rire. Il la prit dans ses bras et la serra si fort que ses battements de cœur palpitaient contre la poitrine de Charity.

— Nous ne sommes pas simplement des amis, lui dit-il fermement. Oublie ces fadaises.

Le soulagement envahit Charity, et elle enfouit son visage dans son cou. Elle retenait des larmes de peur et d'espoir.

Dustin lui caressa le dos et eut des mots rassurants.

— Je suis désolé que tu te sois inquiétée. J'aurais dû te parler plus tôt, dit-il avant de secouer la tête. Quelque part entre le moment où nous nous sommes protégés des microbes et maintenant, j'ai perdu la capacité de te dire franchement ce que je pense. C'était tellement stupide, bon sang !

Elle émit un son moqueur.

— Pas vraiment. C'est difficile. Enfin, j'ai l'impression que les gens peuvent savoir ce qu'ils veulent dire, mais vraiment le prononcer doit être une des choses les plus dures au monde.

Avec une expression à nouveau déterminée, Dustin la

mena vers le banc sous l'érable au centre du cimetière. Ils s'assirent. Il lui tint les mains et regarda fixement leurs doigts joints.

— Hier soir, quand Suz a dit que tu pouvais rentrer chez toi maintenant, mon instinct m'a dit que tu *étais* déjà chez toi.

C'était ce qu'elle ressentait. La panique commença à disparaître.

— C'est comme dans l'histoire de ta mamie Lily.

Dustin passa un bras plus étroitement autour d'elle comme s'il essayait de les imbriquer ensemble.

— Les lumières ?

Elle lança un coup d'œil vers les lumières tout autour du cimetière. Il y en avait vraiment beaucoup après toutes ces années.

— Non, même si c'est sympa d'avoir enfin résolu le mystère de la personne qui les accrochait. Tout le monde à Heart Falls se le demandait.

— C'était amusant de garder le secret.

La culpabilité l'envahit pendant un instant.

— Même si je ne le fais pas pour les autres… si ça n'a pas l'air trop égoïste.

— Je comprends, insista Dustin. Considère que c'est un avantage secondaire. Elles sont très jolies, et les gens apprécient la gaieté.

Il plaça la main contre le visage de Charity et la tourna vers lui.

— Je pensais au fait que, dans l'histoire de ta grand-mère, chaque petit moment semblait insignifiant en lui-même. Mais ils se sont additionnés, encore et encore, jusqu'à être aussi étincelants qu'une nuit étoilée.

Elle attendit.

— C'est comme toi et moi. Nous sommes amis depuis un moment, mais ces dernières semaines ont été emplies de moments étincelants. C'est comme si l'endroit où nous sommes censés nous trouver était simplement *ici*. Nous n'avons jamais eu à prendre un virage à quatre-vingt-dix degrés sur la route, nous n'avons jamais eu à annoncer subitement : « Hé, nous devrions sortir ensemble. »

— Mais c'est ce que nous sommes en train de dire. N'est-ce-pas ? Nous devrions sortir ensemble ?

Il se mit à rire.

— Oui. Absolument, oui.

— Je veux être avec toi.

Elle avait prononcé ces paroles aussi directement et simplement que possible.

L'éclat dans les yeux de Dustin était presque éblouissant.

— Je pense que je suis amoureux de toi.

Le cœur de Charity rata un battement.

— Oh, waouh.

Avant qu'elle ne puisse dire autre chose, il se pencha et l'embrassa, d'une manière douce et douloureusement tendre. Son cœur martelait et tout en elle chantait d'espoir.

Ils s'écartèrent assez pour que Dustin prenne son visage entre ses mains.

— C'est pour toi, parce que tu as été assez courageuse pour me dire la vérité même quand tu n'étais pas sûre de ce que je répondrais. Parce que tu as été assez courageuse pour donner envie à ce cow-boy têtu de s'améliorer.

Elle croisa son regard sans détour.

— Je suis presque sûre que je suis amoureuse de toi aussi.

Il lui lança un grand sourire cette fois.

— C'est pratique. C'est utile.

Charity ricana.

— C'est magique.

— Ça aussi.

Il la hissa sur ses genoux et la serra contre lui. Il posa le menton sur ses cheveux bouclés. Un instant de paix au milieu de la tempête.

Le bruit de ses nièces et de son neveu qui jouaient arrivait de la cour près d'eux, leurs rires éclatants de bonheur.

Il se raidit légèrement puis parla doucement.

— Ce n'est pas que je veux te faire fuir alors que nous nous ressaisissons enfin, mais est-ce que ça va aller avec ma famille ? Tous ses nombreux membres autoritaires et rentre-dedans ?

Charity inspira profondément avant de répondre.

— Ils me faisaient un peu peur au début, surtout Caleb. Ta famille peut être intense, mais c'est un peu comme monter à cheval.

— C'est bizarrement agréable ? la taquina-t-il.

Elle posa les doigts sur ses lèvres, incurvant les siennes en un sourire.

— C'est un sport qui avait l'air intéressant, mais je ne pouvais jamais participer. Mais c'était mon manque d'expérience. Une fois que j'ai mis le pied à l'étrier et que j'ai suivi le mouvement, ta famille m'a semblé normale. Je m'y sens à l'aise et pourtant excitée, et c'est une chose que je peux apprécier.

Le soulagement sur le visage de Dustin était clair comme du cristal.

— Ta famille est merveilleuse aussi.

— Chelsea t'apprécie. Suz est folle de toi, le taquina Charity.

Il la retourna dans ses bras et la nicha plus étroitement contre lui.

— Je suis l'homme d'une seule femme, et c'est toi, Tee. Trouvons comment faire en sorte que ça marche pour de vrai. On ne fait plus semblant, on ne fait rien parce que nous y sommes obligés.

— Mais nous sommes toujours un hashtag « couple country mignon ».

Il se mit à rire.

— Oui. Et il y a des chances pour qu'il y ait encore quelques hashtags sur nous à l'avenir puisque ce genre de bêtises ne disparaît jamais vraiment. Mais je ferai de mon mieux pour m'assurer que tout ce que je dis qui finira sur Internet le soit avec ton consentement.

— C'est une promesse facile puisque tu n'es jamais sur Internet, dit Charity.

Dustin marqua une pause.

— Je pense à toutes ces demandes d'interview. Peut-être que Silver Stone devrait en accorder une. Et de tous les membres de la famille, je suis le mieux placé pour gérer les médias, maintenant.

Elle n'avait pas considéré cette possibilité, mais alors qu'ils étaient assis là, entremêlés, cette idée lui parut logique.

— Je ne bondis pas d'excitation, mais ça pourrait être un bon plan.

— Je commence seulement à l'envisager, dit Dustin en replaçant les cheveux de Charity derrière son oreille. C'est une question pour plus tard. Maintenant j'ai des choses plus importantes à te soumettre.

— Assis dans un cimetière ?

Les yeux marron de Dustin étincelèrent d'amusement.

— Personne ici n'a l'habitude de s'incruster. Il n'y a que toi et moi. Et cent lumières solaires.

Elle se mit à rire, puis reprit son sérieux.

— Tu as raison. C'est un bon endroit pour prendre des décisions.

Dustin glissa les doigts sous son menton et il la caressa doucement du regard.

— Est-ce que tu veux emménager vraiment avec moi ? Être

ma petite amie et apprendre de nouvelles choses avec moi ? Est-ce que tu nous donneras une chance de voir si être amoureux est peut-être aussi délicieux que je le pense ?

Le cœur de Charity déborda.

— D'accord.

Dustin éclata de rire comme dans une énorme explosion de bonheur.

— D'accord pour moi aussi.

Charity se retrouva soulevée dans ses bras. Tournoyant, ses pieds si loin du sol qu'elle aurait pu voler, elle s'accrocha de toutes ses forces jusqu'à ce que Dustin ralentisse et la repose, toujours serrée contre son corps.

Elle posa les mains sur le visage de Dustin.

— Tu me rends heureuse.

— Toi aussi.

Il se pencha et l'embrassa de nouveau. Cette fois avec assez de passion pour lui faire frétiller les orteils.

Un long sifflement vif résonna sur la gauche de Charity. Elle tourna son attention par là et découvrit Carter qui se tenait sur la clôture, le visage plissé de confusion.

— Papa dit que vous devez arrêter de vous embrasser avant que quelqu'un ne se plaigne.

Carter fronça davantage les sourcils et regarda le cimetière avec confusion.

— Qui va se plaindre ? ajouta-t-il. Les personnes mortes ne parlent pas.

Dustin émit un petit rire. Il attrapa Charity par la main et la mena vers la clôture.

— Tu as raison. Ça ne dérange personne qu'on s'embrasse. Mais ton père a raison aussi. Nous devrions retourner dans votre maison.

— Maman est encore dans son moment de calme, les prévint Carter.

Il bondit vers le côté libre de Charity, et soudain elle se retrouva à tenir la main de deux hommes Stone, même si l'un d'eux n'avait que neuf ans.

— Peux-tu nous montrer d'autres trucs de danse, Tata Tee ?

— Bien sûr, répondit Charity en lançant un coup d'œil à Dustin, qui lui souriait. Tonton Dustin va m'aider.

— *Youpiiiiii.*

Carter fila comme une flèche, traversant la cour devant eux pour partager la nouvelle avec son père et ses sœurs. Tous trois s'amusaient maintenant des souffleurs à bulles, et des douzaines de bulles chatoyantes s'envolaient et flottaient vers l'est dans la légère brise.

— Toute ma grande et accablante famille t'adore déjà, dit Dustin doucement.

Le cœur de Charity battit fort.

— Alors nous avons une bonne chance pour que le « peut-être que nous sommes amoureux » tienne.

— Peut-être.

Dustin la fit tourner, la tint à bout de bras, puis la ramena contre lui, les fit glisser dans un two-step élégant alors qu'il les emmenait en dansant vers les enfants.

— Je parie là-dessus, continua-t-il.

Charity laissa le tourbillon qu'était Dustin la faire tourner encore et encore alors que des bulles chatoyaient dans l'air autour d'eux tel un millier de moments de joie.

24

Dustin avait un tout nouveau respect pour ses frères. Comment étaient-ils donc sortis de leur lit chaque matin ces dernières années en laissant leur femme derrière eux, le corps chaud et sexy comme le péché ?

Il frotta son nez contre le cou de Charity, réticent à l'idée de commencer sa journée sans elle.

— Réveille-toi assez pour m'embrasser avant que je ne parte, ordonna-t-il.

— Est-ce je peux t'embrasser et rester endormie ? marmonna-t-elle.

— Non. J'ai besoin d'un consentement total.

— Bien.

De manière imprévue, elle roula sur le côté et il finit sous elle. L'explosion de cheveux qui jaillissait de sa haute queue-de-cheval rebondit alors qu'elle hochait joyeusement la tête.

— Eh bien, alors, ajouta-t-elle. Voyez ce que j'ai trouvé dans mon lit.

— *Notre* lit.

Dustin passa les bras autour d'elle et l'embrassa

longuement et profondément, simplement parce qu'il en avait envie.

Quand il eut terminé, Charity rougissait et respirait difficilement.

— Autant pour la grasse matinée, râla-t-elle. Maintenant je suis dans tous mes états.

— Je ferais bien quelque chose, mais Caleb me bottera les fesses si je suis en retard.

— Oh, je peux m'en occuper moi-même, répondit-elle en haussant les sourcils.

L'idée qu'elle se caresse jusqu'à l'orgasme faillit le tuer.

— Tu es une jeune femme machiavélique. Ce qui veut dire que tu devrais le faire. T'imaginer avec les mains entre tes cuisses sera une super rêverie.

Charity prit le visage de Dustin fermement entre ses paumes. Elle déglutit péniblement puis sourit radieusement.

— Je t'aime.

Une poussée d'adrénaline remonta le long de la colonne vertébrale de Dustin comme un explosif.

— Nom d'un chien. Vraiment ? Maintenant je vais véritablement être en retard.

Le rire de Charity fut avalé par son baiser.

Si ça avait dépendu de lui, il aurait dit « au diable le travail ». Mais l'instant d'après, Charity était sortie du lit, agitant un doigt vers lui alors qu'il aurait voulu la ramener dans le lit.

— Oui, j'ai décidé qu'il y avait eu assez d'hésitations avec des « peut-être » et des « en train de tomber amoureux ». Je t'aime. Maintenant, va travailler pour que tes frères ne te forcent pas à rester tard.

Dustin sortit du lit et leva une main avec un doigt en l'air.

— D'une, ton timing craint. Je dis ça comme ça.

Elle lui lança un grand sourire.

— De deux, retrouve-moi au manège quatre, et nous irons faire une chevauchée.

— Bien sûr. Ça m'a l'air super.

Il n'avait pas terminé. Il leva un autre doigt.

— Mes frères feraient bien d'apprécier que je sois à l'heure aujourd'hui malgré le numéro trois.

Elle haussa un sourcil.

Dustin parla doucement.

— Je t'aime aussi.

Charity pressa les mains contre son visage.

— Va travailler, tout de suite, avant que nous fassions des choix peu judicieux, ordonna-t-elle.

— J'y vais.

Mais il l'embrassa de nouveau, doucement, lentement. Il recula pour le dire à nouveau.

— Je t'aime, Tee. On se voit cet après-midi.

La chaleur des mots de Charity le porta jusqu'à l'écurie. Bon sang, il doutait que ses pieds aient touché le sol pendant tout le trajet.

Heureusement, Dustin arriva aux stalles trente secondes avant Caleb, ce qui lui donna le temps d'au moins essayer d'effacer ce qu'il présumait être un grand sourire bébête de son visage.

Ça ne fonctionna pas. Son frère haussa quand même un sourcil en allant seller son cheval.

— Intéressant.

Non. Dustin n'allait pas s'excuser d'être au septième ciel.

— Je suis amoureux, lâcha-t-il.

Un silence soudain tomba dans la stalle à côté de lui.

Dustin avança sur le côté, jeta un coup d'œil à l'intérieur et découvrit son frère habituellement sage et solide qui souriait en regardant le plafond.

— Quoi ? demanda Dustin.

Caleb haussa les épaules.

— J'ai simplement remarqué que ton ombre n'est pas avec toi. Ta chienne, qui est habituellement dans tes pattes, est encore ailleurs. Je ne parlais que de ça.

Bon sang. Il n'allait quand même pas s'excuser. Dustin leva le menton.

— Eh bien, Patchwork Annie aime Tee aussi.

En fait, le sourire de Caleb devint plus rayonnant.

— Je suis heureux pour toi. Peut-on raisonnablement supposer qu'elle ressent la même chose ?

— Absolument. Tee aime vraiment Annie.

À ces raisons, Caleb éclata de rire. Puis il s'approcha et serra Dustin fort dans ses bras.

— Tu es un vrai petit malin. Je suis content pour toi, petit frère. Maintenant arrête de rêvasser de ta nana et bouge-toi le popotin.

— C'est toi qui me malmènes, grommela Dustin en lui tapotant aussi le dos avant de retourner à sa tâche pour se préparer pour la journée.

Il avait volé si haut qu'il n'avait même pas remarqué que Patchwork Annie était restée sous le porche. C'était incroyable et spécial d'une toute nouvelle manière.

Il aimait vraiment assez Charity pour partager sa chienne avec elle.

Caleb et lui se retrouvèrent rapidement sur le sentier et se dirigèrent vers les pâturages dans un des champs les plus éloignés.

— Vous prévoyez de rester dans le cottage ? demanda Caleb après un moment.

— Je pense. Si ça ne dérange pas Dare et la famille.

Caleb haussa tranquillement les épaules.

— Tous les autres se sont installés dans leurs nouveaux

foyers. On dirait que ça vous conviendra bien si elle y est heureuse.

— Je lui demanderai, mais je suis presque sûr que oui.

Dustin pensa à autre chose.

— Ça te va si elle travaille au bureau ?

Son frère émit un son moqueur puis se racla la gorge.

— Pas de problème. La famille travaille dans le ranch. Certains en intérieur, d'autres en extérieur.

Dustin le regarda avec méfiance.

— Qu'est-ce que ça veut dire ?

— Rien, répondit Caleb en pointant le doigt devant eux. De la sauge sauvage s'empare de cette section. Nous allons devoir la brûler prudemment pour l'empêcher de s'étendre aux champs de céréales.

Il évitait complètement sa question, mais Dustin s'en fichait. Que Caleb partage ses idées pour l'année à venir et qu'il demande son opinion à Dustin... c'était un autre aspect de la famille. Une nouvelle partie pour trouver une fondation solide afin que Charity et lui puissent planter leurs propres racines.

Caleb et lui s'arrêtèrent à midi et s'assirent par terre, regardant les terres de Silver Stone pendant qu'ils mangeaient des sandwichs sortis de leurs sacoches et buvaient du café extra fort. Caleb le quitta après le déjeuner en grimaçant alors qu'il tapotait Dustin sur l'épaule.

— Amuse-toi bien en terminant cet après-midi. J'ai de la paperasse à gérer.

— Je ne voudrais pas être à ta place, le taquina Dustin avant de tendre la main à son frère. Merci pour cette super matinée.

Caleb la serra fermement.

— Tu veux dire merci de ne pas t'avoir taquiné sans pitié parce que tu es *amoureux*.

Il prononça le dernier mot comme ses filles l'auraient fait, avec vingt lettres de long et rempli de cœurs étincelants dans les yeux.

— Quel crétin, marmonna Dustin.

Mais il souriait.

Chevauchant vers le nord, il avait la tête remplie par Charity et le ranch. Tant de choses qu'il voulait lui montrer, tant de choses qu'elle devait encore partager avec lui. Dustin devait ramener son attention sur les vérifications qui l'attendait sur les clôtures, les abris, les portails.

Un fin panache de fumée montait du nord, et il jura. Une fumée inattendue signalait toujours un danger pour le ranch.

Sa bonne humeur avait disparu. Dustin se redressa sur sa selle et enfonça légèrement les talons dans les flancs de Molasses pour qu'elle aille un peu plus vite.

Il ne fut pas vraiment surpris quand la fumée le mena au petit abri où Luke et lui avaient découvert des signes d'intrus précédents. Mais il ne trouvait toujours pas que c'était un super endroit où traîner pour des ados. Était-ce un sans-abri ? Quelqu'un qui s'attardait après l'emballement médiatique dans l'espoir de trouver autre chose ?

Si c'était la première option, le ranch avait mis en place depuis longtemps un système pour aider les squatters à se remettre sur pied et à quitter leurs terres. Si c'était la seconde, les intrus allaient découvrir que Silver Stone avait en place une équipe légale puissante pour s'occuper des enfoirés qui ne comprenaient pas les limites.

Aucune flamme n'était visible, mais ce pouvait être un mégot de cigarette. Dustin glissa de Molasses, l'attacha puis lui tapota l'encolure.

— Je reviens tout de suite.

Il s'approcha discrètement, mais il n'y avait aucun son devant lui. Pas de voix adolescentes ni de musique, et les ténèbres dans l'abri n'étaient brisées que par une douce lueur jaune.

Dustin sortit son téléphone et appuya sur le bouton de la lampe torche. Il s'avança dans l'abri.

Un sac de couchage avait été lancé dans un coin. Des ustensiles de cuisine étaient posés sur une des souches qu'il avait vues auparavant. La fumée qui s'échappait à travers une fente dans le toit provenait d'une torche *tiki* attachée au mur. Elle était éteinte mais couvait encore, une fumée noire comme du goudron s'en élevait.

— C'est quoi ce bazar ?

Il s'avança pour l'éteindre lorsqu'il vit du coin de l'œil quelque chose bouger. La douleur frappa l'arrière de sa tête, et il tendit les mains pour amortir sa chute.

Puis... ce furent les ténèbres.

25

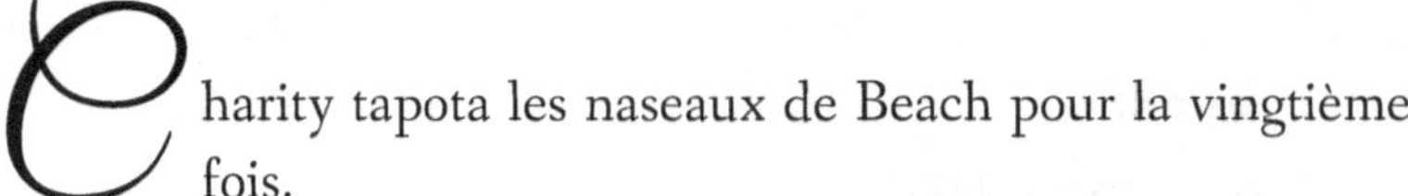

harity tapota les naseaux de Beach pour la vingtième fois.

— Bientôt, mon chou. Je sais, tu es prêt à partir, n'est-ce pas ?

Elle s'avança, fit faire un autre tour du manège au cheval dans l'espoir qu'il se calmerait. Ils avaient fait tellement de tours maintenant que Patchwork Annie s'en était complètement désintéressée. La chienne était allongée près du portail et attendait que quelque chose de plus excitant se produise.

— Qu'est-ce qui t'arrive ? demanda Kelli en arrivant avec Shim à côté d'elle. Tu as oublié que monter sur un cheval implique d'être sur son dos ?

— Je ne suis pas débutante à ce point, râla Charity avant de regarder de nouveau sa montre. Dustin a dit qu'il me retrouverait à 16 heures. Il est en retard, mais Beach n'aime pas beaucoup cette excuse.

Shim fronça les sourcils et regarda aussi l'heure.

— Dustin n'a pas appelé ?

Charity secoua la tête.

— Ça ne lui ressemble pas, déclara Kelli en sortant son téléphone et en appuyant sur un bouton.

— Je ne voulais pas l'interrompre s'il était occupé, râla Charity.

Shim haussa un sourcil.

— S'il est occupé, il ne répondra pas.

— Je suppose.

Elle regarda de nouveau l'heure, lança un coup d'œil vers le sentier par lequel Dustin devait revenir.

Kelli remit son téléphone dans sa poche.

— Il ne répond pas. Et il a plus de quarante-cinq minutes de retard, ce qui ne lui ressemble pas. Il est habituellement du genre à être en retard de cinq minutes dans le style « désolé j'étais distrait ».

Shim pencha la tête vers le bureau.

— C'est facile de voir s'il est en chemin.

Kelli prit les rênes alors que Charity se dirigeait en hâte vers l'ordinateur, Patchwork Annie de nouveau sur les talons.

— Je n'arrive pas à croire que je n'aie pas pensé à utiliser l'appli Finder, grogna Charity.

— Tu t'attendais à ce qu'il apparaisse à tout moment, signala Shim. Lance-la.

Charity ralluma l'ordinateur et attendit patiemment que le programme se rouvre.

— Dustin est...

Elle se pencha en avant.

— Il va être plus qu'en retard. C'est une longue chevauchée jusque là-bas.

Shim regarda par-dessus son épaule, l'inquiétude apparaissant sur son visage.

— Passe sur « en temps réel ». C'est trop gourmand en

données pour le faire tourner tout le temps, mais pour le moment, ça va nous aider à localiser ses mouvements.

Charity effectua le réglage, et ils attendirent que le programme change. Au lieu d'une mise à jour toutes les cinq minutes, cette version pouvait suivre la position GPS en direct.

Deux minutes plus tard, le froid qui avait saisi Charity aux tripes s'intensifia encore alors que l'icône montrant la position de Dustin ne changeait pas du tout.

— Il ne bouge pas.

Elle leva les yeux vers Shim puis vers Caleb, qui fronçait les sourcils et se tenait maintenant dans l'embrasure de la porte.

— Dustin ne bouge pas, répéta-t-elle.

Caleb entra dans la pièce.

— Qui est le plus proche de lui en ce moment ?

Charity effectua les ajustements sur le programme, mais secoua la tête tandis que l'inquiétude continuait de monter.

— Personne. Nous tous... tous les ouvriers sont sur le chemin du retour pour le dîner.

Des jurons envahirent l'air, puis Caleb lança des ordres.

— Shim, tu restes ici et tu gardes le contact si quoi que ce soit change. Vois si tu peux découvrir qui a parlé à Dustin en dernier, et quand.

— Oui, monsieur.

Shim s'installa derrière le bureau.

Charity était sur les talons de Caleb.

— Kelli. Appelle Luke et annonce-lui que Dustin a disparu.

— J'ai déjà appelé, et il est en chemin. Il va prendre un quad et de l'équipement puis nous rejoindre, répondit Kelli en serrant la sangle sur la jument de Caleb. Lacey est presque prête.

— Je veux venir avec vous.

Charity avait parlé fort pour attirer leur attention et son cœur martelait dans sa poitrine.

Deux regards inquiets se tournèrent vers elle puis se reportèrent sur leur tâche.

Caleb secoua la tête.

— Je dois chevaucher vite, Tee. Dustin ne me remerciera pas si tu es blessée.

— Kelli pourra monter avec moi, alors. Beach est prêt à partir, ajouta Charity. S'il vous plaît. Je dois y aller. Juste au cas où.

Le regard qu'il lui lança était plein de compréhension, mais sa mine était toujours sévère. Au moment où elle allait abandonner, il hocha rapidement la tête et fit signe à Kelli de se joindre à eux.

— Ne fais pas de chute, ou Dustin me tuera.

Charity ne répondit pas à cause du nœud qu'elle avait dans la gorge.

Ils montèrent en selle, Caleb se tournant déjà vers le sentier. Kelli tapota les doigts de Charity d'un air rassurant.

— Accroche-toi bien, chérie. Nous allons voler.

Lentement au début... suffisamment lentement pour que Charity ait envie d'enfoncer les talons dans les flancs de Beach pour le faire avancer. Mais Kelli était intelligente, augmentant la vitesse d'un cran à la fois jusqu'à ce qu'ils volent pratiquement et passent au bord du Big Sky Lake. Vers l'est, où les terrains vallonnés s'aplatissaient lentement en pâturages. Patchwork Annie courait à côté d'eux, un paquet de muscles et une image floue de poils alors qu'elle aussi volait.

Le ciel bleu vif était inapproprié. L'odeur fraîche de l'été était une insulte étant donné la peur qui martelait dans la poitrine de Charity.

Elle savait que le trajet avait dû prendre au moins trente minutes, mais quand ils arrivèrent, elle avait à peine eu le temps de reprendre son souffle.

Elle repéra le cheval de Dustin qui paissait devant le petit abri et cela lui donna de l'espoir. Caleb passa devant elles. Il mit pied à terre et fila dans l'abri en bois, puis recula dans la lumière du soleil avant que Kelli n'ait immobilisé Beach.

— Il n'est pas là, dit Caleb d'un ton sec. Qu'est-ce qui se passe, bon sang ?

Kelli avait de nouveau sorti son téléphone, alors qu'elle et Charity mettaient pied à terre.

— Shim ? Vérifie le moniteur. Est-ce que Dustin est encore au même endroit ? Ouais ? O.K., dis-moi quand je suis près de la balise. Chaud si je vais dans la bonne direction, froid si je m'éloigne.

Après cette chevauchée, ses jambes étaient en coton, mais Charity réussit curieusement à garder l'équilibre et avança, Patchwork Annie à ses côtés. Elles entrèrent sous l'abri et Annie jappa et creusa frénétiquement dans le foin.

— J'y suis presque ? Bon sang, ça veut dire que son téléphone est ici, même si lui non, dit Kelli au moment où Annie aboyait et donnait un coup de patte sur le sol.

Charity s'agenouilla et ramassa le téléphone qu'Annie avait découvert.

— C'est celui de Dustin, dit-elle en levant les yeux vers le visage dévasté de Caleb. Nous n'avons pas encore fini.

— C'est une impasse, Tee. L'appli de suivi est mise sur nos téléphones, lui rappela Caleb doucement, la voix angoissée.

— Je sais. Mais *elle* est en phase directement avec Dustin.

Charity s'agenouilla et appela Patchwork Annie. Elle tendit le téléphone et laissa la chienne le renifler, priant pour que l'ordre que Dustin lui avait donné de la surveiller puisse être reprogrammé.

— Où est Dustin ? Où est-il ?

Elle éloigna le téléphone puis le lui présenta de nouveau.

— Où est Dustin ? répéta-t-elle.

Annie geignit et recula hors de l'abri.

Le temps que Charity se lève, Patchwork Annie reniflait le sol en cercles de plus en plus larges.

— Viens, lança Kelli en se remettant en selle. Monte, parce que si ça marche, nous devrons rester à proximité.

Un rapide pas en avant, et Caleb fut près d'elle. Il se pencha, entrecroisa les mains pour que Charity y mette le pied. Avec plus de grâce qu'elle n'en avait l'impression, elle se retrouvait derrière Kelli un instant plus tard, sifflant Annie.

La chienne se redressa vivement et la regarda attentivement.

— Cherche Dustin, ordonna Charity.

Annie fila, et Kelli encouragea Beach à la suivre. Heureusement, la chienne regardait constamment en arrière pour s'assurer que Charity restait en vue. Caleb montait à côté d'elles, son regard errant sur le terrain comme s'il espérait repérer Dustin parti en promenade.

Ils étaient sur une partie du ranch où Charity n'était jamais allée.

— Sais-tu où nous sommes ? cria-t-elle à l'oreille de Kelli. Qu'y a-t-il par ici ?

— Nous finirons par arriver à la nationale, mais il y a d'autres points de repère qui approchent.

Kelli se pencha en avant et encouragea Beach à aller plus vite.

Le temps n'avait aucune signification. Les larmes sillonnaient le visage de Charity alors que ses yeux larmoyaient sous le vent vif. Ses doigts qui agrippaient Kelli étaient rigides, et tout son corps semblait ébranlé jusqu'à l'os. Mais aucun désagrément n'avait d'importance.

Dustin. Où était-il ?

Annie tourna brusquement sur la droite.

Kelli ralentit et s'arrêta. Caleb descendit de cheval et courut sans s'arrêter, se dirigeant vers Annie qui grattait une planche cassée posée de travers sur la base d'un large conduit d'eau.

Un instant plus tard, Kelli aidait Caleb à soulever le morceau de bois. Charity se rapprocha aussi, la planche brute mordait ses paumes, des échardes s'y enfonçaient alors que tous les trois la soulevaient sur le côté.

Dustin se trouvait dessous, à demi enfoncé dans la boue. Il était sur le dos, la peau pâle, et un filet de sang coulait sur sa tempe. Charity se laissa tomber à genoux à côté de lui et posa les doigts contre son pouls.

Quand un bruit sourd et marqué résonna, elle faillit pleurer de joie.

— Il est vivant.

— Dieu merci, dit Caleb en s'accroupissant près de Charity, un bras autour de ses épaules.

Il posa le dos de la main contre la joue de son frère.

— Ne le bougeons pas. Kelli donne notre position pour qu'on nous envoie une ambulance.

Il serra étroitement les épaules de Charity.

Instinctivement, elle le rassura.

— Dustin va s'en sortir.

Caleb inspira profondément, retira sa veste et en couvrit Dustin du mieux qu'il put.

— Oui.

— Il le faut, dit Charity en levant les doigts de Dustin jusqu'à ses lèvres pour les embrasser. Tu entends ça, Dustin ? Tu vas t'en sortir.

Patchwork Annie se glissa sous le bras de Charity de l'autre côté, gémissant parce que sa personne préférée ne la caressait pas. À la place, Charity l'étreignit.

— Tu es la chienne la plus intelligente et la meilleure du monde.

La chienne s'installa près de Dustin et le regarda avec inquiétude.

Charity s'accrocha et lutta pour être courageuse.

— Je t'aime, chuchota-t-elle à Dustin, soudain contente que ce ne soit pas la première fois qu'elle le lui disait. Je t'aime, répéta-t-elle, cette fois plus fort. Maintenant tu dois aller mieux pour pouvoir me dire que tu m'aimes aussi. Parce que c'était ce qu'on avait convenu.

Caleb était revenu, et Kelli était là. Tous les trois regroupés, ils essayaient de réchauffer Dustin pendant qu'ils attendaient que l'équipe de secours arrive.

Au fond de son cœur, une lueur chaleureuse brûlait de façon continue, et Charity plaça tous ses efforts dans le fait de retenir Dustin par la force de son amour.

26

Dustin avait mal à la tête. En y repensant, il avait mal aux fesses, il avait mal au dos et sa bouche était pâteuse. Des petits bips résonnaient sur sa droite, et il ne pouvait pas bouger les mains.

Qu'est-ce qu'il avait fait, bon sang ?

— Tu es réveillé, chuchota Charity.

Il tourna la tête vers elle, et une douleur vive traversa son crâne.

— Ouille. Qu'est-ce... ?

Un flot de souvenirs déferla. La fumée près de l'abri. Le coup.

— Bon sang. Quelqu'un m'a frappé.

Charity se tenait près de lui désormais, ses doigts entrelacés aux siens.

— Ouais. Mais tu vas bien.

— Tu as de la chance d'avoir la tête dure.

C'était Luke, cette fois, qui s'approcha derrière Charity. Son expression montrait plus de soulagement que d'amusement.

— Comme je te l'ai toujours dit, ajouta-t-il.

Dustin n'avait pas l'énergie, mais certaines choses étaient sacrées.

— Imagine que je te fais un doigt d'honneur maintenant.

Il se trouvait clairement dans une chambre d'hôpital. Les murs d'un gris-blanc quelconque et l'odeur auraient été un indice suffisant. Mais les barrières du lit et l'intraveineuse qui sortait du dos de sa main étaient une preuve indéniable.

Caleb se tenait maintenant épaule contre épaule avec Luke, tous deux dominaient Charity de leur taille. Celle-ci refusait de lui lâcher la main.

— Tu nous as fichu la trouille, dit Caleb.

— Je m'excuserai après avoir découvert ce qui s'est passé, répondit Dustin en levant sa main libre et en touchant sa tête avec précaution. Des bandages ?

Son frère aîné dit quelque chose par-dessus son épaule, et Luke s'écarta. Caleb se retourna et répondit à sa question.

— Tu as peut-être la tête dure, mais même les rochers se cassent quand ils sont frappés avec des démonte-pneus.

Mince. Saleté.

— Qui était-ce ?

Il y eut une brève pause. Charity fit la grimace.

— Eh bien, tu sais que tu avais dit que nous n'avions plus à nous inquiéter de ta « stalkeuse » ?

— Tu te moques de moi. C'était Patty ? demanda Dustin en croisant le regard de Caleb. Tu as appelé la police montée.

— Oui. Et ils sont allés lui parler. Elle est en ville depuis un mois, elle vit au motel Heart Falls. Ils l'ont avertie de rester à distance... ce qui semble l'avoir mise en colère, expliqua Caleb en se tapotant la tête. Sans vouloir excuser son comportement, c'est une femme malade. Littéralement, elle ne va pas bien.

— Elle a failli tuer Dustin.

La colère dans la voix de Charity était glacée.

— Elle pourra se faire soigner loin de Heart Falls.

— Je suis d'accord, acquiesça Caleb en posant une main apaisante sur son épaule. Dustin, dis-nous ce que tu sais, et nous remplirons les blancs.

— J'ai vu de la fumée provenant de l'abri. Je suis descendu de Molasses...

Sa jument.

— Elle va bien ?

— Elle va bien. Quand nous sommes arrivés à l'abri, elle n'avait pas bougé de plus d'un mètre cinquante de l'endroit où tu avais lâché les rênes, annonça Caleb.

— Tu dresses bien les animaux, frangin.

Luke était revenu, et son sourire narquois était extrêmement suspect.

Dustin ignora ce mystère un instant.

— J'avais mon téléphone à la main pour pouvoir utiliser la torche. Je suis arrivé au coin de l'abri et *bam*. Patty devait m'attendre.

Il fronça les sourcils.

— Comment est-ce possible ? Elle était super loin à l'arrière des terres de Silver Stone à m'attendre ?

Caleb soupira.

— Il s'avère que oui. Il semble que la rumeur s'est répandue sur ton trajet préféré. Elle a dit à la police montée qu'elle était certaine que, si elle pouvait être seule avec toi, tu te souviendrais que tu étais follement amoureux d'elle.

— Et rien ne déclare mieux un véritable amour qu'un coup de démonte-pneus, ajouta Luke.

— Elle avait un quad et a étonnamment réussi à te porter dessus. À un moment ou à un autre, elle s'est rendu compte que, même si elle pouvait s'en sortir pour avoir conduit illégalement en ville jusqu'à sa chambre de motel, elle allait avoir des difficultés à expliquer ton corps inconscient, expliqua Charity d'un ton pince-sans-rire.

Dustin regarda autour de lui.

— Je suppose qu'elle ne m'a pas ramené au ranch pour s'excuser.

Luke secoua la tête.

— Elle s'est débarrassée de toi et a essayé de cacher les preuves. La seule raison pour laquelle nous t'avons retrouvé, c'est grâce à la vivacité d'esprit de Charity.

Celle-ci hocha la tête.

— Voici celle qui t'a sauvé.

Elle siffla. Soudain, des pattes se posèrent au bord du lit. Le gémissement grave de Patchwork Annie résonna alors que sa truffe apparaissait à peine au-dessus du matelas.

— On brise toutes les règles, là, frangin, le prévint Luke mais il prit la chienne dans ses bras et la souleva suffisamment pour que Dustin puisse la caresser. C'est le meilleur achat que tu aies fait, le jour où tu l'as ramenée.

— On n'achète pas des amis, répondit Dustin en caressant la tête d'Annie. Bonne fille.

Annie lui glissa discrètement une léchouille avant que Luke ne l'emporte et la cache dans un coin de la chambre.

Tout ça était surréaliste.

— Merci de m'avoir sauvé.

— Merci d'être un fumier résistant, dit Caleb. Je ne veux plus jamais avoir à faire ça.

— Je ne prévois pas d'avoir d'autres « stalkeuses ».

Dustin marqua une pause, son inquiétude montait.

— Tee. Tu restes avec Tamara et Caleb ce soir. Ne va pas au cottage toute seule...

— Ça va, l'interrompit Charity en lui étreignant la main. Ils ont attrapé Patty, tu te souviens ? Elle a été arrêtée.

La tête de Dustin tournait de soulagement.

— C'est vrai. Bien. Comment l'ont-ils attrapée ?

— Elle est revenue en ville pour emballer ses affaires au motel. Elle s'est arrêtée au Buns and Roses, si tu arrives à le croire, sûre d'elle. Seulement, Shim avait appelé Fern pour lui dire que tu avais disparu, et Fern est devenue soupçonneuse, alors quand Patty est allée aux toilettes, elle l'a enfermée dedans jusqu'à ce que la police montée arrive.

Dustin fut stupéfait, puis amusé.

— Il n'y a bien que Fern pour faire ça. Et si Patty avait été innocente ?

Charity haussa les épaules.

— Fern a dit que, si elle s'était trompée, elle aurait accepté la punition, mais qu'elle était sûre à 99,9 % que Patty était impliquée.

Ce qui imbriquait la dernière pièce du puzzle.

— Ma famille et mes amis sont les meilleurs.

— En effet, confirma Luke en lui lançant un clin d'œil. Je suis content que tu ailles bien, frangin. Charity va rester avec toi. Nous retournons au ranch pendant un moment.

— Si tu as besoin de quelque chose, appelle, ordonna Caleb à Charity. Nous reviendrons dans quelques heures. Du moins, certains d'entre nous reviendront.

Charity lâcha les doigts de Dustin et se leva de sa chaise pour aller étreindre étroitement Caleb et Luke.

— Je prendrai soin de lui, promit-elle.

— Je sais, répondit Caleb en lui embrassant le front avant de pointer Dustin du doigt. Repose-toi. J'ai besoin que tu reviennes à Silver Stone.

— Je préférerais être là-bas qu'ici, lui assura Dustin.

Il leur fit au revoir de la main, le geste lui demandant plus d'efforts qu'il ne s'y attendait.

La chambre devint silencieuse, il n'y avait plus que les

moniteurs avec les faibles bruits et le bourdonnement bas des lumières au-dessus d'eux. Charity revint à ses côtés et le regarda fixement comme si elle apprenait quelque chose par cœur pour un examen.

— Est-ce que j'ai une sale tête ? demanda Dustin.

Elle hocha la tête.

— Et pourtant je préfère que tu sois défoncé et couvert de bleus plutôt que ce à quoi tu ressemblais quand nous t'avons trouvé.

Sa voix se brisa.

— J'avais tellement peur que tu sois mort...

Il ouvrit les bras.

— Bon sang, Tee. Tu ne peux pas pleurer quand je ne peux pas arranger ça.

Elle se pelotonna contre lui, posant la tête sur son torse en y agrippant les mains. Avec le corps de Charity à moitié sur le lit, Dustin l'étreignit alors qu'elle pleurait doucement.

Seigneur, il avait mal à l'intérieur comme à l'extérieur en l'écoutant pleurer.

— Je suis toujours là, l'apaisa Dustin. Et je me souviens encore que ce matin tu m'as dit que tu m'aimais. Quelles que soient les embrouilles que nous avons gérées aujourd'hui, c'est de ça que je veux parler. T'aimer. Pas seulement aujourd'hui, mais demain et les jours suivants.

Il lui embrassa le dessus de la tête et écarta les boucles de son visage.

— Nous allons faire des promenades à cheval et nager dans le lac. Nous allons faire du cottage notre foyer, avec des photos de la famille et des amis. Nous allons faire toutes ces choses ensemble.

Charity hoqueta et sa respiration tremblante se mit à ralentir, devenant plus régulière. Elle se redressa maladroitement et essuya les larmes sur son visage.

— D'accord.

Un rire le chatouilla à l'intérieur. C'était tellement une phrase de Charity !

— À quoi dis-tu d'accord ?

— À tout. Monter à cheval, nager, décorer et passer du temps avec les amis, dit-elle en levant les doigts de Dustin jusqu'à ses lèvres pour les embrasser. Mais surtout t'aimer chaque jour.

Même coincé dans un lit d'hôpital, cabossé et couvert de bleus, Dustin n'aurait pas pu être plus heureux.

— Je t'aime, Tee.

— Je t'aime, Dus, avança-t-elle, en esquissant un début de sourire.

Un léger *ouaf* s'éleva près des pieds de Charity.

Elle baissa les yeux, puis regarda la porte de sa chambre d'hôpital.

— Puisque tu es déjà là où tu n'es pas censée être, je pourrais aussi bien passer en mode méga-problèmes.

Un instant plus tard, Patchwork Annie se retrouvait sur le lit et reniflait Dustin vigoureusement. Il la caressa puis pointa ses pieds du doigt.

— Couchée.

Annie se tourna et poussa un soupir de contentement en s'installant près de ses jambes.

Dustin regarda l'espace restant sur le lit. Ce serait serré, mais il pouvait le faire. Il se tortilla légèrement sur la gauche puis tapota l'espace qu'il avait créé.

— Maintenant, à ton tour.

Il pensait qu'elle allait protester, mais Charity s'installa prudemment et se pelotonna contre lui. Il étendit le bras sur elle, faisant attention à ne pas emmêler son intraveineuse, et tous les maux et les douleurs disparurent.

— Je t'aime, chuchota-t-il de nouveau.

Elle lui caressa doucement les doigts.
— D'accord.
Dustin s'endormit, toujours souriant.

ÉPILOGUE

Août, ranch de Silver Stone

Charity termina de placer une manique sur la table à côté d'un cadeau jaune vif attaché avec des rubans roses. L'anniversaire de Harper sous le thème des chevaux était célébré à Silver Stone en présence de toute la famille. Le fait que cela excitait Charity au lieu de l'effrayer représentait tout pour elle.

Cela avait pris un peu de temps. Du temps pour que Dustin récupère de son agression, et du temps pour que Charity adopte complètement l'idée de faire partie de la tornade Stone. Elle préférait toujours les moments en tête-à-tête parce que c'était là qu'elle en apprenait le plus. Comme la manière dont Kelli était arrivée au ranch, et ce que Sasha espérait du futur.

Mais les Stone continuaient de prouver qu'ils étaient une famille sur qui elle pouvait compter, et savoir ça n'avait pas de prix.

— Désolé d'être en retard. C'est Caleb qui conduisait, dit

Dustin en se précipitant dans le cottage et en passant à côté de Charity. J'ai juste besoin de me changer. Je serai prêt à partir dans cinq minutes.

— Tu peux en avoir trente. Ivy a appelé pour dire qu'ils étaient en retard. Carter est *accidentellement* tombé dans les *Mississippi mud pies* que Chloe et Harper préparaient.

Charity laissa éclater son amusement.

— Ils sont en train de prendre des bains d'avant-fête en ce moment.

Dustin ralentit sa course folle.

— Je suis sûr que c'était des *gâteaux* de boue, étant donné que c'est un anniversaire.

— Probablement. Je suis sûre que les enfants vont nous raconter tout ça quand ils seront arrivés.

Charity le suivit dans la chambre et le regarda d'un air appréciateur enlever la veste qu'il portait.

— Je t'apprécie dans ta tenue de cow-boy, mais est-ce que je peux te dire... Dans un costume ? Tu es irrésistiblement beau.

— Le hashtag « étalon de silver stone » devait sortir le grand jeu pour les médias, répondit Dustin en enfilant son jean habituel avec un soupir de satisfaction. Mais je suis content de n'en avoir plus que quelques-unes à faire. Tu étais là quand j'ai fait la première interview. Tu as vu comment tout était arrangé.

— Oui, dit-elle en se laissant tomber sur le lit, profitant du spectacle alors qu'il enlevait sa cravate et sa chemise. J'ai aussi vu ton oncle Frank agir comme un tout nouvel homme après que Caleb et toi avez insisté pour qu'il prenne part à l'interview. Faire tourner cette première histoire autour de Silver Stone et Crooked Creek, et le lien familial entre les deux, était brillant.

— Cela nous a permis de donner aux médias l'histoire que nous voulions raconter, sur les chevaux et l'exploitation. Ça a les a empêchés de fourrer leur nez dans nos vies privées et dans nos portefeuilles.

— Plus ou moins. Je suis encore hashtag « la princesse d'argent ».

Charity avait roulé des yeux au dernier tag des réseaux sociaux qui était apparu. Elle ne voulait pas perdre de temps à suivre ce cirque, alors Fern gardait un œil ouvert sur tout changement pour eux.

— C'est mieux que les gens qui parlent de ton membre ou de tes services d'étalon, ajouta-t-elle.

— Beaucoup mieux. Au fait, Oncle Frank était là aujourd'hui, révéla Dustin.

Charity cilla.

— Vraiment ?

— Ouais. Il s'est pointé sur le parking et a insisté pour venir avec nous. Il m'a dit qu'il écouterait attentivement pour s'assurer qu'aucun de nos sujets *interdits* listés à l'avance ne se glisserait dans la conversation.

L'amusement de Charity était plus grand que sa surprise.

— Go, oncle Frank.

— Je n'arrive toujours pas à me remettre du changement chez lui. Enfin, il est encore parfois un fumier grincheux, mais il a complètement changé en ce qui concerne la famille. Je lui ai dit que nous viendrions lui rendre visite un peu plus tard ce mois-ci.

— Bien.

— Et Walker a décidé qu'il viendrait avec moi pour la prochaine interview. Et je pense que Kelli fera la dernière. Elle est destinée à la communauté de l'élevage, alors elle sera brillante.

Charity se leva et s'approcha, faisant danser les roses sur sa jupe tandis qu'elle marchait.

— Vous êtes tous brillants par la manière dont vous avez

réussi à faire de ce cirque médiatique quelque chose de positif pour Silver Stone. Et Crooked Creek.

— Nous avons tous des talents différents. Ça nous a aidés.

Il la suivit dans la cuisine et s'appuya contre le plan de travail près d'elle, l'air pensif.

— Il y a quelque chose… continua-t-il. J'arrive presque à m'en souvenir.

Elle souleva le couvercle de la casserole et remua une dernière fois la soupe qu'ils allaient apporter à la fête.

Dustin claqua des doigts.

— C'est ça. La soupe Stone.

Charity marqua une pause et fronça les sourcils en regardant la casserole.

— Quoi ? C'est une soupe tortilla.

Il s'avança derrière elle et posa les mains sur sa taille.

— Pas ce que tu prépares. Ce que fait ma famille. C'est une histoire qu'on m'a racontée il y a longtemps. Que même si nous sommes des pierres, nous ne sommes pas de simples morceaux immobiles.

— *Aaah*, dit-elle avant de hocher la tête avec amusement. Vous êtes des pierres qui roulent.

Elle se tortilla pour lui échapper et agita la cuillère à soupe vers lui.

— On ne chatouille pas, ordonna-t-elle.

— Nous sommes résistants. Et pleins de ressources. Des Stone de naissance ou des Stone par alliance, expliqua-t-il en posant la cuillère. Même quand on a l'impression qu'il n'y a pas de solution, nous mettons une casserole à chauffer et tout le monde participe. Tout ce que nous avons. Certains en mettent plus, d'autres moins. Certains jours plus, d'autres jours moins, mais nous faisons tous ce que nous pouvons. Et au final, nous en avons assez pour soutenir toute la famille. Assez…

— D'amour, l'interrompit-elle avant de l'embrasser.

La vérité brillait de l'éclat de l'évidence.

— Vous avez assez d'amour pour toute une famille parce que vous *êtes* une famille. Jusqu'au bout. Même si vous ne faites pas toujours les choses de la même manière. Même si vous aimez des choses différentes, vous vous soutenez toujours mutuellement. C'est de l'amour... Nous le savons tous les deux.

La manière dont il la regardait à ce moment-là, c'était comme si elle avait décroché la lune.

— Mon Dieu, tu es brillante et magnifique, et je devrais attendre et faire ça spécialement pour ton anniversaire la semaine prochaine comme je l'avais prévu, mais je ne peux pas.

Il sortit une bague de sa poche. Elle était en argent avec des pierres bleu pâle serties en forme de fleur.

— Tu sais ce que j'ai dit sur le fait d'être un Stone par alliance ? demanda-t-il.

Charity en resta bouche bée.

— Dustin Stone. Dis-moi que tu ne viens pas de sortir une bague de fiançailles de ta poche.

— Je ne vais pas te mentir, répondit-il en posant genou à terre. Puisque nous avons des *Mississippi mud pies* qui cuisent, j'ai plus qu'assez de temps pour t'annoncer que j'en suis sûr à cent pour cent. Je suis amoureux de toi, Tee. Tu me donnes envie de faire tout ce que je peux pour te faire sourire. Tu me donnes envie de rester tranquille et d'écouter ton cœur battre. Tu me donnes envie d'escalader des montagnes et de crier ton prénom à la lune.

Charity pressa les doigts contre ses lèvres, son regard passant de ses yeux à la bague. Cela se produisait vraiment. Son cœur débordait de joie, et elle ne savait pas si ses pieds touchaient encore le sol.

Dustin parla plus doucement.

— Tu me fais bander, mais même si je suis content que nous apprécions cette partie du temps que nous passons ensemble, il ne s'agit pas de sexe. Parce que tu me donnes envie d'être doux aussi. D'apprendre comment donner, et d'être là pour toi, à partir de maintenant et pour l'éternité.

Tout était approprié, et aberrant. Charity ne voulait pas des parties traditionnelles... c'était lui qu'elle voulait. Un instant plus tard, elle se retrouva sur le sol à côté de lui, les doigts enroulés autour des siens.

L'amusement bouillonnait aux côtés de la joie.

— D'une, ton timing est naze.

Il se mit à rire.

— J'espère que je sais où ça va.

Elle leva un deuxième doigt.

— De deux, j'ai promis que nous irions chevaucher avec Emma et Sasha après que les petites filles seront rentrées chez elles.

— Beach et Annie apprécieront, déclara Dustin en portant les doigts de Charity à ses lèvres pour les embrasser. Et de trois ?

— Je t'aime, répondit Charity en secouant la tête avec amusement. Avec tes microbes et tout le reste.

L'expression de Dustin s'adoucit.

— Alors tu vas m'épouser ?

Elle haussa un sourcil.

— Est-ce que tu me l'as demandé ?

Dustin réfléchit un instant.

— Peut-être que j'ai raté cette partie-là.

Charity appuya son front contre le sien.

— Peut-être bien. Même si la bague était un gros indice.

Dustin se racla la gorge.

— Tee, je veux vraiment que tu m'épouses. Alors fais de moi le gars le plus heureux du monde et prononce mon mot préféré.

— Corvées ?

Il l'attira contre lui.

— *Tee.*

Les yeux de Dustin brillaient, et elle ne put attendre une seconde de plus. Elle hocha la tête.

— Plus de taquineries. D'accord.

Dustin haussa un sourcil.

— D'accord... *quoi ?*

Elle parla doucement.

— D'accord, je vais t'épouser.

— C'est hashtag « un cow-boy marié », plaisanta-t-il avant de redevenir sérieux.

Il glissa la bague à son doigt, les mains tremblantes.

— Je t'aime vraiment. Je suis follement heureux de passer le reste de ma vie à te montrer à quel point.

Charity leva la main et admira la bague.

— Elle est magnifique. Mais je vais la cacher jusqu'à ce que le gâteau soit servi pour que nous ne volions pas la vedette au grand jour de Harper.

Elle l'embrassa à ce moment-là, les doigts glissés autour de ses biceps. Elle lui caressa les flancs et déversa son amour dans son geste.

— Si nous ne nous arrêtons pas maintenant, nous serons vraiment en retard à la fête, la prévint-il quand elle sortit sa chemise de son pantalon et glissa les mains sur sa peau nue.

— Nous serons rapides, promit-elle.

Rapides, enthousiastes et très satisfaisants. Charity n'aurait pas pu trouver un meilleur moyen de fêter ses fiançailles avec Dustin que d'être exactement là où elle était censée être.

Amoureuse.

≈

DUSTIN SOURIAIT BEAUCOUP TROP quand ils traversèrent enfin la cour pour se rendre à la maison principale. Curieusement, ils entrèrent moins de dix minutes après que l'arrivée de la famille de Walker, alors le bruit et la confusion étaient encore suffisamment forts pour que personne ne remarque l'éclat dû à une relation sexuelle récente sur le visage de Charity.

Enfin, peut-être qu'une personne le vit. Tamara lança à Charity un long regard avant de se tourner vers Dustin et de rouler des yeux.

Dustin posa la casserole de soupe sur le plan de travail avec un grand sourire, pas du tout honteux.

Il déposa un baiser sur la joue de Charity.

— Dans quelle partie de la pagaille est-ce que tu plonges ?

Elle s'appuya contre lui alors qu'elle regardait autour d'elle. Dustin regarda aussi, et une autre sorte de satisfaction l'envahit.

La famille. Partout.

Ginny était lovée à son emplacement favori du canapé avec Demi nichée dans ses bras qui dînait de bonne heure. Tucker se tenait derrière le canapé, parlant soi-disant à Ivy, qui se tenait dans le coin le plus silencieux de la pièce, mais son regard était fixé sur sa fille.

Ivy affichait un sourire compréhensif alors qu'elle replaçait une mèche de cheveux derrière son oreille, puis se penchait pour répondre à la question de sa fille. Harper pointa du doigt l'autre côté de la pièce, et Ivy hocha la tête.

La petite fille fila à travers la salle de séjour et grimpa sur une des chaises dépareillées qui se trouvaient autour de la table. Elle mit les mains derrière le dos et regarda attentivement son gâteau d'anniversaire, posé au milieu de la table à la place d'honneur. Le glaçage vert soutenait une écurie, des clôtures et trois chevaux en plastique.

C'étaient les joyaux de la couronne, en se basant sur l'expression de Harper.

Walker s'activait dans la cuisine, Emma près de lui. Tamara et Kelli étaient autour de l'îlot et parlaient doucement. Luke et Kelli avaient annoncé la grossesse de cette dernière la semaine précédente. Le sourire que Luke arborait d'une oreille à l'autre n'avait pas diminué d'un iota depuis.

Il discutait avec Caleb devant la porte ouverte pendant qu'ils tenaient Carter et Tyler la tête en bas par les chevilles. Les garçons hurlaient de rire alors qu'ils se balançaient comme des singes.

Chloe et Sasha étaient assises sur le sol dans la buanderie à jouer aux osselets.

— Tout le monde semble heureux, dit Charity en glissant les doigts dans le passant du pantalon de Dustin. Je pense que je vais rester près de toi un moment.

Il frotta son nez contre son cou.

— Ça me va.

Finalement, la fête commença au signal de Harper. Elle monta sur sa chaise, agitant le doigt alors qu'elle comptait tout le monde dans la pièce. Ses lèvres remuaient silencieusement, mais elle hocha fermement la tête quand elle arriva au bout avant de se pointer du doigt.

— Papa, appela-t-elle suffisamment fort pour attirer l'attention de Walker. Tous les Stone sont là.

— Tu as fichtrement raison, ils sont là, murmura Dustin à l'oreille de Charity.

Walker lui lança un regard d'avertissement mais se mit à rire.

— Oui, ma chérie. Tous les Stone sont là.

Elle leva les mains en l'air.

— Alors c'est l'heure de mon annifersaire.

De la nourriture, des jeux, des chansons et des cadeaux

s'ensuivirent. Un joyeux mélange d'instants de plaisir et d'instants déchaînés d'énergie.

Ils se rendaient à l'écurie pour la partie chevauchée de la fête quand Dustin se retrouva à côté de Tucker.

Ginny portait Demi dans une écharpe contre sa poitrine. Elle parlait avec Charity, qui tenait la main de Carter. Tous les quatre étaient à un demi pas derrière Dustin et Tucker, mais le regard de ce dernier ne cessait de retourner vers son épouse et son enfant comme s'il ne pouvait pas s'en empêcher.

— Tu vas trébucher, le prévint Dustin, très amusé.

— Attends d'être à ma place. Alors tu comprendras.

Dustin faillit trébucher avant de se rendre compte qu'il regardait fixement Charity. Il ricana puis donna un coup de coude à Tucker.

— Je maîtrise déjà la partie où je rêvasse de la femme que j'aime.

Tucker se mit à rire.

— Vous allez bien ensemble.

— Merci d'avoir engagé Charity, répliqua Dustin. C'était le parfait timing.

Tucker secoua la tête.

— Je ne peux pas m'en attribuer le mérite. Enfin, j'avais à l'esprit de demander de l'aide, mais Caleb m'a plus ou moins dit de m'y mettre. Je pense qu'il l'a appelée pour le premier entretien.

— Pas toi ?

Tucker haussa les épaules.

— Je ne me souviens pas des détails, mais je peux te dire que c'est principalement grâce à Caleb que Charity a été engagée.

Ça alors. Dustin lança un coup d'œil à son frère aîné. Avait-il vraiment organisé ça ? C'était vraiment une bonne chose au final, mais...

Maintenant devant lui, Carter tenait fermement la main de Charity. Ce ne fut que lorsqu'ils rejoignirent le manège qu'il la lâcha. Carter fila aux côtés de Walker et tira frénétiquement sur la manche de son père.

Walker leva son fils près de Chloe qui était déjà en équilibre sur la barrière, et tous deux émirent des *ooh* et des *aah* alors qu'Ashton menait un cheval dans le manège avec Harper assise dessus. Son arrière-petite-fille avait un sourire rayonnant.

Dustin applaudit avec les autres, mais son regard retourna droit sur son frère le plus âgé.

Charity passa la main sous le bras de Dustin.

— Pourquoi est-ce que tu regardes Caleb comme s'il allait exploser à tout instant ?

— Je pense qu'il est possible que Caleb ait joué les entremetteurs.

Elle marqua une pause, cilla, puis afficha un sourire resplendissant.

— Si c'est le cas, je lui en suis extrêmement reconnaissante. Et aussi impressionnée. Comment donc ?

— Je n'en ai aucune idée. Attends...

Dustin lista les éléments qu'il savait avec certitude :

— Il t'a envoyé à Crooked Creek avec moi. Il était d'accord pour que nous allions aux enchères pour célibataires ensemble. Quand je t'ai ramenée au cottage, il a dit qu'il interviendrait en ma faveur.

— Il a appelé début juin pour me demander si je cherchais encore un travail de bureau.

Charity réfléchit intensément et essaya de se souvenir.

— L'appel suivant venait de Tucker, mais maintenant que j'y repense, oui. C'est Caleb qui m'a contactée en premier et m'a dit qu'il pensait que je serais parfaite pour la...

Elle s'interrompit.

— Oh mon Dieu.

— Quoi ? demanda Dustin.

Elle se tourna vers lui.

— Il a dit que je serais un ajout parfait à la famille de Silver Stone. Je me souviens de la formulation parce que ça semblait vraiment vieux jeu, mais ça paraissait logique. Parce que bien sûr, travailler au ranch, c'est comme faire partie d'une famille.

Le cœur de Dustin martela.

Pendant tout ce temps, ça avait été Caleb.

Tellement d'émotions, tellement de souvenirs. Caleb avait toujours été là pour la famille, à chaque étape. Même maintenant, Dustin était encore guidé par son frère.

De l'autre côté de la cour, Caleb se pencha au-dessus de la barrière à côté de Tamara, la main posée sur la hanche de celle-ci. Tous deux avaient leur train-train et pourtant ils étaient toujours aussi liés. C'était à ça que Dustin espérait ressembler dans des années avec Charity.

Le regard de Caleb croisa le sien, et soudain Dustin sut exactement ce qui devait venir ensuite.

Il attrapa la main de Charity et la fit pivoter vers lui.

— Tu as la bague dans ta poche ?

Charity hocha la tête et la chercha pour la sortir. Elle ouvrit la main pour la montrer posée dans sa paume.

— Tu as besoin de quelque chose ?

— Que tu la mettes. La fête peut supporter un peu plus de célébration à ce niveau.

Il glissa la bague aux pierres bleu pâle à sa place, lui embrassa les phalanges et fixa Charity dans les yeux.

— Je t'aime, Tee, ajouta-t-il. Merci d'avoir accepté d'être mienne. Je te promets que tu ne regretteras jamais d'avoir dit oui.

Il n'avait pas besoin de faire autre chose. Sa famille avait déjà repéré la bague.

Des cris, des poignées de main, des tapes dans le dos et des rires s'ensuivirent. Les enfants couraient autour d'eux avec Patchwork Annie qui aboyait avec excitation. Toutes les femmes voulaient voir la bague. Tous ses frères voulaient lui taper dans le dos avec enthousiasme.

Après l'avoir fermement étreinte, Caleb recula et hocha la tête vers Dustin avec approbation. Il attira Charity dans ses bras.

— Bienvenue dans la famille, dit-il quand il la lâcha.

Elle avait les larmes aux yeux en reprenant la main de Dustin et s'appuya contre lui alors qu'elle absorbait le chaos joyeux autour d'eux.

Cette nuit-là alors qu'ils étaient allongés au lit et faisaient des projets, Dustin se promit qu'il n'oublierait jamais ce qu'il ressentait. Ce que c'était d'être amoureux, qu'on tienne à lui, de tenir à Charity et de l'aimer.

Elle posa la paume contre sa joue et lui sourit.

— Je t'aime.

— Je t'aime aussi, pour toujours, jura Dustin de tout son cœur.

Découvrez la famille Stone. Ils luttent pour préserver le ranch de Silver Stone depuis qu'un accident a fauché leurs parents lorsqu'ils étaient encore jeunes.

Caleb, Luke, Walker, Ginny et Dustin. Ils sont quatre frères et une sœur, propriétaires et gérants de leurs terres aux abords de la petite ville canadienne de Heart Falls, dans le sud de l'Alberta. Il y a de nombreuses leçons à apprendre en chemin vers le bonheur éternel.

Le Ranch de Silver Stone
tome 1: Au cœur du ranch
tome 2: Retour au ranch
tome 3: La Fiancée du ranch
tome 4: Le Ranch de l'amour
tome 5: Promesse au ranch

Vivian fait actuellement traduire ses nombreuses séries. Merci de consulter son site web pour toutes les dernières informations.
www.vivianarend.com/fr

À PROPOS DE L'AUTEUR

Avec plus de 3 millions de livres vendus, Vivian Arend est une auteure de best-sellers figurant aux classements du New York Times et de USA Today. Elle a écrit plus de 70 romances contemporaines et paranormales.

Ses livres sont des romans intégraux qui peuvent se lire indépendamment de toute série et ne se terminent pas sur un suspense. Ce sont des histoires pleines d'humour et d'émotions, avec des moments sensuels et des fins heureuses. Vivian estime avoir le plus beau métier au monde. Elle habite en Colombie-Britannique, au Canada, avec son mari depuis plusieurs années (l'inspiration de chacun de ses héros et un compagnon volontaire pour toutes sortes d'aventures).

9 781990 674815